胡蒙谿集

〔明〕胡侍 撰　田富军 李星 校注

朔方文库

主编 胡玉冰

上海古籍出版社

圖書在版編目(CIP)數據

胡蒙谿集／(明)胡侍撰；田富軍，李星校注. —上海：上海古籍出版社，2022.10
(朔方文庫)
ISBN 978-7-5732-0331-1

Ⅰ.①胡… Ⅱ.①胡… ②田… ③李… Ⅲ.①中國文學—古典文學—作品綜合集—明代 Ⅳ.①I214.82

中國版本圖書館CIP數據核字(2022)第103469號

朔方文庫

胡蒙谿集

[明]胡　侍　撰　　田富軍　李　星　校注
上海古籍出版社出版發行
(上海市閔行區號景路159弄1-5號A座5F　郵政編碼201101)
(1) 網址：www.guji.com.cn
(2) E-mail：guji1@guji.com.cn
(3) 易文網網址：www.ewen.co
上海展强印刷有限公司印刷
開本710×1000　1/16　印張22.5　插頁6　字數293,000
2022年10月第1版　2022年10月第1次印刷
ISBN 978-7-5732-0331-1
K·3190　定價：138.00元
如有質量問題，請與承印公司聯繫
電話：021-66366565

國家社會科學基金重大項目
"《朔方文庫》編纂"（批准號：17ZDA268）經費資助出版

寧夏回族自治區"十三五"重點學科
"中國語言文學"學科建設經費資助出版

寧夏大學"民族學"一流學科群之"中國語言文學"學科
（NXYLXK2017A02）建設經費資助出版

《朔方文庫》委員會名單

學術委員會

主　任：陳育寧

委　員：（按姓氏筆畫排序）

　　　　于　亭　　呂　健　　伏俊璉　　杜澤遜　　周少川　　胡大雷

　　　　陳正宏　　陳尚君　　殷夢霞　　郭英德　　徐希平　　程章燦

　　　　賈三強　　趙生群　　廖可斌　　漆永祥　　劉天明　　羅　豐

編纂委員會

主　編：胡玉冰

委　員：（按姓氏筆畫排序）

　　　　丁峰山　　田富軍　　安正發　　李建設　　李進增　　李學斌

　　　　李新貴　　邵　敏　　胡文波　　胡迅雷　　徐遠超　　馬建民

　　　　湯曉芳　　劉鴻雁　　趙彥龍　　薛正昌　　韓　超　　謝應忠

總　　序

陳育寧

寧夏古稱"朔方",地處祖國西部地區,依傍黄河,沃野千里,有"塞上江南"之美譽。她歷史悠久,民族衆多,文化積澱豐厚。在這片土地上産生並留存至今的古代文獻檔案數量衆多、種類豐富,有傳統的經史子集文獻、地方史志文獻、西夏文等古代民族文字文獻、岩畫碑刻等圖像文獻,以及明清、民國時期的公文檔案等,這些文獻檔案記述了寧夏歷朝歷代人們在思想、文化、史學、文學、藝術等各方面的成就,藴含着豐富而寶貴的、具有地域和民族特色的歷史文化内涵,是中華各民族人民共同的精神和文化財富,保護好、傳承好這批珍貴的文化遺産,守護好各民族共有的精神家園,扎實推進新時期文化的繁榮發展,是寧夏學者義不容辭的擔當。

黨和國家歷來高度重視和關心文化傳承與創新事業,積極鼓勵和支持古籍文獻的收集、保護和整理研究工作,改革開放以來,批准實施了一批文化典籍檔案整理與研究重大項目,取得了一大批重要成果。2017年1月,中共中央辦公廳、國務院辦公廳印發《關於實施中華優秀傳統文化傳承發展工程的意見》,把中華優秀傳統文化的傳承和發展推上了新的歷史高度。《意見》指出,要"實施國家古籍保護工程","加强中華文化典籍整理編纂出版工作"。這給地方文獻檔案的整理研究,帶來了新的機遇。

寧夏作爲西部地區經濟欠發達省份,一直在積極努力地推進優秀傳統文化傳承發展事業。2018年5月,《寧夏回族自治區實施中華優秀傳統文化傳承發展工程方案》和《寧夏回族自治區"十三五"時期文化發展改革規劃綱要》正式印發,爲寧夏文化事業的發展繪就了藍圖。寧夏提出了"小省區也能辦大文化"的理念,决心在地方文化的傳承發展上有所作爲,有大作爲。在地方文獻檔案整理研究方面,寧夏雖資源豐富,但起步較晚,力量不足,國家級項目少。

這種狀況與寧夏對文化事業的發展要求差距不小,亟須迎頭趕上。在充分論證寧夏地方文獻檔案學術價值及整理研究現狀的基礎上,以寧夏大學胡玉冰教授爲首席專家的科研團隊,依托自治區"古文獻整理與地域文化研究"人文社科重點研究基地以及自治區重點學科"中國語言文學"、重點專業"漢語言文學"的人才優勢,全面設計了寧夏地方歷史文獻檔案整理研究與編纂出版的重大項目——《〈朔方文庫〉編纂》,並於 2017 年 11 月申請獲批立項爲國家社科基金重大項目,這一項目的啓動,得到了國家的支持,也有了更高的學術目標要求。

　　編纂這樣一部大型叢書,涉及文獻數量大、種類多、時間跨度長,且對學科、對專業的要求高,既是整理,更是研究,必須要有長期的學術積累、學術基礎和人才支持。作爲項目主持人,胡玉冰教授 1991 年北京大學畢業後,一直在寧夏從事漢文西夏文獻、西北地方(陝甘寧)文獻、回族文獻等爲主的古文獻整理研究工作,他是寧夏第一位古典文獻專業博士,已主持完成了 4 項國家社科基金項目,包括兩項重點項目,出版學術專著 10 餘部。從 2004 年主持第一項國家社科基金項目開始,到 2017 年"《朔方文庫》編纂"作爲國家社科基金重大項目立項,十多年來,胡玉冰將研究目標一直鎖定在地方文獻與民族文獻領域。其間,他完成的國家社科基金項目結項成果《寧夏古文獻考述》,是第一部對寧夏古文獻進行分類普查、研究,具有較高學術價值的成果,爲全面整理寧夏古文獻提供了可靠的依據;他完成的《傳統典籍中漢文西夏文獻研究》入選《國家社科基金成果文庫》,爲《朔方文庫·漢文西夏史籍編》奠定了研究基礎;他完成出版的《寧夏舊志研究》,基本摸清了寧夏舊志的家底,梳理清楚了寧夏舊志的版本情況,爲《朔方文庫·寧夏舊志編》奠定了研究基礎。在項目實施過程中,胡玉冰注重與教學結合,重視青年人才培養,重視團隊建設。在寧夏大學人文學院,胡玉冰參與創建的西北民族地區語言文學與文獻博士學位點、中國古典文獻學碩士學位點,成爲寧夏培養古典文獻專業高級專門人才的重要陣地。他個人至今已培養研究生 40 多人,這些青年專業人員也成爲《朔方文庫》項目較爲穩定的團隊成員。關注相關學術動態,加強與兄弟省區和高校地方文獻編纂同行的學術交流,汲取學術營養,也是《朔方文庫》在實施過程中很重要的一則經驗。

　　《朔方文庫》是目前寧夏規模最大的地方文獻整理編纂出版項目,其學術意義與社會意義重大。第一，有助於發掘和整合寧夏地區的文化資源，理清寧夏文脉，拓展對寧夏區情的認識，有利於增强寧夏文化軟實力，提升寧夏的影響力，促進寧夏經濟社會全面發展；第二，有助於深入研究寧夏歷史文化的思想精髓和時代價值，具有歷史學、文學、文獻學、民族學等多學科學術意義，推動寧夏人文學科的建設與發展；第三，有助於推進寧夏高校"雙一流"建設，帶動自治區人文社科重點研究基地、重點學科、重點專業以及學位點建設，對於培養有較高學術素質的地方傳統文化傳承與創新的人才隊伍有積極意義；第四，在實施"一帶一路"倡議大背景下，深入探討民族地區文獻檔案傳承文明、傳播文化的價值，可以更好地爲西部地區擴大對外文化交流提供决策支持。

編纂《朔方文庫》，既是堅定文化自信、鑒古開新、傳承和弘揚中華優秀傳統文化的需要，也是服務當下經濟社會文化發展的需要，是一項功在當代、澤溉千秋的文化大業。截至2019年7月，本重大項目已出版大型叢書兩套、研究著作，依托重大項目完成碩士研究生學位論文9篇。叢書《朔方文庫》爲影印類古籍整理成果，按專題分爲《寧夏舊志編》《歷代人物著述編》《漢文西夏史籍編》《寧夏典藏珍稀文獻編》《寧夏專題文獻和文書檔案編》共五編。首批成果共112册，收書146種。其中《寧夏舊志編》32册36種，《歷代人物著述編》54册73種，《漢文西夏史籍編》15册26種，《寧夏典藏珍稀文獻編》10册7種，《寧夏專題文獻和文書檔案編》1册4種。《寧夏珍稀方志叢刊》共16册，爲點校類古籍整理成果，由中國社會科學出版社、上海古籍出版社分别於2015年、2018年出版。《朔方文庫》出版時，恰逢寧夏回族自治區成立60周年，這也說明，在寧夏這樣的小省區是可以辦成、而且已經辦成了不少文化大事，對於促進寧夏文化事業的發展、提升寧夏知名度起到了重要作用。同時也要看到，由於基礎薄弱，條件和力量有限，我們還有許多在學術研究和文化建設上想辦、要辦而還未辦的大事在等待着我們。

國内出版過多種大型地方文獻的影印類成果，但尚未見相應配套的點校類整理成果。即將由上海古籍出版社推出的《朔方文庫》點校類整理成果，是胡玉冰及其學術團隊在影印類成果的基礎上的再拓展、再創新。從這一點來說，國家社科基金重大項目"《朔方文庫》編纂"開創了一個很好的先例，即在基本完成影印任務的情況下，依托高質量的研究成果，及時推出高質量的點校類整理成果，將極大地便於學界的研究與利用。我相信，《朔方文庫》多類型學術成果的編纂與出版，再一次爲我們提供了經驗，增强了信心，展現了實力。祇要我們放開眼界，集聚力量，發揮優勢，精心設計，培養和選擇好學科帶頭人，一個項目一個項目堅持下去，一個個單項成績的積累，就會給學術文化的整體面貌帶來大的改觀，就會做成"大文化"，我們就會做出無愧於寧夏這片熱土、無愧於當今時代的貢獻！

2020 年 7 月於銀川

（陳育寧，教授，博士生導師，寧夏自治區政協原副主席，寧夏大學原黨委書記、校長）

目　　録

總序 ·· 1
整理説明 ·· 1

胡蒙谿詩集

刻胡蒙谿詩文集序 ··· 1
胡蒙谿集序 ··· 2
胡蒙谿詩集卷一 ··· 3
胡蒙谿詩集卷二 ··· 7
胡蒙谿詩集卷三 ··· 14
胡蒙谿詩集卷四 ··· 20
胡蒙谿詩集卷五 ··· 29
胡蒙谿詩集卷六 ··· 39
胡蒙谿詩集卷七 ··· 43
胡蒙谿詩集卷八 ··· 50
胡蒙谿詩集卷九 ··· 57
胡蒙谿詩集卷十 ··· 61
胡蒙谿詩集卷十一 ·· 62

胡蒙谿文集

胡蒙谿文集卷一 ··· 68
胡蒙谿文集卷二 ··· 76

胡蒙谿文集卷三 …………………………………………… 84
胡蒙谿文集卷四 …………………………………………… 93

胡蒙谿續集

胡蒙谿續集敍 …………………………………………… 101
刻胡蒙谿先生續集敍 …………………………………… 102
胡蒙谿續集卷一 ………………………………………… 104
胡蒙谿續集卷二 ………………………………………… 114
胡蒙谿續集卷三 ………………………………………… 121
胡蒙谿續集卷四 ………………………………………… 129
胡蒙谿續集卷五 ………………………………………… 135
胡蒙谿續藁卷六 ………………………………………… 143
明故奉政大夫鴻臚寺右少卿蒙谿胡公墓志銘 ………… 147

墅　談

墅談序 …………………………………………………… 150
墅談卷一 ………………………………………………… 151
墅談卷二 ………………………………………………… 164
墅談卷三 ………………………………………………… 176
墅談卷四 ………………………………………………… 187
墅談卷五 ………………………………………………… 198
墅談卷六 ………………………………………………… 210

真珠船

真珠船序 ………………………………………………… 221
真珠船卷一 ……………………………………………… 222
真珠船卷二 ……………………………………………… 234

真珠船卷三 …………………………………………………… 247
真珠船卷四 …………………………………………………… 260
真珠船卷五 …………………………………………………… 273
真珠船卷六 …………………………………………………… 286
真珠船卷七 …………………………………………………… 298
真珠船卷八 …………………………………………………… 312

附錄：胡侍相關文獻資料 …………………………………… 323
  弇州四部稿·讀胡侍鴻臚詩有感因遺其從子邑博叔才 ……… 323
  詞林人物考·胡承之 ……………………………………… 323
  國朝獻徵錄·鴻臚寺右少卿胡公侍墓志銘 ………………… 324
  列朝詩集小傳·胡判官侍 ………………………………… 325
  明史列傳·胡侍 …………………………………………… 326
  靜志居詩話·胡侍 ………………………………………… 326
  明詩綜·胡侍 ……………………………………………… 326
  陝西通志·胡侍 …………………………………………… 327
  明史·胡侍 ………………………………………………… 327
  山西通志·胡侍 …………………………………………… 327
  欽定大清一統志·胡侍 …………………………………… 327

參考文獻 …………………………………………………… 328

整理説明

《胡蒙谿集》三十六卷,包括《胡蒙谿詩集》十一卷、《胡蒙谿文集》四卷、《胡蒙谿續集》、六卷《附録》一卷、《墅談》六卷、《真珠船》八卷,明朝胡侍撰。

胡侍(1492—1554),字承之,號蒙谿,又號蒙谿山人、蒙谿胡子、蒙谿子,寧夏人。明正德十二年(1517)丁丑科進士。次年,授刑部雲南司主事。十六年(1521),陞刑部廣東司員外郎。嘉靖元年(1522),陞鴻臚寺右少卿。後因在"議大禮"事件中支持守舊派而獲罪。三年(1524),上疏彈劾張璁、桂萼等越經背禮,被謫山西潞州同知。四年(1525)八月至五年(1526)八月,受誣告入獄,被勒爲民,返回咸寧生活,直至去世。著有《胡蒙谿詩集》《胡蒙谿文集》《胡蒙谿續集》《墅談》《真珠船》《清涼經》《关資》①《大禮奏議》,後三種不傳,其餘五種均有傳世。其生平參見許宗魯《明故奉政大夫鴻臚寺右少卿蒙谿胡公墓志銘》、王兆雲《皇明詞林人物考》卷六《胡承之》、錢謙益《列朝詩集》丙集《胡判官侍》、徐乾學《明史列傳》卷六六《胡侍》、張廷玉《明史》卷一九一《薛蕙傳》附胡侍小傳、《〔康熙〕咸寧縣志》卷六等。

《胡蒙谿詩集》《胡蒙谿文集》成書於明嘉靖二十四年(1545),刊刻版行於明嘉靖二十五年(1546)。《胡蒙谿續集》前五卷初成於明嘉靖三十一年(1552)七月前,孔天胤、張鐸應胡侍之邀作敍。胡侍去世前,將作於嘉靖三十一年(1552)七月後至三十二年(1553)閏三月十五日前的詩文補入《胡蒙谿續集》前五卷,刊刻版行。胡侍在嘉靖三十二年(1553)四月至去世前所創作的詩歌,及散見或遺落的作品由其後人統一收集整理,成一卷,名《胡蒙谿續藁》,編爲"卷六",刊刻於嘉靖三十二年(1553)十二月至嘉靖三十三年(1554)十二月之間。

---

① 关:古同"笑"。另:《千頃堂書目·小説類》:"胡侍……又《笑資》九卷。"原書已佚,其情不詳。

胡侍作爲明代寧夏著名的文學家，其詩文集具有重要的文獻價值：第一，豐富了寧夏地方文人著述，也豐富了明代中國文學的武庫；第二，爲研究寧夏文化與歷史提供了重要的參考資料；第三，能極大提升明清寧夏文學在全國的地位和層次，有利於促進明代文學研究的發展。

《晁氏寶文堂書目》卷上、《萬卷堂書目》卷四《別集》、《國史經籍志》卷五《集類》、《千頃堂書目·別集類》《傳是樓書目·集部補》《天一閣書目》卷四之一《集部一》、《中國善本書提要·集部·別集類》等對《胡蒙谿詩集》《胡蒙谿文集》《胡蒙谿續集》有著錄。其中，首都圖書館藏《胡蒙谿詩集》《胡蒙谿文集》均爲明嘉靖二十五年(1546)朱氏刻本，《胡蒙谿續集》《附錄》爲嘉靖年間刻本。每半頁十行，行二十字，四周單邊，白口，無魚尾。《胡蒙谿詩集》首頁鈐"華陽國士藏書""尚同經眼""蒼茫齋收藏精本"等印。卷一首頁鈐"尚同校訂""高世異圖書印""華陽高氏鑒藏"等印。《胡蒙谿文集》卷一首頁鈐蓋有"尚同經眼""華陽"等印，卷四卷尾有"蒼茫齋高氏藏書記"印。《胡蒙谿續集》卷一首頁鈐蓋"華陽高氏鑒藏"印，卷六卷尾鈐蓋"品藻詩文""渤海侯胄"等印。

《真珠船》是胡侍雜文集，取"觀書每得一義，如得一真珠船"之義而得名。"雜文"之説，乃胡侍自稱（參見《胡蒙谿續集》卷四《奉答趙王啓》），意即龐雜，故事性的篇什、議論性的雜感、純考證性的短章都可包括在内。中國國家圖書館藏嘉靖二十七年(1548)刻本，每半頁十行，行二十字，四周單邊，白口，無魚尾。目錄頁鈐蓋"北京圖書館藏""鄭氏注韓居珍藏記""鄭傑之印""慈竹居秘笈""鄭藩"等印，卷一首頁鈐蓋"黃曾樾印""蔭亭"等印。本書共收文一百九十三篇。胡侍自序一篇，簡要介紹本書内容，"每開卷有得，及他值異聞，輒喜而筆之"。本書内容豐富，題材廣泛，包括考據類、雜感類、異聞類。考據類是胡侍對於自然界的事物和日常生活中事物的考訂之作，其題材廣泛，旁徵博引，考訂翔實，具有很强的知識性。如《歺另》篇考訂文字，《西瓜》篇探究西瓜來源。雜感類是胡侍對日常生活、讀書的所感所思，頗具深意，引人深思。如《地理》引衆多前人的論述來闡明親人墓葬時間和地點的選擇與家人的富貴昌運没有關係，以此批評墓葬挑時日和地點的陋俗。異聞類是胡侍對於鬼怪靈異、奇聞異事、秘聞野史的記載，此類文章一般較爲短小，少有深意，僅作記録。如《女化男》僅摘引衆多書籍中對此異象的記載，未作任何評述及考辨。

胡侍的雜文徵引廣泛，具有很高的史料價值，可用其來校訂他書，補他書之缺。如《趙高之詐》考證趙高"指鹿爲馬"及"束蒲爲脯"之事,補《史記》只記載趙高"指鹿爲馬"一事,而未提另一事之缺。雜文中還多有關於寧夏地區之作,可以豐富寧夏的歷史、地理、文化等方面的史料,對於明清時期寧夏地區相關問題的研究大有裨益。如《懷遠鎮》考證認爲,隋朝人柳彧徙配地"朔方懷遠鎮"在遼東,與寧夏無關,而傳世的《〔嘉靖〕寧夏新志》《〔嘉靖〕陝西通志》《〔萬曆〕朔方新志》《〔乾隆〕甘肅通志》《〔乾隆〕寧夏府志》等均誤以爲柳彧流放在今寧夏故地,故載柳彧爲寧夏流寓者。胡侍考證結論,可糾陝西、甘肅、寧夏各舊志之誤。《削城角》載寧夏城缺東北角之事,《宋僉事女》記寧夏宋儒之女能作詩之事。胡侍的雜文中亦有一些知識性的考辨,可豐富知識,增長見聞。如《有又》篇,是對"有""又"二字的辨析,有助於分清二字的用法。

《萬卷堂書目·小説家》《趙定宇書目·〈稗統〉目録》《笠澤堂書目·子部·小説家》《千頃堂書目·小説類》《傳是樓書目·子部·小説家》《四庫全書總目》卷一二七、《天一閣書目》卷三之一《子部一》,以及《中國叢書綜録·子部·雜學類·雜説之屬》《中國古籍善本書目·子部·雜家類》《四庫全書存目叢書·子部》等對《真珠船》有著録。

《墅談》也是胡侍雜文集,因胡侍居舍名"墅堂"而得名。國家圖書館藏有嘉靖二十五年(1546)刻本。每半頁十行,行二十字,四周單邊,白口,無魚尾。卷四首頁鈐蓋"思常"朱文葫蘆形印一枚。本書收文一百七十一篇。有喬世寧撰《〈墅談〉序》,言明《墅談》編修體例,並對胡侍的雜文給予了高度評價。此書内容大體同《真珠船》,亦分爲考據類、雜感類、異聞類。如《荔支》考證了荔枝的形態、種植及相關記載,介紹了漢武帝、漢和帝以及楊玉環不顧民生疾苦而好吃荔枝的歷史。《麻搗》記趙王、韓王治第,用麻搗土,和以石灰泥,以增其堅固性,僅此費錢一千三百餘貫。作者對此深表厭憎,并進一步揭示當權者的鋪張浪費之舉,表達了作者的所思所感。《凶宅》寫幾處住宅因冤氣而鬧鬼,《許賽》寫没有兑現給鬼一頭牛的承諾,鬼就作祟讓人生病,皆異聞怪事。

胡侍的雜文内容豐富,徵引衆多,尤其考證類的文章多考證翔實,搜羅完備,具有很高的學術價值。如《唐明皇幸驪山》篇,《遁齋閑覽》言唐明皇於六月幸驪山、食荔枝之事與史實不相符,胡侍則徵引史書、子部雜説以及詩詞來證明此事的可靠性。《墅談》亦多關於寧夏的内容,如《田州城》篇記載寧夏舊城遺跡,《關中物産》篇詳列寧夏特産鹽䱇、瓜梨、林檎、萵苣、胡麻、茄蓮、鮎魚、黄羊等,《喻墨莊謔詩》記寧夏人喻賢以詩戲謔駱用卿之事,《塔影》篇載寧夏承天寺塔塔影之怪。這些雜文是研究寧夏的歷史、地理、文化、生活習俗等方面的重要史料。

《萬卷堂書目·小説家》、《絳雲樓書目·雜記》、《千頃堂書目·小説類》、《傳是樓書目·子部·小説家》、《明史·藝文志》、《四庫全書總目》卷一二七、《天一閣書目·子部二》、《中國叢書綜録·子部·雜學類·雜論之屬》、《中國善本書提要·子部·雜家類》、《四庫全書存目叢書·子部》、《日藏漢籍善本書録·子部·雜家類》等對《墅談》都有著録。

整理者主要以標點、校勘、注釋等方式對《胡蒙谿詩集》《胡蒙谿文集》《胡蒙谿續集》《墅談》《真珠船》進行整理。其中,《胡蒙谿詩集》以首都圖書館藏嘉靖二十五年(1546)朱氏刻本爲底本,以北京大學圖書館藏嘉靖二十五年(1546)朱氏刻本爲參校本,參以《〔嘉靖〕寧夏新志》《〔萬曆〕朔方新志》《明詩綜》《列朝詩集·丙集》《陝西通志》作校注。《胡蒙谿文集》以首都圖書館藏嘉靖二十五年(1546)刻本爲底本,以中科院國家科學圖書館藏嘉靖二十五年(1546)刻本爲參校本,參以《滑耀編》《御定淵鑒類函》等書校注。《胡蒙谿續集》以首都圖書館藏嘉靖刻本爲底本,以中科院國家科學圖書館藏嘉靖刻本爲參校本整理。《墅談》以明嘉靖二十五年(1546)朱氏刻本爲底本,以《百陵學山》本、清抄本爲參校本。《真珠船》以明嘉靖二十七年(1548)刻本爲底本,以《寶顔堂秘笈》萬曆刊本、《寶顔堂秘笈》民國石印本、《叢書集成初編》本、《關中叢書》本爲參校本,參以二十五史、《十三經注疏》《容齋隨筆》《夢溪筆談》《酉陽雜俎》《説郛》《説略》《歷代詩話》等書作校注。據《明史》等文獻附録與胡侍有關的史料,以便學界研究利用。

本書的校注遵循一般的古籍整理原則,按照"朔方文庫"的總體要求來完成。以下幾點需要特别説明:一是胡侍的雜文集《墅談》《真珠船》中大量引用了古典文獻,引文很多與今之通行本或整理本不一致,我們無法確定胡侍當時所見版本是否有誤,故一般保留原文,用尾注出校指出與今之權威傳本相左之處;確有版本依據可以確定胡文有誤之處,出校更正。二是用脚注指出資料來源,一般用"參見"的形式。三是因胡文引用龐雜,爲了便於讀者理解和使用,故注釋、校記有時即使是同一种書,表達的格式也不盡相同。四是《胡蒙谿集》中大量出現當時的俗字、異寫,如用"于"代替"於",用"才"代替"纔",整理時徑按規範的繁體字書寫，不再出校。五是本書包括胡侍的詩集、文集、續集（藁）、《墅談》《真珠船》五種，底本均獨立成書，整理時按今之常見本編排順序和一般體例，用上述順序編排，總名之曰《胡蒙豁集》，但每種均按原書獨立形式整理，序和附錄內容均保留原貌。六是因原書每種版本各有不同，故爲簡練每種書不同版本的簡稱只限在該種書中使用，例如《胡蒙豁文集》《胡蒙豁續集》均有"中科院本"，均只指該書的該本，均只在首次出現時寫全稱，以後全部用簡稱。

本書在整理過程中得到了很多師友的幫助，感謝原寧夏大學教授王茂福先生在我們研究胡侍時的悉心指點，感謝總主編胡玉冰先生的總體指導，感謝寧夏大學的葉根華老師，感謝研究生郭婉瑩、楊思雨、張妍、行怡帆、潘利平、李曉芳、李怡霖、魏慧敏、陳皓、柴曉冉、湯佳逸，以及寧夏師範學院中國古典文獻學專業2021級全體研究生所做的資料、校對方面的工作。也對上海古籍出版社的編輯們表示衷心的感謝。

因水平有限，加之時間倉促，錯誤在所難免，懇請方家批評指正。

田富軍　李　星
2022年8月

刻胡蒙谿詩文集序[1]

　　蒙谿胡先生，西土豪傑士也。警徹朗邁，玄覽穿觀，性靈殊矣。幼承其先大夫司馬公之懿訓，涵濡實深。壯而宦遊京國，又得與何大復、薛西原諸名家爲友，而上下其訂論，以故所爲詩若文，峻整翹秀，閑麗温博，裦然有古作者之風。乃暇日掄擷精典，存其什一，乃方茅朱少府見而嘉之，遂謀諸咸寧馬尹胥，梓以傳。余得而觀焉，作而嘆曰："美哉！弗可秘矣。"

　　余聞今之論文者，動曰"秦漢似也"，不曰"辭達"而已乎；語詩者，動曰"盛唐似也"，不曰"思無邪"而已乎。夫文，言之成章者也，匪達，何以措諸事業？詩，言之成聲者也，匪正，何以風之邦國？漢稱至言，唐崇正音，厥致可睹已。故鉅工不工，去其所以過工者，工矣。何也，道一而已。蘊之爲德性，發之爲英華。神機天巧，非假人爲，觸物陳義，取之至足。若淺中浮飾，則險陂穢冶，犁然並見，去庸庸卑卑者幾何！吾觀蒙谿子之詩之文，璀璨芬葩，眩奪心目，然其澄深沉瀿，要之所自得者多矣。吾欲取而風諸天下，孔氏之教，其有興乎！

　　蒙谿子舉進士，歷官鴻臚卿亞，尋以建議落職，今居然一寒素流也。或謂詞人才士，類爲造物忌嗇如此。噫，此余重有取於朱君輩之好文，而逆知蒙谿之集之必傳無疑耳。

　　嘉靖二十四年秋九月上日，賜進士第中順大夫知西安府事東郡吳孟祺序。

---

[1] 本序原無，據北京大學圖書館藏嘉靖二十五年(1546)刻本(以下簡稱"北大本")補。

胡蒙谿集序

賜進士弟徵仕郎中書舍人雍張才撰

　　蒙谿先生，雍產也。弱冠舉進士，與信陽何中舍、譙郡薛考功齊名。以鴻臚卿亞諫議，免歸。著有詩文，板行，屬余爲序。余素檮昧，謬忝交知，嘉睹斯集，實不容辭。敍曰：

　　夫自六義輟講而詩教寖喪，五傳異觀而文體漸裂。師工失其真授，學士惑於定往，而今昔殆不相及矣。務艱者氣鬱而不信，樂易者神涣而弗耀，侈博者意累而靡潔，執簡者情凋而罔恙，隨下曲就代，豈無人總？究詣極殊，未多覯也。若乃榘度遵循於逸軌，意旨經理於淵宗，辭采延攬於名彦，音節酌擬於元聲，而斯集者，可謂得之矣。

　　良以先生英靈降嶽，博浹絕人，玄解之宰，超契精機；獨照之匠，妙悟神運。是以學不泥往，力振古風；文不附時，盡削凡品。孤轅與楚漢同驅，奇標共陳韓并峙，冠冕藝囿，衣被詞人，卓哉一代之言也。彼近世思不通圓而極貌摹仿，識未周洽而委心剽奪，支庚弗經，踳駁可厭，篇帙雖富，其何以稱哉。是知斯集之出，聰智者菀其鴻裁，沉冥者釀其駿辭，易聽改觀，胥淪故染，家傳户誦，別起新聲，嗣是而宗作者，又自先生始矣。朝章野紀，他集數種，已並傳於世。顧先生華年未艾，令問方殷，繼此者，姑有俟云。

　　嘉靖二十五年冬十月一日。

胡蒙谿詩集卷一

四言詩

石芝頌有序

晉國中尉知炗,派別璿源,代衍圭組。而孝篤因心,順能養志,驗親之痾,至於嘗糞,生事死戚,咸繇至教。探緗素之載,揆紳冕之徒,斯蓋希矣。矧鮮禮之流,龙俗之染哉。嘉靖八年冬十有二月六日,中尉啓母欑宮,將與其先君合葬。忽見芝英產壙中,附槨石上,一本三幹,幹別三枝,奇香襲人,丹輝耀日,扶疏詰屈,狀若珊瑚。維時執紼之士、荷鍾之夫數千,其指咸所睹及,莫不咨美驚絶,以爲天下不遠人。

《抱朴子》曰:芝有石芝、木芝、草芝、肉菌。[1]又曰:七明、九光芝,皆石也。生臨水高山石崖間。以兹所聞,其殆石芝九光者乎?昔賈循葬母,芝出北牖,子壽哀,毁芝產坐側。雖其孝德所通,不殊中尉,若夫附不磷之質,同膏壤以滋榮,當寒冱之辰,偕松栝而并茂,則業罕前聞,慶華曩代矣。《瑞應圖》曰:"王者慈仁,則芝草生。"①《孝經·援神契》曰:王者善養老,則芝茂。② 恭惟皇上德蘊天經,化崇孝理,親親而推物,老老以及人,而宗族被德儀則最先。前年,晉國慶成王奇湞,孝德升聞,褒以寵命,乃兹中尉,踐躅而邁,可謂感玄澤之速,近天子之光者矣。然則神芝挺秀,固宗英之嘉瑞,實聖王之休徵也。

---

① 參見《説郛》卷六〇《孫氏瑞應圖》。
② 參見《藝文類聚》卷九八。

昔南國之橘,屈子羨其深固;連理之木,湛生怪其神奇。莫不綴響摛文,陳諸歌頌,矧是盛美,可乏揄揚乎？乃作頌曰：

明明我皇,照臨萬方。克仁克孝,不愆不忘。文洽道熙,德博化光。格於上下,通乎神明。　　　　　　　　　　其一

日月揚耀,海波不驚。營室之次,聚彼五星。彼濁者河,驪淵載清。飴露瀼瀼,朝焉載零。　　　　　　　　　　其二

於昭我皇,建其有極。黎民於變,九族是式。孝矣中尉,順帝之則。克篤其親,克子其職。至誠感神,神佑匪遜。煌煌靈芝,神是靡嗇。　　　　　　　　　　　　　　　　　　其三

惟德動天,惟帝時克。中尉之休,惟帝之德。爰彼靈芝,宗國是殖。　　　　　　　　　　　　　　　　其四

懿彼慶成,亦晉之適。孝思翼翼,駿命是錫。烝烝中尉,是覥是激。爰彼靈芝,不於他國。　　　　　　　　其五

佳城鬱鬱,親焉所宅。孝思維誠,親焉所懌。爰彼靈芝,生此玄室。　　　　　　　　　　　　　　　　其六

玄室幽幽,日月所微。巨石殷殷,匪鐫靡虧。玄冥司天,群植告萎。鍾奇蘊和,乃生靈芝。　　　　　　　　其七

彼茁者芝,有丹其枝。凌寒貫堅,揚芬吐蕤。曩披《中經》,圖篆所稀。階蕡廚莆,胡逾於兹。局才猥思,愧彼奚斯。景德樹聲,陳此頌辭。　　　　　　　　　　　　　　　　其八

鐵柱泉頌有序

鐵柱泉者,渟泓瀰淪,[2]廣百其武。歷四序而盈科,飲千駟以靡涸。[3]興武之野,方數百里,絕無水泉,胡馬南牧,兹焉實賴。嘉靖十有五年,我松石劉公,[4]以夏官司馬制率全陝,[5]篝湧雲搆,動駭霆擊。皓羽右麾,群策畢奮,玄旗北指,九夷咸懾。執訊獻馘,遂陋魯泮,鴻懿駿烈,昭紀周常矣。於是按部勞軍,弭節靈夏,左眷興武,遂駐兹泉,盱衡嘆曰："美哉乎,兹泉也！城而守之,虜其能肆哉。孫武

有言：彼我可往來者爲交地，宜謹其守。① 陸凱有言：西陵國之關，宜重其備。② 夫茲泉也，夷夏之交，秦雍之關也，而醜狄是昇，豈籌國之全策，禦戎之便計哉！[6]茲泉也，我泉也，可城守也。"維時御史中丞蘭陽張公文魁，[7]總兵官梁震、王效，按察僉事譚聞實偕斯駐，僉曰"俞哉"。於是簡師定命，峙乃楨幹，程量計公，獎良扑窳，環泉而城之。捄度如雲，相歌如雷。旬月之間，百堵皆作，長墉崒如，樓櫓翼如，乃田乃宇，乃庀禦具，乃宿以虎旅，廣莫之區，[8]屹增巨防矣。夫坎重設險，兵上伐謀，禦侮折衝，後戰先守。文王據泉池以遏密須，南仲城朔方而襄獫狁。故曰：百戰百勝，非善之善者也；不戰而屈人兵，善之善者也。③ 夫衛、霍、李、寶，勳雖偉燁，失道亡卒，往往而然。握管之英，[9]猶以功重衄輕，稱獎靡釋。或篆茂於緘金，[10]或勒奇於穹石，[11]所以顯武述容，義至美也。茲泉之城，王旅先其伏，黠虜失其據，兵不朝頓而鯨鯢坐摧，鏃不半遺而邊圉永固。視衛、霍、李、寶之徒，勇若韜耀，功實百之，而績遠略玄，俗情鮮覺，[12]苟非闡述，後胡稱焉。乃作頌曰：

　　鬠沸檻泉，維鐵其柱。狄焉牧焉，[13]泉焉是據。焞焞劉公，泉焉城焉。蠢爾小醜，無飲我泉。我泉我城，張公是營。梁侯王侯，[14]踴躍用兵。譚侯承之，王旅城之。嘽嘽其旅，不日成之。我城言言，括狄之嗑。靡勞靡恫，其究安宅。有淳者泉，狄則涴只。今則匪只，載清其洒。彼泉者神，載瀰載泌。福我壽我，殷禮攸秩。往泉於狄，維神之羞。泉之印矣，神是用休。峨峨鐵柱，銅柱則儷。[15]雕此頌文，昭示億世。

【校勘記】

［１］肉菌：《抱朴子內篇·仙藥》作"肉芝菌芝"。
［２］奮：《〔嘉靖〕寧夏新志》卷三《鐵柱泉頌》作"奮"。

---

① 參見《孫子·九地》。
② 參見《藝文類聚》卷六《地部關》引《吳書》。
③ 參見《孫子·謀攻》第三。

[3] 千駟：《〔嘉靖〕寧夏新志》卷三《鐵柱泉頌》作"萬騎"。
[4] 《〔嘉靖〕寧夏新志》卷三《鐵柱泉頌》"劉公"下有"天和"二字。
[5] 率：《〔嘉靖〕寧夏新志》卷三《鐵柱泉頌》作"帥"。
[6] 便：《〔嘉靖〕寧夏新志》卷三《鐵柱泉頌》作"佚"。
[7] 蘭陽：《〔嘉靖〕寧夏新志》卷三《鐵柱泉頌》作"字川"。
[8] 廣：《〔嘉靖〕寧夏新志》卷三《鐵柱泉頌》作"曠"。
[9] 英：《〔嘉靖〕寧夏新志》卷三《鐵柱泉頌》作"徒"。
[10] 纂茂於緘金：《〔嘉靖〕寧夏新志》卷三《鐵柱泉頌》作"貽美於庸器"。
[11] 奇：《〔嘉靖〕寧夏新志》卷三《鐵柱泉頌》作"茂"。
[12] 鮮：《〔嘉靖〕寧夏新志》卷三《鐵柱泉頌》作"罔"。
[13] 狄：《〔嘉靖〕寧夏新志》卷三《鐵柱泉頌》作"胡"，本篇以下"狄"字均同此。
[14] 梁侯：《〔嘉靖〕寧夏新志》卷三《鐵柱泉頌》作"赳赳"。
[15] 則：《〔嘉靖〕寧夏新志》卷三《鐵柱泉頌》作"是"。

胡蒙谿詩集卷二

五言詩

送馬宗孔令餘干

良友遠行邁，嘉會難豫期。屏營以昈睐，握手不能辭。九月秋候闌，涼風高以淒。塗塗繁露零，輝輝素景移。玄鳥辭虛暮，促織鳴當堦。方舟逝安適，愴惻寒無衣。艱哉餘干邑，邈矣揚瀾垂。修鱗竟雲化，廣翼聊卑棲。兹夕復何夕，出門當路岐。仰視天漢斜，郎位何離離。對酒雄劍動，當歌心慘摧。願接陽鳥翼，逐子以南飛。

宿邢臺館

開冬倏慘節，屯陰晦復陽。丹鳥淪冥陸，寒夜信彌長。玉衡西北指，白露化爲霜。南雁無留響，委菊有餘芳。客游倦道途，歲晏乏衣裳。奔暑值回換，浮質歷温涼。肅肅松館清，嘈嘈城鼓揚。纖纖景流隟，淅淅風振床。參差潛憂啓，起坐命壺觴。誰能就衾枕，徒倚俟朝光。

升天行

夙齡事玄軌，中歲值仙靈。手把五嶽文，口授九丹經。依方育鄞鄂，呼吸存玉清。服食通三載，一旦升天行。凌風出少廣，上陟神皇京。珠宫列九柱，仙樓帶五城。左右拂流電，抗首冠浮星。若木耀丹華，朗月照金庭。海童對窈窕，玉女欣相迎。斑龍夙前導，翠鳳霞間鳴。弭節濛汜濱，仰漱沆瀣精。超遥任罔象，遐紀天地并。俯覽人海間，煙塵日營營。哀哀才賢子，生死若秋螢。何當下雲軿，接手共青冥。

洛陽道贈潘侍御景哲

驅車洛陽道,南望三塗原。終風曀廣野,浮雲鬱以繁。在昔干戈會,鯨鯢相啗吞。宮殿倥鬼作,車馬若雲屯。聿來江河改,衣冠不復尊。但見北芒墳,松柏半摧髡。迄今銅駞巷,荊棘莽樿樿。驅車復驅車,相逢上東門。昔爲連理枝,今作浮萍根。浮萍豈有根,去去將何言。

寄靖江劉少府

余聞靖江縣,緬在江之洲。江洲煙江間,宛若三山浮。昔破張吳時,龍舟橫中流。至今江洲上,榮光塞不收。故人茲試割,聞已無全牛。時駕雙鹿車,吊古登雲丘。東望海日出,雞鳴正啁啾。鯨波淼浩蕩,目極增煩憂。

憩林宁作

炎風鶩長郊,赤日駐平地。四術塵漫漫,百穀向焦悴。駕言適南疇,鬱鬱振孤轡。川流多沸瀾,逝鳥無緩翅。煩蒸氣不舒,憂心怛如醉。忽見青楓林,翛然動涼意。揚策欣有投,果得清風至。披襟臥其間,頓遠區中累。嗒焉楓根沙,夢與鴻蒙値。覺來終南山,落日閃金翠。迢迢圭峰雲,橫抹翠微寺。鄙尚頗違俗,茲焉乃心遂。目送冥飛鴻,時哉發深喟。

贈巢林子

聞有青山僧,兀作空林裏。自謂有巢民,遂號巢林子。山雲鴻蒙色,往往襲巾履。禪心不可即,寂歷空潭水。

三月三日集曲水

莫春雲日嘉,春服展幽况。開筵際曲水,林風穆輕颸。宛轉滄流漫,參差羽斾放。潛鱗乍驚徙,浮藻自相蕩。皎皎霞上思,蕭蕭松間唱。惟茲良燕會,蕭散愜微尚。情局景不紓,欣奏神理暢。有感王生文,將附曾公曠。

謁后稷祠

維后際岨運,冲稚克岐嶷。迨升虞氏廷,靈聖賴匡翼。[1]孜孜贊禹緒,教民播稼穡。撫化信有憾,資生藉神識。向匪后粒之,九土已湮息。惠博不逮報,垂裕乃千億。茲維有邰封,於焉啓王國。荒城抱叢祠,迤剏鳳岡側。奕奕堂殿古,丸丸松柏直。虛簷掛蒼狖,曲徑繞丹棘。迹往譽豈俱,循譽迹堪惻。蚩蚩我蒸民,嗟哉爾誰極。

仙遊潭

夙領仙潭名,創見果奇龎。澄泓疑膏停,汪濊象溟瀚。浼浼數里餘,奔浪始崩駭。歘霍雷電翻,噴沫遍空灑。聞之古老僧,潭底下通海。中有靈物潛,月黑閃光彩。嶔崟諸山環,離立若有待。象峰俯瞰潭,展鼻下潭擺。傍岸蓮花宮,相傳幾千載。吳生畫浮圖,妙絕至今在。頗負山水癖,中歲靡能改。誓將畢婚娶,物外恣探采。

苦　雨

簇雲興繁雨,蒙昧恣澆灌。淅瀝肇岨暑,纏綿邁秋半。曙零屆日夕,昏響徹朝旦。簷溜垂素瀑,庭潦起玄瀾。崩濤嘯黑蜺,頹埊鳴蒼鸛。徐疑天河瀉,驟恐地維斷。虛齋絕朋從,衡門閉清晏。雖忘昏墊苦,寧免望洋嘆。擬賦《秋水》篇,誰假凌風翰。

移居後作

經營北城居,本以奉老母。苦乏三徑資,周旋賴師友。華樓受南風,會城抗其後。白雲掛簷榮,青山對吾牖。牆東開芳園,[2]畦蔬八九畝。豈惟遣塵累,兼以糊予口。慨昔陶徵君,不肯屈五斗。拂衣歸去來，但飲杯中酒。盤桓孤松樹，摩挲五株柳。炳炳垂修名，百世不能朽。予豈徵君倫，私淑良已久。伊從筮仕旋，雅志在林藪。乃茲托偃息，於焉輟奔走。亦有言心朋，[3]頗類柴桑叟。過從屢不厭，清吟間瓊玖。朝彈城上雀，暮剪雨中韭。時時偕季昆，稱觴爲親壽。借問陶徵君，此樂同予否？

王官谷

彼美王官谷，乃在洪河濆。環山抱珠庭，迥與塵世分。丹泉流其間，鸞鶴自成群。珍木森綺錯，靈華晝繽紛。丰茸玉禾田，仙人爲之耘。霞壁耀海日，金光散氤氳。谷有蘊真子，冥寂世不聞。時乘斑文螭，問道雲中君。鴻寶詎足秘，面授琅霄文。坐餐六天氣，韶顔常醺醺。遊戲偕玉童，長歌凌紫芬。傲睨九環海，夫物何芸芸。寋余夙好道，永懷辭垢氛。惜無三青鳥，一致情慇懃。東望蒲坂樹，冥濛但春雲。逸迹不可及，愴惻將何云。

贈陸元望

憶余童丱時，與爾遊京鎬。相從蘖谷翁，下帷讀鴻寶。意氣俱莫逆，顏色各姝好。英聲震鷄林，文心吐蘭藻。玄運浩推移，因循就衰槁。別來三十年，相逢霸陵道。踟躕論疇昔，愁焉動懷抱。所賴綢繆心，金石以偕老。去去三泖濱，相將掇瑤草。

遊黃谷

曩困簿領間，每抱林壑癖。茲還蔣生徑，肯負謝公屐。黃谷南山南，水石頗幽闃。靈巖信仙奧，斷巘若天坼。霞林散丹綺，風泉灑珠礫。時聞伐木音，丁丁響蘿壁。余匪靜者儔，即事愜所適。笑弄松上雲，倦臥雲畔石。天風吹綸巾，長嘯萬峰碧。寄謝三黜翁，終焉愧沮溺。

金臺篇

燕昭昔下令，遠邇招賢才。不有郭生至，枉築黃金臺。高臺巋然存，鬱鬱生蒿萊。天野莽空闊，郭生安在哉。我本羈旅人，登臨重徘徊。郭生儻不作，悵恨當誰裁。

七才子詩有序

七才子并振采詞林，蜚聲函夏。余曩宦遊，咸獲晤覿，而近皆遊魂岱宗，修文地下，官不鼎軸，壽不期頤，是可哀也。夫《三良》《五咏》《六君》《八哀》，懷舊悼賢，昔人有作，余乃依倣末旨，爰成七章云。

江西提學憲副李公夢陽

李公奮北地，倦遊客梁汴。英姿映璠璵，俶儻邁群彥。憶公筮仕時，海內正清晏。坐吟郎官署，抗疏未央殿。秀句敵甫白，雄裁逼邕瑗。遂令弘正來，文體突而變。余方髫卯年，一再識公面。公解江西組，余才仕京縣。空抱纏綿懷，相聞不獲見。晚值永王璘，敢倡潯陽戰。公久卧夷門，讒妒仍相扇。萋兮貝錦辭，又乏金張援。雖不夜郎遷，罪罟終遭冒。忠賢蒙厚誣，天胡不雷電。

陝西提學憲副信陽何君景明

何君舉童子，蚤上萬言策。繼讀中秘書，鳳采日烜赫。時與李崆峒，聲價相仲伯。金石偕舂撞，鼉鯨互呿擲。迄今詞翰場，擬之甫與白。曩余聆清音，頓覺茅塞闢。見許頗不輕，交情遂莫逆。潦倒今無聞，殊負麗澤益。余當遊京華，君爲岱宗客。追感夙昔好，痛哭斯文阨。倏焉二十年，渺若山河隔。往往撫遺編，哀歌楚天碧。

南京吏部郎中閩鄭君善夫

鄭君在郎署，志念惟江湖。東登日觀峰，北望翳無閭。白浪漂三山，半夜飛金烏。南探神禹穴，覽古開山圖。招手幔亭峰，乃得仙人符。金山汲中泠，俯拾驪龍珠。載觀雁蕩湫，頓覺無匡廬。及度赤城梁，恍若凌空虛。以玆發藻思，奇氣煙霞舒。緬余策微仕，覯子燕山都。玄論累日夕,哀歌振瓊琚。每羨酒樹篇,遺編今則無。因思昔遊處,何異黃公壚。

都下處士張君詩

張髯遊方外,跌宕不可馴。下筆怳宿搆,萬言但逡巡。赤金珊瑚枝,揮之等微塵。燕臺富文彥,髯也稱絕倫。昔訪孫太初,并釣三泖濱。平湖若明鏡,照耀雙綸巾。長嘯弄海月,逝將終其身。世人驚相傳,謂是雲之神。別子軒轅丘,忽復十五春。豈意鷟鶴姿,奄然泉下淪。英才無盛年,天道竟孰親。惟餘翰墨迹,壯采凌星辰。

山西僉憲關中王君謳

王君不羈才,潔晳如冠玉。倚馬輒萬言,揮翰若神速。與子傾蓋時,子來自曲沃。仰聆懸河辭,俯覺鄙思局。旋聞《鹿鳴》詩,偕子齒鄉錄。繼忝大廷對,貪緣接高足。余愧離間鸚,子亶雲中鵠。偃蹇歷省寺,每每驂清躅。勤勤勖令德,款款話衷曲。伊余謝朝列,子始遷上谷。將徙莊公鵬,遽賦賈生鵩。大器不晚成,景命嗟何促。悲歌吊故人,聊擬生芻束。玄理倘可求,吾將問亭毒。

寧羌知州前評事沁水常君倫

常君實豪儁,頗有使酒癖。當其逸氣發,四座俱辟易。由茲搢紳徒,睊睊若讎敵。濩落州郡間,還爲衆所擊。昔余邯鄲舍,見子詩在壁。兼程前及子,肝膽即傾瀝。追隨連數程,殊以慰孤寂。及余倅上黨,感子遙相覓。不返王生舟,竟遭屈公溺。余既檟其尸,襚之衾與帛。輀之歸端氏,俾之就窀穸。短詞代招魂,誰哉授巫覡。

刑部員外郎馬平戴君欽

戴君桂林秀,[4]其貌若處子。髫年騰朱方,褎然冠多士。縱橫肜墀策,揚歷畫省仕。是時翰墨林,君與何薛齒。余也旅京華,鄰爾安福里。雄詞驚風雷,縟采映紈綺。劍術既妙絕,該洽亦玄史。金丹竟不成,三十乃客死。寡妻護靈輀,萬里下湘水。往年號石交,亦忍銷骨毀。遺文千餘篇,誰能繡之梓。浮生不足陳,永世尚以此。

送何巨卿

逍遥天池鵬,矯矯向南徙。膺摩丹霄雲,翼激滄海水。簸蕩鴻蒙中,翕然九萬里。一朝念鷽鳩,下顧榆枋底。歡緒方載續,離端忽而起。短翮不並篸,悵望何能已。去矣愛景光,勖哉慰惟此。

【校勘記】

[1] 翼：此字原漫漶不清,據北大本補。
[2] 墙：原書漫漶不清,據北大本補。
[3] 言：原書漫漶不清,模糊字形類"言",且文意爲作者遠居田園,却依舊有知心好友可以把酒言歡,據補。
[4] 桂：原書漫漶不清,據北大本補。

胡蒙谿詩集卷三

七言古詩
潞郡德風亭醉歌贈邵大夫經

德風古亭天下無，勝概自與他亭殊。雲幔高吹太行雪，臺勢下瞰金龍湖。江陰邵侯州大夫，邀我坐燕亭東隅。是時陰陽催歲徂，北極黯淡風號呼。曾冰塞川雪照野，日沒不沒將西嵎。坐中有美二三子，慷慨盡是高陽徒。豪歌那顧鬼神泣，吐氣但覺煙霞俱。邵侯嘆我胡泥途，每作調笑相為娛。長平之酒滿眼酤，海色冰透玻瓈壺。翠盤珍饈行玉廚，暢飲促膝圍紅鑪。酒酣耳熱投袂起，推牕四顧天模糊。垂雲之石立不動，千山如龍左右趨。邊塵蒼蒼雁塞斷，金鼓東震燕山都。王孫徒跣竄荊棘，國之守將囚為奴。蕞爾逆豎豈足慮，天子未服南單于。四方寧無一猛士，疏賤誰敢干廟謨。君不見邵大夫，龍之額，虎之須。

山竹篇

美人家在山之曲，宅畔琅玕萬竿竹。白日陰森莽煙霧，蛟龍夭矯春江澳。風林蕭蕭颭翠葆，江沙歷歷排蒼玉。徑闢只許裘羊過，心虛不礙巴邛局。憶昔厥貢河中宮，寶之至與瑤琨同。伶倫不作鳳鳥逝，下雜庶草吹春風。停霜歷雪那得知，見者但賞嬋娟枝。

相逢行贈孟中丞望之

數月不見孟夫子，倏忽擁節關東來。錦袍白馬照衢路，繡旗西指胡雲摧。丈夫雄飛足快意，籬下斥鷃空相猜。寧夏之城壁立鐵，寒日下耀冰霜臺。朝廷北門最重托，彈壓少得超群才。青門門東雪崔嵬，故人相逢俱眼開。北風其涼歲云暮，遠道綿綿良苦哉。桑落之酒黃金杯，暫解鞍劍相徘徊。紅鑪照室天不曙，玉山豈惜當筵頹。孟公孟公且傾倒，向來相知苦不早。今夕相逢莫草草，明朝西出咸陽道。

罔極寺後園花下醉歌

城東祇園臨古路，桃花梨花千萬樹。武陵仙人在何許，弄色揚芬滿煙霧。東風吹春不肯住，墮白飄紅已無數。人生行樂須青春，嗚呼忍使青春誤。花開花落能幾時，舉杯問花花不知。頹然共藉落花卧，隔林叫殺雙黃鸝。今年花雖落，明年還更開。百年瞬息等花落，那得少年還再來。未央殿前烹走狗，富貴功名亦何有。我輩幸值太平日，胡不相將爛醉花前酒。

鳴雁行寄南寧太守蔣子雲

涼秋草枯天雨霜，木葉颯還玄雁翔。北風厲急關山長，長鳴嗷嗷若有傷。江湖水深多網罟，念爾雲間孤飛翼。

苦寒行

北風如刀剪枯木，冰雪峨峨失平陸。裋褐長鑱宵向深，獨在山中斸黃獨。滄江老蛟凍拳縮，朱鳳威垂竹間宿。山人忍冷不出山，坐待春陽發幽谷。

薦福寺燕翟廷獻

故人東萊翟諫議，十載風塵不相值。長安城中偶見君，攬轡共訪城南寺。寺中浮圖高百尋，創建相傳自唐季。當時此寺最雄傑，金支玉輦時時至。刹鳳幡虹紛婀娜，星廊月殿殊幽邃。給苑陰森珠滿林，祇園晃朗金鋪地。神僧合掌三匝繞，宮女聽經兩階侍。鷲嶺高排鴛鷺班,雁池巧鬬魚龍戲。或云塔藏佛舍利,白日人天見光瑞。坤轉乾旋又一時,勝地嗚呼毁兵燹。狐鳴咿嚶出蘭若,鼠迹散亂交香積。獸鼎惟餘篤耨灰,鴛瓦半蝕琉璃翠。住山老僧年九十,太息爲說前朝事。翟君翟君八尺長,嶕崒似是人中驥。青瑣曾爲拆檻臣,黄河今作乘槎使。憶昔京華偕旅食,氣岸肯與尋常類。尊酒時同晚寺燈,追遊每並春堤騎。高談激烈風雷翻,詞采跌蕩曹劉避。退食常圍謝傅棋,褊性寧懷禰衡刺。英雄自謂人不如,騰踏青雲詎難致。造物誰知翻忌人,人生那得皆如意？君乎未返涸轍鱗,予也亦塌回谿翅。轗軻頻窮阮籍途,感嘆欲下楊朱淚。此時相會嗟不偶,此會況復諸賢萃。長安美酒金叵羅,勸君縱飲君須醉。浩劫由來有廢興,富貴功名等蟲臂。酒酣拂袖嘯起舞,賓客歡呼僕夫睡。明河當空月西墜,妖星熒熒東出彗。夜如何其不肯歸,摩挲塔上題名字。

王南皋中丞既柱草廬復惠烏薪命酒獨酌忽爾成醉作醉歌行

玄冬冥冥北風大,窮巷闃寂無人過。蒙谿山人閉門卧,茅屋復被風吹破。南皋中丞知我貧,遣使遠致南山薪。冰雪載途山谷邃,城中此物來非易。蒙谿山人笑而起,呼童炊薪若炊桂。擁鑪煮酒自斟酌,酒酣欲鼓山陰枻。[1]君不見范萊蕪,塵甑往往纏蜘蛛。又不見王潛夫,作論落魄逃江湖。古來賢哲少騰踏,我輩坎壈何傷乎。一生那顧衆白眼,萬卷不直雙青蚨。南皋中丞標格殊,問奇豈厭揚成都。南山幽幽將歲徂,野岸枯木號饑烏。蒙谿山人不曉事,爛醉長歌敲唾壺。

憶昔行贈劉憲副希尹

憶昔同君仕京縣,文采風流衆爭羨。逸翮寧甘雞鶩群,直詞屢犯麒麟殿。氣象崩騰動寥廓,車馬追隨盡豪彦。官曹清高案牘少,退食時時縱遊衍。消憂每上鏡光閣,濯足常過玉泉院。西山蜿蜒三百里,丹崖翠壁題詩遍。祇言行樂常如此,自謂旦夕常相見。升沉聚散那可料,予竄山西子南甸。江湖淼淼隔煙霧,十載不會情人面。已分風波永相失，豈期杯酒重歡宴。感今話舊各嘆息，故態猶存鬢毛變。秦城深冬雪不花，庭樹凌空色葱蒨。可憐金尊對素月，莫遣玉漏催銀箭。方圖款款展良覿，無那匆匆及攀餞。錦江逶迤花滿煙，劍閣岹嶢路如綫。驅車西遊何當還，離愁擬逐西飛燕。

崆峒篇贈白客部貞夫①

昔登燕山顛，恭謁東華君。山雲盪胸飛，五色成龍文。別來十載餘，放迹沙鷗群。玄髮垂領素，東望心如焚。君從燕山來，冠戴燕山雲。仰叩沉濬説，塞充不以聞。對坐逾七日，鼻息常氤氲。君今駕長風，西飛遊崆峒。崆峒九千仞，上有軒轅宮。圓珠耀朝日，寶鼎薰晴空。當時七玄鶴，今在山之中。軒轅龍去知幾年，玄鶴往往飛人前。翠屏高掌九天露，石橋迥駕雙峰煙。贈君昆吾劍，朗咏崆峒篇。君登崆峒須早還，與爾餐玉藍田山。

猛虎行

山有猛虎，厖然何斕斑。搏人食肉，從橫白骨溝中捐。爾無赤金刀，嗟嗟薪彼南山。搖頭入南山，猛虎端坐南山松樹間。三日不食，向人磨牙垂涎。奮尾咆哮，雷何填填。烈風陊石崖之顛，長跪猛虎呼倉浪天。舍中老母晨不及餐，孤兒持薪歸作糜，薄暮誓當復來還。猛虎聞此言，弭耳涕下汍瀾。不咥此樵，忍饑竄入深嵓眠。嗟嗟猛虎，孰謂不避豪賢。旦旦《金縢》，三叔搆患。抒情抽信，靳尚湛焉。儻逢猛虎或以憐，嗟嗟倉浪天。

將進酒

將進酒，君莫辭。白日忽復没，不飲將何爲。三閭獨醒枉憔悴，至今空吊湘江纍。君不見華蟲生來有羽翼，化蜃入海飛不得。又不

---

① 本詩主體爲五言，收於本卷中似乎不妥。

見蜣蜋齷齪推糞丸，一旦嘻嘻高枝端。將進酒，金叵羅。四座試側耳，聽我擊節歌。擊節歌，歌聲苦。韓侯銜冤赴鍾室，噲等翻羞與之伍。夷吾昔未脫羈囚，敢望桓公稱仲父。奸雄老瞞文且武，揮霍叱咤生風雨。美人愛子竟誰托，牧童躑躅西陵土。呂公八十尚屠釣，棲遲寧免愚妻誚。倏忽鷹揚作帝師，功名豈必皆年少。釋之十年嗟不調，安國曾遭獄吏溺。翻覆變化不可料，窮途轗軻休相笑。

雨雪曲效李長吉

飛廉吹天天漢凝，紫皇碎剪璇源冰。癡雲漫漫鋪冷白，鴻池團團奠夜璧。楊花梨花飄麗纇，粉蛾蜓蝶紛相逐。僵松攣拳玉虬死，風篁倒彈銀鷺尾。八埏茫茫皓一色，山鬼木魅匿不得。螺巵飛來鳳條叫，酒香勾引江梅笑。東郭先生履欲穿，不妨慷慨陽春調。

丈夫行

局促紅塵中，空馳紫霞想。只見紫霞飛，那得人來往。丈夫不能鍊石補天闕，又不能煎膠上天黏日月。徑須掛席泛滄海，手拉天吳釣鼇骨。不然嘯傲青山隈，日日但酌流霞杯。酒酣鼓腹歌帝力，帝力何有於我哉。丈夫生來貧賤即貧賤，焉能學奴顏婢膝求辟薦。

九河篇有序

九河李子北謁，趙王東歸九河，作《九河篇》贈之。

子從九河來，還向九河去。相逢不須臾，行色一何遽。九河播來幾千載，九河故道皆遷改。覆釜鈎盤莫辨名，金隄碣石知何在。榮光上逼天漢回，箭波下射三山摧。魚龍噴薄不得住，白日地底奔驚雷。風沙茫茫九河路，孤舟搖搖進煙霧。把釣將連碧海鼇，揚帆先拂銅臺樹。銅臺帝子思王倫，視子不異應與陳。茲行好乞《河清頌》，莫羨當年賦《洛神》。

【校勘記】

［1］枻：原作"㔸"。"鼓枻"出自《楚辭·漁父》："漁父莞爾而笑，鼓枻而去。"此處爲劃槳泛舟之意。唐孟浩然《尋梅道士》："彭澤先生柳，山陰道士鵝。我來從所好，停策漢陰多。重以觀魚樂，因之鼓枻歌。崔徐迹未朽，千載揖清波。""彭澤先生柳"指陶淵明安貧樂道，"山陰道士鵝"則爲王羲之爲山陰道士寫《黄庭經》換取白鵝之典故，體現王羲之遵從自己喜好的性格。孟浩然借此表明自己以觀魚爲樂，唱漁父之歌，生歸隱之心。本文"鼓山陰枻"當爲化用，意在體現自己追求內心歡樂，不懼生活貧困，依舊可以悠然而歌。故此字當爲"枻"。據改。

胡蒙谿詩集卷四

五言律詩

送胡汝愚令東陽

英年越茂宰,二月出都城。暮雨孤舟別,春濤萬里行。錦帆衝霧濕,寶劍射江明。山水東陽麗,知君八咏成。

送蔣國信宰桐鄉

慷慨三吳傑,爲郎二浙中。烏辭丹鳳日,帆逐大鵬風。井邑嘉禾改,江山檇李雄。東南問民力,賴爾慰疲癃。

送劉仲賓守平度

罷對彤墀策,分符碧海垂。出門五馬去,夾路萬人窺。鮫女鳴冰杼,萊夷貢檿絲。定逢昌邑令,莫作《餽金》疑。

送龍比部琰出相榮府

捐珮就南國,曳裾仍故鄉。唱驪燕柳碧,回鷁楚梧蒼。君即長沙傅,新辭漢署香。兹行有詞賦,早晚出沅湘。

戊寅仲冬即事

辛苦問王駕,中宵塞上回。功高諸將得,喜亟萬人摧。城雪霑行幄,天花接御杯。定聞哀痛詔,遠過漢輪臺。

正月十三夜同劉士奇薛君采集管汝濟宅食柑有賦

念爾別南國，經冬來北燕。春猶洞庭色，節近漢宮傳。玉液寒生齒，香風細拂筵。嘗新當此夕，提挈愧諸賢。

宴顧員外與行宅時餞李子中赴吳劉汝攜使汴

暫輟臺中務，來過顧愷家。夕尊開露蟻，簷燭墮風花。白馬吳門色，黃河漢使槎。相將共取醉，況乃各天涯。

內　丘

客思渾無賴，連山對不窮。野河秋少岸，沙路晚多風。水菊花仍紫，霜梨葉自紅。前看內丘縣，遠在碧雲中。

登定州塔二首

浩劫金仙塔，岹嶤凌紫霞。風塵莽關塞，世界渺河沙。萬象看皆妄，諸天坐不賒。無由謝朝列，來問白牛車。

嵁嶮風門上，盤紆塔洞長。煙中辨海色，天畔引飛觴。吹雪回陰磴，歸雲宿畫梁。直疑兜率會，坐待玉毫光。

送劉德徵守夔府二首

揚帆指夔郡，彩鷁帶霜林。行聽巴俞曲，兼諧山水心。樓飛城徑昃，峽逗大江深。莫擬《高唐賦》，《南風》遲子音。

國有鹽叢古，城開白帝雄。龍蛇夏禹廟，雲雨楚王宮。羽檄通南徼，樓船進北風。還令蜀父老，喜得漢文翁。

函谷道中

雪縣暮何迥，風途寒氣生。漁燈逗浦出，候火隔林迎。急澗笙鏞合，環山組練明。如從剡谿曲，倚棹月中行。

遊樊川

春遊暢容與，盤谷靄朝晴。往往翠泉出，時時黄鳥鳴。藉蘭坐芳浦，捫葛上曾城。未遣樊籠累，徒慚尚子平。

宿蒙谿館二首

玉館神霄洞，金壇綴露紋。巖窗深入霧，石磴曲盤雲。墮月杯中見，鳴泉席上聞。將因尋五嶽，特地訪真文。

青谿人不到，雲木晝冥冥。乳竇含陰雪，空潭蘸列星。路危斜避閣，巖轉曲藏亭。已覺無來往，煙霞散鶴汀。

宴李伯清園亭

芳園夜停宴，華月麗春燈。賓榻叨徐穉，仙舟接李膺。層軒敞風竹，曲檻裊雲藤。誰發蘇門嘯，山林興忽增。

春日同劉士奇張時濟遊陳氏山林

別業青門外，芳郊素滻西。興來欲遊衍，朋好復招攜。坐竹狂遺帽，穿花醉杖藜。何時返初服，傍爾托幽棲。

登興善寺閣

杏閣諸天逼，松龕法雨霑。金輪承露掌，寶鐸振風簷。山翠遥迎檻，空花下拂簾。他年倘入社，不得厭陶潛。

雨中過神谷寺

雨寺停春騎，雲門俯近郊。墅花搖水蔓，簷竹卧煙稍。紺殿盤龍藏，珠林架鵲巢。迷方欲有托，得得問誅茅。

登華嶽

兹山奠西極，鬱鬱灝穹連。絶壁蛟龍下，層崖日月懸。雲邊摘瑶草,天上踏青蓮。頗覺神州外,離離九海聯。

登夏縣瑤臺山天妃宮

玉女斑龍館,瑤臺赤鳳霄。河山爭倚薄,樓觀鬱岹嶤。雲洞雷文隱,風潭日影搖。誰能共絕頂,登望海邊潮。

辛巳暮春平陽道中逢浦汝器

不從瑤池躚,相逢嗟此途。猶傳咏簀竹,詎忍問蒼梧。冠蓋風塵色,乾坤渤澥圖。因君話辛苦,吾亦念江湖。

謁介子推祠

群公竟翔貴,夫子獨焉如。煙火仍寒食,龍蛇没舊書。荒祠綿谷外,拱木晉焚餘。再拜瞻遺像,哀哉仰令譽。

過井陘謁韓信廟

野廟松杉古,荒臺白日曛。今看泜水上,昔度井陘軍。畫壁餘行像,青山卷戰雲。人言風雨夜,金鼓颯常聞。

恭讀辛巳登極詔

鳳下龍飛詔,中朝有聖人。不知堯德大,祇覺漢詞醇。雷雨群陰解,風雲率土春。小臣歡抃極,百拜頌維新。

送方比部思道奉使山東

暫別郎官帳,行隨奉使槎。雲中看五嶽,海上覓三花。鼇抃蓬壺側,帆回斗柄斜。風波知漸遠,目斷日東霞。

酬薛比部君采寺中春雪之作

步屧過山院,開筵對雪花。人天空色相,福地淨雲霞。祇樹銀爲藥,恒河玉作沙。載歌巴里曲,慚惡答瑤華。

同劉士奇蔣子雲許伯誠馬仲房集顯靈宮虛白道院二首

早散蒼龍闕,同登紫貝壇。天風鳴玉珮,零露下銅盤。久坐雲枝淨,清言月桂團。自欷蕭散趣,詎待孟公攀。

月宇秋遊並,星臺晚坐移。凝香清桂閫,宿霧澹蓬池。短笛歌能和,深杯醉豈辭。主人不厭客,莫問夜何其。

李夫人

佳人莫再得,妙麗尚平生。塵儼歌梁下,衣仍舞席輕。翩姍來訝緩,綿眇目難成。只擬陽雲夢,深懸暮暮情。

紫騮馬二首

俠客紫花騮,揚鑣南陌頭。駸驒過下蔡,宛轉出長楸。臂綰青絲絡,腰懸錦帶鈎。但令橫絶漠,不用取封侯。

攪金摧鶴翼,歕玉度龍鱗。踥蹀詎辭遠,權奇殊絶倫。風鬃颯紫露,冰汗結紅塵。一別長城窟,年年寒草春。

梅花落二首

南國梅初落,芳華不重馨。帶雪飄仍濕,因風舞詎停。連翩度東閣,寂歷下中庭。可惜流光騖,匪敢怨凋零。

誰憐玉樹花,歷亂逐風斜。辭枝疑粉蝶,著鬢似鉛華。寧愁雜雪霰,不忍委泥沙。欲代瓊瑤贈,天寒隴首賒。

芳 樹

丰茸芳樹枝,垂影蔭華池。柔條綴緗子,密葉含丹蕤。風霜旦夕至,根株長不移。君懷諒無改,芳樹尚如斯。

關山月

漢月出東溟,徘徊上柳城。色欺關玉暗,光泛澤鹽明。劍花蓮影抱,旗葉桂香生。此夜南飛鵲,繞樹正哀鳴。

長安道

金城實佳麗,綺陌帶朱樓。綠槐列九市,青松蔭道周。走馬值京尹,乘車逢徹侯。日暮狹斜子,挾彈正遨遊。

登玉泉山望湖亭

春亭面湖水,霱色杳絪縕。竹溜鳴疑雨,松峰濕作雲。斷虹殘日彩,細浪疊風文。迤邐千巖夕,禪鐘處處聞。

秋日宴郊壇陳太常道院

蓬闕紫霄逼,開秋雷霧饒。貝壇霞石抱,龍殿露珠搖。拂席金芝側,焚香玉桂飄。居然忘朝市,坐待赤松邀。

送白貞夫昆季還吳

並命歸吳苑,揚舲別漢京。闕隨雙鳳轉,雲引二龍行。島出江中寺,霞標海上城。論文期未可,抱劍一含情。

九日同陳魯南文徵仲二翰林劉希尹薛君采二吏部登海印寺鏡光閣

湖景澄珠閣,雲虹度石梁。行攀雙樹杪,坐對九華觴。水抱香城入,山橫紫禁長。憑高不厭晚,待月咏胡床。

對雪戲簡舒同年國裳狀元

孟冬混雲雪,海色動京都。日夜散璃藥,乾坤如玉壺。蛟寒移窟穴,雁斷失江湖。自笑囊垂罄,清歌獻歲徂。

送人訪友京師還汴

仗劍黯將發,銜杯仍少留。碧雲停海樹,草色淨芳洲。[1]雨颷趨梁蓋,風回訪戴舟。離心一以慰,詞賦動皇州。

襄垣過劉太史昆季別業二首

久阻雲林興,茲遊愜素緣。曩從五鳳闕,況識二龍賢。地狎中條野,山通小有天。攀歡不覺醉,信宿未言還。[2]

自是幽人谷,居然別歲華。青谿寒不凍,丹嶂午仍霞。石路緣巖轉,柴扉逐岸斜。只疑武陵曲,失口覓桃花。

登潞郡德風亭亭唐明皇在潛邸作二首

穹亭鬱登望,野夕霽煙閑。月色澹無際,風扉敞不關。蒼茫百穀寺,的皪五龍山。直北蓬萊殿,遙應碧漢間。

帝子渺何適,孤亭遺至今。憑軒一以眺,惆悵若爲心。寒月棲琱栱,陰霞散石林。衡漳故不遠,寂寞暮流深。

登潞郡南五龍山

絕巘層雲畔,凌虛暢旅魂。野陰連朔塞,湖色蕩沙村。寒日蒼山淡,孤城白霧昏。秦中少消息,心斷鶺鴒原。

虒亭

迢遞春亭曲,沙寒人迹稀。風谿雲片片,雪嶂日輝輝。猿戲仍群挂,鷗閑故獨飛。行吟稍一慰,那覺壯心違。

柏谷神農廟

寂歷空山裏,丹青古殿雄。疏簷抗雲日,枯木嘯天風。露淨琴臺草,苔殘藥井桐。不能忘帝力,三嘆出祠宮。

獄中聞伸弟至

聞汝來京國,羈危涕泗零。遙憐堂北草,定憶海邊萍。歲晚仍狴犴,天寒念鶺鴒。何時共萊彩,爛熳曲江亭。

獄雪三首

倐忽玄冬晏,蕭騷素鬢侵。久淹梁獄淚,未變楚囚音。雪壁凌寒色,雲窗慘晝陰。不知天盍晚,延佇思彌襟。

寥落關河迥,窮冬雨雪仍。冰壺遲夕箭,風壁動寒燈。白髮甘投杼,蒼生誰撫膺。艱危昧自保,莫得問青蠅。

旅臥三冬盡,長吟一榻低。雪窗寒炯炯,風鐸夜淒淒。市價珍魚目,人情鑿馬蹄。敢論讒貝錦,特望赦金雞。

除夜呈同逮

靡靡除年夜,崢嶸旅思生。相看同逮者,俱動異鄉情。亂柝寒爭擊,孤燈暗復明。悲涼欲何道,不寐待王正。

元夜獄中

空館元宵節,秦川萬里家。坐聞金鐸轉,知是玉繩斜。糯月深窺鏡,篝燈靜作花。似寬羈旅思,況復在京華。

移禁西省

坎壈仍三木,幽憂歷四時。風塵衣素改,日月覆盆遺。病眼誰堪淚,顛毛故作絲。不才甘放棄,祇愧負昌期。

省夜疾雷甚雨忽爾晨霽

省臥繁秋雨,城危急夜雷。乾坤轟跌宕,魑魅欻崩摧。電掣江蛟立,風翻幕燕回。晨興看氣象,鬱鬱見蓬萊。

出獄後聞張子言欲過訪同宿瞻候累日竟絕來音

忽報張公子,能來問索居。擬棄塵榻下,竟遣匣琴虛。契闊三秋外,顛連九死餘。碧雲空亂眼,太息絶交書。

戲簡金美之

不識天台路,將無近若邪。祇疑巫峽雨,長映赤城霞。陰洞懸流乳,仙源過落花。太忘人世事,吾欲叩丹砂。

驪山

十月升驪阜,天寒氣候清。晴光三輔動,落日二川明。蕭索登高賦,棲遲去國情。山河只在眼,那得見神京。

入豐谷觀三潭

逼側三潭水,崩騰萬壑雷。蛟龍潛不定,風雨忽能來。樵徑雲全斷,山洞火半摧。因爲伐木咏,感激使心哀。

答劉濬伯

避迹青山裏,能勞柱史書。爾來疏筆硯,那得報瓊琚。問使占驄馬,呼童拆鯉魚。西征有新賦,倘復寄茅廬。

下豐德寺別僧德中

暫別龍華會,凌風下沆瀣。回瞻棠香閣,空翠亂相搖。寶地行蹤絶,曇花盡日飄。清言不覺遠,錯過虎谿橋。

病起作

高齋自偃仰,客至不逢迎。散帙衣魚亂,調琴海鶴鳴。懶并詩句輟,病覺世緣輕。何物嚴灘叟,逃名竟得名。

【校勘記】

［1］色:原書漫漶不清,據北大本補。芳:原書漫漶不清,據北大本補。
［2］言:原書漫漶不清,據北大本補。

胡蒙谿詩集卷五

五言律詩

藍田自然庵聽悅上人講

偶掛雲間錫,安禪得翠微。蕭條雙樹底,冪歷四花飛。聽法心無住,觀空色不違。聊將泡幻迹,向爾一皈依。

同施廷言陶汝成遊先天觀

小結遊山伴,同過羽士家。偶聞吹玉笛,不覺墜瑤花。改席沙鷗逝,彈棋谷日斜。回看向來路,處處斷雲遮。

天池寺觀無壞和尚禪衣

縹緲金仙閣,盤旋寶路微。來參八解秀,因睹六銖衣。龍露時時下,鵬雲一一飛。諸天只不遠,昏黑坐忘歸。

登太一峰

夙抱攀山癖,欣逢太一名。解衣尋石坐,拄杖撥雲行。采藥瑕丘仲,辭家向子平。未能履幽約,惻惻動高情。

同費伯甘陶汝成過美公房

石房秋閴寂,朋輩晚來過。雨砌繁仙菊,風軒動女蘿。野情惟淨域,世事且酣歌。誰指迷方楫,將超梵海波。

積雨

積雨斷來往,閉門惟晏眠。槿籬蝸字遍,塵甑蟢絲懸。寂莫成都宅,荒蕪谷口田。賴聞辟穀説,稍欲問神仙。

陳將軍山林

即有濠梁意,寧須適遠郊。高門不題鳳,幽壑想潛蛟。聽雨喧紅葉,攀雲躍翠稍。清時渾放浪,吾欲解吾嘲。

九日登慈恩寺浮圖

香剎王城外,攀緣荷勝因。良辰當九日,俯眺即三秦。雲氣蟠虛棟,天河繞梵輪。心知淨居妙,未忍厭風塵。

送費伯甘上春官

揚策辭秦甸,鳴金向漢都。風霄鵬北徙,雪塞雁南徂。橋轉看題柱,關開識棄繻。平生萬里志,歧路莫踟躕。

送王二復判揚州

君方罷黃綬,余已臥青門。復跨揚州鶴,誰同北海尊。天星隨曉斾,野燒上寒原。倘得公田秫,雲林莫負言。

過謝隱君山居

遥尋謝朓宅,爲愛近青山。岸幘流風拂,横琴落照閑。幽棲堪白髮,世態嫉朱顏。聊與餐霞子,題詩竹樹間。

答管汝濟中秋月下見憶之作

契闊麒麟客,遥傳蟾兔篇。極知燕地月,不減故鄉圓。冷色同虛照,清吟堪泫然。何當竹林會,雙醉綠尊前。

春陰

黯黯春城暮,高齋澹索居。地偏惟草木,性癖但琴書。沙雨鳴金竹,簷雲薄綺疏。翻慚束帶日,潦倒賦空虛。

過武功慶善故宮

寂寞春河側,潛龍有舊宮。塵沙埋寶劍,天地泣遺弓。治迹三王下,雄圖百戰中。山川不可問,落日響悲風。

渡渭

落日泛輕舸,渡頭風色微。岸峰迎棹轉,水燕掠墻飛。遠樹浦西暗,行人沙際稀。忽聞橫吹好,知是采菱歸。[1]

張橫渠綠野亭

先生不可作,千載有遺亭。地比奄中宅,文垂座右銘。淒涼問耆舊,仿佛見英靈。吾道將何淑,依依賴典刑。

渼陂

擊汰春陂曲,回橈孤草亭。雲光垂地白,水色漾空青。舟楫豈吾事,江湖元客星。美人期不至,惆悵北山銘。

午日集東池

小展東池會,能令四美俱。因貪碧筒酒,忘佩赤靈符。節序便清興,山林賴腐儒。翛然天壤內,那復有蓬壺。

送田憲副有年兵備臨清

詔起丘中臥,行懸肘後章。整冠還獬豸,當道問豺狼。風靜潢池鼓,天寒柏府霜。堂堂持畫斧,誰不羨田郎。

賦得平陽堯廟送盂縣張文學

徂落已千禩,孤祠仍夕陽。茅茨遺古殿,日月儼垂裳。闊略龍雲會,芬氳俎豆香。經過念帝則,一爲奠椒漿。

送成方伯質夫遷太常卿

楓闕新除及,棠陰舊澤遺。星辰扶紫極,日月閃朱旗。聖代咨三禮,明公即伯夷。黽焉崇令德,持此報昌期。

宴王御史惟人山亭

別館秋城側,高亭夕霧中。疏簾通野色,曲磴裊天風。醉舞盤松鶴,悲吟和草蟲。平生習池興,遮莫笑山翁。

華藏寺食海榴作

城寺秋榴熟,芳筵晚見招。擘房甘露迸,入口寶珠消。密座林香襲,雕盤海色搖。從知眞果樂,轉覺厭塵囂。

取雪烹茶有作

空齋坐無那,煮雪向清宵。竹火寒逾活,茶煙濕故飄。擁鑪烏帽仄,洗盞玉花消。懶拙知何得,焚香澹寂寥。

曝 背

睡起厭塵事,避人過小園。息心聊午坐,曝背任春暄。葵自傾晴色,芹誰獻至尊。祇應一杯酒,日日閉蓬門。

送翟秀才親迎還

不遠秦中道,乘鸞海上來。芙蓉妝鏡合,花燭繡屏開。渭水春水泮,巫山暮雨回。悠然玉簫韻,還繞鳳凰臺。

傷孫徵君

徵君向冥寞，寂寂東陵阿。誰識高山調，空聞蒿里歌。藏舟無壑返，掛劍有人過。慘淡寒原樹，悲風日暮多。

傷慶符周令

寂寞郎官帳，斯文今可哀。徒瞻列宿影，不見二鳧回。柳自垂門碧，花誰滿縣栽。桐鄉知近遠，愁絶暮雲隈。

喜管汝濟生子

積德元無忝，成家喜有人。展書璋字錯，看樹玉枝新。五色占池鳳，三天下石麟。今朝北堂上，歡動白頭親。

午日宴宗人柏崖將軍園亭

秦俗矜端午，流風自楚邦。今看角黍會，猶爲汨羅江。摘艾紉朱珮，牽蒲泛翠缸。席終聞授簡，奈愧筆如杠。

賦得湘江送陳伯行僉憲赴楚

迢遞湘江曲，清秋江霧繁。猶存二女廟，不返九疑魂。歷歷寒沙竹，依依著淚痕。楚天寥落甚，何待更聞猿。

壽韓侍郎八十

早下彤雲陛，來爲陸地仙。陰陽攢鼎雪，日月繞壺天。桃定三回食，椿纔八十年。將因求大藥，莫得秘真詮。

行經櫟陽

草昧餘都邑，枌榆有故林。空傳祀白帝，不復雨黃金。棄井蛛絲合，頹垣兔穴深。行聞黍離咏，仿佛雍門琴。

送人還蜀覲省

楚楚佳公子,翩翩蜀道行。言攀謂北樹,歸聽錦城鶯。傾蓋忘年意,趨庭愛日情。他時乘駟馬,題柱見平生。

謁杜子美祠

鬱鬱春原古,雲霞儼舊祠。雅才終不遇,遺像宛當時。水没藏鴛渚,梧殘宿鳳枝。冥冥花絮亂,吟望益堪悲。

送羅方伯循矩赴貴州

雙旌萬里道,三月五谿行。捫葛緣星棧,看花過錦城。碧雞雲裏下,銅鼓雨中鳴。急草卯虎檄,明君待長卿。

和劉士奇秦府東園雨中觀牡丹作

兔園春駘蕩,鹿韭晚繽紛。簾卷滕王雨,梁停楚女雲。嗅花香酒味,展席散流文。短賦勞招隱,蕪詞賴郢斤。

集永興王園

不厭西園景,追隨清夜遊。雨過蘭坂濕,月出桂山幽。驕馬盤金垺,仙禽語翠樓。坐餘歸興發,春草爲淹留。

暝　色

暝色下城陰,秋聲滿竹林。虛齋少生事,隱几自長吟。雨朵紛寒蝶,風枝啅晚禽。一丘空老大,未副遠遊心。

燕餞翟廷獻

契闊煩憂積,相逢還不紓。風塵嗟夢鹿,江海念烹魚。痛飲酬高興,清歌慰索居。明朝又歧路,把袂更躊躇。

送李長史璨建業省墓

國自秦藩大,官仍漢傅尊。上書念先隴,抱瑟出王門。亭柳籠春騎,江帆掛雨痕。何時還授簡,雪裏賦梁園。

雨中同李憲副文極登天池寺三首

偶伴青驄使,同躋繡佛宮。雁池平宿雨,鳥道上春空。塵海冥濛外,諸天氣象中。迷途知未遠,衰白意無窮。畫剎凌香岫,金繩引覺途。人天標法界,形勝小秦都。雨響春堦竹,雲籠寶殿珠。茫茫白毫裏,極目渺平蕪。冒雨攀龍磴,憑虛坐雁堂。石門深窈窕,沙界迥蒼茫。雲氣蒸衣濕,天花繞座香。恭陪許玄度,留宿遠公房。

納涼洪濟寺二娑羅樹下

寶界雙龍樹,扶疏覆雁堂。中霄聚雲氣,終日散天香。隱隱蒼鱗動,童童翠葆張。未須聞聖諦,宴坐得清涼。

甘露寺

不知龍界迥,誤到鷲峰陲。石徑無來往,雲林鬱蔽虧。山僧掃栗葉,野鼠掛松枝。翻訝陶彭澤,相從惠遠遲。

樓笛

何處吹橫笛,高樓揚遠音。悲堪胡騎却,清并水龍吟。畫棟浮雲駐,關山片月沉。越鄉逢此夕,若個不沾襟。

前谿

前谿明月上,谿景靜翛然。玉樹寒仍濕,金波映轉妍。魚當冰鏡躍,龍抱夜珠眠。宛對山陰雪,休回訪戴船。

咏開元寺雨中紅葉

古寺秋何闃，荒庭不見人。離披堦下葉，爛熳雨中新。濕鞾燕支重，紅翻寶樹春。擬將題梵字，經卷出微塵。

送劉參政堯臣赴廣東二首

使節青霄下，行舟赤日南。潮通鮑姑井，臺瞰越王潭。海路鵬風捷，江城蜃氣涵。秦人念遺愛，延佇北來驂。

南極滄溟闊，雄藩百粵偏。省薇迎翠節，谿鰐避樓船。[2]海色蛟龍混，人煙島嶼連。從來履清操，不在酌貪泉。

九日無菊宴愛水中尉宅

乘興登風榭，開尊坐露簷。醉從烏帽落，酒任白衣添。晚竹斜欹檻，秋山對入簾。黃花太無賴，今日負陶潛。

夏日納涼費六園

擬尋河朔會，遂入辟疆園。曲水盤花檻，清風敞竹軒。徑沙招步屧，臺石引移尊。爲念塵中子，煩歊不可言。

送孔僉憲汝錫被謫

未暖河汾席，胡爲嶺海行。秋風千里道，落日亂蟬鳴。經術淹劉向，文章屈賈生。古來賢哲輩，坎壈得垂名。

九日壽秦相鳳罔子七十

避世金門裏，今年七十霜。蟻浮黃菊盞，鳳在碧梧岡。雪聚三花鼎，雲流五色漿。還將鴻寶秘，日日侍淮王。

自得

自得終南住，情緣頓覺殊。酒真堪樂聖，谷亦遂名愚。山晚重重秀，猿秋處處呼。坐來無所晤，一笑鼓龍胡。

豈敢

豈敢稱高尚，幽棲懶自宜。擬翻招隱作，不必解嘲辭。露徑徐行藥，雲門深采芝。俗情都掃盡，只是愛吟詩。

同李四种二宿終南天池寺

懶下金仙境，兼逢地主賢。風林澹遥夜，月色淨諸天。晏息堪遺俗，清言不離玄。相期候明發，飛錫鷲峰顛。

月夜蒙豀庵聞笙有懷周用賓鴻臚

瑶笙何處發，颯還鳳音交。人擬乘玄鶴，潭應舞翠蛟。竹風鳴徑籜，松月掛簷稍。却笑楊雄老，區區尚解嘲。

讀陶淵明傳

陶公昔罷縣，酣酒任天真。腐鼠空相嚇，神龍不可馴。衡門五柳閉，陋巷一瓢貧。冥滅向千載，清風還激人。

夏日憩普明禪院

山院不覺夏，深林惟有風。鐘梵遞斷續，花竹交蒙蘢。兹貪淨域靜，坐來塵蘊空。日夕亂峰碧，翛然辭遠公。

登未央宮故基

漢皇御宇處，落日黍離離。百戰乃雄構，千秋惟故基。斗回迷雉堞，風起想鴻詞。陳迹緬誰究，豪吟空復兹。

夏日過美公問疾留飯二首

溽暑東林院，維摩病若何。形骸元夢幻，世界即娑婆。甘露寧須飯，諸天更覺魔。還將不問問，一問病維摩。

火宅吁煩惱,清涼羨覺途。猊床一室滿,香飯萬人俱。妄滅身何病,辭繁道祇誣。維摩不自在,喋喋對文殊。

賢上人惠角燈

羨爾傳燈意,居然有祖風。諸塵淨不染,五蘊照皆空。色映琉璃似,功看日月同。迷方從此夕,并在玉毫中。

觀春雪簡王二判府

蒼雲黯春晝,白雪下璇霄。雜雨俄先集,從風飲半消。著梅花并吐,拂柳絮争飄。倘發山陰興,扁舟甚不遥。

【校勘記】

［1］采:原書漫漶不清,據北大本補。
［2］鱷:原書漫漶不清,據北大本補。

胡蒙谿詩集卷六

五言排律
閣前春試述懷六韻應試作

黃閣丹霄近，彤闈白晝開。春風冠帶集，曉日鼓鐘回。瓦雀沿朱几，銅龍注紫臺。命題人吏散，供饌夕郎催。彩鳳鳴宮竹，寒鴉傍省槐。乘時心自奮，或愧洛陽才。

送李震卿宰丹徒十二韻

玉節趨花縣，樓船下穀亭。月生瓜步白，天入海門青。畫邑連畿甸，朱城接混溟。江田饒化雨，漢宰應郎星。鐵甕興龍寺，金山瘞鶴銘。登樓瞻北固，艤棹汲中泠。飛鳧鳧還闕，鳴琴馬秣廳。驥才寧百里，鴻志尚青冥。慷慨同年彥，交親芝草馨。風塵雙客淚，江海一漂萍。贈子黃金策，仍攜碧玉瓶。暫期俱盡醉，詎忍別顏醒。

贈致仕户部尚書韓公文十二韻

嵩嶽神仍降，磻谿兆又符。位均殷上相，職即舜司徒。燮理扶昌運，都俞協廟謨。異才當間世，學術更醇儒。日月亨衢改，風雲勝會殊。精忠榮辱備，曠瀍始終俱。放浪橫汾曲，棲遲太岳隅。煙霞供隱几，宇宙入懸壺。白髮丹丘老，金尊彩服趨。上天平格壽，後進典刑須。悵爾裴公墅，懷哉范蠡湖。還應後車載，切莫論潛夫。

贈兵部尚書彭公澤十六韻

神武惟明主，平章得老臣。壯猷齊往哲，偉望冠朝紳。使相西樞重,尚書北斗均。翊玄功不細,際世道無鄰。往者潢池警,飛馳羽檄頻。妖氛纏趙魏,枹鼓震峨岷。受脤虔專鉞,臨危豈顧身。皇威元有截,奇計欻如神。海嶽先聲撼,風雷殺氣振。一麾擒孟獲,再鼓破黃巾。浪卷鯨鯢逝,陽回草木春。捷音頻送喜,寵錫自天申。信誓山河并,褒詞象緯陳。權奇看騕褭,颯爽動麒麟。聖眷今誰渥,公才固絕倫。終期洗兵馬,止殺贊堯仁。

竹亭十六韻爲刑部侍郎胡公韶賦

公昔湖湘暇,開亭水竹臨。暢情遺薄領,退食散虛襟。晃朗青霞境,檀欒碧玉林。自緣雲夢產,不必阮隃陰。繡栱龍柯接,雕闌鳳葉侵。翠煙籠婀娜,白露下蕭森。物本東南美,聆如韶護音。浩歌孤酌酒,宴坐對鳴琴。境寂天機定,神全俗慮沉。居看蔣徑勝,興托顧園深。嘉植念殊往,高懷清至今。星辰升歷歷,歲月邁駸駸。庭已三槐業,門仍五柳心。棲遲聞曳履,悵望待投簪。余亦承明厭,遐思江海潯。無由棄纓冕,感慨一長吟。

登少陵原牛頭寺六韻

福地紅塵表,祇園碧巘隈。煙霞雙樹合,樓閣四天開。洗鉢龍君伏,拈花鹿女來。佛珠搖寶殿,空樂繞香臺。雲霧看飛錫,江湖想渡杯。未超貪著性,徙倚不能回。

贈太子太保刑部尚書張公子麟十二韻

天北辭明主,溥南問老親。星隨珠履轉,花傍彩衣春。昔在先皇世,公爲鼎鼐臣。風雲驚奕代,日月見重輪。八座聯西省,三台近北辰。兩朝均禮遇,百辟仰丰神。前後銜恩數,庭闈覲省頻。遄歸厘眷注,祖餞出冠紳。晝錦銀麟動,宮壺翠蟻醇。祇緣訪桑梓,豈是念鱸蓴。謝宅青山近,裴堂綠野新。無因遂肥遁,忠孝有全人。

壽少師楊公一清十二韻

左掖文昌座，明公第一人。四朝黃髮老，三事玉堂臣。曩起東山臥，旋清北漠塵。幾年專節鉞，今日掌絲綸。陝服遺周召，崧高降甫申。才猷元不世，契合殆無倫。斗柄回昌運，臺階秉國鈞。聖圖勞贊翊，文物藉陶甄。練達匡時略，康強報主身。星辰華舜衮，歲月老莊椿。密勿千齡啓，平章四海均。長期錫純嘏，寰宇戴陽春。

咏珠上人院柏六韻

野寺經王劫，空齋古柏存。猶疑瓔珞樹，移自給孤園。寶葉香煙結，枯柯雷火燔。晴天風雨集，陸地海濤翻。歲月森盤鬱，蛟龍互啖吞。[1]禪枝將可托，一欲掛心猿。

秦邸上元燈宴應教二十韻

兔園春設醴，鰲架晚張燈。萬簇銀花發，千門璧月澄。魚龍呈曼衍，河漢抱觚棱。繡箔琉璃掛，香煙翡翠升。聖圖垂燕翼，帝道聿鴻興。磐石宗盟遠，維城夙德稱。土茅均魯衛，賓客邁徐應。勝集初筵啓，良宵樂事增。獻酬紛合沓，[2]禮數亟頻仍。車馬闐三市，衣冠動五陵。[3]曲廊森綺錯，[4]高殿鬱崚嶒。北斗平堪挹，南山對可憑。瑤笙喧碧管，寶瑟拂朱繩。露濕鳴笳咽，風回舞袖騰。已欣春似海，復訝酒如澠。鱠縷金盤雪，漿寒玉甃冰。笑餘流電輾，歌罷彩雲凝。楚岫含淒賦，梁臺倚醉登。菲才猥授簡，弱迹謝擔簦。欲注淮王解，跼蹐學未能。

正月十一日冒雪趨孟士常給事宅宴集值魏少穎太府迎春來自東郭因得縱觀乃者三冬恒晴九農觖望陽春白雪一時并臻喜賦茲章錄呈少穎

西郡韶年啓，東郊彩仗回。六花乘喜落，五馬帶春來。車訝冰輪轉,林驚玉蘂開。青旂拖淑氣,畫鼓發新雷。不厭金花勝,還貪柏葉杯。慚無白雪調,高唱坐春臺。

元夜宴何中丞宅觀料絲燈十韻

共訝鮫人織,還誇豕史能。遠從滇海致,巧作上元燈。影自澄波動,光仍寶氣騰。瑤絲霞不斷,彩豔月同升。麗簇千花錦,寒凝五色冰。透簾珠的的,映席綺層層。烏府當朝貴,龍門此夕登。華筵逢勝節,高會集良朋。絳燭消金縷,雕簪掛玉繩。厭厭莫惜醉,知有酒如澠。

九日偕楊明府允輔登古城蓮池寺後丘時允輔還自慶符

不爽龍山約,偕登鷲嶺巔。開襟當季月,展席即諸天。雁挾商飆轉,梟遵蜀道旋。壯懷驚節序,豪論激風煙。淨域雙林古,香城十地偏。池荷傾寶蓋,園菊布金錢。偃仰成高趣,追隨荷勝緣。所期長健在,把酒對秦川。

【校勘記】

[1] 吞:原書及北大本此字下半部分均出現斷板,"天"下可見一橫,據文意,推測爲"吞"。
[2] 獻酬紛:原書漫漶不清,據北大本補。
[3] 陵:原書漫漶不清,據北大本補。
[4] 曲廊:原書此二字缺失,據北大本補。

胡蒙谿詩集卷七

七言律詩

中秋駱京兆宅拜月祈嗣

拜月松堂夜氣涼，松枝搖曳亂寒光。萬里清秋悲宋玉，一年孤客遇賓王。綠煙灝渺關山冷，銀漢空明烏鵲翔。桂子定從雲外落，西風庭院有天香。

送王用儀同年番禺親迎

赤霄萬里鳳求凰，九月樓船水氣涼。彩纜徐牽江雨細，錦帆遥掛楚雲長。蜑鄉俗重檳榔聘，鮫館秋生桂子香。年少況懸霄漢志，莫因留醉刺桐傍。

對雨和張比部韻

秋窗客思遠依依，秋雨仍憐窗外飛。出塞旌旗應慘淡，傍城鐘鼓轉低微。黃花冒雨濕欲綻，水柳帶煙風不稀。共處異鄉那忍此，況逢秋氣迥侵衣。

昌平館

山館雨過涼氣旋，晝苦簿領夜分眠。撐庭老木森個個，縈階流水清涓涓。窗中皎月此時見，城上夕烽何處傳。客懷欲寐不得寐，野哭雞聲還耳邊。

山雨

山雨不絕山雲繁,上山下山皆昏昏。谿回峽仄虎豹嘯,巖蒼谷莽蛟龍屯。王師緩緩故南國,胡馬翩翩今北門。皇華奉使愧忝竊,極目郊原傷旅魂。

居庸關漢壽侯祠

金厢山畔雨濛濛,漢將祠堂雲霧中。古木蒼藤馴野鶴,石樓丹磴迥秋風。居人香火焚修切,壯士登臨感慨同。西蜀三分勞往勛,北門千載仰玄功。

城夜

露下庭皋秋夜清,星河冉冉動高城。林鳥自避廚煙宿,旅雁孤隨海月鳴。塞上風雲還頒洞,客中鐘鼓最分明。金支翠節歸何晚,璧水瑶山擁漢京。

雨中過張時濟莊

杜陵高閣雨微微,傍險衝泥賞不違。臥覺夕霏生筍席,行看春色起柴扉。雲中暗木依稀見,竹裏鳴湍淅瀝飛。便欲翛然棄纓冕,煩君掃石待余歸。

同何中書仲默鄭員外繼之遊靈濟宮

丹宮奕奕帝城隈,才子春遊並轡來。的爍火珠凌口吐,崢嶸畫閣倚天開。花間宛出金華洞,雲裏平臨玉女臺。歸路風光轉幽勝,絳河璧月映昭回。

始秋七日同魏華甫鄭公佩二鴻臚過朱寺丞園雨中觀假山作

雲居暇日對岹嶢,綺席風林靜不遙。錦石幽花看自得,小山叢桂坐須招。懸泉雜下蛟龍雨，曲磴回連烏鵲橋。乘興數應來看竹，敢勞折簡更相邀。

同文員外用晦遊十里河迎恩寺

秋寺行吟晚不歸，上方臺殿曖微微。竹間翡翠深還映，河畔鴶鶋濕故飛。拂檻靈花紛薄霧，傍簷寶樹淨斜暉。追隨頗覺塵緣迥，奈向金門未息機。

扈駕郊壇陪祀二首

朱壇晴雪媚春空，雲從天行氣象雄。八駿宛回黃竹路，六龍遥向玉華宮。爐煙半拂仙人掌，樹色微翻少女風。應有海神來候駕，南端非霧碧冥濛。

郊壇春蹕遠朱城，上帝高居敞玉清。五色幡幢空裏見，六軍組練月中明。雲依黼帳成龍采，樂上瑶臺作鳳鳴。望秩屢叨陪海嶽，涓埃何以答恩榮。

郊祀省中齋居次韻

紫微清署接長安，燕坐焚香淨鷫冠。歷歷星辰回閣道，葱葱雲霧鎖郊壇。冰壺夜漏蓮花水，雪砌春融芍藥闌。欲奏明堂遲明發，却嫌人擬漢兒寬。

慶成宴

彤庭錫宴晝從容，羽扇齊開錦繡重。睥睨祥光浮五鳳，觚稜日色上雙龍。金杯暖瀉流霞灧，瑶草春承湛露濃。共荷聖恩同率舞，載歌天保贊時雍。

送屠侍御文厚赴南臺兼觀李覲省

青春載筆向南都，彩服還家路不迂。沽水樓船晴自泛，江天鴻雁晚相呼。煙中驛樹迷前浦,花畔仙臺擁後湖。世道風塵須愛惜,逢人切莫暗投珠。

同馬仲房張子言飲沈亭

林亭幽幽城市分,石洞細霧常氤氳。高荷扶疏晴自照,黃鳥睍睆時相聞。賦詩飲酒下白日,雅歌投壺停碧雲。潘園鄭谷即在眼,已辦長隨麋鹿群。

院　陰

院陰晝深廳事稀,松蕊歷落鳥驚飛。山風拂簾太嫋嫋,簷雪撲硯還依依。晉陽孤客久飄轉,燕臺故人今是非。玄冬白日悵遲暮,倚仗看雲歌式微。

余既謫潞明年乙酉三十有四始見二毛首春按部之夕夢朝京闕覺永茲言爰標幽悃雖齒逾潘岳諒情同子牟也

鳳凰春闕拜千官,鐘鼓聲中曙色闌。三殿爐煙□紫袖,五樓初日晃金盤。參差翠葆交仙仗,縹緲龍雲覆御鞍。流落那知年鬢改,祇將清夢入朝端。

歲乙酉八月十有一日觴同年白大行良甫於上黨使館兼要郊行期在翌日忽陰雨合沓向夕未休白君愀然慮阻遊適遂成四韻用解鬱伊

秋半館雨故未休,入暝細細仍絲游。縈風裛霧有何意,墮葉捎花堪自愁。天涯草具愧造次,眼邊泥途悲阻修。遲明不信不晴景,拉爾弄釣龍湖舟。

除夜非所作

窮冬寂寂臥燕臺,客思鄉愁鬱不開。永夜一燈寒自炯,中天鴻雁迥堪哀。梅花歷落遲吹角,柏葉蕭條罷舉杯。十載伶俜今復此,東風那遣送春回。

非所人日有懷省院諸友

帝城人日日初長,鐘漏徐徐出建章。太液浮光連海曙,上林春色動年芳。金花巧簇宜人勝,彩樹寒飛獻壽觴。堪羨同時青鎖客,承恩常傍御爐香。

白華峰圓通寺望絕頂香臺簡張時濟

白華之峰圭峰東,雲日晶晶天微風。殿角突向鷲嶺出,泉眼下與龍潭通。[1]采真擇勝自鄙志,藜杖葛巾拚老翁。香臺縹緲會登嘯,城裏還招張長公。

避暑城北樓

仄徑危樓三伏登,疏簷高棟豁炎蒸。扁舟擬泛寒江雪,碧盌虛調玉井冰。鸛鶴避人投遠潊,牛羊落晚下諸陵。河山信美還吾土,淺薄深慚賦不能。

燕城北樓呈劉松石中丞

綺搆巃嵸雲畔懸,河山歷歷見秦川。晴蜺倒截千峰雨,晚樹平鋪萬井煙。江漢風流逢下榻,炎天樓閣靜張筵。蓬萊仿佛桑田外,一嘯凌虛獨窅然。

同孟中丞望之登驪山最高頂

千林松柏路逶迤,白日丹峰坐不移。渭北樓臺連地迥,空中雲霧向人垂。煙花晚入宜春苑,鳧雁晴飛玉女池。翠輦朱旗知是否,臨風回首一淒其。

秋 雨

積暑今看秋雨生,開簾坐納早涼輕。黃埃赤日心仍折,白鳥青山眼乍明。照水芙蕖堪自豔,傍谿亭閣轉須清。葛巾烏几滄州外,楚峽商霖萬古情。

酬劉士奇南川雨中登高之作

茅堂背倚北原隈,聞爾尋幽即未回。把菊悲歌遥對雨,杖藜長嘯獨登臺。碧山不負清秋約,白髮翻耽濁酒杯。海内詞華吾豈敢,吟筒莫惜往還來。

開福寺秋霽

花宮南望對南山,鷲嶺香臺向晚攀。曲徑逶迤紅樹裏,疏鐘杳靄碧雲間。逢秋鴻雁聲偏急,過雨芙蕖色更殷。苦海扁舟誰住著,佳時休遣鬢毛斑。

馬園餞張汝敬赴試春官

幽園仄徑曲岹嶢,橘樹楓林凍不凋。背郭樓臺晴綺錯,唳風鵾鷚上扶搖。酒邊落雪戎戎濕,竹裏微煙故故飄。美景清尊休負却,明朝題字灞陵橋。

雪中送張珮玉侍御還京

繡衣迢遞向關東,翠節葳蕤颭北風。秦地征輪煩奏草,漢陵煙樹入詩筒。五城彩鳳春雲裏,萬里青驄白雪中。聞道臺端多暇日,祇須獻納媚宸衷。

送王子推謫滇兼寄楊用修

孤帆南去楚江潯,萬里誰悲澤畔吟。闕下故人稀在眼,天涯芳草若爲心。炎風銅柱塵沙遠,落日烏蠻瘴癘深。漢主定前宣室席,滇民聊聽宓生琴。

歲除作

野人貪住碧山幽，拄杖長因桂樹留。潦倒近堪欺綠酒，迂疏自合卧滄州。早時道路雙華鬢，晚歲風霜一敝裘。擬頌椒花報明日，戲將筆墨送窮愁。

過康太史德涵澔西墅

康子別墅武水西，曲洞疊巘臨回谿。暫就青春載綠酒，已覺白日凌丹梯。樹林陰陰鶴雙下，風雨颯颯雞亂啼。衣冠泥人老會至，再來莫遣桃花迷。

康太史對山堂宴集值雷雨大作

茅堂何異浣花村，欻忽風雷莽晝昏。已判青尊留草坐，不妨新水到柴門。黑雲卷地龍雙立，白雨捎谿鴨亂喧。明發看山定奇絕，杖藜直上洗頭盆。

登老子說經臺

仙臺只在碧山巔，玉笈遺經字宛然。陰洞仍含太始雪，瑤笙不下[1]蔚藍天。石牛虛繫千年柏，金鼎全消五色煙。西望流沙萬餘里，紫雲何日一東還。

賦得灞橋送許伯誠

灞橋遙出綺門東，水面逶迤蕩白虹。驅石祇疑秦帝力，濟川今見古人功。春城晻靄浮雲外，柳色溟濛細雨中。一曲驪歌一杯酒，天涯流恨杳何窮。

【校勘記】

[1] 下：原書漫漶不清，據殘存字迹及文意補。

胡蒙谿詩集卷八

七言律詩

九日城北樓有懷薛君采葉肅卿馬仲房三君子

高樓不減項王臺，皂帽心驚節序催。青鎖故人成久別，黃花今日向誰開。河山迤邐秋雲淨，關塞淒清北雁哀。舊事遠書何足問，海天東望一徘徊。

送管汝濟通政還京兼寄陳伯常鄭公佩二通政

暑路南風吹柳斜，乘風北上入京華。碧霄暫下崆峒節，銀漢今回博望槎。曉闕追趨雲裏鷺，春袍浮動日邊花。故人倘及青門子，爲道新來學種瓜。

九日華藏寺過張汝敬讀書處

故人書屋寄精藍，塵榻蕭條宿霧含。貝葉不堪題遠字，菊花依舊傍幽龕。玉衡冉冉旋將北，玄雁邕邕向又南。兩地一年音問絕，相思何日盍朋簪。

曲　江

曲江舊是濯龍川，江上雲霞媚遠天。鐘鼓夾城通輦道，蛟黿出水負樓船。佳人晚拾金堤翠，彩鳳春棲碧樹煙。樂事勝遊今不再，野風斜日草芊芊。

檢笥得甲申午節賜扇有作①

憶昔螭頭近侍時，每當午節被恩私。九華月下文綃扇，五色雲頒壽縷絲。中使傳呼聲隱約，大官錫宴出逶迤。茅堂篋笥今看汝，北望長吟白髮垂。

午日法海院值美公初度

珠林窈窕對佳辰，初度兼逢休上人。昌歊花香行鹿女，無憂樹老長龍鱗。塵緣乍識三生舊，壽縷爭看五色新。法海慈航今在眼，憑師一爲濟迷津。

下杜訪王惟人不遇戲簡

賣藥城中知事非，亂山寂寂閉柴扉。白雲自護燒丹竈，碧水閑侵釣玉磯。即擬徑題凡鳥去，翻愁獨載酒船歸。祇應稍待秋涼後，乘興重過定不違。

奉陪松石劉公避暑城北樓

碧天半倚北城樓，永夏涼風晝不休。豈必遠從河朔飲，翛然似泛剡谿舟。終南色繞雕闌曲，渭水光搖畫棟浮。向晚且教歸騎駐，黃塵陸地使人愁。

奉和松石劉公過周少安莊觀區田之作

高情本自厭紛華，省歛因遇靜者家。野穀垂垂秋向半，寒山淡淡日初斜。鉤簾對局心俱得，岸幘吟詩興未涯。久矣一逢開口笑，深杯何惜醉流霞。

雨不絕憶文待詔徵仲

積雲壓城不肯晴，樓雨闇闇暮愁生。蓬蒿滿院濕俱亞，蟋蟀上堵

---

① 甲申：明嘉靖三年(1524)。

寒自鳴。江東雁書久斷絕,眼底狙輩相欺輕。可憐竹葉吾與汝,獨酌悲歌空復情。

醉歸簡劉士奇

夜來醉歸宵向深,款段獨步梧桐陰。林風淒淒宿鷺并,城月皎皎哀鴻吟。丘園棲遲自帝力,詩酒放浪酬初心。鬢毛種種亦可惜,抱琴明日還相尋。

辛卯秋放榜日奉同座主中丞松石劉公及癸酉諸同年集慈恩寺①

二十年前宴鹿鳴,祇園今復會群英。金尊不減清秋興,彩筆重題舊日名。遠道風蓬纔見面,晚原霜菊倍含情。考盤幽澗終吾老,伐木高歌賴友生。

九月八日張時濟約翌日遊孟士常園亭次來韻

秋園晴色靜雲沙,那羨城中十萬家。准擬與君攜碧酒,相將明日醉黃花。聯鑣自喜同張翰,落帽從教詫孟嘉。物態人情俱一笑,祇宜行樂副韶華。

狂　歌

野闊春寒風日昏,亂山蒼莽對雲門。飛花冉冉將三月,灌木陰陰自一村。塵事久嫌增白髮,高懷且欲付青尊。疏慵遮莫人俱棄,潦倒狂歌臥竹根。

聞　警

天狼金虎變星文,雁塞龍堆起戰雲。海內蒼生春轉輸,回中鐵騎日紛紜。長城萬里今虛險,北虜三川舊實聞。涇渭材官元不少,可憐誰是霍將軍。

---

① 辛卯:明嘉靖十年(1531)。

登石甕寺

拄杖緣雲躡翠微，曇花如雨晝霏霏。七重香刹天中出，百丈懸泉樹杪飛。野鹿避人趨竹巚，山僧迎客換荷衣。向平婚娶行須畢，覽勝探奇定不歸。

雨中有懷湖廣提學許伯誠簡示劉士奇

浸淫秋雨久經時，兀坐偏增秋氣悲。四壁縱橫蝸字滿，三湘綿邈雁書遲。關心白髮愁堪劇，刺眼黃花濕不衰。欲共柴桑老居士，衝泥攜酒醉東籬。

集施進士廷言東郭園亭

芳園自抱濯龍池，碧竹丹椒路逶迤。牆上雲山秋歷歷，井邊霜柿晚垂垂。淹留豈待投車轄，歸去先棄倒接䍦。相好相逢不酩酊，襄陽稚子也相疑。

初冬同翟廷獻劉士奇周少安遊薦福寺得龕字

招提近出漢城南，古柏陰陰雪意含。鼓吹喧填飛怖鴿，衣冠合沓駐遊驂。三天雲影蟠金刹，五色曇花墜石龕。坐久始回塵界裏，滿川斜日映晴嵐。

歲除中部劉以中見訪留飲有作

天門回首七年餘，渭水橋山並索居。四海交遊誰復爾，三秦豪傑子何如。椒盤潦倒驚春逼，蓬鬢蕭騷感歲除。不對金尊酣綠蟻，空勞錦字托雙魚。

自洪濟趨翠微林行十里晚及龍騾谷口而還

清谿宛轉路崎嶔，靈鷲岹嶢不可尋。十里曇花飄冉冉，千章古木肅陰陰。中峰乍閃金銀閣，落日微聞鐘磬音。谷口行吟晚幽獨，幾時結伴一登臨。

中秋同劉士奇朱中尉宅雨宴

層軒置酒款淹留，風雨瀟瀟夜不休。萬里浮雲迷皓魄，一年佳節負中秋。祇疑寶鏡經塵掩，詎意明珠向暗投。坐客誰能天柱術，與渠同作廣寒遊。

登漢武帝玄都壇

曲磴回谿數百重，漢皇行幸有遺蹤。海西不復來三鳥，巖畔虛傳駐六龍。碧露暗滋金洞草，紫雲常護石壇松。便應別著登山屐，策杖高尋玉檢封。

登終南翠微寺

鷲峰龍剎鬱橫空，舊是唐皇避暑宮。赤日陰崖常積雪，青蘿古殿迥含風。九嵏陵墓孤雲底，八駿河山落照中。塵劫由來衣一拂，未須慷慨泣遺弓。

再遊蒙谿庵

蒙谿庵在杜陵西，仄徑回巖舊不迷。雪竇嵌空懸翠水，煙蘿羃日護丹梯。潭心浴鷺晴還並，洞口哀猿晚自啼。北郡未聞豺虎息，吾將此地托幽棲。

酬王應時憲副秋懷見寄之作

十年不讀仲宣詩，萬里遙傳白雪詞。宇宙文章誰擊節，風塵頯洞獨支頤。長吟轉覺天涯杳，索處那禁秋氣悲。聞說故人憔悴甚，一將楚些慰湘纍。

同王侍御惟人關逸人道亨過下杜馬氏莊

雲房遙對古精藍，白石金沙抱菊潭。潏水寒聲喧雜珮，少陵秋色晃浮嵐。竹間故闢高人徑，花裏常停柱史驂。韋杜自來多好事，相將足迹偏城南。

同李四种二登終南天池上院

松林磴道鬱邅回，山頂龍宮向水開。四海故交難萃止，十年塵迹偶重來。半空樓閣金銀出，落日川原錦繡堆。秋末擬投蓮社約，肯教爛醉菊花杯。

簡書

山樓南面萬山環，每日看山不厭山。生事但須黃犢健，浮名深愧白鷗閒。雲林歲月長歌裏，塵海炎涼冷笑間。姓字久無人省識，翻嫌書扎到商顏。

寄題李吏部伯華中麓草堂

岱嶽東峰東海隈，茆堂東向海門開。龍銜海日三更出，鼇戴蓬壺萬里來。方朔重違金馬侍，長卿終乞茂陵回。高情不逐風塵浣，寄語沙鷗莫謾猜。

蠡泉墅中秋雨夜簡城中諸友

積雨瀟瀟秋夜深，茆堂寂寂萬巖陰。波間玄蜍他須喜，雲裏瑤蟾何處尋。高興不妨歌小海，同懷那共賦愁霖。松聲簷溜相欺得，故雜空堦蟋蟀吟。

送何參政巨卿赴江西巨卿往與余同郎刑曹

相逢何意復相離，尊酒重攀定未期。雨裏怕移青雀舫，夢中還共白雲司。珠簾縹緲滕王閣，鐵柱荒涼許令祠。彭蠡春來陽雁北，相思莫忘八行詩。

醉中

拄杖時時掛酒壺,任教人笑老狂夫。十年荏苒惟今是,萬里伶俜復故吾。縱飲稍堪酬造物,酣歌殊不負江湖。醉中佳處誰知得,獨坐高齋據槁梧。

人日立春飲法海院戲呈美公

人日立春春日妍,條風淑節入韶年。花迎寶鏡攢金勝,[1]菜簇雕盤媚綺筵。忍草纖纖萌砌雪,栴林一一散鑪煙。醉來祇識逃禪樂,笑爾長齋繡佛前。

湖心戲招城中諸公

茆亭宛在湖當心,環湖陰陰皆樹林。已無高軒遠見屈,祇有漁子時相尋。幽棲俯覺鄙願足,飽食仰荷皇恩深。諸公倘亦厭絲竹,來聽山間山水音。

人日集黃純甫宅話舊有作

人日春風吹暖生,忽聞鳥雀變春聲。梅心戀雪晴猶濕,柳眼窺煙午乍明。故里杯盤那免俗,老年詞賦未忘情。幸無狗監曾相識,不似當時馬長卿。

送王宮諭允興北上

羨君還去扈春宮,職事清華地位崇。金闕正當辰極北,青坊近在少微東。冠裳儼雅夔龍并,制作深醇董賈同。衰廢仰瞻天路邈,祇將擊壤贊堯風。

【校勘記】

[1]攢:原書漫漶不清,據北大本補。

胡蒙谿詩集卷九

五言絕句

林節婦詞

窈窕天臺姝，住近清風嶺。不見同心人，將心作眢井。

上黨龍山二首

獨宿翠微寺，雨聲夜何許。曉窺簷際峰，松泉亂相語。
坐聽石上泉，聽久心蕭爽。不知源何在，只在松稍響。

望雨

英英龍山雲，看向龍山吐。泠風從東來，知是龍山雨。

宿藍田石門谷

虛堂清不眠，谷月上石榻。時聞幽澗泉，互與樵歌答。

谿上二首

早是山中雨，入山采紫薇。歸來谿上水，没却釣魚磯。
偶坐谿邊石，垂絲倚釣槎。遊魚不上釣，戲逐泛來花。

石上

睡涼石上雲，松月回相照。山空人不聞，時有哀猿嘯。

內景

纖月映平湖，的皪浸玉玦。微風生輕漣，搖蕩不可擷。

空山

空山回古墓，煙樹冷淒迷。不見遼東鶴，惟聞烏夜啼。

子夜四時歌四首

春

儂家門前柳，婀娜千萬樹。東風吹著枝，懸絲那得住。

夏

種蓮後池中，荷時得成藕。贈郎新蓮子，心苦郎知否。

秋

微風扇幽薄，庭宇展餘涼。白露映明月，祇疑今夜霜。

冬

折得谿上梅，只愛花間雪。雪花倘有枝，肯把梅花折。

雪夜聞角

嗚嗚城角鳴，斷續同哀柝。舞雪下空庭，錯忍梅花落。

出塞曲四章送李憲副文極赴西寧兵備

莽莽胡沙白，荒荒隴日低。南鴻飛不到，獨自向安西。
青海臨羌簌，紅崖擁漢州。煙塵須早滅，遲爾大刀頭。
夜發河源軍，飲馬長城窟。悠悠羌笛鳴，吹落關山月。
草綠龍居塞，春風邏卒閑。使君珠勒馬，西獵玉門關。

風雪滿天閉門僵臥適家醞新熟內子勸飲數杯不覺陶然信口嘲謔遂成短句二首

豈是袁安臥，無錢醉酒樓。今朝家醞熟，留著鸕鷀裘。

雪暖梅花帳，春香竹葉巵。從今日日醉，不愧党家姬。

聞白頭翁

徹夜山禽叫，間關草舍東。朝來問童子，道是白頭翁。

蠡泉雜咏有序

余昔遊輞川，登華子岡，陟斤竹嶺，渡白石灘，濯柳浪，酌金屑泉，心甚樂之。顧所謂文杏館、孟城坳、椒園、鹿柴等，問之，今山中人都莫能指識。夫以摩詰逸韻高才，足以震動百世，而其遊止之處，陵谷未遷，蕪没靡辨，俯仰今昔，悄焉動懷。向非麗句清詞，膾炙縑竹，度其遊止名目，亦應泯焉無聞。余也鄙調塵襟，遠愧摩詰，而蠡泉別業亦有山樓、西圃、丘亭、澂湖、湖心亭、石枰、先農祠、茳浦、雙渠、稼臺、墅堂、石梁等，其可遊適，不謝輞川。余乃勉仿遥情，各賦絶句。倘大雅君子曲酬玉音，標玆勝概，則下里之倡附白雪以同聲，蠡泉之名并輞川而不朽矣。

山　　樓
山樓僅兩楹，南受萬峰挹。樓窗常不關，恐礙雲出入。

西　　圃
西圃抱流水，溝畛互參錯。聊寄井田心，匪直厭藜藿。

丘　　亭
圭峰何岧嶢，恰與丘亭直。亭中無所有，只有圭峰色。

澂　　湖
澂湖碧見底，垂柳復陰陰。忽作吴儂曲，翛然生遠心。

湖心亭
偶坐湖心亭，但見鰷魚躍。吾不是鰷魚，却識鰷魚樂。

石　　枰
奕棋垂柳陰，全勝山陽鍛。樵叟呼不來，應愁斧柯爛。

先農祠
叢祠枕湖角，南向登山路。交交桑扈鳴，只在祠前樹。

茝　浦

開尊坐芳浦，洗盞向泉源。落日金沙上，雙雙屐齒痕。

雙　渠

蜿蜒雙青虬，並吸澂湖水。昨宵風雨中，哀吟兩相似。

稼　臺

高臺稻田中，稻苗綠如罽。惟聞稻花香，極目渺無際。

墅　堂

墅堂無俗客，頗乏將迎苦。只有終南山，相對成賓主。

石　梁

石梁架清谿，仿佛天臺境。微風谿上來，嫋嫋青龍影。

辛丑即事十首

聞道山西虜，汾州大掠還。元戎不敢遏，穩出雁門關。
亹亹孫吳略，人人衛霍才。祇能壁門裏，目送虜群回。
喪衈堪垂淚，張皇奏捷頻。寧知首虜級，半是太原民。
皇遣巡邊使，天言挾纊溫。九邊貔虎士，若個答鴻恩。
千金購首虜，世世襲簪纓。不信衡門士，年年困一經。
將軍執鞭卒，奪得可汗頭。戰士空死國，家奴皆列侯。
山西已虛耗，即恐寇關中。誰鎖襟喉路，休教虜騎通。
祇是營遷轉，誰曾策禦戎。哭聲震原野，不遣達宸聰。
此時諸將領，多仗孔方兄。債債日不足，那存報國情。
不怕開邊釁，常偷河套營。將軍富駝馬，今日累蒼生。

胡蒙谿詩集卷十

六言絕句

春興四首

冉冉落花晴晝,陰陰垂柳風潭。盡日無人來往,杖藜獨步橋南。
池上紅塵不到,蓬門日日常關。俗客那容來此,入簾惟許青山。
燕子輕風剪剪,海棠微雨絲絲。睡起不知春晚,小亭自在吟詩。
荷葉輕攢小艇,藕絲巧結垂綸。御宿川東釣叟,羲皇世上高人。

感事五首

黃雀高枝撼腦,朱鳳失意威垂。天道從今莫問,物情振古如茲。
天道吉凶難准,人言善惡多虛。但使爾生無忝,悠悠世事從渠。
韜笑翻然取病,足恭寧不胡顏。畢竟角巾東第,何如只卧東山。
百戰恰能霸楚,翻令藉手封齊。總是夢中蕉鹿,哀哀甕裏醯雞。
眼底誰能任目,耳邊祇是吠聲。藝就屠龍焉用,言成市虎堪驚。

田園樂四首

滿目離離禾黍,繞村菀菀桑麻。祇覺田家富貴,那知城府繁華。
白鷺雙栖碧柳,玄蟬獨噪青桐。漁翁卧橋畔石,釣絲颺谿上風。
碧草閑眠黃犢,青鞋不惹紅塵。試問耦耕田父,焉知不是高人。
拿杖谿邊放鴨,攜壺柳底聽鶯。舊是滄浪儒子,今稱角里先生。

過玄都廢觀

今日玄都觀裏,竟無一樹桃紅。不分兔葵燕麥,年年領略春風。

胡蒙谿詩集卷十一

七言絶句

入關曲十章送鄭廷尉岳使河隴

漢使軿軒西出京,揚鞭西指隴雲平。西人秪訝星文動,關吏還占紫氣迎。

浪擣三門底柱摧,魚龍辟易避風雷。休誇揚子中泠險,更厭瞿唐灔預堆。

潼關阨塞限秦中,華嶽黃河控帶雄。贈策今看持斧使,乘軺不數棄繻童。

華山高掌拓雲排,玉女西臺紫霧霾。采苓應動神仙窟,題字仍攀日月厓。

驪宮御湯蓮出泉,昔也過浴當秋天。金沙石黛淨無滓,墮屧遺花空可憐。

未央故宮草滿煙,章臺酒樓紅映天。停車暫訪青門隱,北上争聞白雪篇。

終南雄雄懸半空,紫蓋玉案雲冥濛。丹臺倒弄天池月,白谷長吟石洞風。

白馬金羈西比馳,玉關青海下雲旗。隴阪平爲磨劍石,祁連高作頌功碑。[1]

黃河天漢舊相通,雪浪雲濤日夜風。玉節遥傳星宿海,仙查直犯斗牛宮。

塞雲晝陰風不開,大將分營破虜回。疊鼓巧翻朱鷺曲,軍聲震倒白龍堆。

踏雪詞四首

琪樹葳蕤花倒垂,鶴池風動玉參差。月娥款按霓裳舞,雲島新翻踏雪詞。

流風回雪繞仙臺,密絮輕花海上來。撲地銀橋三萬里,教人沒處覓蓬萊。

瑉臺寂寂月連輝,風馭泠泠半醉歸。一路瑤花飛不斷,紛紛飄綴六銖衣。

揚子江愁水部郎,羅浮山曉月蒼蒼。十洲無數璃瑤樹,遮莫梅花自暗香。

天馬歌四章送太僕松石劉公赴滁苑

天閑天馬古來無,纘錦瑉雲隊隊殊。閃閃龍光連夜見,不知若個是龍駒。

苑中龍潭龍晝眠,潭面或見龍吹涎。苑人不敢下洗馬,恐逐雲霧時沖天。

百折羊腸青石槽,驂裹躑躅天風號。底似南譙五花馬,今來逢著九方皋。

王師六月擣陰山,掃穴犁庭凱唱還。萬載玉門今不閉,騏驎無數擾天閑。

東平王司馬破虜凱歌四章

胡兵六月犯崆峒,沙暗天風晝白虹。不起東山謝安石,捷書誰奏大明宮。

王師采入幕南平,十部名王盡請纓。萬里何須妨虜障,祇宜多築受降城。

鼓吹喧闐破虜旋，龍沙澶漫静狼煙。劍輝冷射蓬婆雪，旗影徐開勃律天。

北極天開龍虎軍，西山星散犬羊群。王鈴舊貯平胡訣，寶殿今宣露布文。

涼州詞六首贈白將軍

落日黃河雲倒流，沙場旌斾風悠悠。新降胡奴不解語，笛中吹出古涼州。

將軍夜出卷牙旗，十萬連營盡不知。詰旦羽書飛送喜，成功那羨鋭頭兒。

雪山北望雪紛紛，白馬朝馳雪裏雲。十部穹廬俱遠徙，鳴金暫掣海西軍。

掃穴西從海上還，凱歌東入玉門關。圓形定壓麒麟閣，作頌先鐫鳥鼠山。

孤城遠接寶融臺，沙磧連天獵騎回。一曲涼州齊拍手，揚鞭笑指白龍堆。

邊城新酒醉葡萄，拔劍長歌意氣豪。馬上試拈鵰羽箭，林間無數白猿號。

帝京篇十章送閻都官公甫還京

蘆溝橋控薊門雄，白日滄波偃玉虹。馬上行人頻北望，岹嶢宮闕五雲中。

帝城春對紫微垣，華蓋高臨北極尊。玉河四抱金銀闕，瓊島雙扶日月門。

太液池通御苑西，暖風吹軟碧玻瓈。牙檣彩鷁參差動，舞閣妝樓合沓齊。

燕角樓東楊柳春，輕車散騎逐香塵。胡姬故卷珍珠箔，笑撚琵琶不避人。

百泉之谿谿百泉，銅鉦不鳴船采蓮。錦衣公子笑相語，繫馬垂柳來趁船。

功德寺前水滿湖，芙蓉千頃錦模糊。香風細細微波動，搖蕩三天碧玉壺。

居庸北倚是天關，十二駝峰霄漢間。誰道金陵最形勝，終然碣石勝鍾山。

千山回合翠崚嶒，鳳舞龍飛擁七陵。中宵往往金光見，白晝葱葱寶氣凝。

鼓吹喧闐沽水邊，萬船爭避進鮮船。船頭彩女日歌舞，蓬底少年常醉眠。

日上扶桑煙霧開，五色西射黃金臺。遊人往往一登眺，誰是當年郭隗來。

采蓮曲四首

棹謳宛轉發中川，隊隊紅妝競采蓮。欲就前谿問名姓，蓮花當住木蘭船。

翠袖紅船向若邪，采蓮東去日西斜。遊人相問不相答，笑弄雙頭碧玉花。

花外輕舟渺不回，紅蓮相間碧蓮開。翻愁化作行雲去，更帶陽臺暮雨來。

荷花荷葉滿橫塘，荷氣時兼珠翠香。日暮不愁歸路遠，捩回艇子打鴛鴦。

太乙峰

太乙池西太乙峰，碧瀾倒蘸玉芙蓉。峰頭定有飛仙在，笑俯河山百二重。

題金陵劉達夫雨山別業二首

江上青山千萬重，倚天如列翠芙蓉。美人箕踞南軒下，拄笏常看雨後峰。

　　山色偏宜雨後看，浮嵐飛翠滿江干。忍教閑却登山屐，赤日黃埃老謝安。

關中六宮詠 有序

　　夫關中者，周秦以來建都之所也。當時靡不宮殿盤錯，臺閣鉤連，玉瓦金鋪，摛霞隱日，曾不旋踵，谷變陵遷，則皆鞠爲野田。坡陀彌望，舊蹤遺構，了不可尋。惟秦阿房，漢未央，唐大明、翠微、興慶、華清等六宮，雖堂室已頹，尚存故址，而亦榛莽不薙，麥秀漸漸，羊牛下來，樵蘇靡禁。暇日登覽每結遐思，爰搆短章以示同志。

秦阿房宮

　　六王纔畢鮑魚回，赤帝兵從軹道來。雲閣曲連三百里，野風吹作楚人灰。

漢未央宮

　　高臺寂寂莽荆榛，壞瓦猶存漢隸真。牧豎不歌林鳥息，晚山如黛草如茵。

唐大明宮

　　綺殿銀臺杳莫存，千秋遺址尚含元。勾陳不下金吾仗，太乙虛臨丹鳳門。

唐翠微宮

　　離宮高壓翠崚嶒，千載寧知屬野僧。陳迹渺茫誰省識，風吹寒日下昭陵。

唐興慶宮

　　故宮消歇曲池平，野老還稱舊日名。國色天香兩何在，斷碑無主綠苔生。

唐華清宮

　　空山無復翠華來，山鳥猶呼阿濫堆。野笛不知翻古調，數聲吹上按歌臺。

華山吟六章送王雲菴還華山

久住靈峰養道心,暫來塵世覓知音。明朝又向靈峰去,野鶴孤雲没處尋。

爾是仙人王子喬,又乘白鶴返丹霄。俗緣莫便從今斷,王字常須慰寂寥。

竹杖芒鞵去采真,高情不受世情親。酒家舊識騎龍嫗,石上今隨駕鹿人。

石洞凌空試一登,洞門東望海煙凝。只應半夜天鷄叫,得見朱輪海上升。

峰頭孤樹鬱蒼蒼,側掛中天歲月長。赤日每從枝上過,祇疑孤樹即扶桑。

三峰鬱鬱與天連,舊日曾看玉井蓮。更欲同君登絶頂,朗吟豪句問青天。

【校勘記】

［1］碑：原書漫漶不清,據北大本補。

胡蒙谿文集卷一

序　啓

送丁羅江序

　　丁伯子澤如，蜀宰羅江也。都之亭、鄉大夫祖焉，曰："逖矣蜀哉，王靈之所鮮及也。雖然，羅也小，以伯也之材，其蔑弗濟矣。"丁伯子曰："夫宰邑之令，而民之主也。羅雖敝，有民人焉。黽德以事，猶懼弗濟，其誰曰小？興其滯，平其政，遂良袪蠹，省刑輕賦，而殫其忠信焉，民將賴之。《書》曰'無遠弗届'，① 又何遠？其或不然，而厲民以逞，則惡之播也。滋衆郊關之内，天子病之。胡大胡小，胡遠胡邇？夫命之主而厲厥民，民誰主，主而弗主焉。"攸令胡仲子聞之，曰："伯也，其後淑。夫惡遠嗜邇，取大釋小，難難易易，其誰不然？伯也，弗辟遠，弗辭小，而抑難其易焉，可以徵來矣。"

　　夫難，易之階也；忠信，民之軌也。苟非先難，後將何易！難而忠信，民誰弗親。民之所親，君必邇焉。小往大來，吉無不利。

送冀州夏吏目序

　　維嘉靖二載夏六月，維"天官冢宰"乃稱舊典，試天下士以言，乃獻諸天子，乃授以職。職小大，維其言時，維冀吏目乃得。關内夏侯鉏，維冀在京輔爲郡，維名郡有守、丞、判，維吏目卑。昔仕是土，才賢孔富：其在往漢時，則有若張敞、朱博、蕭育、周舉；在魏時，則有若邢

---

① 參見《尚書正義》卷四《虞書·大禹謨第三》。

顗；在晉時，則有若山濤；在唐時，則有若賈敦頤、裴守真；在宋時，則有若李沖、魯有開。咸刺史、牧令、司馬是土。維顗從事職孔卑，咸揚威流惠，穆然休聲。夫冀在昔維郡維縣，從事賢乃維顗，刺史、牧令、司馬，殆不勝其紀，豈其崇降授繇德？否，或史微從事，略不以紀。然顗何以稱焉？蓋聞之上知弗移，中人化居。夫辟公、卿、伯，天子所志。守令庶尹，王人計之，迨若從事之流，則不能自通於上，王人又不齒焉。故志於天子，則思戀政；計於王人，則思趨事，凡以求自見也。無所齒，則著其賢維難；職孔卑，則祿微而守易墮。夫匪貞其內，其誰能弗餒以移？是故從事，維賢維寡。

夫今夏侯職維昔從事是視，居難著之地，守易墮之秩，襲鮮賢之風，若維中人之盡，是在夏侯。其維顗也之齊，是亦在夏侯。

送楊鶴洲先生序

楊鶴洲先生嘗督學於楚。楚在南爲最大藩，其時官於是者，惟鶴洲最名。已，又參政於秦，秦於北藩亦爲最大，亦惟鶴洲官爲最名。朝廷嘉之，乃陞山西左方伯。蒙谿胡子告之行，曰：

夫海內十三藩列爵，惟方伯爲最長。屬者雲中卒敢行稱亂賊，殺大吏，挾署置將領，要脅賞赦。壺關賊迹而效之，狼突豨騁，軒囂睢盱，由羌狄然。朝廷不得不興膺懲之師，而車騎糧餉之奉，甲冑、矢弓、戟盾、矛櫓、斿幢之給，往來賓使之費，不得不取諸冀代汾沁之民。其經略之任，方伯實總之。今山西視他藩爲最繁，然有司賦斂，率以趨辦爲功，勢必株繫無辜，搒笞掠立以從事，其死乎民也，不量其國，澤若蕉焉，不止也。夫雲中之卒，壺關之賊，賊也；冀代汾沁之民，赤子也。繇賊故而殘屬我赤子以至於死，仁人之取民靡若是也。今雲中卒制宗王爲質，保嬰堅城；壺關賊倚負陀薜，其出難致也。不周算集思以伐其謀，而惟攻焉之恃，而或苟且姑息，撫定是議，所謂策之下焉者也。狃下焉之策，圖難致之虜，決勝之期蓋甚遠也。方朘削吾赤子而日魚肉之，是未戰而力已詘矣。山西民瘠且貧，較天下爲最困。

又今年夏旱，無麥無菽，秋霖雨禾，莠穢不實，民方流離輾轉，不能免於溝壑。發庾廩賑之，猶懼弗給，而顧嚴徵科以怵迫之，是驅之爲雲中而滋壺關之寇也，此其夫最可慮也。

余嘗從先尚書寓雲中，寓最久，乃又作吏潞沁，間知壺關事亦最悉。鶴洲行綜理是地，故敢以其事之最重而最切者告鶴洲。

送張敬叔適盂詩序

張敬叔適晉之盂，以教盂士。李子河、施子綸、陶子冶、王子聘、种子雲漢、胡子伸餞諸滻，敬叔曰："二三子其終無忘於畏也！請皆賦以寵勖夫畏也。"施子曰："維秦與晉，河實界之。子適晉也，於河是涉。"賦《河之水》。陶子曰："維太行實河之紀，維羊腸至險巇也，行之難莫加焉。"賦《太行》。李子曰："太行之麓，大河之曲，是維虞都。"乃賦《蒲坂》。胡子曰："盛哉！混混乎汾也哉，晉之所以強也。"賦《汾水》。王子曰："《唐風》有云，'良士瞿瞿'。今夫晉陶，唐氏之遺也，俎豆之所不替也。"賦《堯廟之詩》。种子曰："介氏之田，去盂爲近。晉人之思介氏也，盂又甚焉。"賦《綿上》。敬叔以告蒙豀子，蒙豀子曰："夫盂，晉封也。二三子之稱，皆將子之經也。宜其賦也，罔弗晉也。是故登太行則思易，濟河汾則志委，委斯信矣。道堯舜之虛興於仁矣，誦龍蛇之章而不惻然於忠者，未之有也。夫易，以居之信、以質之仁、以帥之忠以勸之，雖蠻貊之邦行矣，矧茲瞿瞿之良者哉。二三子也，於子寵勖實多。"

送王子推謫滇詩序

夫詩之裁，雖曰因心，鮮不緣物。故鬱陶欣暢，情以遇遷，廊廟江湖，氣致則別。是以《國風》率興於感物，作賦必擬乎登高，蓋外景既融性靈，自躍即勢，會意斯近自然。苟或跧伏湫隘，圖寫高明，腐毫鏤心，終乏天造。是知月陂雲浸，實釣詞之歸虛；霞嶂風林，即獵奇之崑鄧也。

弘治以來，海內詞人鳳興虎蔚，足以含跨六代，陵轢李唐，而秦雍之才，十居其四。説者謂終南太華有以敦其氣，洪河清渭有以湛其思，夫豈虛哉！王子推篤志二南，馳聲三輔，兹以上書瑣闥，下竀昆明。夫昆明，楚之南徼也。在昔三閭大夫被放沅湘，行吟間作。其徒宋玉薄遊雲夢，廣其流制，信皆體物之鴻，撰範世之英音也。而銓文之徒以爲得之江山之助，斯篤論矣。王子推軒蠹關右，放迹洱海，游泳江漢，歷覽荆巫，躡屈、宋之往躅，探融結之玄珠，斯亦卓絕之壯觀瑰偉之勝遊也。夫其動目驚心，發材藻志，豈眇小哉！朋遊，薦紳咸贈以言，而莫不悲離惜遠，音節鬱伊。余乃洞究詞情，序冠群作。

送李伯清謁春官序

《周官》：鄉大夫三年大比，興賢者、能者，獻之于王。① 漢制：郡國口二十萬以上，歲察一人；口倍以上，察從倍之；不滿二十萬，二歲一人；不滿十萬，三歲一人。② 然周無歲察，漢不大比。我明聿興，從周兼漢，設科以待才儁，歲貢以收遺逸。科則三歲一舉，貢則府歲一人，州再歲一人，縣三歲一人。科羅貢置，無遠弗致，故永、宣以還，士罕淪彥。廬陵楊士奇、新安郭璡、順義李慶、通渭趙榮均甲第之遺，咸臻鼎軸，鴻名茂業，民今稱之。當是時，膠序之英不舉於科即察於貢，司銓之曹，無所軒輊，惟善是與。故青青子衿，勗節殫學，人人負省閣之望。弘、正末造，專貴科名，歲察法廢。膺貢之士，惟視歷餼之年，年餼積深，例爲應式，循次舉注，甄別靡聞。上不以賢待貢士，貢士亦不以賢自待，甘污分卑，鮮克奮樹，稿首黌邑，融臚路絕。

今皇帝灼見弊源，力復往制，俾歲察之法，以賢不以年；陟官之典，以明不以名。繇是抱藝之良，靡不淬礪席珍，刷羽以待。嘉靖甲午甲令始定，③ 乃吾關中巡按御史會藩臬之臣，恪奉德音，集試多士。

---

① 參見《周官新義》卷六《地官一》。
② 參見《通志》卷五八《選舉略一·歷代制》。
③ 甲午：明嘉靖十三年（1534）。

而李子伯清襃然稱首，乃以伯清膺西安貢。伯清將北謁春官，友人胡子乃贈之以言曰：夫往歲限年之弊滋，蓋有奇傑之才不沾一命，士服以終其身者。伯清才信奇傑，使限以歷餕之年，若往歲焉，必不獲中貢年中貢矣，仕亦不必獲融膴。乃今遭逢昌期，賢路四闢，有司首遴子獻諸我明天子，行將釋褐拜官，薦履華要，其亦不負吾子矣。吾子其亦布猷宣力，仰稱闊略之遇，期無負我明天子，俾鴻名茂業，於楊、郭、李、趙，休有烈光。

西安守夏侯三載考績序

我夏侯之守西安也，三年於茲矣，行以述職於朝也，西安之民相率而遮留之，曰："我侯也，父母我也，棄我其何適也。"學士子曰："我侯也，胡不終式於我也乎！"鄉大夫相謂曰："我侯也，實敦我禮於我也，今也忍其釋我。"臺院、藩臬之大夫咸曰："侯也，實左右我，我實灼知侯賢。矧輿言若茲焉，可奪也。侯也，其戀留我，其告我聖天子。"乃余聞之，作而嘆曰：

我夏侯也，其殆天之所佑也乎。夫難獲者，上也；不易悅者，大夫、士也；不可以遍服也者，民也。民之譽也，或可違道以干之；薦紳也者，弗可強也。君子之所予也，或亦小人之所憎焉者也。侯之賢也，庶民親之，士則之，鄉大夫與之，臺院、藩臬信之，無一也而怨恫於侯焉者也，是之謂大同。大同之徵，天其佑之。在昔青神余公之守西安也，蓋九年也，而後遷焉。其遷之也，不他適也，藩於秦，臺於秦，殆將三十年也於秦，秦之人也，到今稱之。我聖天子勳昭往憲，我夏侯不悉先烈。秦人以余公之舊事也，而冀於我夏侯，或亦我聖天子之所不咈者也。《書》曰："天視自我民視，天聽自我民聽。"① 又曰：人有所欲，[1] 天必從之。② 夫人之欲也，亦天也，故王者天焉。天且弗違也，

---

① 參見《尚書正義》卷一〇《周書·泰誓中第二》。
② 參見《尚書正義》卷一〇《周書·泰誓上第一》。

故曰天佑之也。

登三峨詩序

嘉靖壬辰春始，①安厓子黃大夫乘氣省耕，遂登三峨，援毫賦詩至七十首，密思波涌，迅采風奮，寫貌圖景，如布睇前。《傳》云：登高能賦，可爲大夫。②若安厓子，靡忝厥位矣。夫蜀郡山川，雄絶海内，而三峨之秀，於蜀爲甲。連巖合沓，環洲玲瓏，璚峰標霞，珠樹耀日，雲龕乳洞，鑪房其中。騎羊之仙，歌鳳之叟，胥此焉處。覽其勝者，動魄驚眸，應接不暇。苟非藻繡摛思，圭璧挺心，烏能擬諸其形容，播之乎聲詩哉！是故立墻面者，憪於辭；情途局者，滯乎理；神舍昏者，鈍其翰。憪則匪藝，滯斯不達，鈍故罔果，反是三隅，從政何有？春秋垂隴之會，七大夫賦詩，述而不作，侈則不逾，本什少或止誦一章，而文子、叔向懸解羣志，較若數計。矧兹吐蘊肝膈，積編緗素，異七子之撰者乎？是宜品志之士，嘉睹遥情；銓詞之曹，時颺秀奇者也。

送沅谿子何巨卿參政江西序

沅谿子何君巨卿，正德初與余同遊藝京師，歲丁丑乃同舉進士，③又同郎秋官，且同署，食共几，騎並鑣，蓋三年無朝夕出入而不同也。離析以還，余既跧伏衡茅，而沅谿子揚歷南北若風蓬，然不相值者，逾二十年。頃者，沅谿子忽秉憲節西入關內，下車傾蓋，獲接晤言，年鬢並殊，惊款如昔。乃今沅谿子復有參政江西之命，行且別矣。余因憶昔同袍郎署，才儁實繁而近者，吳江吳靜之、樂清陳宗獻、建德王德深，並佐卿、司宼；廬陵歐子重、蘭陽張元甫、秦中劉士奇、都下文用晦，咸矯翼臺丞；吉水曾叔温，內長羣僕；儀封張孟復，蔚爲膳卿。餘則就列司府，尚多有之而邈焉，殊方音徽逖絶。余與沅谿子合並未

---

① 壬辰：明嘉靖十一年(1532)。
② 參見《漢書》卷三〇《藝文志》。
③ 丁丑：明正德十二年(1517)。

幾,睽背復即,前旌已抗,後會末由,懷往念今,實增伊鬱。然參政大吏,臺部可期,而江西名藩多獲超拜,肆我高皇帝革行中書省,更平章左右丞職名,而參政之銜獨仍舊貫,則贊元鼎鉉之號未之改也。是以草昧之際,首簡陶安,參江西政,繼乃東阿張本,輒陟司空副使,顧佐徑遷都憲,揆諸他省,蓋所鮮倫。沅谿子往贊名藩,自此陞矣。儻峻躋烏府,塡撫我秦民,或坐擁麟符,建牙我延慶,即龍劍再合,友聲相求矣。而或者其又偕諸君子坐論廟堂,寅亮天地,霖雨四海,即鴻澤亦旁及我西土。斯亦沅谿子本事,顧蒙私願所弗急,而固亦又所深願焉者也。

霸橋春別詩序

霸橋東直青門,橫跨玄霸。曩昔祖餞,咸庪於兹。自兹而東,靡不矯首紫垣,瞻戀難發,慨其嘆矣,神氣黯然,以故兹橋舊有"銷魂"之號。東川張子宗獻言:"駕驪駒北謁銓部友生,出祖並造兹橋。"今春明長樂,移在燕郊,宗海觀光,詎同去國。是以虹梁不改,鶯情頓殊,憭慄執手之區化爲飛騰發軔之地矣。兼以日躔大梁,淑景載煥,風物駘蕩,益助壯懷。睹睛龍之卧波,喜春鶯之出谷,揚袂四顧,氣凌九霞。人歌一章,以佐三疊,百壺清酒,俄爾盡傾。萬里飛雲,飄然東邁,然則子高抗手而高揖,史雲拂衣而告違,不足多也。

與西安吳太守啓

頃者,關内亢旱十旬,赤地千里,玄澤愆降,黃埃漲天。意者,應龍處於凶犁,肥遺見於太華;東海有冤死之婦,楚獄繁牽繫之囚。俾巫覡舞雩而駿奔,蒸黎倚末而啜泣。圭璧既卒,釜甑徒陳,土龍驪首,石牛背裂,祈禳雖勤,了無寸應。少女之風永戢,豐隆之鼓不馘。冰夷潛於從極,屏翳渙而靡合。麥菽就槁,黍稷未播,遲以旬月,秦民或者將靡孑遺矣。君侯憂心如熏,代之請命,徒跣曝露,靡神不宗,茬事崇朝,明馨昭達。油雲有渰,甘澍載霈,西華之薪未積,淮陰之車已濡,清角不奏而百川騰,鼎足不持而四郊溥。天意與誠意弗違,雨聲共歡聲斯洽。驕陽殺焰,枯卉回榮,投旱魃於澗中,落九烏於天上,方之於茲,想不逕庭也,輒爲秦民慰。

【校勘記】

[1]人有:《尚書正義》卷一〇作"民之"。

胡蒙谿文集卷二

題跋論書文記贊
跋忠勇錄後

正德庚午，①流賊入漢南，攻三十六盤關，守將雲海力戰死之。事聞朝廷，贈海都指揮同知，仍命其子冒襲如海贈官。海内賢士，夫嘉其烈侈，襃賞之渥，莫不獎嘆，悲歌敍論簡積。余再三讀之輒終編，未嘗不慨然擊節，泫焉流涕也。夫禄山之亂，宰相陳希烈、國戚張垍皆望塵降虜，而張巡特睢陽守將顧抗義不屈以死。乃後，朝廷贈巡揚州大都督，拜其子亞夫爲金吾大將軍。而當時文學之士蕭昕誄其行，李翰疏其功，贊述歌咏，若韓愈輩不可稱紀。陳張誅殄，民到於今羞之。

夫雲將軍之烈，倘巡何加焉？將軍守三十六盤關時，秩不過指揮，提疲卒不滿三百，而抗數千驍悍之賊，可以有辭不死，而沫血奮呼，橫挑轉鬭，矢盡力窮，卒餌虎口。然鯁賊喉牙，俾不得跳唊三輔者，將軍之功也。夫平居不能阿邑洴涊，積取顯融；臨難又不肯屈節革面，以丐苟免，是忠義之人，終莫遭也。不有旌善之典，華袞之辭，何以慰賁幽烈而愧後死者之奸諛哉！而雲將軍之遇首末，概與張巡不殊，豈惟二子之氣并截宛虹，抑亦百世之好秉彝靡別者乎。

題乾坤鑿度

余郎刑曹時，録得《乾鑿度》一卷、《坤鑿度》一卷、《周易乾鑿度》

---

① 庚午：明正德五年(1510)。

二卷，今二十年乃得再睹乾州刻本。

　　按：讖緯之籍，名目頗多，誕辟離經，爲世禁絕，而又燔於煬焰，後遂罕傳。今群書雜引，頗睹遺文，隻句斷章，全編靡究矣。此亦《易》之一緯，雖卷帙粗具而詰屈聱牙，譌誤難正，朱紫淆錯，矯僞胥憑。然其間或義旨奧奇，氣韻卓偉，足資參擇，敻逾邇言。倘更博蒐群緯，存其確懿，比之彝鼎，厥益應宏。乃若後之俗儒，往往剿竊古先，厚顏纂著，祇攘名爵，靡有發明。及於數伎之流，則又鄙妄謬悠言，無足采而皆幻惑末俗，蕪亂道真，簡策猥繁，勞人披閱，是宜痛爲誅刈，毋使蔓滋。取彼棘茨，悉畀炎火，以壽楮梓，以閼奇邪，以返淳風，以定民志。

碑志論

　　夫俾幽貞潛德，流光莫掩，鴻勳駿伐，垂馥靡盡，高岸爲谷而碩懿永存，委骨成塵而聲華益亮，不有碑志，何其賴乎！故孝子文孫靡不丐筆詞人，闡其先烈。中世以降，藹然同風，固彌文之通懷，含靈之極致也。而時變道涼，俗靡文敝，虛墓之製，率是誇誣，獎其元忠則行齊八凱，稱其篤孝則迹邁二連。或云散粟凶年，施非望報；或云却金暮夜，清恐人知。苦節與泛柏同貞，義教共斷機等辨，狀梟獍爲麟鳳，進蹻跖爲勳華。雖語有精粗，而咸歸矯飾。夫以存多遺行，沒獲嘉名，淑慝俱旌，真贗誰別？不論其世，孰匪令人？譬則寫照傳神，眉目盡舛，素交卒睹，未免誰何。黮昧平生，祇云惟肖，殆令漢臺之畫耿鄧不分，傅野之賢旁求靡及矣。意者非分之譽，鬼亦靦顏，無情之辭，後將奚信？而作者無愧色，受者無遜心，觀者無異論，有識之士所深憎也。蓋近代史編惟憑碑志，碑志烏有，史編子虛矣。又搢紳耆耇，乃可君、公；才士、雅人，方堪別號、碑表之等。倖有王章、夫孺之銜，並須廷授。乃今賈豎販夫，咸冒君子之號；乘田笎庫，輒樹神道之碑；市妾里妻，詐假夫孺之貴。祇以自罔，寧曰罔人，犯分誣親，憝茲彌甚。且仲叔繁纓，宣尼致惜，重耳請隧，周襄不許，方物則飾馬之具小，麗罰則闕地之罪均。而不學之徒，蔑禮任心，僭侈顛越；秉文之士，依阿緒信，不知所裁。俾表德之器，林列丘隴之間；華衮之辭，波及輿臺之鬼。憑風詭濫，其説俞長，冠履混同，無復等別矣。然金石之撰體異，汗青史法則褒貶兩存，碑志則揄揚獨運，故纂文樂石，表鎮玄途，例皆繡藻溫華，斧鉞不用。儻於事理泥閡，便當婉言莫承，勿令回我兔鋒，眩彼來葉。苟或情在難咈，勢不可辭，其於命翰遣言，須存商訂，不識避就，將賈釁端。蓋雖空空，鄙夫平生詎無一善，獵其可欲，舍其深瑕，裁辨之間，頗加恢潤。譬諸刻鶩，略企鵠形；若畫無鹽，不淪魍魎，庶幾是非不遠，梗概猶存。在彼既獲稱情，於我亦非曲筆，玆亦摛章之活術、御物之圓機也。

報吳邦貞書

念昔同舉春官，意氣莫逆，協恭秋署，昵密逾深。歲月寖增，形骸靡較，而風濤頓失，音塵寂蔑，猥處圭華，倐已十年，雲泥相縣，永絕侍教之期矣。頃聞暫輟視草，出守平涼度，當便道相過，宜展契闊。已而復知從者，入關玉趾擬及妻孥。生色鷄黍，以須下榻掃門，延佇見枉，意將接虛徐之令範，聆嚶鳴之和聲，傾若水之長懷，續如蘭之芳論，非有管仲分財之覬、貢禹彈冠之思也。而雲罕風旆，俄傳西邁，虛伺累日，渺焉莫懷，掩關嗒然，若有所喪。子非鄉愿，僕豈石人。儻在及情，誰能無憾。[1]僕性褊才拙，合志頗寡，親執若子，亦所不多。離析以來，喪亡略盡，僅有存者，遠隔山河，及將會晤，不遝而復，頓生涼薄。內訟自反，莫究厥繇，便欲息交絕遊，陳書告別。而使者忽至，遙辱寄聲，敦舊諭衷，意殊不淺，乃知子以程期攸迫，祗役弗遑，匪遺決也。於是曩所嫌怪，不覺暗消，若會冰值春渙焉。都釋蓋交，既雷陳情；難秦越心，既相諒恕，自罔宿矣。

平涼氣勢高寒，[2]山川雄美，崆峒、朝那，名超圖諜；黃秦雖邈，往迹猶存，暇日登臨，足暢幽志。但公族頗繁供億，多負催科酬應，不免為勞耳。故刑部郎中靜寧姚汝脩，僕之良友，亦子厚僚，英敏多才，壯年不禄,薦紳有識,靡不盡心。今其寡妻煢然,正在管下,所幸曲爲周恤,靡致饑寒。又彼息女四,三咸遺在室,尤宜悉加資遣,俾各有歸。此自朋道之畢交、有司之先政,不俟僕之煩言也。使者還,輒附曰草卒不次。

與馬仲房書

跧伏丘園,倏逾五十,仰慚知命,俯省昔非,泯泯無聞,何足畏矣。而執事義不遐遺,惠旨屢及,聆音空谷,其喜可知。曩余釋褐登朝,歷塵省寺,趨謁既簡,簿領不繁,是以仕雖匪優,學則靡輟,居常追隨茂儁,逍遥詞苑,探討六藝,漁獵群言,辨析雕龍,文傾倚馬間,雖取嫉時輩,而矢志弗護。乃若執事與余,則又誼契特密,麗益尤深。時或攜手給孤之園,接武虛白之室,歌咏言志,杯酒敘心。鳳膏續烏羽以揚輝,朝馬趁鳴鷄而始散,方駕西臯則連璧足侔,並泛水頭則登仙無忝。摘藻若鮮霞夾朝日,哄笑若洊雷奮重淵,長嘯若玄鶴唳秋空,豪飲若巨鯨卷駭浪。當是時,壯志排山嶽,浩氣衝星斗,等彭殤爲妄作,藐富貴如浮雲。若夫孟公投轄之燕,曼倩據地之歌,子桓南皮之遊,公琰漳渠之會,可謂擺脱徽纏,風致罕倫。方之於兹,恐或未逮,而柳生及時,蓬斷從風,悰款未幾,便都離析。山川悠邈,良會靡緣,日月如流,二十霜矣。而時亮子言:"墓木已拱,希尹君釆近復告萎,海内石交零落盡矣,雨絶葉墮不可作矣。"黯其愴矣,不可説矣。士奇、伯誠頃得西旋,居處同方,足寫劳結。而士奇斬焉衰絰,禫期尚遥;伯誠久困床笫,未臻勿藥。余雖天幸無恙,而齒髮、志意已成老翁,塊處離群,沉憂日積。每一念至,忽忽若朝酲,乃知昔者之遊,蓋達士之曠節,生人之極歡,而瘖瘂思服,若隔蓬閬,可復得哉!

城南别墅,林水亦佳,駕言出遊,聊以致適。而興謝曩壯,朋寡思存,徙倚顧瞻,翻增感慨。雖有膏沐,誰適爲容乎。時仗濁醪一澆磊塊,或假緗素頗滌苦懷耳。執事步履星辰,新知不少,而久要之念,不忘平生。略布鄙衷,達諸記室,慎食自愛,毋金玉爾音。

罵貓文并序

　　家有白雄鷄,畜之久矣。六翮振玉,雙骹擢金,高冠披蓮,睅目歊火,風雨如晦,清音不愆,余甚愛之。乃者棲於樹顛而橫遭貓啗,墮毳灑雪,濺血渥丹。惻焉疚懷,靡所置吊,乃呼貓俾前,戟手而罵之曰:

　　咄,汝貓!汝無他職,職在捕鼠,以兹大蠟。古也迎汝,不鼠之捕,曰職不舉,故其將鼠之得而孔琴聲變,於鼠之乳而崔議不取者也。

　　咄,汝貓!饕餮狠愎,余不汝識。棲汝華闠,飼汝谿鯽。余不薄於汝,而汝不鼠之息。不鼠之息已足愧懾,而又司晨之禽焉是食。計汝之罪,匪直不職而已也?

　　咄,汝貓!鼠有憑於大社,穴於神丘,中門而舞,近器而遊,薰灌靡及,瓦礫忌投。汝曾不是,噬而鷄也之偷。

　　咄,汝貓!鼠有赴下食火,洞地飲泉,銜尾渡洛,奮髯戾天,或帶枷而稱王,或嘔腸而希仙。潛水者萬斤其肉,憑卜者三百其年。汝曾不是,攫而鷄也之搴。

　　咄,汝貓!鼠有與蛇共鬭,偕鯨並處,毁牛於郊,哺鳥於樹。或穿我壚,或食我黍。或身文如豹,或臆斑如虎。或拱而揖,或飛而乳。或尾有毛,或翅無羽。或皮堪製裘,亦中冒鼓;或適口於臧洪,亦充腸於蘇武。或盜肉於張湯之家,或資糧於李斯之廪。入魏宮而嚙鞍,赴祇園而銜炷。或甲馬長槊,魚刺以馳;或冠幘絳衣,人立以語。或稱西閣舍人,或號司城主簿。若斯詭異,殆不能以縷數。汝曾不是嘽而鷄也之咀。

　　咄,汝貓!鼠有生而無尾,化而無骨,矮腳長爪,短尾璅目,或黄如金,或白如玉。或兔其首,或象其足,或蒼其背,或皤其腹。或飲於河,或棲於木,或解食蛇,或惟嚙竹。或頰裏藏食,或橐中僞伏。或走則入樹,或浮不渡谷。或化自伯勞,或變爲蝙蝠。或食不潔而遭驚,或啖巴豆而多肉。或傷劉柔之指,或盜趙度之粟。或迹簡文之床,或守中柞之屋。見芳林而呈祥,出大秦而辟毒,易卦爲艮,周人稱璞。

汝曾不是剿而雞也之撲。

咄，汝貓！相鼠有類，實繁厥徒。惟冗壁者，狡巧特殊。了無所長，長在穿窬。錐穎其齒，麥芒其鬚。目如突珠，尾如拖芟。出入閃忽，如狙如魖。或吹或欱，或咳或嘘。或睢睢盱盱，或愕眙瞿瞿。或趑趄虛徐，或趯趯跳趨。或側耳偵居，或啾啾嘯呼。或登承塵，或撼戶樞。或緣榻盪几，或噙尊舐盂。或覆奩孔櫝，或齕圖摭書。笥衣匧實，廚羞缶葅，緘蓋少忽，靡不爲其齦嚼之棄餘。撫掌虛喝，暫而若祛，曾未交睫，披猖若初。汝於是時，儻伺須臾，即不逾房闥，而汝之腹以飫，人之害以除矣。其或不然，則但據地長號，咆哮意烏，雖不鼠輩之克殄，而聲之所慴，鮮不縮且逋矣。而寂不汝聞，杳其焉徂，吾不意汝窺高乘虛，越垣歷廚，緣幹超株，攀柯摧莩，而勞苦於一雞之圖也。鼠爲人害，汝則保之；雞具五德，汝則屠之。鼠也奚故，雞也奚辜。雖則汝有不若汝無，無汝，則鼠之害不益於今，而雞之禍，吾知免夫。

咄，汝貓！寧不胡顏於《爾雅》之所謂虦，韓奕之所謂於菟者哉。夫嘊嘊狺狺，鷙莫狥逾；而司夜衛主，不雞之挈。然則汝也，狗之弗如。腲腇負塗，莫豬之汙，而糟糠是厭，不雞之茹。禴祀燕饗，薦不可無。非若汝之腥痠且臊，鼎俎之所不需者也。然則汝也，抑又有慚於豬矣。

汝其改諸，余將貸汝之誅。其或怙終不悛，則將汝剝汝刳，投諸闠闠之隅，矢溺之瀦。俾汝臭腐，化爲蟲蛆，爲群雞餔。

六官關陝記

宮保大司徒麻城劉松石公，起家進士，揚歷中外，蓋將三紀，而官我關陝殆且半焉，建節開府，凡六任。云始以監察御史將命西巡，鸞車所停，稷蠡斂蠹；繡斧載指，貪狼噤聲而以直道去。

關陝之人，比之李公興，既乃起爲按察副使，視學八郡，表範諸生，禮教聿興，文風丕振。關陝之人，比之戴公珊，既而又以僉都御史,督儲河湟,兼理屯政,規畫周審,均輸告充,經量不煩,斥鹵咸闢。關陝之人,比之羅公汝敬,尋拜副都御史,執綱秉憲,撫綏關中,開誠集思,威惠並布,吏不敢肆,民不敢偷。關陝之人,比之耿公九疇,既又拜兵部侍郎,兼僉都御史,開府固原,總制三鎮軍務,旋進大司馬兼長憲臺換總督銜,開府如故。專掌九伐,訓練五兵,密計神輸,殺機電斷,摧鋒千里,折馘萬餘。於是峻躋宮保,兼領地卿。關陝之人,比之楊公一清,若夫馳武剛於龍廷,斬虎子於虎穴,永弭旄裘之氣,頓紓西顧之憂,楊公繄無是也。矧李公發揚蹈厲,子恤之政罔修;戴公端肅詳雅,擊搏之能鮮著;羅公、耿公清介嚴整,鷹揚之烈靡兼;楊公通敏博朗,羔羊之節未顯。惟我劉公,允武允文,不茹不吐,金聲玉振,追琢其章,篤而論之,鮮厥儷已。

　　在昔有宋韓魏公琦經略關陝,亦六其任,碩業燁然,留耀至今。而好水川之役,有慚德焉。若我劉公黑水苑之捷,比之韓公,休有烈光矣。緬維召公,初爲方伯,流《鵲巢》《騶虞》之化,繼登太保,建篤棐明勛之功。而我劉公六任所經,即自陝以西之地,茲焉所陟,又佐旦弼亮之司。海隅出日,行獲丕昌,我關陝之人不獲擅其惠矣。余乃紀述鴻伐,以播告我關陝之人,俾我關陝之人世世稱説。"鴻伐無已,有若蔽芾"之咏,罔俾召公專美有周。

開福寺釋迦應化事迹画像贊并序

　　蓋聞軒帝遺珠得於象罔,春皇陳卦圖不盡意。況大雄之教,神理空玄,離一切相,五眼之所不暨,萬有之所不群,而欲擬諸其形容,施之乎彩色,殆亦難矣。然而代有推移,悟分頓漸,象法實裨乎正法,化身不離乎色身。是以優陀發願於天宮,漢明感夢於洛邑,靡不用彼雕繢像。我慈悲假世,緣以彰無緣之緣,借凡相以寄非相之相,所以示迹千界,誘接群迷,慧炬昏衢,寶舟幻海者也。夫玄運不宰璿璣,在而七政齊;澆俗難平衣冠,圖而五刑措。然則釋迦應化事迹,画像豈可少哉!

無窮上人，文美輝天；大士寶珠，莊嚴開福。佛土即非莊嚴，復以釋迦應化事迹購求名工，圖諸廡壁。起九龍吐水之日，訖雙林變色之年，八十一化緣，四十二請問。跏趺宴坐，乞食經行之狀；降攝毒龍，調伏醉象之事；鷲嶺猴江，鹿苑雁堂之勝，一皆發諸毫素，種種妙好。手拈意蘂，默然無言；膝貫盧芽，如如不動。七寶之樹業，風蕩而靡搖；四照之花繁，霜隕而弗謝。魔王執劍，睒賜恐人；天女散花，嫋娟在目。長廊雙轉，繪事一新；意匠經營，人天希有。金碧絢日，寶地增華；功德彌天，塵劫利見。顧長康貌瓦棺維摩而施鏋之檀集，吳道玄寫酆都變相而鼓刀之風捐。今茲之舉，殆庶幾乎！贊曰：

　　佛三十二相，即非真實相。天、龍、人、非人、大地、山河等一切有形者，皆亦復如是。今茲画師画，是謂假中假。而生執著見，不能見如來。有人觀是画，於色而不住。照見非相相，是謂波羅蜜。

【校勘記】

［1］誰：原書漫漶不清，據中國科學院藏嘉靖二十五年(1546)刻本(以下簡稱"中科院本")補。

［2］高：原書漫漶不清，據中科院本補。

胡蒙谿文集卷三

傳誄碑墓志

鸐峰子傳

陸子子文者，先毘陵人，代有膴仕而宮詹，公爲顯。今稱龍皋先生者，蓋謂宮詹。公云："龍皋先生八男子，皆能讀其書。而子文者，其最少子也。"然此其時，眡龍皋稍衰矣，子文則恣然奮也。乃往宅南鸐峰下，薙榴莽爲舍，舍字曰"鸐峰"。鸐，雉也。介而有文，子文況焉，則讀書其間，自稱鸐峰子云。鸐峰子乃又北學於京師，京師諸大夫士亡弗嘉其志也。而眡其年又少而工古文辭，而恂恂然，而耿耿然。而又龍皋子也，則謂眡龍皋無忝焉，則咸贈以歌詩，雖勉奬殊，臻然富哉。諸大夫士歌詩載《鸐峰子》卷中。

胡仲子曰："嗟乎！遇哉鸐峰也，外無峻極之表，中匱出雲之蘊，而又匪玄聖靈仙所窟宅也。"京師諸大夫士則號選於天下，職子文故亡，弗頌説也。可不謂名滿天下哉！

余嘗誦詩讀書，稽志山嶽，參諸輿地之圖，惡睹所謂鸐峰者邪。齊秦蜀晉之山，或崆峨崹嵤，上粘辰漢，含隱日月，而皮縣所不及，長老莫能名者，抑不少也。然則遇邪？非邪？《詩》云："陟彼岵兮，瞻望父兮。"①余聞毘陵之南有龍皋山焉，鸐峰，其支也。陸子文其先大夫嘗即龍皋以名，子文舍於鸐也，其殆陟彼岵夫！

---

① 參見《毛詩正義》卷五《魏風·陟岵》。

陳叔子誄

陳叔子大敉，字子欽，其先北平順義人也。曾祖都指揮斌，祖指揮銘，父指揮北山君光祖，並世仕關中，家焉不返。叔子眉目豔朗，美如冠玉，總角丱兮，遊藝郡序，學偕歲益，席珍俟時。嘉靖二十一年六月庚子，春秋才二十四，不幸短命死矣。嗚呼哀哉！子之伯氏，稟命不永，夙謝昌辰，乃及於子，宜降遐齡，復即長夜。北山君雖糜壽康強，孫枝秀發，而明珠雙殞，五情可知。北山君既余碩交，而子之伯氏，又余兄婿，余乃述子素履，寫諸皓旗，俾風耀靡窮，即春秋匪促矣！誄曰：

我西維陳，有華其胄。宣力不渝，纓紱世授。既播既穮，以食其後。翽翽叔子，世德不瑕。罔誕罔逸，克承其華。英姿瑋態，燁若春葩。春葩始敷，灼灼有爛。擢采吐芬，孰其不嘆。倏焉其萎，孰其不惋。嗚呼哀哉！

皎皎叔子，青青子衿。于以采芹，于泮之潯。于以游藝，于文之林。于以學詩，于以學禮。亦既能弟，亦既能子。吾見其進，未見其止。譬諸頳鯉，將化于淵。譬諸威鳳，將翔于天。天胡不弔，而奪其年。嗚呼哀哉！

有堂有池，在居之西。凝塵漠漠，如存履綦。子也曷逝，而弗云來。有琴有書，在西之序。朱絃未更，緗帙如故。子也曷執，而弗云御。肅肅鯉庭，子也所趨。昔授義訓，衣冠儼如。鯉也則死，誰者趨與。嗚呼哀哉！

曩爾伯氏，我銘其幽。今也誄子，飄飄素斿。嗟嗟懿寶，并閟荒丘。聊車遲遲，適彼松岡。玄宇寂寂，耀靈息光。景命則短，令譽其長。嗚呼哀哉！

西安府城隍神廟碑 并序

夫築城造郭，實昉虞夏之交；復隍維垣，布在《易》《詩》之策。然則城隍之名,逖哉邈矣,意得其固國康黎之功,必膺禦災扞患之祭。而坑燓滅籍,副辜佚方。世之淺儒,不典厥祀,徵馮尚之夢,以爲法創。漢初,謁蕪湖之祠,以爲肇由吳季究、慕容儼之祠,以爲緣起齊葉睹李陽冰之記,以爲作始唐年,斯并曹達禮情,舛稽隆古者也。顧使百雉之壯,抑在竈霤之餘;八蜡之微,褒出金湯之右。作者之聖,殆不其然。我高皇帝開天建極,遍於群神,城隍之祠,特著令甲,率土郡縣,享祼靡殊,兹亦超代之英謨,繼聖之鉅典也。

嘉靖丙申,①天不吊余,自夏遒冬,連殞二息,齒逾商瞿,慟均卜夏。乃明年丁酉,②夏四月朔,款祠乞靈,以弗無子。而胏蠁洋洋,如在如答,卜書胥啓,昭示震期。厥月誕彌,居然生子。夫姜嫄禖祈,鍾胤后稷;叔梁丘禱,篤生宣尼。永固感孕於西門,明允衍嗣於張仲。矧我城隍大神,憲章有赫,宏於魯東之附丘;紗鑒無方,陋彼鄶下之非鬼。故張氏竭虔,伯玉載育,李門致禱,夢祥就妊,是皆慶叶香蘭,事垂汗竹者也。而西安府城,言言仡仡,歷代所都;城中居人,總總嘽嘽,其麗不億。祠宮轔轔,俯壓闠闠,風氣所萃,靈爽莫京。儻漢夢之匪虛,或神光之猶妥,宜其玄威丕應,陰錫響臻。有如此者,余既篤承景貺,祗答末由,敢以不腆之辭,闡述罔恫之德,載諸牲石,播告後人。俾之歌咏神休,勿替不斁。辭曰:

奕奕靈廟,南亢太乙。皇皇大神,國典攸秩。爰祝爰號,邦社攸匹。有嚴閟宮,瑶爲其室。畢鸞翔栱,文螭抱礩。肅雝顯清,神焉于宅。朱芾飄霞,翠旂翳日。非廉靖塵,豐隆倡踾。儵忽連蜷,神時于庋。神于皇皇,群祀是帥。靡願不答,忠直是福。凶沴是闋,魑猶是抶。牲牷博腯,醪醴芬苾。明禋靡將,神反于艊。勖矣後人,欽哉罔怭。

---

① 丙申:明嘉靖十五年(1536)。
② 丁酉:明嘉靖十六年(1537)。

昭勇將軍都指揮僉事盛君神道碑 并序

君諱肅，字廷器，其先定遠人也，胙土於周緐國，得姓。胤冑緜遠，譜諜散亡。逮我明興，有諱聚者。嘗從大帥仗劍西征，鏖戰皋蘭，没於鋒鏑，朝廷恤之，錄其子瑄爲燕山衛百户。瑄復以靖難積功，授府軍右衛指揮同知。永樂二年，改官潼關衛，遂家潼關。瑄子斌無禄，蚤世。斌子茂，茂子珍，咸世其官，纓紱蟬聯，列戟有煒。珍騎射精絕，猛力兼人，戍延綏之清水營，屢立戰功，加指揮使即君之父也。君丰姿偉岸，英邁罕倫，韜鈐夙諳，復敦《詩》《禮》。既紹父爵，恪奉官箴，威惠靡偏，士卒咸賴。正德壬申①征洛川賊，破白牙寨，獻馘最多。部使以聞，進都指揮僉事，聲望漸遒，封拜伊邇。嘉靖八年己丑二月二十五日，偶嬰微恙，景命遽傾，春秋才四十有一。嗚呼哀哉！君孝友信篤，人無間言。守先人舊廬，僅除風雨，心在靡鹽，堂構莫修，屬續之朝，衾斂無悔。而已配任氏封淑人，都指揮璽之女，貞孝慈惠，九族曰賢，稱未亡人。殆逾一紀，卒於嘉靖二十年辛丑十月二十日，春秋五十有四。嗣子德，指揮使。孫子三：謙、讓、訥。嘉靖二十一年壬寅十月二十六日，君與淑人合葬關西五里，從先兆也。嗚呼！高原瘞玉，神理何存。碑字生金，芳猷愈茂。余乃昭銘懿烈，表諸羨門，將使樵蘇斂容，衣冠墮淚。詞曰：

關西之將，盛厥惟舊。靈派湯湯，盛國之胄。世濟忠武，傳華纘茂。洸洸將軍，雄毅神授。雕虎風嘯，赤驥雲驟。白牙之戰，殄厥妖寇。朱衣皂蓋，峻爵是戀。鴻翼不漸，遽奪其壽。悠悠蒼天，胡薄胡厚。玄丘刺空，若夏屋覆。洪河在左，靈嶽在右。雙玉茲閟，千古不晝。我銘不謬，垂範厥後。

---

① 壬申：明正德七年(1512)。

樊將軍墓碑

　　將軍諱殷，字尚質，其先揚州六合人也。始祖受陝西西安右護衛百户，高祖宗，曾祖英，世其官。祖懋，秦府儀衛副。父罔，儀衛正將軍。世澤承華，人望攸屬。弁髦甫謝，學詩郡黌。子衿十年，棘圍不售。乃冠却敵，易彼進賢，匪其好也。弘治己未，①襲儀衛副。正德丙寅，②封武略將軍，尋擢儀衛正。儀衛者，掌王倅車之政，兼統七萃之士。邸僚有徒，兹爲雄劇。將軍膺任三紀，其逾屢干戈久包，[1]郡國晏謐，藩后濟美，不事遊盤，化日舒長，朱門多暇，參從之外，曳裾而已。間或承鞫兩詞，旁攝庶事，文而毋害，敬而行簡，自公之退，飲醇而已。嘉靖甲午，③釋觳公曹，縣鞍私第，敕斷家事，常羊菟裘，時要友朋，陳敍情款，三爵之後，嘯歌而已。壬寅仲冬之朔，④末疾弗瘳，卒於正寢，得年七十有二。將軍奉親，愉婉承顔，撻之不怨，虁栗祗訓，《禮》也無違。又悃愊寡辭，飲酒溫克，交無貴賤，久而敬之。是以毗贊大邦，無斁無惡，康寧多祉，高朗令終。捐館之朝，藩后輟衣，群僚賣泣，鄰舂不相，列校撫衿，生榮死哀，胥有之矣。

　　將軍元配韓氏封宜人，繼室兩：夏氏、王氏，皆歸克宜家，言不出閫。男子五人：永湄，儀衛副；永淳，儀賓；永潮、永沾、永激，咸弗納於邪。保家之主孫男子十人，秉正郡弟子員某某，靡不芝曄蕙挺，宜爾振振。女子二人，一歸孫指揮賢，一歸張千户嗣子偉。孫女子十人，一歸莊千户壽，餘者未笄，亦并窈窕，工勤閨房之秀。永湄卜宅，練時以歲。甲辰二月之望，⑤奉將軍柩葬韋曲里之先兆，韓宜人，兩夏氏、王氏祔。謂余比鄰，雅宜撰德鐫銘，琬琰颺烈不休。銘曰：

---

① 己未：明弘治十二年（1499）。
② 丙寅：明正德元年（1506）。
③ 甲午：明嘉靖十三年（1534）。
④ 壬寅：明嘉靖二十一年（1542）。
⑤ 甲辰：明嘉靖二十三年（1544）。

衍衍將軍,既顧且碩。世德不射,王之肘腋。小心翼翼,令聞藉藉。不忌不克,子孫繹繹。唯是窀穸,既壙既宅。既襄既畢,望之孔罨。黃壤元吉,營魄載適。懿爾素履,炳此玄室。

胡室人黃壙銘并序

胡室人黃,寧夏處士儒之女,秦府引禮舍人汝翼之配也,是爲侍叔母。叔母歸我從父引禮君僅二十有三年而卒,是爲嘉靖丙戌十有二月七日,①僅四十有三歲已也。侍之在鴻臚也,以言事竄潞,聞叔母病,痿痺不敢離置。省候未幾,邅飛語下詔獄。餘一年,幽囚莘縶,與家人逖絕不能聞,闈扉外事,我躬不閱,矧獲省候。我叔母賴天子明聖曲宥,乃獲生返,乃獲省候我叔母。見叔母神熒熒,辭氣治也,謂時容有瘳而遽不起,從父神傷惻惻。遺息何聘關處士景賢女,未及其娶也。二女才一有適,適張舉人鳳岐子元亮。明年丁亥二月十有三日,②葬長安南雁塔左。銘曰:

是維我叔母之宮也與哉!

謝汝載墓志銘并序

謝汝載,諱朝輔,先臨淮人。國初,徙家長安,遂世爲長安人。嘉靖壬午,③汝載舉明經,癸未登進士,④明年授青州推官。丁亥正月二十一日,⑤年三十八,卒於官舍。遺妻查孤穉二幼女,煢然在疚,棺斂不能周。憲使牛君鸞、太守江君珊咸資賻之,始得歸葬。汝載先君學諭先生恩伯,兄憲使先生朝宣,皆以清白蒞官,故汝載家食,雖藜藿不得厭。及官青州,意必稍刓廉隅,以就融潤。顧剛介自操,至死不變塞焉。謂之秉德不回,非邪?余聞汝載童卯時受學憲使先生,銳情經

---

① 丙戌:明嘉靖五年(1526)。
② 丁亥:明嘉靖六年(1527)。
③ 壬午:明嘉靖元年(1522)。
④ 癸未:明嘉靖二年(1523)。
⑤ 丁亥:明嘉靖六年(1527)。

藝,夙夜匪懈。讀《范滂傳》輒拊編太息,有思齊之志,宜竟能自樹。推青僅二歲,即多所平反,部使者辟章四上而卒遭短折。豈其才氣豪儁,或陰有弗暇足將,天其罰之,即蓋棺偉絕如此,詎能襲義取之?概平生見矣。然蹻跖操檜,肆其貪殘,腆不畏天撟人,顧康寧且壽淵,賽玠輅胡,所繇罰哉。意者數之所窮,將不係於人也。銘曰:

有生之徒,孰而不死。彼壬者人,死也已矣。有斐君子,垂耀不已,亦篤其世,而不施其履,茲固虧益之玄理也。

陳以道墓志銘并序

有明九葉,嘉靖八年己丑八月一日,長安徵士陳君大策,字以道卒,享年三十有四。於時弁綏之徒,靡不震心盡傷,怒焉相吊。素車白馬,屬繹於途,誄德銘哀,竹帛騰躍。雖婦人小子,曾領懿名者,亦皆咎極玄穹,悲深黃鳥。在昔陳仲弓之没,史謂:"群僚咨嗟,岩叟揮涕,哀以送者,三萬餘人。"余以獨善之及,何能至此,此文勝之詞,過情之譽,爾睹諸今日,前聞豈虛哉!

君龍德純粹,含章直方,謙穆徽柔,仁篤孝友。曾祖、祖父世爲大帥,而君迹謝綺紈,情同布素,絃誦之外,蓋泊如也。至其舍矢破的,巧逾飛衛。振筆揮楮,妙並顏公。摘藻剡文,驚采絕俗。秉德之懿,既如彼遊藝之精,又如此可謂追琢金玉,彬彬君子矣。君娶於吳,蚤卒,亡子繼,乃委禽於我。遂以兄子妻之,遺孤曰圖,女曰孟。陳圖生十日而君不禄。余請君疾見,君面亦如赭,咳不出嗌,執其手,則脉屋漏不續,心甚駭焉。痛惟斯人而有斯疾,不滿三日,下血數斗,秦中醫工莫究名狀。易簀之際,復爲案脉,脉已澌絕,君猶盱衡強揖,勸余加餐,語未脱口,溘然而逝。嗚呼!天乎,君已矣乎!君不負天,天乃負君。嘉靖十年辛卯十一月某日,君父北山君葬君長安木塔。原君友李子河、种子雲漢深惟確美不傳,幽光斯斁,依德述狀,俾余作銘,寫恤翠玒,表鎮玄兆,慰其孤嗣,啓佑後人。銘曰:

猗與陳君,載豐其縟。允柔允栗,溫其如玉。志學匪渝,景命有促。銘茲芳烈,永永之告。

昭勇將軍西安左衛指揮使崔君墓志銘并序

弘治中,虜數萬騎寇我靈夏,蹀血數百里,關輔震慴。西安左衛指揮使崔君鑑承檄爲前鋒,裹糧趁逾靈武渡,卒與虜遇,君揮臂大呼,直鏦賊,諸路兵序翼進,賊趄去已。而孔霸溝岨,當路奏奪,君秩廢十餘歲。女爲秦王妃,朝廷推恩,始復君元秩。復未幾,卒。時爲正德十年八月六日,得歲僅五十有八云。嘉靖十年七月九日,君配細淑人卒,歲七十有四。將合葬,其子西安右護衛指揮使文義官武以狀乞余銘。

余與君故鄰比誼,不得却。君字克明,貌偉俊,氣志歷落,音吐雄壯。余時聞其撫掌慷慨,論兵若賭,旗旌旟旐,戈鋋揮霍,鉦鼓闔輷盈耳也。居常好馬,蒭莫必自茭秣。人有駑馬,得君刷飼,旬月,罔不神駿。君先遷安人,大王父成永樂中拜中山衛指揮使,王父興、父廉,世官西安。淑人徽勤毘儉,宗黨則之,君所不及,率多神正。君孫男子四,孫女子七。銘曰:

烰矣崔宗,崛興燕薊。洸洸克明,克攬克繼。時則靡值,值焉數奇。功則靡售,寔焉啻之。窈窕淑女,嬪于王家。亦側其子,王之爪牙。孟村之兆,有瘞者毅。既厝既安,厥恒鼇若。

高安人吳氏墓志銘并序

安人,西安後衛千户吳公鐸之女,百户高君昇之配,會試中式舉人節之母也。縁百户君封安人。百户君之父昭信公偕吳公防秋,環慶與家,俱知安人賢,遂用雁,安人年十八歸高氏。高氏亡小大即亡,不賢。安人姑倪嚴不許可。安人怡順媚謹,獨得姑歡心。君子謂安人能養志,有姜詩之妻之風。百户君性褊急,不受物忤,安人以佩韋舌存之義,時時矢喻,百户君遂寬忍善容。君子謂安人明於相道,有楚樊姬之懿。其教會試君也十餘歲,尚不令出外户,故會試君端樸慎厚，不識里巷嬉戲事，專業典藝，以詣今日。君子謂安人能養正於蒙，有大姒之烈。百户君有弟，分異三十年，安人贊百户君曰："叔也，先姑之遺也，繄君之股肱也。而俾糊口於四方，先姑之靈謂何？"百户君合之纍焉。君子謂安人明睦達禮之情，有衛姑定姜之識。安人備是四德，而年五十九以卒，君子傷之，時爲嘉靖壬辰仲春。① 會試君方中禮部第，候廷對，聞訃，亟匍匐歸關中。貧不克葬，甲午冬十二月十九日乃克葬。② 安人三女，長適百户李恕，次適王世爵，次適鄭洪，皆百户。嗣子孫男二：衍慶、衍瑞，皆會試君配陳出。君子謂安人豐後，有螽斯之徵。銘曰：

孰令令而行，孰不令融而命。孰令令而子，孰不令食而祉。止焉哉！止焉哉！

【校勘記】

[1] 屢：原書漫漶不清，據中科院本補。

① 壬辰：明嘉靖十一年(1532)。
② 甲午：明嘉靖十三年(1534)。

胡蒙谿文集卷四

墓志

周太宜人墓銘并序

監察御史關中周公熊既葬三十餘年，其配太宜人王氏，乃以嘉靖十七年戊戌夏四月二十有五日，卒於長安洪布街第，得壽七十有四。其子工部都水司郎中仲仁，將以是年冬十有一月二十日祔太宜人於御史公墓，乃丐余銘。曰："嗚呼！我先君弘治間舉進士，爲名御史，舉刺無所顧。奉使滇南，勤事以歿。其行誼載御史高公胤先墓志，及憲副朱公應登墓碑。其立朝奏議，載在國史。惟我太宜人，爲西安右護衛處士禄女，婉嫕淑慎，夙稱從父之年，克令維則，茂著施衿之後。時我先君攻業膠庠，家徒四壁。成化之季，關輔大侵，乃負米荆襄，養我大父母。而太宜人協德蘋蘩，力供瀡灕，典衣脱珥，靡吝靡憾。我大父母靡知荒艱焉。正德中，仲仁以進士授鎮江推官，乃迎我太宜人就養郡邸。時大母尚在，自以高年不欲遠適，留弟仲義俾之扶侍一夕。我太宜人夢我大母泣云：'一别經歲，衰病便侵，汝幸遄歸，姑婦一訣。'我太宜人驚寤徬徨，即日西邁。至則大母矍鑠康強，罔異疇昔。居不逾歲，大母奄棄，衾贈棺奠，咸不違禮。此其孝誠昭，假天相我太宜人者也。嘉靖七年，仲仁時郎水部，值大禮告成，我太宜人獲與封典，制曰：'爾王氏夙秉懿性，事賢夫罔終，事姑乃克有終，載其敬順，施於令子嗣，宦京朝。兹以禮典推恩，封爾爲太宜人，介壽祉於慈闈，垂閫儀於奕世。欽哉！'宗黨歆豔，兼云實録。"

仲仁有男子四人：庶、席、廛、庋；女子二人：孟玄、孟巧。仲義有男子三人：海山、海雲、海潮。歲時稱壽獻觴，詵詵于于，和樂且耽。仲仁進雖不能效用當年，揚徽先烈，捐廢以旋，同我婦子膝下，日嚴所謂"拙者之政"也。而頑不自亡，酷延大罰，容車靡餘，義訓永淪。儵子摘闉聖善昭銘，宅兆庶幾，芳猷不泯，終慕斯愜云爾。余仲父與御史公往同鄉薦，余與水部復並計偕，壺範素諳，義在難却，乃序次其語作銘。曰：

侃侃周公，載冠其鷹。表德豐碑，國亦有史。嗟太宜人，亦既配只。斐哉水部，御史是似。匪直也橋，亦既有梓。嗟太宜人，亦既有子。命詞煌煌，載錫載祓。曰懿曰順，曰介壽祉。我述我銘，告之萬祀。嗟太宜人，是曰不死。

廣平府同知田府君墓志銘 并序

序曰：嘉靖十有八年，青龍在己亥秋九月四日，廣平府同知田府君董城沙河行宮，卒於工所，享年五十有五。維時管工侍郎樊公繼祖憫其勤事以死，爲之棺斂，傳歸其喪。先是，府君丁家難，時夢行至北京沙井病死，寤而書諸扉，其時未興沙河之役也，乃今果然。夫宣尼將萎，兩楹兆奠；鄭玄夢惡，寢疾以終。凶讖咎徵，何獨驗哉！

君諱芳，字汝培，關中咸寧歸義里人。丰儀溫茂，性靈闓朗，蚤遊郡序，望雄千夫。正德己卯，[1]遂以《周易》獲領鄉書。嘉靖癸未，[2]名在乙榜，授固始訓導，敷教不倦，士多達材。歲戊子陞宰新樂，[3]新樂密在三輔，路當九省，迎來送往，民不聊生。府君節其徵科，剛柔並克，上下交際，都無間言。時又經量爾强，調均賦，則貧富公私咸稱穩便。三載考最，敕封文林郎。父糧封如府君官前，母侯、母羅、配李皆

---

① 己卯：明正德十四年（1519）。
② 癸未：明嘉靖二年（1523）。
③ 戊子：明嘉靖七年（1528）。

爲孺人。壬辰陞山西行太僕寺丞。① 乙未陞太原同知,②以在家難不赴。戊戌服闋,③再授廣平,驥足將展,而鵬止座隅。用不究才,群情並惋。子男二:龍、蛟;女二:長女、廣女;孫男三:臘兒、成兒、平兒。余與府君少同里閈,又聯姻戚,乃序其事狀,爲之志銘。曰:

  粵稽陳完,始氏曰田。人代綿邈,家諜失傳。其一。

  何與王孫,咸精於《易》。君豈其裔,曷藝之一。其二。

  歷五其官,積有令聞。闇忽遷徂,天不可問。其三。

  申店之南,[1]有閟玄室。青烏子云,祚胤永吉。其四。

李仲翁配張室人墓志銘并序

  張室人,陝西咸寧人也,是爲同邑李仲翁幹之配。獲嘉姓於弓矢,啓靈祚於軒轅。良、禹咸帝者之師,騫、綱並輶軒之使。遥遥華冑,耀在史編;巖巖漢京,鬱爲著族。父杲隱迹閭里,綽有令名。室人秀在閨房,夙諳義訓。及其結褵,李氏蕙問,兹彰仲翁,孝義罔虧,贊襄兹在。蘋藻千采,舅姑悦焉;環珮有瑲,娣姒化焉;俎豆寓目,子孫服焉。彤管之載,庶幾寡忝矣。以嘉靖十有八年春二月九日,考終厥命,享年七十有三。子璋,秦府引禮舍人,卜嘉靖二十年某月日祔仲翁葬芙蓉苑中禮也。曩歲仲翁之葬,余既銘其墓,今者璋復有請,再著斯銘。銘曰:

  曲江之濆,馬鬣者封。仲翁是藏,室人是從。婉婉室人,斯銘永托。仲翁之世,我曩有作。

秦藩汧陽王府輔國將軍崇亭公墓志銘并序

  崇亭公,諱秉椅,無字,號崇亭。太祖高皇帝七世孫,秦愍王六世孫,汧陽端懿王孫,鎮國將軍誠淶子也。鎮國配張夫人,而側室汪氏

---

① 壬辰:明嘉靖十一年(1532)。
② 乙未:明嘉靖十四年(1535)。
③ 戊戌:明嘉靖十七年(1538)。

實生崇亭公。公誕靈維嶽，衍派自天，志學之年，便嬰簪組。富而好禮，貴而不驕，沖約寡交，溫恭朝夕，聲色狗馬，一無所縻。方謂羡膚茂祉，以迓永齡，而日月不居，光靈儵逝。時爲嘉靖庚子秋八月十有三日，①春秋僅四十有五。明年辛丑冬十月十有八日，②敕葬京兆南，鴻固原禮也。公配施氏封夫人。子男一：惟㷼，封奉國將軍。女二：一封上虞縣君，一未封。奉國及縣君皆側室雷出。奉國娶關氏，封淑人，生二男子，皆幼。公伯兄今汧陽王念棣華之蚤凋，張太夫人哀蘭芽之頓折，施夫人傷梧桐之半死，奉國君痛橋木之已摧，并述茲懿迹，丐余幽篆雕之樂石，垂耀無窮。銘曰：

奕奕皇族，公也鮮逑。作德不永，未究厥由。葆挽淒鏘，素旐飂悠。去此華屋，適彼荒丘。夜臺幽幽，松風颼颼。千秋萬歲，魂魄長留。

文林郎浙江道監察御史王君墓志銘并序

君諱宦，字惟人。先世關中人，高祖義國初徙寧夏，曾祖誠力田不仕，祖清以貲爲宣義郎，父文進經明行，修貢於禮部，以君貴，封文林郎浙江道監察御史，母林封孺人。

弘治壬子春三月七日，③實君縣弧之辰，六歲屬對，輒有奇語。一日緣梯登屋，見宣義適至，恐甚，躍下。宣義雅鍾愛君，趣置於懷，因戲慰云："兩跳跳下地。汝何以對？"君輒應聲云："一飛飛上天。"繇是，宣義益奇愛之。九歲遣爲學弟子員，二十二而舉於鄉，二十六而舉進士，尋授重慶府推官。三載課最，授浙江道監察御史。彈壓京縣，狐鼠避驄；按歷宣雲，豺狼懾豸。雲中甲申之變，④君與蔡中丞協策棐勤，頹波訖息，帝嘉乃績戀錫金，繒封君寓京。鄉人將納賂要津

---

① 庚子：明嘉靖十九年(1540)。
② 辛丑：明嘉靖二十年(1541)。
③ 壬子：明弘治五年(1492)。
④ 甲申：明嘉靖三年(1524)。

而緘橐詭辭,求爲寄頓,封君不覺,卒售其欺。已而行賂迹彰,封君連逮。君時出按未返,了不相知,適以獲罪。權閹旁緣牽坐,曹司不執,橫得罷歸。君遂返居關中,遠紹先緒。久之,群情昭晰,薦剡屢騰。頃者詔旨渙頒,復其纓弁,賜環。未及,奠楹入夢。時爲嘉靖庚子秋八月七日,①得年四十有九。配丁封孺人,子子修,女三:一適寧夏都指揮江東,餘皆字而未行。封君經營歲餘,不克舉葬。少司馬趙公、按察使張公賵賻並歸,始克襄事。時爲壬寅春三月十日,②下杜東南里許,倚岡北向爲君幽宮。

嗚呼!斯人柔順文明,溫良能斷,圭璧其行,蘭蕙其心。而陟不釣臺,退在衡泌,居常遠迹囂呶,流覽徽妙,謂宜壽抗松晉而不逮知命之年。馮敬通廢,斥於昭代;管公明摧,折於盛年,斯人方之冤酷彌劇。余與君生年既等,兩舉復偕,褫職西旋,又匪隔歲,冀將優遊林壑,白首同歸,詎意斯人而有斯疾!疇昔之夜,夢君向余托以銘志,驚寤嗟怛。忽聞訃音,兹乃濡涕陳哀,立銘敍德,副爾冥托,識諸玄扃。其詞曰:

鵬搏天池,九萬兹甫。忽其塌翼,跧伏於野。扶搖不興,死不得舉。峨峨高丘,永奠下杜。精英不化,鬱鬱終古。

有明壽官眭次翁墓志銘 并序

眭在古先,族寡枝胤,弘夸之外,蓋鮮攸聞。次翁之世,云系於兹,亶其然乎!亶其然乎!乃今長安城北閶門口及故西京城中並有眭氏,阡列丘纍纍,殆且數百,抑何繁哉!閶門之眭有諱政者,元至正中,以倜儻厚貲豪於閭右。再傳爲清,清子爲貴,貴子爲寬,咸葆耀力田,靡攻他藝。次翁者,寬之中子也,諱廷佐,字秉衡,值素業中,微卲食加眔翁,乃榦蠱肯構,生理益饒而雅。又孝弟謹信,泛愛親仁。雖

---

① 庚子:明嘉靖十九年(1540)。
② 壬寅:明嘉靖二十一年(1542)。

行無餘力,未之學文。然德誼罕瑕,鄉人歸善,何必讀書,奚其爲爲政哉!

嘉靖丙申,①次翁年臻八十。昌樂劉公雍時掌西憲,以謂世之耆俊,鄉之善人,卬承詔文,錫以冠帶。次翁鳩杖靡藉,兒齒更生,委蛇丘園,絶蹤偃室,怡燕觴咏,鼓腹堯年,古貌頎然,覯者生敬。歲在壬寅二月乙亥,②啓手啓足,考終厥命,享世之年,八十有六矣。次翁元配蘇氏,克儉克勤,不克偕老。繼室王氏,靡媮靡妒,足嗣前徽。蘇生三男子:鵾、鵬、鶴。孫子四人:少章、少臺、少丞、少伯。孫女三人,長歸林木。次翁常進鵾等於庭,訓之曰:"我眭肇自魯國之蕃,再徙河朔。宋金之際,爰處兹邦,祚緒眇綿,清白胥繼。曩有圖諜,傳自李唐,頃雖煨燼,我猶及睹。小子其覆哉,毋詒宗羞。"惟符節令雖弗得其終,然明經嶽嶽,納説時君著在班史,與京翼并固眭氏之選也,小子其覆哉。肆鵾等恪承義方,罔敢暇逸。鵬又鋭情四詩,騰譽郡序,稱廩已久,行燕鹿鳴矣。

嘉靖二十二年龍集癸卯十二月乙酉,將啓蘇兆合葬於龍首原。鵬與余子婿李進士希顔鄰好素敦,俾之述狀,祈銘樂石,永志幽埏。嗚呼!次翁生於太平,長於太平,老於太平,令終於太平,幸甚至哉!是不愧於銘也,乃製銘。曰:

民也鮮壽,憂虞糾纏。猗與次翁,曷竺於天。熙熙坦坦,八十有六年。或也鮮嗣,亦鮮肖先。猗與次翁,獨萃厥全。匪直多後,亦罔或不賢。修原蜿蜒,見龍在田。有對若斧,松楸鬱然。式旟式旐,縈眭次翁新阡。

王修武墓誌銘 并序

王修武,諱干城,字修武,其先武陵人也。高大父奎,襄陽衛指揮

---

① 丙申:明嘉靖十五年(1536)。
② 壬寅:明嘉靖二十一年(1542)。

使。曾伯祖俶征西將軍，總兵寧夏。曾大父永、大父徽，并開闢關西，鬱爲都帥，繇是著籍，世於西安。考崙，東城兵馬副指揮。君奕葉金貂，又累婣藩國，西土名閥，鮮之與京，而不吝不驕，好禮能訓，恭子之職，克奉天經。執親之喪，易而能戚，東城之墓崇焉若堂，都其手封，不假傭代。自奉纖約，而性好施予，副急周窮，時靡有厭。雅不飲酒，而酷喜款客，倒尊投壺，不醉毋歸。居常蔬素，而腆於賓筵，選具珍肴，咄嗟輒辦。是以存則門多長者之轍，没也庭陳高士之芻。閱世之年，僅彌甲子，嘉靖癸卯夏季之晦，①則其屬纊之辰也。配張氏，西安前衛指揮弼之子。子男三：朝立、朝盈、朝會。女四：一適劉都帥楫嗣子以正，一適孫指揮賢，一適庠生張科，一許余長子叔寓。[2]君縱心自適，調攝違經，滯下浹年，諱而不□。余嘗察色，度不及秋，孰使余言不幸偶中。明年仲春之望，卜宅兆，葬君祖塋。嗚呼！乃今而銘修武。銘曰：

生以甲辰，②葬以甲辰。③令月丁卯，吉日甲申。韋曲之原，有來其輴。玄堂孔寧，未戢爾神。

亞中大夫宗人府儀賓吳君墓志銘 并序

嘉靖二十二年龍集癸卯冬十月二十七日，亞中大夫宗人府儀賓吳君卒於長安馬行街第。嗚呼！天不慭遺，喪我戚友。悲夫！悲夫！

君諱吉，字祐之，別號修菴，涇陽縣南吳里永樂鎮人也。曾祖浩，祖志聰，世載樸淳，含章不發。父廷相服賈楚越，富埒猗陶，合姓劉氏，乃生君焉。君夙總粹靈，令儀溫偉，唯諾不二，進退詳華，舞象之年，蔚稱鄉秀。秦藩保安靖和王長女靜樂縣主齒在及笄，禮當出閣，有司茂選令族，擇對乘龍。時君從藝里師靈繇叶鳳，於是天孫來嬪，雲誥是膺，玉牒連華，親存八議，朱門有伉，階班三品。然能鳴謙酌

---

① 癸卯：明嘉靖二十二年（1543）。
② 甲辰：明成化二十年（1484）。
③ 甲辰：明嘉靖二十三年（1544）。

損,富而無驕;含垢匿瑕,犯而不校。是宜盍簪之朋,靡不心醉醇醪,氣融蘭臭者也。第以例限王章,不服官政。敦厚之教,不出鯉也之庭;大雅之才,施於弈秋之局,固已足俾石奮掩徽,郭鄧動色矣。歲辛丑,①繼母王氏寢疾終堂,君曲踊毀號,罔殊鞠我,衰絰不釋,瘁焉在疚。諒闇未闋,疽發於頤,良藥無功,大命奄絶,計其享代,甫及遽瑗,知非之歲而已。悲夫!悲夫!所幸天枒善人,延裕不爽。有三男子:儒、克、明,四詩獲舉鄉試,席珍櫝玉,揚顯斯存,倌靈承祖基,肯構肯穫。代縱總志,學朗儁出。凡一女子,歸楊餘澤,乃都督同知宏之孫,都指揮僉事立之子,閱禮敦詩,足稱玉潤。孫男子二,孫女子一,麟定並振,蘭芽新茁,蕃衍之福方大來矣。

甲辰冬十二月二十一日,②儒等窆君於長安城北龍首之原,北方北首,達禮之舉也。昔樗里子墓東佩長樂,西帶未央,今君宅兆亦居故唐大明、太極兩宮隙址之間,樗里西直,不逮半舍,幽堂共夜,馬鬣相望。悲夫!悲夫!余也久承晏子之敬,慚非鮑叔之知,勉述銘辭,用傳精爽。銘曰:

龍原後蟠,是曰玄武。大明峙左,蒼龍顧祖。右蹲太極,如白虎頰。樓櫓華焕,朱雀前舞。青鳥告祥,黄壚水敜。素履不匱,徵我碧礎。

【校勘記】

[1]店:原書漫漶不清,據中科院本補。
[2]長:原書漫漶不清,據文意補。按:胡侍長子名叔寓。

---

① 辛丑:明嘉靖二十年(1541)。
② 甲辰:明嘉靖二十三年(1544)。

胡蒙谿續集敍

河汾孔天胤撰

　　夫顯道於藝，而有陳極之觀；行言於遠，而有載籍之托。是故明著作者振其華，爰傳述者表其實，肇文以來，莫之已也。金版玉匱之書流至於今，屋壁山巖之典式存自古，倘華實之岨峿，亦奚足爲有無哉！夫照夜之，珍見之，咸襲爲寶；淡天之，藻攬之，疇肯不盈。固好是之鈞鑄，在兹所同神者爾。抑有矜心相忌，誣瑕掩瑜，專務毀善，弗欣成美，斯狹淺之過，信道之衰甚矣。昔偉長著言典雅，魏文贊以成家；休文麗藻天逸，康樂稱其冠世。豈曹、謝之才薄於二子？惟徐、沈之實，故當合愛而同聲也，古之益友何可逮焉。

　　蒙谿胡先生誕膺醇睿，弘體沈潛，蚤策鴻蜚，中回鳳覽。乃遁迹深栖，墢埃無滓，博綜反約，神理并融。蓋墳典之菁英，儀極之奧衍，邃於是乎。而歲月所假，著作所臻，則章章而載還古禮，句句而言反今樂。蓋其緣情逮標則窮神内瑩，體物施采則舍景外彪，細則析於毫籤，鉅則周乎沆溚。故程憲司契，檢鏡獨持，淹疾莫窺，首尾咸麗焉。即使楚材同生，漢儶齊世，與談賦心，蓋亦如斯而已。斯固作者之朗暢，必傳之所不疑也。

　　夫淵岳其衷者，可以列高深；金玉其相者，可以敍文質。摭華拾實，藝無本而不立，言靡文而弗行矣。三復蒙篇，一貫斯理，信哉。非空浮華如是，是之取爾。時余與秋渠張子共愛，稀有同期廣録，雖琱琰之未能，庶鋟梓之可就，將命匠作，各敍其旨一篇。事存表實，言不殫微，匪言弗殫微，故難究。

　　嘉靖三十一年秋七月上日。

刻胡蒙谿先生續集敍

　　《胡蒙谿先生續集》成詩文凡若干篇，學士大人喁喁服焉。嘉靖辛亥，①予備役藩參，諦覽大較，爲之執鞭而不可得，因著其端云。敍曰：
　　敷言之道有二，通、塞繫之矣。通則仰希景運，而弘藻肆陳；塞則俛遵厥時，而沈憂屢積。故覽物者辨其翕施之機，摘文者籍其榮替之軌。凡兹有作，悉循此途，越是而上，殆融其谿徑而邁彼倫夷者矣。
　　先生鍾秀南服，擢俊西陲。筮仕早年，才名茂顯；服官比部，領秩臚卿。探隱賾之潛填，發光明之偉什，可謂揚芬藝圃，建隼脩逵者也。閹茂改歲，斂德家居，爰矢緒言，悉規雅道。登山臨水，乃離離黃鵠之音；別友懷人，或纂纂白雲之調。紛菁華於簡牘，叶音節於陶匏，已絕怨尤，人同熙洽，咸鳴治之休徵，匪隨時而隕穫，兹其所履深矣深矣。夫草妍藿蘼之姿，霜拂之而色變；鳥茸凌兢之翼，風觸之而聲悲。厥賦寡持，外尤斯作。矧伊人士，因遇頓遷，斯不諧於理，不篤於貞者也。而先生抗言醳紱，獨行遺榮；濶迹域中，翔心區外；家鮮長物，門無雜賓；悠悠卒歲，篇翰是耽；涉奧咀英，愉神耀目。雖境分順道，而況無異同，席展禽之無愠，法太丘之有常，視彼楚臣被放，憔悴興吟；相如告歸，貧窶增嘆，其度量相越，豈不遠哉。古人有言："不戚戚勞於憂畏，不汲汲役於人間。"其殆斯人歟！是故兹集之傳，信可徵已。

---

①　辛亥：明嘉靖三十年（1551）。

首夏載吉,省署燕閑,爰與文谷右使實檢續篇,類綜成帙,列之文梓,用示同好焉爾。

嘉靖壬子孟秋望日,海虞山人張鐸叔鳴甫撰。①

---

① 壬子:明嘉靖三十一年(1552)。

胡蒙谿續集卷一

四言詩

銅斝頌有序

三原王端毅公所遺銅斝,雕鏤緻精,嵌以丹碧,儉而不陋,文而不侈。玉卮金罍,曾是足貴。乃昔崔駰,嘗作卮頌。捧玩不釋,亦撰斯章。俾鏤舟底,以示飲者。

卓也王公,富貴不淫。乃銅厥斝,以酌以斟。遺德之食,胡玉以金。其爾飲者,載欽載箴。

苦熱行

陟彼曾樓,言避於暑。靈焱自南,習習許許。俯睇連山,仰矖玄宇。偕我友生,翺翔容與。載觴載咏,爰笑爰語。俾彼城者,歔篸考鼓。于嗟征徒,於趙於楚。炎埃蟲蟲,曷其有所。載驅薄薄,揮汗如雨。靜言思之,亦孔之苦。

五言古詩

登清禪寺遥望渭水

丹巘披朝霞,金宮上盤踞。云古有開士,宴息在兹處。我來值春霽,天風颭飛絮。高高衆香閣,曠望豁塵慮。欲究恒河沙,山僧無可語。渭川如白龍,蜿蜒向東去。

八月十五夜渭川泛月

山遊倦登頓,端居念超越。攜我同懷子,扁舟泛秋月。是時虛星中,斗柄正西揭。輕飈水面來,漁唱浦東發。波光映月閃,月影波間没。恍若驪龍珠,照耀水晶闕。逶迤愛空明,中夜興不歇。即此已翛然,何必凌窮髮。

李性夫從荆南入關將歸鄴下示我遼王詩兼惠藥物

故人九河子,別來冬已三。近聞采靈藥,遠向荆山南。忽持招隱篇,過我蒙谿庵。贈我金鷟葋,貯之青玉函。開函五内駭,把玩感且慚。是時日南至,衝風響庭楠。瘦馬蝟毛磔,須鬢霜鬖鬖。命酒一相勞,賓主俱醺酣。吾衰子所愍,靈藥吾所耽。倘子歷嵩少,爲吾更窮探。

觀　雪

同雲忽以闇,朔雪藹然作。從風無定端,縈空弄輕薄。渺莽没原隰,連翩入彤閣。幽吟罕良晤,悵望轉離索。緬惟太白巔,積素正輝曤。雖無朗日照,終焉免消鑠。

癸丑正月晦日郊遊①

浩運逝靡停,太歲浹玄黓。昭陽方孟陬,提月倏云即。條風漸東柔,纖阿正西匿。堵薁莢已盡,園桃蕚微蘤。野雉鼓翼呴,潛魚負冰陟。稍稍晴山出,處處春霞色。聊偕二三子,在坰事遊息。歡言挈尊罍,流覽謝徽纆。嘯咏辰逾芳,淹留日下稷。明發倉庚鳴,巾車幸重飭。

七言古詩

谿田篇壽馬光禄伯循

谿田先生人罕及,高雅不受冠紱縶。烈風吹江江水急,獨駕扁舟

---

① 癸丑：明嘉靖三十二年(1553)。

返鄉邑。著書寫字不停手,七十懸車今八十。堦下紛紛采衣舞,帳前往往青衿集。昔也偕君在朝著,東西對坐《尚書》署。鴛劣叨隨騏驥行,燕雀幸簉鵷鸞翥。是時天王將出狩,諫獵同上金門疏。精誠冀蒙日月照,危言詎爲身家慮。回首今垂四十年,偃仰丘壑俱華顛。三徑依依不百里,一水盈盈隔渭川。春王正月歲癸丑,君也初度張華筵。如澠之酒介眉壽,登堂頌禱皆高賢。蹇余未得廁賓末,臨風一致豀田篇。

五言律詩

會顧六泉憲使得錢唐金信臣金美之消息

相別亦已久,相思時更深。近得持斧使,知在清湖潯。并釣石瀨月,對吟叢桂林。無由一東棹,愧爾雙南金。

輓遼海馬節婦

苦節誰能諒,冰心鬱自持。青鸞不并影,黄鵠有新詞。破鏡餘空匣,塵機委斷絲。懸知彤管述,千載使人悲。

輓馬令母

毛檄緣誰喜,潘輿竟不旋。芳魂化蘭芷,遺澤在杯棬。遂罷三遷教,空聞四德傳。自今門下士,應廢蓼莪篇。

黎陽王御史庭實平浙巨盜已而罷歸近蒙追録往勣金幣下錫作此以述

早定雈苻盜,還家不自言。記功有廊廟,殊錫賁丘園。寶字雲霞爛,瑶函雨露繁。仍須趣裝待,一出濟元元。

九日偕内子家樓小酌醉中戲作

亦是登高處,翛然動遠情。歲時聊爾爾,尊酒愧卿卿。却喜黄花對,都忘白髮生。好收餘瀝在,吾欲解吾酲。

承諸公俯和前作仍依韻奉酬

不對黃花飲,誰堪索處情。久辭彭澤令,頗學太常卿。樂趣妨兒輩,[1]佳時念友生。側聞瓊玖韻,如爲析朝酲。

孟冬一日同蒲子春雨中過張宗獻宅聽琴

散步過三徑,披襟得二難。露香開舊醞,雨氣動新寒。檻菊垂垂紫,庭楓故故丹。羨君流水調,不是雍門彈。

輓周御史

痛哭滇南使,誰招萬里魂。青驄失舊路,白鶴吊新原。業有豐碑在,囊無諫草存。鳳毛餘五色,日下看飛翻。

同年李子中以苑馬卿西赴平涼道經陝省遂枉草廬晤語之餘悲喜交集賦玆短句

一別三十載,相逢俱二毛。謇予不可道,思子久爲勞。歲月閑龍劍,風塵敝縕袍。似聞求駿馬,好去九方皋。

初春六日約劉尚書士奇費寧陵伯甘秦長史允升集開福寺而劉乃不至詩以嘲之次韻

寶地雙林迥,堦蓂六葉春。言偕莫逆友,來探最靈辰。時序誰相假,壺觴自可親。同人不同調,頗覺白頭新。

蓮池寺暑集

永日困書卷,因之池上宮。冰潭絕暑氣,檀殿流香風。泛蟻竹林下,釣魚蓮葉東。夕月亦解事,弄影清漣中。

題葛中丞與川精舍

精舍奄中古,人今河上公。居然學海意,迥與逝川同。作楫看商相，其魚念禹功。未須戀衡宇，函夏仰骈幪。

遊渼陂候王子芹不至

不見王子猷，自向渼陂遊。丹峰對卓午，碧水澄新秋。老去興未減，坐來境更幽。即恐雷雨至，欲返山陰舟。

過鄠縣楊氏藏春塢

妙絶藏春塢，城西數百弓。來衝松寺雨，坐愛竹林風。水磑喧雲閣，沙尊插碧筒。吾將問奇字，明歲更楊雄。

鄠縣宋明府雨宴

不愧潘懷縣，賢聲海內傳。相逢只偶爾，高興即翩然。政已超三異，吾將受一廛。華筵對新雨，未忍遽言旋。

宿鄠南角谷禪院

精舍倚谷角，迥然龍界分。蒼茫渭北樹，仿佛天西雲。月色近人白，水聲終夜聞。老僧不拘束，留客意殷勤。

角谷之遊張進士及二王生許偕而張獨不至再用前韻

平子負清約，應是惜離群。二妙共月色，一尊當夜分。禪林響落葉，僧飯出香芹。明發各回首，英英空白雲。

飯化羊谷道院

昔云有仙叟，此地化雙羊。谷口餘孤廟，野人來炷香。溪流漲宿雨，古木淡斜陽。偶薦胡麻飯，天臺意不忘。

過重雲寺

舊愛東林勝，重來興益添。周垣二水曲，當户一峰尖。短竹斜穿砌，長松低亞簷。山僧不惠遠，留酌醉陶潛。

題巖松障子

玉琴自弄罷,回首見孤松。絕壁紫煙表,側掛蒼精龍。鬱鬱鐵色古,霏霏雲氣重。傷彼向春卉,不睹冰霜容。

人日家燕

王春建始月,人日最靈辰。玄髮過年改,金花入勝新。望簷梅不落,把酒柏還親。即此荷堯力,經塗良苦辛。

送陳比部秦中錄囚還京

虞皇宥天下,漢使向河源。喜氣衝幽籥,回光到覆盆。棘林停夜哭,丹筆返春溫。北上過鄉邑,須高駟馬門。

壽谿田馬子

先生今八十,解組十年餘。白髮無前輩,清河有舊廬。一丘三徑竹,四海八分書。不學磻谿老,區區上後車。

夏日孔方伯汝錫謝學憲應午招燕郭西園二首次謝公韻

勝絕疑瑤水,招攜有玉人。鉤簾進落凫,鼓瑟出潛鱗。竹粉題詩遍,荷筩送酒頻。此中自可樂,莫問武陵津。

頗厭城中熱,偕遊西郭西。逶迤水竹抱,合沓衣冠齊。壺蟻時時泛,林鳥稍稍栖。晚來不可駐,涼月引歸蹊。

七言律詩

王將軍祠

叢祠鬱鬱背寒原,綽楔煌煌御墨存。香火有人常下馬,松楸無夜不聞猿。塵埋寶劍還靈氣,血透龍沙自碧痕。今日遺孤建奇績,九泉應得慰忠魂。

送張茂參再入中書

燕臺北去雁南飛，舊掌絲綸願不違。天祿校書劉向至，茂陵謝病長卿歸。松棚待漏銀河淡，薇省吟詩白雪稀。老懶近來朋輩少，送君無那思依依。

興善寺閣觀春雪同石屏玉華青橋三王孫

梵宮香閣雪繽紛，鷲嶺珠林杳不分。撲檻寒聲輕淅瀝，拂人佳氣藹氤氳。天花冉冉彌千界，海色茫茫同一雲。欲借梁園擬詞賦，淺才深愧謝參軍。

永興邸上元燈宴

西園今夕盛遊敖，萬燭齊燃白鳳膏。香徑無塵風力軟，碧天如水月輪高。半空却走山中兔，陸地移來海上鰲。賴有鄒枚同授簡，試拈春酒一揮毫。

汧陽邸元夕雪中燈宴

邸第春宵春事回，群公雪裏看燈來。瑤花巧逐梅花落，火樹還兼玉樹開。彩燕背人窺舞袖，燭龍銜日下仙臺。酒深未草梁園賦，銀箭金壺莫謾催。

菀園白雪媚陽春，雪片燈花更可人。綠蟻不辭金鑿落，彩鰲爭訝玉嶙峋。同雲皛皛天如畫，促漏泠泠夜向晨。九塞喜聞烽燧息，千秋長願奉清塵。

偕諸友宴鄒三宅觀蠟梅作

春堂雪宴喜相陪，雪裏尋春見蠟梅。玉律想教寒谷變，金花故傍小窗開。暗香頗解隨紅袖，冷豔偏宜對酒杯。未暇明朝更過訪，夜深簪却一枝回。

壽許伯誠中丞六十時嘉靖己酉正月四日①

白髮長騎碧玉驄，行年六十不稱翁。風姿矯矯三臺舊，詞翰翩翩四海雄。此日椒盤堪自頌，後時蓮社定相同。知君夙負蒼生望，却恐東山起謝公。

寄贈盧錦衣

遁齋老人行八十，白髮方瞳宮錦袍。雞鳴不爲風雨輟，鳳想自與煙霞高。夜然石鼎鍊瑤草，曉向金門窺海桃。采真伏氣吾所好，無由縮地從盧敖。

寄許伯誠何伯直二中丞

白髮新來欲滿顛，每嗟精力不如前。行藏久作溝中斷，俯仰聊資郭外田。小宴嘯歌誰共月，故人勳業自凌煙。半年不啻三秋隔，雙鯉何當一字傳。

集鄂縣王太史春雨亭

久別高人王右丞，龍門今日喜重登。衣冠前輩嗟誰在，杖屨趨陪恨未能。錦席淹留亭對雨，清歌不斷酒如澠。明朝奈向灃東去，復恐從前鄙吝增。

憩金峰寺

金峰寺在金峰陰，寺中群木秋森森。壁畫慘淡歲時古，龍泉窈冥窟穴深。追遊頗爾厭塵鞅，宴坐居然諧夙心。東行擬向草堂宿，日夕應聞鐘磬音。

宿草堂寺

我昔獨遊草堂寺，重來已過二十年。壁間石刻半缺落，雨後物色

---

① 己酉：明嘉靖二十八年(1549)。

俱鮮妍。靈境闃寂自塵外，圭峰崚嶒當眼前。別業去兹頗不遠，意將永結空門緣。

自通玄觀東過澧水至釋道宣靈感寺

靈感之寺通玄東，古殿碑矶當其中。高僧昔爲緣業出，遺構不與尋常同。澧水交水護寶界，金峰圭峰撑碧空。俗駕卒卒詎得駐，落日滿川秋葉紅。

城北樓避暑

避暑頻登城上樓，朱闌碧簟自銷憂。沉寥頓覺三天近，蕭颯翻驚六月秋。秦漢故丘無王氣，河山勝迹舊皇州。欲題八詠標幽悃，才薄難追沈隱侯。

樓上雨後

雨歇高樓暑氣微，憑虛遠望坐忘歸。雲鴻得意冥冥逝，簷燕迎風故故飛。日晃水紋搖藻梲，山將翠色上人衣。從今時更攜朋好，散帙投壺興不違。

送曹子常上春官

北風吹雪天漫漫，子也遠行良苦寒。暫開金尊醉琥珀，轉見彩筆呈琅玕。老驥千里詎難致，大鵬九霄堪自摶。聖朝鴻休待黼黻，去去努力加其餐。

夏日王子推招燕北城樓同藩臬諸公

北城樓閣鬱煙空，錦繡山河在眼中。四面軒窗無六月，一時尊酒有諸公。笑談往往徵遺事，指顧依依認故宮。聖代不須咨暑雨，披襟今日領薰風。

七言絶句

題陳崔墨牡丹二首

百卉紛紛未足誇,牡丹殊自占韶華。□黄魏紫尋常見,不及陳生淡墨花。

國色當時動帝王,一枝今作麝煤香。玄雲不逐春風老,歲歲長芳寶墨堂。

【校勘記】

[1] 樂:原書漫漶不清,據中科院本補。

胡蒙谿續集卷二

序題跋贊

少華山人詩集序

弘治以還，逮於今日，海寓清晏，文治熙醇，雅道鴻興，詞人鬱起，采蠙合浦，每獲寶珠，抵鵲崑山，罔非璞玉。美矣，盛矣！時惟北地李獻吉、信陽何仲默、姑蘇徐昌穀、譙郡薛君采，則又氣拔群才，名超一代。當其極意之作，足以鳳頡黃初，狼顧大曆，可謂握明月之靈珍，銜夜光之環寶，布在方策，沾溉藝林久矣。

少華山人許氏秉神崧嶽，奮翼關中，藻思通圓，天才卓越，黃卷不釋，玄解益深，是以發諸言志，靡不律調鏗瑲，筆鋒緊利。中朝哲匠往往見推，視李、何、徐、薛，則接乘交輝，連城俱價者也。然而著作不休，篇什孔富，艱於繕錄，傳播遂希。

中丞揭陽翁公、貴池柯公并撫關中，交承胥接，采風下問，獲睹全編，諷咏再三，嗜如口出。於是移檄屬部，雕諸良梓，載離寒暑，工乃告成。凡如千卷廣示人人，當令魚目知慚，燕石不售也。

刪子午山人集序

韓退之謂"盧殷詩可傳者千餘篇"，而竟不一篇傳；魯元道才錢神一論，顧卓然鳴世不已，乃知著作固不貴於徒多也。而握管之徒猶競，務存浩富，殆汗馬牛，鶴昂雞睨，以夸流俗。然傳遠之賴，抑豈在於茲哉。夫簡牘猥繁，其失有六：理難盡美，一也；繕錄告勞，二也；鏤印淹費，三也；齎持不便，四也；覽者生厭，五也；易於佚亡，六也。

具兹六失,其得免於覆瓿,亦已幸矣,而何傳之敢望?志曰:

兵無選鋒者北,圖不朽之盛事。當萬目之睢睢,拔其粹英,猶恐未能敵。彼來彥若,乃溷梟傑於孱羸,雜犀銛以朽鈍,寧不倒戈藝林,興屍文陣者乎!張茂先《博物志》四百卷,晉武删之,只爲十卷;王無功集僅五卷耳,陸淳删之,存者無幾。蓋蕪莠既艾,嘉穎斯挺;吉辭愈寡,令名彌邵矣。

子午山人周子少安懷鉛提槧,業既多年,綴藻摘華,成集詎少,乃者下問鄙夫,托以銓削。然而霞蔚雲瀚,應接靡暇;披沙理璞,觸目逢珍,僭不揆量,勉爲代斲,録其詞義當於愚心者,僅爲二卷以復忖。遺珠尚多,冀流播無難云爾。

灞滻風煙詩序送李鴻臚還汾陽

自伐木輟響,谷風刺興,世之五交,可爲三嘆。譚拾子闤闠之喻,翟廷尉閥閱之題,誠有味乎?其言之也。郭藩參掛冠高卧於今三年,李鴻臚命駕肯來,不遠千里。嚶嚶之韻,隔秦晉而相求;嘷嘷之音,邁風雨而不已。鷄黍之約靡爽,金蘭之契彌敦。夫何山陰雪夜之舟,興未闌而遽返;渭北春天之樹,文何日以重論。關中群公共訝高風,迥超頽俗,駕言出祖,惜其俶離。維時灞滻雙流,風煙一色,浩歌慷慨,執手踟躕,斑馬蕭蕭,清酤不御。兹在臨水,以送將歸,豈必登高方堪作賦乎!

《陝西己酉武舉序齒録》序①

維嘉靖二十有八年龍集己酉,維我陝西例舉武試。維時鷹風北起,虎士四臻,豸冠之使,萃而較之,拔若干人,所謂兔罝之掄英,麟圖之儲傑也。將偕計吏北上夏官,於是舉首楊子餘慶裒同舉之名籍齒系,序而録之,以示於余。余閱之終編,作而告曰:

於戲!休甚至哉!其兹舉也,兹固推轂之發軔,盍簪之傾蓋,二

---

① 己酉:明嘉靖二十八年(1549)。

三子其孰不抑抑然勉，愉愉然親也。嗣是以往，名爵茂矣，利鈍縣矣。其不琄琄然淫，居居然憎者，殆鮮已。夫蛇鳥之陳肇於姬水之皇，龍豹之韜發自渭陽之叟。言武略者，莫我陝西先也。故漢興羽林、期門之選，不越關西六郡而充國，鵬搏於隴右。唐之中葉創置武舉，而子儀、鴻漸於華州，其他熊羆螭彪之倫，踴躍於涼、隴、幽、延之野，夔夒於河、渭、汨、涇之濱者，數之更僕，未可終也，而趙郭爲盛。二三子產曩賢之故區，膺昌期之休舉，儋闃外之茂爵，顧乃負彙征之始志，昧往烈之思齊，茲陝西之何以稱哉！夫同舉之列有友道焉。齒而序之，又有兄弟之誼焉。而嚅唯之音渝於利鈍之縣，茲鳥聲之不求，脊令之永憂，西土之厚羞也。二三子靡不有初矣，懼鮮克有終也。茲告。

《禱雨三應詩》序

歲在庚戌，①自春徂秋，維我關內三痕旱嘆。維時黎陽李侯牧人茲土，三祈甘雨，靡不隨應。以故五稼不災，九農胥慶，怨咨之氣變爲和聲。乃若薦紳髦士，則又蒸爲頌歌，爰寫休烈。郡丞閻侯采而輯之，裝爲鉅册。余獲睹焉，喟然嘆曰：

乃如之故，有三異焉。夫魯昭雩雨，乃勤兩辛；齊景暴野，至延三日。維我李侯，靈壇暫詣，膏澍輒零，德馨素孚，天休不爽。圭璧未卒，零陵之燕已飛，巫尪不焚，陽山之蛇旋蟄。其異一也。殷後六事之禱，徵不重臻；管輅五星之召，術財一驗。維我李侯三禬三雨，有感即通，天且弗違，屢從人欲。雨曰時若，曲應精禋，譬諸考景，鐘而必聲，執左券以責負。其異二也。周宣雲漢之雅止於八章，束晳神明之謠僅而七句，乃今咏德之作殆且百篇，累牘不勝，更僕難盡，洋洋暐暐，盈耳溢目，嘽諧慢易，繁而不殺，殆者康樂之盛音乎？其異三也。夫茲異而一，已足永稱，三者備焉，嘻踔絕矣。余也躬耕墾畒，疊荷嘉祥，載睹茲編，無能爲役。於是道其厓略，序諸簡端，將俟采風嗣傳循吏。

---

① 庚戌：明嘉靖二十九年(1550)。

《清涼經》題辭

大暑蟲蟲，心焉孔憚。昔謂酷吏取擬最倫，永日索居，云："我無所祇對，簡牘用解鬱伊。"一值却暑之言，意輒有愜，隨命不律登之壁間，日月寖增，遂逾百則。每閱一則，心爲一涼，數則之餘，煩歊如失矣。目曰："《清涼經》以酬至德，意將梓施，普蔭烝人，是謂作法於涼，酷吏斯遠。"

《真珠船》題辭

王徽之有云："觀書每得一義，如得一真珠船。"余每開卷有得，及他值異聞，輒喜而筆之。日挐月擷，間參獨照，時序忽忽，爰就兹編，遂總諡曰《真珠船》。雖非探之龍頷，頗均剖之蚌腹，概於博奕，良已勤矣。顧井見不廣，疵類實繁，魚目混陳，貽笑蛋子。采而擇之，尚仰賴於朱仲云爾。

跋獅山十二詩後

唐韋侍講處厚往作《盛山十二詩》，於時應而和者凡十人，聯爲大卷。韓昌黎序其首，以爲讀而歌咏之，令人欲棄百事，往而與之遊，慕而爲者將日益多，則分爲別卷。韋氏之作與其應和之詩，余不獲見，乃獨獲睹昌黎之序，而想見當時之美。然奕代之後，歌咏山水之盛者，雖不必盡出於盛山，而其篇什之數，亦往往於十二。近若李太師《西涯十二咏》、程宗伯《篁墩十二咏》，靡不嗣彼徽音，揚芳翰府矣。

大中丞柯公世居池陽獅山中，乃爲獅山詩，亦如盛山之數，以示我秦中大夫士。秦中大夫士應而和者，亦且十人。余獲讀而歌咏之，則春容博大，足以有興。其視韋氏，令人欲棄百事者，深爲有間。況柯公宦轍所至，凡號大夫士者，鮮不仰止。德輝同聲相應，不獨秦中爲然。分爲別卷者，殆五六而未已。盛山之詩，豈足詡哉！余歌咏之而不足也，乃敘諸卷末，將竊比於昌黎云。

革除忠臣贊并序

　　夫飛轓競路,詎旋軫於芳蘭;貞柏凌霄,寧渝操於寒歲。故陞陑革夏,不恤蓼水之沈;叩馬抗周,甘死西山之餓。干戈不事則陽九之禍靡銷,軀命不捐則在三之彝有闕。茲吊民伐罪之君,伏節死義之士,恒相值也。

　　壬午之歲,[①]我成祖文皇帝執言靖亂,用庇烝人,而革除諸臣,乃或念彼舊恩,梗茲新化。吠堯之聲既激,而義人之勸靡聞,以故斧鑕騈羅,參夷不免。若諸臣者,可謂明哲未諳,自貽辛毒。然其不二之心,浩然之氣,貫金石而薄霄漢矣。仇牧碎首,申蒯斷臂,王蠋縊樹,先軫喪元,方之於茲,曾何足?尚及時雨之兵,戢震霆之威,收若周是,修若練子,寧并因臣下有言而乃上厪褒諭?聖人含弘之量,不得已之大情,茲可睹矣。是以百五十年風厲所存,天衷不替,匪躬之傑,無乏於時。有若何忠、劉儁盡節於南交,段豸、霍恩致命於中土,楊忠、李睿舍生於西夏,許逵、孫燧折首於豫章。茲并義烈無虧,綱常增重,綸褒錫羨,汗竹爭輝者也。

　　宋端儀《革除錄》、張芹《備遺錄》、林塾《拾遺書》、鄭禧《群忠事略》載革除諸臣行誼,有詳有略。余遍覽焉,慨英魂之不復,仰風概之猶生。於是擇其表表者,人係之贊,闡往烈而激懦夫云。

翰林侍講方公孝孺

　　方公修正,淵衷贍學。文采森蔚,民之先覺。蜚聲藩邸,軒鬻經幄。藝林宗之,如鳥於鷟。忠鯁之懷,在難彌確。人之云亡,英風不邈。

副都御史練公子寧

　　堂堂練公,樹志朗烈。彤墀之對,極矣劌切。棱棱白簡,氣凜霜雪。睨彼奸佞,目眦雙裂。震霆下擊,抗節不折。其靡亡者,金川玉屑。

[①] 壬午:明建文四年(1402)。

兵部尚書鐵公鉉

侃侃鐵公,作於穰鄧。雀鼠之争,片言而定。濟南之守,决於致命。奮彼螳臂,抗玆萬乘。寧碎其首,不屈其脛。烈哉烈哉,不愧其姓。

禮部右侍中黃公觀

嶽嶽黃公,才實卓詭。揚言大廷,冠天下士。徵兵入援,王室則燬。同我婦子,湛於清泚。昔趙昂發,夫婦同死。公固池人,宜也式似。

吏部尚書張公紞

休休張公,宗廟之器。往伯於滇,滇也久治。爰擢太宰,靡忝厥位。清通簡要,君子是庇。鹿臺既燔,公也亦縊。縊於公堂,死綏之義。

御史大夫景公清

景公英挺,名讋昏妖。對策褎然,亞匹董晁。壬午之變,①敢也吠堯。氣幹於天,天星動摇。譬則豫讓,匿廁伏橋。雖則不量,臣節足標。

前斷事高公巍

高公惟孝,移而謇謇。推恩之策,詳於漢偃。叩馬之詞,千言滚滚。悠悠蒼天,不照懇悃。爰協鐵公,洪流是捷。鐵也張巡,公也許遠。

衡府紀善周公是修

巍巍周公,邦之良瑗。觀感之録,足覘夙願。我乃顛隮,自靖自獻。求仁得仁,抑又何怨。彼哉同盟,渝乃行遁。傅公志公,顧也公溷。

沛縣知縣顏公瓌

卓卓顏公,沛也是尹。龍戰於野,公抗其軫。賦詩題壁,父子同

---

① 壬午:明建文四年(1402)。壬午之變指明成祖發動的靖難之役。

殞。公則卞壺，子即盱眕。忠孝之懿，一門兩盡。載咏遺音，孰不涕賈。

户部侍郎卓公敬

卓公謁謁，國之底柱。聳秀煙霄，排彼東注。我行其野，猛虣是禦。揚於王庭，批龍者屢。幾勢之陳，朗識遐慮。見危授命，不屈不懼。

禮部尚書陳公迪

矯矯陳公，興於學職。經幄是侍，藩伯載陟。内於沃心，外於宣力。宗伯既諧，國難孔棘。金衷玉操，之死靡忒。宛陵之祠，千古仰式。

監察御史葉公希賢

峨峨葉公，臺端之傑。主亡與亡，百罹靡折。寧俞狐偃，公也與埒。其形則毀，其名靡滅。媲之方練，同歸於潔。豈必殺身，然後爲烈。

胡蒙谿續集卷三

問對辯議解騷

志送言贈吴六泉太府

魯吴六泉太府，剖竹西安，寒暑三離。吏畏民懷，治行卓異。漢有吴公，乃今則二，制當考績天官，崇秩是畀。適我西陲軍國多事，撫巡憲臣以爲太府不留其疇與治，於是聞諸天廷，借寇一歲。蓋閱歲者四，而後克修乎考績之制。

丙午首夏，①成日東逝，粤郡群采餞於灞滻，執手盱睞，攀挽未遂。於是滇人朱大夫作而嘆曰："西安之郡京兆，於昔趙張三王兹焉，是職盤錯棼結，莫於兹劇。嗟我太府，載殫精力，理兹亂繩，伐彼枳棘，撫字心勞，米鹽政悉，六條具舉，四載云及。嗟我太府，勞已極矣，兹其東也，膺顯陟矣。"吴太府曰："委質職事素餐，則叨敢自曰勞，敢顯陟是要。子以爲勞，或則勞矣。"

齊人李大夫曰："素絲道替，污黷風興。小貪爲小能，大貪爲大能，蠶食鷹攫，民弗勝矣。乃我太府，介且有恒，枯魚掛壁，葦車是乘，清不假於置水，潔靡亞於堅冰。然則海見越王之石郡，還合浦之珠者，靡得專其稱焉。先生自此陞矣。"吴太府曰："夫廉，國之綱。維吏之本事，予之以禄。而復賄焉是嗜，是貨之令民之噬也。廉也，奚足以異。"

燕人閻大夫曰："往年關内大旱，民甚苦之。乃我太府下車而雨，

---

① 丙午：明嘉靖二十五年(1546)。

既而又旱,禱而又雨。三歲三旱,三禱三雨。麥秀芃芃,長我禾黍。關内之民,式歌且舞。蓋我太府,莅政四歲,而四得歲於西土矣。惟天難忱,惟德是與。肅時雨若,箕子之語。蓋我太府,肅德天通,故三雨如取,豐年以屢。"吳太府曰:"人事孔顯,天道則玄,吾力吾事,焉知夫天?劉昆以爲偶然,殆偶然也。"

燕人李大夫曰:"俗喜集事,吏曰以猛。德教靡聞,惟刑以逞。若虎而冠,若犬獷獷。聽訟之庭,化爲民穽。惟我太府,憂心恟恟。不剛不柔,載其清静。愷悌之風,浹於四境。"吳太府曰:"惟守曰牧,民之父母,而牧之,而屠割之,而父母之,而虺蝎之,斯名之負,天所弗右。"

楚人徐大夫曰:"今之仕者,繇學以起,乃其既仕,棄若敝屣。以夏楚爲球簧,以趨承爲《詩》《禮》。沾沾而智,空空而鄙,蓋所謂'賊夫人之子'者。間有志人,匪不念此。又以簿領,沈迷職事,填委而止矣。惟我太府,雅既好文,政有餘晷,學而不厭,下問不恥。六藝之文,若玄若史。手不停披,目不輟視,蓋咸窮其區奧,析其肯綮。間或發爲歌咏,燁如振綺,中和之音,洋洋盈耳。即武城之偃,成都之翁,[1]何以越是?余也來後,及接華軌,起我雖多,罔究幽旨。乃今鳳騫高雲,雉伏泥滓,嚮往徒勤,師席不邇。嗟何淑矣!嗟何淑矣!"吳太府曰:"余也顓蒙,頗耽玄覽。政雖拙於催科,心未忘於鉛槧,謂爲人師,則吾豈敢。"

蒙谿胡子聞而嘆曰:"久哉!懿乎群大夫其論之也。我吳太府謙承不居,義益敦矣。周柱史云'仁者送人以言',觀群大夫、吳太府之述答,仁斯存矣,於是乎志送言。"

文辯

世有擯薄文士至比諸鸚猩,此面墻之見,擿埴之談,否則有激而云,匪通方之論也。

夫烏鰂含墨,赤蚌孕珠,功曹吐綬,熠燿載火,無文之子,寧不愧於茲乎！若謂質而已矣，何以文爲？則服黼華蟲，筐捐織貝，奇耦之畫靡作，褒貶之辭弗修矣。彼其學路榛蕪，詞鋒椎鈍，糞墻朽木，雕圬難堪，顧乃藐目馬班，反唇陸謝，以爲雕蟲末技，無所用之，是怒黿之詆華鯨，鷽鳩之笑巨鵬也。夫橫海之鱗，固坎井者所未悉；垂雲之翼，詎榆枋者所能箷乎？自緣才不逮人，娼嫉勝己，以故矯爲高論，誑嚇世流，搶其拙耳。

夫芻蕘之言，齊聖不棄；途里之咏，輶軒所采。叔末文士之製，借曰於道未尊，較諸芻蕘、途里之餘，不其有愈。而欲瘖口不講，蒙目不觀，謬矣！謬矣！夫晉謀元帥，貴敦《詩》《書》；孔論成人，亦資《禮》《樂》。吉甫作誦，清風穆如；皋陶矢謨，昌言卓絶。倘其悃愊無華，含章不發，何以光被當世，烈垂不朽者哉！故曰"言之不文，行之不遠"。況餘力學文，未妨弟子之職；登高能賦，實表大夫之才。使清辭與醇德並流，麗藻共英衷俱茂，則言行愷愷，文質彬彬。是猶天馬負圖出於羲世，仁麟佩紱戾止孔門，威鳳鳴廷肅雝中律，驪龍簸海夭矯弄珠，豈不足以炳燿性靈，禎祥人代者哉？然而遊夏邈矣，士鮮兼才，修辭者匪皆立誠，有言者不必有德。苟其文能足言，言有可擇，即出狂夫之撰，君子烏得以人而遂廢之乎？盜如陽貨，而仁富之辯固儒家不刊之警詮；傾如李斯，而逐客之書亦藝苑罕京之英筆。其諸蔚然之豹，君子是況；好音之鴞，詩人所美。求備伊人，嘉言伏矣。倘逾斯德，寧忍置之彼哉！陋儒訑訑自足，佔畢黃馘，徽音靡聞。譬之盲豕負塗，瘖犬屬屬，焉能爲有？焉能爲亡？若乃積萋斐以眩真，飾《詩》《禮》以發冢，駕訛說以禍世，纂虛録以騙官，茲則毒鴆包凶，紫翠其羽，委蛇含螫，白黑其章，鸚猩之倫未足爲喻也。

赦議

管敬仲云：赦者，小利而大害者也；無赦者，小害而大利者也。①

---

① 參見《管子》卷六《法法第十六》。

盜賊不勝，則良人危；法禁不立，則奸邪煩。①[2]故赦者，奔馬之委轡也；不赦者，痤疽之礦石也。諸葛孔明云：治世以大德不以小惠，故匡衡、吳漢不願爲赦。②

夫管葛名賢，言無不讜，顧余鄙見，獨謂不然。蓋貫索五朗，德令斯覃；黃雲四出，赦期不遠。陳蕃未宥，青蛇示妖；苻堅密言，蒼蠅呼市。劍淪豐獄，寶氣衝天；簫動圜扉，逮人出繫。然則赦之爲用固在天，而成象亦在物而有徵矣，奈之何其可廢之乎。夫眚災之肆，遠自虞朝；衆疑之赦，近存戴記。《周官》列三赦三宥之法，《呂刑》釋五刑五罰之疑。是以歷代之君，或登極建儲，或省愆定亂，靡不觀象雷雨，取類澤風，樹雞竿於天中，伐鼉鼓於闕右，渙在宥之大號，播作解之湛恩，滌惡棄穢，與民更始。若云不赦，是蔑聖帝之寶經，廢明王之鉅典矣。敬仲奪伯氏駢邑三百，没齒而無怨言。廖立、李平，孔明所廢，比其卒也，立垂泣而平憤死。即是而觀，計其獄犴，應無抑濫。若復肆赦，誠爲惠奸，是宜二公言同一致。然虞周理官，豈下管葛？王刑之服，罔非克久，而立制垂謨，未嘗忘赦。是知二公所云，辭存徑庭，不可以爲大方也。況叔世法吏率鮮，惟良得情而色罔哀，矜留獄而志靡明。慎阿勢鬻法，刻覈相高，無辜拳於桁楊，冤氣鬱於叢棘。清渭漲赤、繁霜夏飛，此菀柳之所以致譏，而刻木之所以勿對者也。苟昔隨時之義，偏執不赦之談，則圄闠彌高，控訴靡及，抱痛幽圄，昭雪無期。

魏尚卒老於胥靡，安國瘐死於蒙獄，雲中詎能復守，寒灰安得再然乎？夫李離，晉之良理也，而有過聽殺人之失；于定國，漢之良廷尉也，而趙蓋、韓楊之死不厭衆心。公冶長，非罪也，而遭縲絏之辱；狄仁傑，誠臣也，而承不軌之謀。握丹筆者，矧乏李、于之賢；擥黑索者，寧無長、傑之比，而三面之網不解，曠蕩之澤不布，一物失所，詎不盡心？

---

① 參見《管子》卷一五《正世第四十七》。
② 參見《文獻通考》卷一七一下《刑十下·別赦》。

昔魯司寇釋不孝之子,而魯國治;晉文公舉盜資之人,而晉國安。夫不孝之子、盜資之人,揆之常刑,并難原縱,徒以治安攸繫,遂從寧失之科。茲又聖哲經國之微權,殆匪刀筆恒情之可例測者也。矧罪之所麗,尚有減於不孝、劣於盜資者乎？加以萋斐先惑,反譖後時,巧詆有詞,沈冤無告,而欲永格振古之憲,絕下寬大之書、好生之德,何以洽於民心哉！過矣！過矣！愚議以爲數赦固不可,廢赦亦不可,作《赦議》。

道學解

夫道所行,道也;不可行,非道也。夫學,效也;空言,非學也。虛無之說不可行之,道也;佔畢而呻,操觚而辭,空言者也。

孔子曰:"立人之道曰仁與義。"①又曰:"君臣也,父子也,夫婦也,昆弟也,朋友之交也：五者天下之達道也。"②斯其所謂道,至顯至實,可以措之行而無難,非虛無也。堯舜之道,孝弟而已矣。夫子之道,忠恕而已矣。而已矣者,止於是,而莫有加焉之辭也。而有加焉,左道也,邪僻之徑也。《說命》曰:"念終始典於學,厥德修罔覺。"③又曰:"惟學遜志,務時敏,厥修乃來。"④一則曰"修",二則曰"修",非空言而已也。敏於事而慎於言,不遷怒,不貳過,孔、顏之好學如是而已。故子夏曰:"賢賢易色,事父母能竭其力,事君能致其身,與朋友交,言而有信。雖曰'未學',吾必謂之學矣。"⑤空言而已者,記問之學也,爲人之學也。言堯之言而不行堯之行,謂之曰"堯,吾不信也"。

良冶之子,必學爲裘;良弓之子,必學爲箕。而補續之,而軟撓之,是其所謂學也。安弦者操其縵,斲木者運其斤,百工技藝未有以

---

① 參見《文獻通考》卷一三二《樂五》。
② 參見《四書章句集注·中庸章句》。
③ 參見《尚書正義》卷九《商書·說命下第十四》。
④ 同上。
⑤ 參見《論語注疏》卷一《學而》。

空言爲學者也。鷹之學習，蛾之時術，禽蟲之微，亦未有以嚶嚶嚶嚶爲學者也。號爲儒者，乃獨喋喋尚口而不道之，蹈剽性命之陳談而纂飾之，古其貌，敝其服，恭其象，甘其言，自以爲道積於厥躬，徐而考之，其中未必有也。蓋踐履之實行難拚，而假借之遊辭易工，所由之不觀而論篤之，是與兹莠言日繁而僞儒多售也。莠言繁則人聽惑，僞儒售則世禍滋，矯詐之習長，淳樸之風微。鄉原賊德，清談敗俗，其亦同工而異曲者也。

居處足以撒徒成黨，談説足以飾邪熒衆，少正卯之謂也，而孔子誅之；操兩可之説，設無窮之辭，鄧析子之謂也，而子産誅之。今之號道學者，往往比於是，不孔子與子産之值而富益周公者，尚多有之。陽貨有言："爲仁不富矣，爲富不仁矣。"既富矣，而猶謂之爲道學，斯名果稱情乎？迂腐空鄙者不足以鼓人，人不論也。

九祝有序

秦中巫歌，既皆鄙嗲，而其所請之神，率又猥雜不專，淫昏非類。因擬靈均《九歌》，製爲《九祝》，俾其一意，城隍之大神按歌禱祀。然詞乏高奇，顧致存平雅云爾。

於明神之得一兮，肆剡剡其揚靈。曰皇典其布在兮，列祀事之孔明。赫肹蠁其陰隤兮，屍言言之崇城。遍壽宮其海寓兮，神莫不而以寧。紛居甿之祈報兮，神莫不而以聽。檜雨而得雨兮，雨霋之而能晴。不若俾不逢兮，繄品庶其馮生。靈一。

維兹日之云穀兮，又元吉之嘉時。耗殺羌其伏遁兮，福德駢而鼎來。神在解神，普護母倉。裔裔繹繹而庋止兮，天恩、天喜、天巫、天醫并柴池雜遝而臻斯。青龍宛其蚴蟉兮，斑璘瑞而陸離。紛總總其森列兮，竢明靈之宴娭。時日。

靈之壇兮閑安，汛以掃兮明蠲。蒸壁兮桂棟，帷薜荔兮芝楹。毒冒兮筵陳，敷筍席兮琅玕。華鐙兮蘭膏，燦燦兮雙然。寶鼎兮椒檀，芳菲菲兮生煙。儼像設兮載備，徯靈駕兮來旂。靈之壇。

靈憺憺兮壽宮，儵飄飄兮雲中。凌倒景兮容與，乘泠泠兮風普。下土兮日鑒，冀佻諶兮微衷。愓靈壇兮延佇，渺極目兮煙空。惚而恍兮莫答，心沈菀兮忡忡。逆釐。

　　靈之來兮風披披，馭雷鼓兮麾雲旗。衣青霞兮晻靄，駿彩鷖兮襂纚。靈昭昭兮既降，群祇翳兮追隨。聊枉睠兮茲宇，將再拜兮陳詞。靈不語兮人不知，附靈子兮其通之。靈之來。

　　觴有酒兮旨且清，瑶漿泛兮椒其馨。柈雪餈兮玉餌，嘉蔬薦兮璚英。奠茗盌兮棗脯，肴則飪兮蘭藉。蒸絅維豆兮匪庶，冀不吐兮精誠。休饗。

　　䰞夙澡兮蘭湯，扈芙蓉兮華裳。紉留夷與揭車兮以爲佩，雜蕙茝兮芬芳。鳳管咽兮噦噦，緪鳴瑟兮高張。玉枹兮如雨，奮趭趨兮槙鼓。鼓振振兮雷殷，紛婆娑兮屢舞。造新歌兮緩節，嫋流風兮激楚。靈之愉兮其淹留，聽我歌兮荆之謳。愉靈。

　　有魃有蠚，有蠚有魃，有魃有魃，有魏有魃。魍魅猵狂，伯強諸渠，列麗魍魎，䰫魖夔魖，僂魐方良，蝹蛇孟豬，野仲遊光，縱目三顱。罔象羯孽，睒睒睢盱，山魈溪鬼，沙虱野狐。遊魂之變、精氣之邪、土木之怪、花月之妖、羽毛之孽、夭橫之餘，往往乘暗抵虛，瞢瞢覷覷，逞彼淫厲，而梗我烝徒，靈其捎諸、抶諸、斬諸、斮諸、燔諸、烹諸、醢諸、剒諸，俾沈瘵茲瘳而災沴以祛。或令蚩尤、魌頭、方相、鍾馗握神鏡，齎靈符，揮玉戚，張桃弧，而四爲殿除，俾無糅於人區。乃或投畀有北，俾於獱㺉而施其毒痛，或令神荼鬱壘，縛以葦索，而飼彼於菟。

　　有鳥一足，其名畢方，忽而有見，鬱攸爲殃，靈其威之，而俾勿披猖。亦有商羊，一足而舞，是爲咎徵，厥應恒雨，靈其殱之，而陰翳之俾去。女魃一目，見則亢陽，靈其溺之於神之潢，俾黍稷薿薿而九農康。人有所欲，天必從之。維靈庇人，盍天其依。靈兮靈兮，鑒兹在兹。乞靈。

　　日肵肵兮高春，天颸颸兮回風。靈隱隱兮將發，嘉祀事兮成終。

仰餘威兮俯庇,孰妖孽兮敢凶。神不可兮度思,諒無我兮時恫。歆洋洋兮如在,福簡簡兮云降。送神。

【校勘記】

［1］成：原書漫漶不清,據中科院本補。
［2］煩：《管子》卷一五作"繁"。

胡蒙谿續集卷四

啓書箋説祭文哀詞哀贊

奉答趙王啓

走草莽之鄙甿，記問之賤士也。少承父師之訓，長依日月之光。獲奉鈎陳宣綸綍，出入承明之廬，幸甚！幸甚！而擁腫之木，不中繩墨；踴躍之金，自作非祥。擯置丘園，與田畯伍，且二紀矣。負恥有道之代，靡蒙湔貸之條，犬馬之齒已五十六，固大匠之所不顧，良冶之所見疑，而時俗之所共嗤者也。乃者牛生西來，遥枉手命，辭旨懇款，獎借過隆，捧讀再三，感愧莫喻。而又狠以鄙集，言付梓人，蓋將播之藝林。

俾同作者，敢不勉承盛懷，將順其美。竊惟世變，江河交睽，勢分王公，不禮寒士，其來久矣。殿下以天人之貴，擅華國之文，揚休山立，卓然宗英，何資於韋布廢朽之人。而乃越拘攣之習，敦葑菲之體，略朱邸之心，下白屋之賤，佳篇尺牘往往及於衡茅，雖無忌之屈節侯生，子建之貽書季重，寧足多遜？是宜惠聞風騰才賢，影附者也走。抱甖避人，貧病交極，而雅又未嘗曳裾門下，一奉話言，徒以聲迹相聞，便同稔接睿慈褒引，惆悵綢繆。夫郯途之親猶俟傾蓋，少原之哭實念舊簪，今者蓋不俟傾，簪偕念舊，神交氣應，千里胥投，求之古先，罕有倫比。

走久沐玄化，欲默不能時，有擊壤之作，分爲覆瓿之資，而道存謙光，郢斤不運。文梓無罪，燕説爲災，倘更錫之不？厭寵以題辭，雖鄙作遠謝左賦,而獲玄晏片言,茲將益重,譬諸蚊虻之附驥裏,當一日而千里矣。

頃者,西郡已刊鄙集,第並雜文,都爲一部,良爲猥煩。兼其刻畫潢裝并不如式,寄塵睿覽,想同泚顔也。邸中之刊計應佳妙,將敦洽撑媸於膏沐,鮑魚減臭於椒蘭矣。甚厚甚厚!

風便輒奉啓答少謝鴻私,白雲在望,山川間之,未緣奉簡菟園,侍宴平樂,捉筆傾仰,無任惓惓,近撰《墅談》并獻代面也。

報劉致卿書

遠承玉教,多貺兼及,甚厚甚厚!裁書報謝,遠莫致之。僕自棄置以還,倏焉二紀,疇曩交厚,訊問靡通。詎意足下素昧平生而能施德不報,敦以過情之獎,申以日月之盟,鄙陋之人何以堪此?邇來進趨之子,諱接退夫;簿書之吏,羞言文事。鑽爨突則頭刺天,揖茗甌則乎搶地。一城之内,一巷之間,官有要散,炎涼便別。才愚不較,惟勢之覘,頹俗風行,施施不覿,其於擯廢不齒之流,奚暇有哉。矧僕褫絨歲久,分同死灰,新貴之人多非舊識,籩篠戚施之態,心復惡之。是以一值未同,輒意緒落落,不能巧發寒溫語,直拙之性,卒難移奪。故寧閉户忍貧,鮮詣炎路,間有枉訪,亦不逢迎。匪敢自詭高尚,以附掃軌鑿壞之賢直,不受俗眼相白耳。

足下於僕既闕盍簪之歡,又隔雲泥之迹,而神交千里,辭竭兩端,曠覽超然,驪黄是略,破觚越俗,汲世憐才,篤逾久要,情存莫逆,在古賢已艱有,胡今之人而能然乎?無以勉副大雅,仰酬高誼,致足愧也。茂參北上,始得附布謝忱,冀毋訝懶慢。近撰兼上,以當抵掌,晨風時相聞。

知足箴

辱生於不知足,故曰"知足不辱"。不知足生於多欲,故曰"罪莫大於可欲,禍莫大於不知足"。寡欲,故常足知。足,故少事。少事,故遠禍。有榮,故有辱。不榮何辱?不辱者榮。

啖卵說

楚人獲蛇卵以爲鼇也者,烹而啖之已,乃毒發腹脹死。越人獲龍卵如三斗盎,喜其魁然大也,烹而啖之,家人飫焉。半夜水暴至,廬舍蕩析,家人盡漂溺死。無噍類所獲愈大,掇禍益奇。故五鼎食五鼎烹,三齊王三族刑。

代祭秦定王文

惟王分枝若木,衍派天潢。世受白土,載傳金璽。帶礪是盟,藩翰是倚。承華六葉,於焉三紀。溫恭淵默,寶以不貪。遠彼聲色,唯善是耽。河間暨沛,逸駕則驂。王於二獻,參也則三。天不憖遺,俄摧宗棟。日華黯慘,雄風頒洞。四國騰悲,九重軫慟。醇醴誰設,中興誰頌。幽宮告襄,玉棺將舉。鳳葆載途,龍輴就馭。玄隧方開,靈魄往厝。敢具牲醪,敬陳丹愫。

祭段檢討文

嗚呼!先生高賢之胤,章甫之雄,鴻漸西土,虎變南宮,禁林之擢,蔚爲詞宗。譬彼東序而列大鏞,譬彼鷦鵬而羿鴻濛。詎意良史之才,忽值李陵之禍,而天人之學,不爲公孫所容。投彼夜光,翻招按劍之怒;獻茲美璧,顧延滅趾之凶。遂一斥而不復,睨九關其重重。蓋才之高者每負俗,而數之奇也竟不逢,斯亦亭毒之恒檢,豈夫蒼蒼者之果於夢夢也哉。

先生鍛翼雲表,歸我關中,仰承聖善,俯訓童蒙。時復坐開北海之尊,出明南畝之農,棲遲衡門之下,咏歌先王之風,優遊偃仰,蓋四十年者而爲關中之寓公。夫何旻天不弔,喪我文龍,背昌代而靡返,抱明德而長終,睠芝宇其未遠,慨蕙帳其俄空。嗚呼哀哉!某蔦蘿忝附,金蘭實同。念哲人之不作,縶疇發其頏侗;瞻龍首之修阜,悲馬鬣之將封;羌陳詞而致奠,寧屑涕之無從。

吳伯子哀詞有序

涇陽吳伯子諱儒,字宗孔,嘉靖癸卯①薦名鄉書。而父儀賓君吉,母靜樂縣主,相繼殞没。歲逮庚戌,②始得赴試春官試,下第歸。夏四月二十又九日,[1]不幸遽捐館舍,年才三十又三。遺孤緒及三女子,皆在童髫。其弟倌以閏六月十又一日奉其神,葬長安城北龍首原儀賓君塋,次妻王氏祔。

嗚呼!伯子徽柔有容,敦閎不厭,抱黃離之中道,啓赤霄之始塗。而元吉罔徵,忽焉夭折,玉樹永淪,玄堂不曙,是可哀也。爲之詞曰:

繁泰伯之苗裔兮,世載德而含華。逮伯子之烈考兮,乃作賓於王家。既璿源之印承兮,又喬木之盛族。捐紈綺之叔習兮,扈蘅茞之奇服。入則孝而出則友兮,朝若夕而溫恭儼。青青其子衿兮,播徽聞於黌宮。粵癸卯之中秋兮,實興賢之盛期。乃吾伯子其褎然兮,羌擢秀於鄉闈。將天驥其萬里兮,鳳千仞以高飛。胡喬雲之滅采兮,蘭一夕而云萎瘃。吾見其日進兮,固未見其止也。紛總總其具衆美兮,吾不謂其死也。嗟好學而短命兮,寧獨顏氏之子也。吾無以寫吾哀兮,而特哀之以此也。

四川資縣知縣孟侯哀贊并序

侯孟氏諱環,陝西西安右護衛人也,字廷重,舉嘉靖甲午鄉試第二名。③然屢不第於禮部,而母氏又老,遂謁選銓部,得授四川資縣知縣,云資故壯縣。又俗健訟難理,侯莅二載,稱治平矣。而卒遘飛詞,臺使下侯於理。既乃案詞悉虛不實,則始醳侯。侯雅修謹橫,罹點辱

---

① 癸卯:明嘉靖二十二年(1543)。
② 庚戌:明嘉靖二十九年(1550)。
③ 甲午:明嘉靖十三年(1534)。

事,雖浣白,憤懣不自解,因卒於縣署。時爲嘉靖己酉十有二月九日,①年才四十有六。侯弟珮攜家扶櫬而旋。明年十有一月十有三日葬咸寧縣永辛里。侯從兄瑞曰:"環父諱河,母王氏。妻金蚤卒,繼室曰周。子曰倪,女妻武功張元祥。"以狀示余,余覽而哀焉,爲之贊曰:

嗚呼!孟侯蓋余亡姪進士叔元鄉舉同年云。余向嘗究觀孟侯所著經義、策論,詞藻贍逸,即進士高第者曷有加焉?顧屢不第,豈非命哉。儻孟侯舉進士以莅玆官,即虐庚恣睢,不軌於法,民胡敢悤悤,亦臺使胡忍受理?[2] 孟侯才行固高,徒以不進士爲人輕,至憤懣歿身。哀哉!哀哉!

昭毅將軍延綏左參將吳公哀贊并序

序曰:吳將軍年二十一時,從父莊浪參將公搏戰回回墓,斬首虜二級,即以梟勇聞。正德辛未,②授西安後衛指揮使。壬申,③從時總兵入蜀,征廖麻子有功,陞陝西都指揮僉事。已而征鄜延盜,盜魁就擒;領戍寧夏,戍者忘戍。丙子,④遷邵綱堡守備。守備六年,練士卒,嚴斥候,建團莊,濬溝洫,虜莫爲害,邊甿以寧。嘉靖壬午,⑤遷蘭州。有劉御史者以其餕餘,遣門子持餕將軍,將軍奮髯誚曰:"吳將軍奉璽書守備一方,豈若臺輿人哉,而餕以餕餘?"叱却去。劉御史愧且怒,則嘻笑曰:"吳將軍言是,適吾誤也。"然嗛之不已,則躡尋他事。捃摭傅致,詆奏將軍,下將軍鞫昌吏,當以深罪。將軍初被逮,蘭人無不冤將軍,送將軍者萬餘人,多有泣下者,或贐之百金,將軍謝而辭焉。既乃代御史至,心亦冤將軍,顧黨類,泥文不肯讞,但頌繫之。繫八年,值胡御史至,乃得反,除白罪云。辛卯,⑥承制帥檄,繕治興武塞三百

---

① 己酉:明嘉靖二十八年(1549)。
② 辛未:明正德六年(1511)。
③ 壬申:明正德七年(1512)。
④ 丙子:明正德十一年(1516)。
⑤ 壬午:明嘉靖元年(1522)。
⑥ 辛卯:明嘉靖十年(1531)。

里,勸督有方,城者罔怨。不數月訖工,塞特堅緻。壬辰,①陞延綏左參將,以籌邊十事奏記制帥唐公:一修城池,二招商賈,三廣積粟,四增墩堡,五易戰馬,六招家丁,七精器械,八黜老稚,九謹間諜,十懷降卒。唐公覽而韙焉,召將軍謂曰:"子其先軫充國之流與,何其籌之審也。"居三載,數數與虜戰,獲首虜殆百級,未嘗一北衂。忽中風蹟眴,移病再三,乃獲賜告歸。歸久之,病乃少愈,時時往終南下龍山墅,野服策杖,從田父飲酒,談話不復及軍旅事。己酉仲春四日,②方坐堂上,敕家僮治具延客,忽又病發,蹟僕坐上,遂不起,時年六十。系曰:"吳將軍諱吉,字子陽。晚居龍山墅,遂號龍山居士。其先浙之烏程人,有諱先者從我高皇帝平天下,授水軍右衛中所鎮撫。先生得,得生興,襲調西安後衛,後所累有功,陞副千戶。興生琮,累有功,陞指揮同知。琮生鋐,累有功,陞莊浪參將,至漢南協守總兵。配徐氏,生將軍。將軍配楊都督宏之女,封淑人。子男徵,襲指揮同知。女適翰林院孔目陳綬。孫男一,孫女二,皆幼。庚戌季冬一日,③葬將軍西安城北永辛里。"

　　贊曰:吳將軍身不滿六尺,而虯髯燕頷。爰臂善射,射十矢八九中。臨敵威棱橫發,氣吞千夫。然居家孝友,好與薦紳先生交,衣冠恂恂若儒生。病已,右臂痿,猶能運左手寫大字,筆執雄逸,有米蔡風。酒半興發,輒擊節浩歌,掀髯大笑,時作虎嘯聲,豈非俶儻瑰瑋之人哉!而中以陷直,橫罹巧詆,坎壈羈囚,幾瀕於死。茲選耎諛佞之徒,掛虎印者多也。方今獫狁匪茹,頗牧旁求,而吳將軍不可作矣。哀哉!

【校勘記】

[1]曰:原書漫漶不清,據中科院本補。
[2]忽:原書漫漶不清,據中科院本補。

---

① 壬辰:明嘉靖十一年(1532)。
② 己酉:明嘉靖二十八年(1549)。
③ 庚戌:明嘉靖二十九年(1550)。

胡蒙谿續集卷五

墓表墓志墓版文

段母楊氏靈表

母故南陽太守皋蘭段公諱堅之室也。南陽公起家進士，授福山令，超拜萊州太守，繼遷南陽。辭滿言旋，卒於私第。操履醇懿，爲世碻儒；治理超奇，并古循吏。《國史·地乘》詳焉。

母夙挺惠心，復承令範，克勤克儉，宜其家人。南陽即世，母才三十八歲。清白之餘，家徒四壁，田不百畝，仰食者衆，中饋契闊，百罹具嘗，逾二十年。弘治乙丑，①孤炅乃以明經登進士第，繇庶吉士授翰林檢討，鬱爲聞人，慈訓既徵。榮業伊始，而直道美才，見嫉時宰，正德庚午被論罷歸。②母在禄養，五年而已。時值河隴大歉，斗米一金，母又病發怔忡，不堪勞遠，道抵長安，奉母居焉。翰林君心織筆耕，力營瀡瀡，躬率婦子，承順無方，故母洩洩融融，翻逾禄養。

嘉靖壬辰秋七月十有一日，③晝刻在未，寢疾考終，享世之歲八十有六矣。乙未冬十有一月十有五日，④葬長安城東金華落之北原，背倚秦陵，南睇隄州，高平膴膴，風水環轃，億世鬱鬱，奠魄於兹。夫蒼梧之兆，皇英靡從；伯鸞之冢，要離是近。合葬非古，素聖有云，豈必同穴。南陽歸輀，河汧方稱，得禮者哉。翰林君采石他山，用表兹墓，

---

① 乙丑：明弘治十八年（1505）。
② 庚午：明正德五年（1519）。
③ 壬辰：明嘉靖十一年（1532）。
④ 乙未：明嘉靖十四年（1535）。

謂余寓邇桑梓，戚在葭莩，忘其不文，托以撰德。於是述其梗概，載之堅貞，慰此玄靈，俟彼彤管。雖詞謝幼婦，庶世知淑媛云爾。

鄒伯子妻魏室人壙志并序

室人，陝西西安前衛魏指揮鎮之子、錦衣衛衣左所百户鄒伯子夢鶴之妻也。伯子之考，東溪公昊，爲御史大夫，撫蜀土，積有軍伐，伯子乃得延賞兹秩。嘉靖辛卯，①伯子省先墓句容已，乃過南都，從飲北里。值戚友毆殺人下吏，遂薰胥伯子。司敗者惑於抵讕，謂伯子勢門，乃引威力，主使律坐以極刑，身毆殺人者顧不坐。時東溪公久已歸居長安，伯子雅孱羸謹畏，罷錦衣秩亦且數歲，戚友又等儕，素不相下，不知何緣麗以主使也。訴章百上，天門萬里，關在三木，已逾十年。室人叫號籲天，憂勞成瘵。歲癸卯八月十有二日，②奄然就木，年才四十有四。室人婉順，在家能從父，夫幽繫久不得從以偕老，卒又無子可從，傷哉！傷哉！先是，伯子寓書季子夢陽，曰："弟其嫁我女子。"乃嫁西安後衛指揮顧印。至是，又寓書季子曰："弟其葬若嫂郭渡村先人墓左，與仲弟夢龍墓東西直。我乃遂不子，若男子顧其以爲我後，今令奉若嫂祀。"余往睹酈炎獄中遺父母及兄興讓孤止戈書，[1]辭旨覼縷悲傷，未嘗不廢卷抵几，涕泗交頤也。曰："嗚呼冤哉！世固有高才如炎，至孝如炎。繇妻病死，而乃畢命圜狴者哉！當是時，謂天夢，夢非邪！非邪！"乃今伯子遺書，哀至亦復若此。然伯子幸無恙，而妻乃繇以死。天於伯子意者，其未定也。

季子承命，將以丁未月日葬室人，③率嗣子顧造余，請志其壙。覽狀歔欷，敘而志之曰：

孰也之辜，孰也罹之。孰也之妻，孰也葬之。孰也之子，孰也子之。余也志之，孰也憐之。

---

① 辛卯：明嘉靖十年(1531)。
② 癸卯：明嘉靖二十二年(1543)。
③ 丁未：明嘉靖二十六年(1547)。

徐母汪墓銘

母，寧夏人，故仁壽令徐公曇之配，太學生從之母也。享年八十有三，卒於長安，遷第時爲嘉靖丁未七月二十有三日。① 考曰汪銓，貿藥逾河，葬於魚腹。妣黃志堅匪石，名載夏乘。

母質謝幽蘭，訓漸泛柏，爰自結縭之歲，暨於屬纊之秋，壺德不渝，義問無間，而遐壽有害，末疾弗瘳，哀哉！哀哉！先數年，母令製楸棺，歲一桼焉。又爲柏槨，黃腸題湊，時時摩挲，喜曰："此吾便房也。"瀕沒，持孫繼武曰："汝父蚤世，我今乃又弗興，誰其訓汝？汝才年十一，恨不見汝昏娶。"指几上書，曰："此汝祖所遺，汝其勤業，是我乃不恨。"指櫝中衣物，呼從遺螯胡曰，某衣以與某，某物以與某，戚鄰疏厚，至委悉不遺，曰："令時時念吾。"鎮國中尉惟威，宗人也。其配封恭人者，母之孫女。頤之前濼然曰："我有一男子、五女子，皆死，不克送我，惟遺汝及汝弟。汝其蚤莫善視汝弟，汝弟孤幼，毋令他人欺凌。"又呼螯胡曰："汝某扶掖我令坐。"坐定乃自頮櫛，既又索鏡自照，曰："毋令我一髦髣。"又持繼武曰："我平生不敢有遺行。胡叔子，汝姑之夫之弟也，文而不阿，丐銘我墓，我乃不朽。我慇甚，葬我不宜逾百日，逾乃令我魂魄不寧。"九月二十有四日，乃祔葬城西南桃原仁壽公壙中。

夫死生之際，難矣難矣。魏武子令殉嬖妾，曹孟德丐藏衣裘，彼豈非丈夫哉？而末命諄惜，永貽姍笑。母素婉孌，言不出口。而當大命垂絕，顧乃從容若歸，曲念既周，治辭不憒。倘非夙承貞教，胡能然乎？

余往銘仁壽公，再銘大學君，今又銘母。不及二十年，余乃三銘徐氏。昔韓退之亦三哭馬氏，然猶四十年云。

志從弟傅墓 并序

嗚呼！從弟傅，字修之，余從父散官府君諱汝明之冢子也。幼從

---

① 丁未：明嘉靖二十六年(1547)。

余學《尚書》，爲咸寧邑庠生。嘉靖庚子，舉陝西鄉試第八名。① 甲辰再試春官，②再不第。乃爲光山教諭，教諭光山。再逾歲，學憲薦於臺史，曰："光山教諭傅，律身以廉，課士有法，中州教職無出其右。"臺史薦於朝，曰："光山教諭傅，性質溫良，儀容典重，善教。既克有成長，材亦堪別用。"旨下吏部，得陞棗強知縣。到棗強，却見面金，翻鍛案訟，簡條教，均賦役，振滯祛弊，禜雨而雨，翕然稱理。民爲之歌曰："案無滯牘，獄無冤囚，胡公神明，誰與之儔。"時莅事纔數月，獲乎民已若此。臺史將又薦焉，病矣。病氣逆腹膜脹，大妨瞑食。民争籲禳，遍於群神，又駿走旁郡，博延名醫。病久弗爲瘳，乃移文臺史，丐致事。檄未下，不俟，趣歸，民數千哭擁輿，輿不得行，至不可留，則咸伏地叩顙，顙出血，曰："丐公轝留釘縣門，若公永留也。"固辭焉，固不聽，轝留乃行。行再浹旬，抵家。抵家僅二日，遂不起，免於道路，終於正寢，以爲幸云。時嘉靖二十有七年戊申冬十有二月十日，得年僅四十有四。妻龍氏先卒，繼室以郭氏，有男曰叔兆。龍氏出孫女曰福泉。

嗚呼！我胡氏世篤詩禮，鮮有瑕德。我大父侍郎府君博學毅方，顧屢不第，集我先考尚書府君，乃獲推贈前階。尚書積有功德，乃不獲於耆壽。及我從父襄陵府君，又以直道見黜。而終積善之家，鬱於餘慶，謂宜後有興者，而門祚多蹇。往年喪吾母，弟舉人伸，從姪進士。叔元繼亦短折，天不悔禍，吾弟兹又遘凶，嗟乎痛哉！吾弟材行何渠不若今之顯者，而位靡躋於伐冰，厖偉宜與永齡，而年甫逾於強仕，僅一男子又爲瞽人。嗟乎痛哉！

明年冬十有一月二十有五日，堋陝西會城南鴻固原，叔兆哭踴再拜，丐余志其墓。余以哀不能文辭，辭三四，反丐益堅。勉而爲之志，慰吾弟於地下。志曰：

仕不必顯，侯業之稱。業也弗稱，負而且乘。壽不必遐，懼涼其

---

① 庚子：明嘉靖十九年(1540)。
② 甲辰：明嘉靖二十三年(1544)。

德。德之涼矣,是謂之賊。男不必多,以嗣以續。以嗣以續,一而已足。雁塔之東,幽幽新宮。龍脉萃鍾,爾安永終。

龍溪子陳君妻胡室人墓志并序

胡室人,我先考兵部尚書府君之孫,先兄儒官諱佶之女,仁壽知縣徐公曇之外孫,龍溪子陳君大策之妻也。夙性哲朗,令姿端淑;玉度蘭儀,輝映壺閫。圖禮之籍,經目若習;織組之巧,不學而能;庭雪之咏,能而不屑也。

幼丁陟岵之哀,擗摽毁號,幾於滅性,河東姚勝殆不過焉。施衿之後,醮訓是遵。采蘋采蘩,爲綌爲絟。[2]幽閑貞静之德不爽,噦噫嚏咳之聲不聞。陳氏之族罔不曰"宜桃夭之稱",殆不過焉。龍溪子初學孫吳,精於騎射。室人勵之改業,敦悦詩書,閉户累年,遂馳文譽,樂羊斷織之喻,殆不過焉。龍溪子初乏胤息,室人爲置貳室。天道有知,室人獨先有子,今曰圖者是也,小星之行殆不過焉。年二十四遽實所天,時圖生才浹日,女曰孟陳亦甫免懷。室人茹哀忍死,鞠育劬勞,訓協慈嚴,咸臻成立,男既有室,女亦有家。蓋二十年縞素,儼然膏澤不御,百罹具歷,一齊靡他。雅操貞風,聞者自諒,豈必刑耳劓鼻,人乃息心。不幸年四十有四,嘉靖戊申五月十有二日寢疾而終,①明年十有二月一日祔葬龍溪子墓中。志曰:

矯矯室人,閨房之傑。恒其德貞,金剛玉潔。婦道母儀,靡一而缺。噫其亡矣,君子同穴。

季父迪功郎府君墓版文

我胡繇溧陽而西,惟我高祖函山府君享年八十,自曾大父唐渠府君以降,未有逮七十者。季父迪功郎府君延三年逮七十矣,不能逮,竟卒。嗚呼!天胡獨於我胡而嗇其年也與哉!季父温良柔克,未嘗

① 戊申:明嘉靖二十七年(1538)。

失色於人；子諒寡辭，未嘗發一妄語。孝弟之德，内外無間言。而不期頤之造，將有德必壽之論，不其然邪。嘉靖二十有八年歲在己酉，關中大疫，家人十染七八，季父獨無恙焉。既而疫者咸愈，季父乃獨病矣，彌留牀笫，遂不能興。仲冬十有二日之晨，羣醫診視，咸謂脉理平善，丙夜尚爲注艾數壯，漏下五鼓，奄然不復。嗚呼痛哉！嗚呼痛哉！夫起死之術，誠不望於今之庸醫。顧於俄頃之變，憯莫前知，全歸之膚，枉罹炳灼。恨哉！恨哉！

季父諱汝翼，字良輔，起國子生，爲秦府引禮舍人，遷典儀副，再遷典寶正，授迪功郎。元配黄生男子何，早卒亡嗣。乃以我叔父散官府君孫叔嗣，嗣女子二。及繼配劉生男子，亦并早卒。今女子二，側室劉出也。明年春二月二日葬陝西城南雁塔東之賜塋，我先考尚書府君墓左，黃室人祔焉。侍哀不能文，直以鄙俚之辭書諸墓版。

明故征西將軍鎮守寧夏地方總兵官右軍都督府都督僉事王公墓志文并序

公諱縉，字朝儀，其先廬陵著姓，高祖用、曾祖穎，並西安後衛百户。祖璧、考鎮，並副千户，遂世籍關中鎮。忠勇邁倫，致命朔野。公以曼倩學劍之年，承勾踐納官之典，爛其熊繡，突而鷹揚。

嘉靖六年歲在丁亥，馘虜白羊嶺，稍遷正千户。戊子麈青沙峴。① 庚寅破若籠簇，②[3] 并捷進指揮僉事。甲午戰清水河。③ 丁酉援柳樹營，④積功遷固原守備，旋進都指揮僉事，充右參將分守延綏。己亥伏涼水灣。⑤ 庚子攻孟家塔，⑥搗高松樹，捽神木山。殊庸疊懋，擢副總

---

① 戊子：明嘉靖七年（1528）。
② 庚寅：明嘉靖九年（1530）。
③ 甲午：明嘉靖十三年（1534）。
④ 丁酉：明嘉靖十六年（1537）。
⑤ 己亥：明嘉靖十八年（1539）。
⑥ 庚子：明嘉靖十九年（1540）。

兵協守延綏。辛丑承本兵檄批山西虜，①率旅風從，不陣而馳，東絕大河，逆虜成晉，摧堅撥瑕，斬鹵越等，獻捷音於在泮，錫金繒於轅門。壬寅再拚介休，②功與前埒，唱凱言旋，假握帥印，扞威武堡，搏定邊營，虜憯威稜，喙息而駴，便蕃再賁，閫外益光。癸卯進右軍都督府署都督僉事，③鎮守陝西地方，露布屢聞，太常載紀，於是實授都督僉事，給以綸誥。元配吳氏獲封夫人。丁未拜征西將軍總兵官，④鎮守寧夏。方冀永典巨鎮，鬱為長城，而以義渠之衄，坐剒虎鈕，角巾私第，不怨不尤，時款嘉賓，優遊宴喜。歲庚戌夏六月二十有七日，⑤末疾弗瘳，大命云絕，享年五十有九。子鴻業，指揮使。孫子三：撫字、撫事、撫辰。孫女三，一字指揮同知曹澤之子柱。曾孫子二，幼。癸丑春三月八日，⑥葬公鮑陂原。

　　嗚呼！王公雅操寬中，識局朗濬，衽金浴鐵逾四十年。北禦狼裔，西拒犬戎，大戰十數，小戰數十，獲虜之馘至餘二百，牛馬器甲，蓋無算焉。進律登壇，計功而得，匪冒濫也。一值償踣，遂從吏議，為法受惡，口絕辨言，豈不悃愊君子哉！余切比鄰，頗稔風概，錄其功行，撰此志文：

　　殽陵之敗，尤孟明視。茅津之濟，濟於不棄。謝病頻陽，老我王翦。蘄南之勝，匪起胡展。嗟嗟征西，逢而不逢。媲彼二惠，同而不同。鮑陂之原，逶迤猶龍。象祁連者，征西之封。

朱典儀墓銘并序

朱典儀初釋褐，授秦府引禮舍人。引禮三十餘歲，乃遷典儀。副

---

① 辛丑：明嘉靖二十年(1541)。
② 壬寅：明嘉靖二十一年(1542)。
③ 癸卯：明嘉靖二十二年(1543)。
④ 丁未：明嘉靖二十六年(1547)。
⑤ 庚戌：明嘉靖二十九年(1550)。
⑥ 癸丑：明嘉靖三十二年(1553)。

典儀又七八歲，年五十有七而卒，時嘉靖壬子二月八日。① 云君軀幹魁偉，玉面須髯，而儀度温華，久司國禮，人人以爲不負，而遽奄然不作，人人靡不惋悒。君考文安公朝聘，成化丙午同先司馬舉於鄉。② 余以故與君及其兄武城君永昌歲時接杯酒，慇懃講世好。君之没，余匍匐往吊，哭之特爲慟。云君諱永隆，字伯治。其先滁州鉅族，洪武初來隸陝西西安前衛尺籍，則世爲衛人。元配施新都忠之女，先卒。繼室王施，生二男子：祖堯，山陽縣弟子員；祖虞，邠陽王府典膳。武城君齒逾四十而不子，而又大宗文安公，則命祖虞後之，祖虞時在强葆。云孫男子四：雲祥、雲禎、雲祜、雲祐；孫女子五。明年癸丑閏三月十有五日，③葬君長安金光里，與施合銘曰：

豐其體，豐其德，而不豐其壽，繄孰也之咎？天其殆者，豐其後也乎哉！

【校勘記】

[1]炎：原書漫漶不清，據中科院本補。
[2]紿：原書漫漶不清，據中科院本補。
[3]若：中科院本作"者"。

---

① 壬子：明嘉靖三十一年(1552)。
② 丙午：明成化二十二年(1486)。
③ 癸丑：明嘉靖三十二年(1553)。

胡蒙谿續藁卷六

四言詩
苦寒行

北風其寒,雨雪漫漫。斧冰作糜,飢不及餐。彼人之子,貂蒙其冠。我人之子,裋褐不完。狐裘與與,釃酒有藇。不彼之寒,而痛貧者。祁寒冽冽,卬則莫禦。蘊隆蟲蟲,伊寧有所。寒暑代周,曷惠曷仇。人也不諒,而天而尤。

五言古詩
前洪洞令姚道夫余同年友也厭處廛市改築新廬北負古城南望太乙雖不遠闤闠而宛在郊坰命余賦詩寫其幽致

曠士厭喧囂,改築古城曲。芳蘭繞堦生,南山正當目。闃寂市聲遠,流淼響庭竹。宴坐罕將迎,偃仰愜真欲。時偕素心朋,盤桓撫松菊。銜杯話夙昔,酣歌鼓其腹。雖乏鍾鼎勸,殊免官謗速。茲焉已考槃,何必在空谷。

費伯甘宅同劉士奇雪集有懷何伯直

玄冥司朔易,寒氣自栗冽。停車獲良款,俄焉值新雪。仰睇蒼雲表,縈風正飄瞥。林岫遂皓然,向晚益騷屑。簾隙飛片入,酒面輕花滅。篝燈乍腽膴,城角轉幽咽。傾耳興有適,吟弄趣不輟。念我同懷子,鷹揚秉金節。獫狁尚匪茹,契闊事浴鐵。會晤良難期,離居異歡愶。

七言古詩

海日篇送張憲使叔鳴赴天津

張君龍鸑姿,文彩故無匹。西別華山雲,東賓滄海日。滄海浩浩粘雲空,赤日夜吐鯨波中。神烏簸蕩海若避,金光下射冰夷宮。君今掛席陵海嶠,長竿却把靈鼇釣。耳畔天鷄喔喔啼,平看海日應長嘯。君不見謝內史,東遊赤石帆海水。迴句名章海上傳,只今復有張平子。

吳山謠送謝學憲應午參浙藩政

使君隴西來,盛道吳山好。示我吳山詩,侑以金光草。吳山岹嶢鎮西土,五峰去天纔尺五。絕頂松梢綴曉星,半巖瀑布飛晴雨。五鎮之山此其一,祝號頗與群嶽匹。野鹿紛迎獮豸冠,懸崖倐睹龍蛇筆。北風颯颯驪駒鳴,揚旌却向東南行。玉節將移紫薇署,錦袍先入金陵城。浙藩自是東南美,亦有吳山在城裏。自公之暇登吳山,西望吳山渺千里。後時會面安可期,逢人先寄梅花枝。關門小吏解候氣,西來再續吳山詩。

五言律詩

贈鶴汀子高圖

字學今誰講,君能擅八分。寫碑驚幼婦,揮筆掃千軍。酷愛先秦刻,來尋詛楚文。時時好奇輩,載酒問揚雲。

贈雪簑子蘇洲

倐忽書千紙,縱橫若有神。會看天雨粟,不管甑生塵。摹字衡峰頂,采銘江水濱。何當坐盤磚,飛筆贊麒麟。

七言律詩

借菊亭詩有序

孔右丞、謝學憲偕余集於許中丞之新亭,乃借鄰圃盆菊寘諸亭中,金葩粲然,益增佳致,就以借菊命名茲亭。良夜厭厭,清歡不盡。將期雪日再集於斯,群公有詩,余仰和焉。

勝地高朋不易逢,況增鄰菊助秋容。新亭正與新名協,花氣偏和酒氣濃。詎待王弘方盡醉,幸於玄度數相從。群公極有山陰興,棹雪還來莫厭重。

九日東城樓集次劉士奇韻

高樓如綺壓重城,勝友登臨得晝晴。清渭遠從天際轉,碧山近在檻前橫。風簷改席愁吹帽,菊醖浮杯泛落英。借問北來南去雁,不知幾日到荊衡。

五言絕句

九月八日獨酌戲簡蒲溪子于伯彥

閑齋聊自酌,輕吹岸巾紗。想見蒲溪子,掀髯對菊花。

九日戲簡劉士奇

說道東樓好,堪傾賞菊杯。不須折簡召,自坐小車來。

七言絕句

戲贈閩人

大雪將臨小雪殘,閩人猶自布衣單。方知閔損虛稱孝,得著蘆花也未寒。

代閨人答

寒宵寂寂掩重扉，榾柮無煙火力微。坐擁氍毹閑說話，絕勝對泣臥牛衣。

曝背效邵堯夫

卯酒才消午飯香，小罏又沸玉延湯。陶然坐背南榮日，此是安貧秘密方。

明故奉政大夫
鴻臚寺右少卿蒙豀胡公墓志銘

  曾祖雄，贈通議大夫，兵部左侍郎。祖璉，加贈通議大夫，兵部左侍郎。父汝礪，資政大夫，兵部尚書。母王氏，加封太夫人。兄佶，弟伸、值、僑。配杜氏，封安人。子：叔雋、叔家、叔容。女一，適浮山縣知縣李希顔。孫男一，孫女一。

  序曰：公姓胡氏，諱侍，字承之，別號蒙豀，應天府溧陽縣人也。國初諱士真者，明醫術，坐累，謫戍陝西寧夏衛，歷四世，皆爲寧夏人。至司馬公卒，賜葬陝西咸寧，子姓得守冢墓，遂爲韋曲里人。

  公少治書，爲縣學生員。正德癸酉舉鄉試，①丁丑舉進士，②戊寅授刑部雲南司主事，③辛巳晉廣東司員外郎，④壬午晉鴻臚寺右少卿，⑤甲申謫授山西潞州同知，⑥乙酉下詔獄，⑦事白，奪秩編民，戊戌詔復其官。⑧ 癸丑十二月四日考終於家。⑨ 距生弘治壬子十一月六日，⑩得壽六十有二卒之。明年甲寅十二月四日，⑪祔葬司馬公墓次。

---

① 癸酉：明正德八年(1513)。
② 丁丑：明正德十二年(1517)。
③ 戊寅：明正德十三年(1518)。
④ 辛巳：明正德十六年(1521)。
⑤ 壬午：明嘉靖元年(1522)。
⑥ 甲申：明嘉靖三年(1524)。
⑦ 乙酉：明嘉靖四年(1525)。
⑧ 戊戌：明嘉靖十七年(1538)。
⑨ 癸丑：明嘉靖三十二年(1553)。
⑩ 壬子：明弘治五年(1492)。
⑪ 甲寅：明嘉靖三十三年(1554)。

所著有《蒙谿集》三卷、《續集》一卷、《墅談》二卷、《真珠船》二卷、《夵資》二卷、《清涼經》一卷傳之於世，①右狀所載如此云。

　　維公靈炳肇生，粹敏風賦，垂髫穎慧，族稱豹變之資。弱冠敷揚鄉譽，風輝之覽，逮過庭之服習，遂遊泮以翱翔。胸羅斗宿之文，落筆而煙雲滿紙；腹蘊經史之奧，縱談而今古懸河。首薦鄉書，省推籲雋，継登廷對，朝慶得賢。仕始白雲，箸火雷之剛決；明垂黑索，并日月之靈融。式慰勤而折獄以情，體欽恤而求生於殺。淮南密網解三面，而仁活千人；定國高門敕五刑，而慶延百世。陟卿禮寺，佐肅朝章，寅恭贊導乎百司，軌度儀刑乎四裔。瞻天咫尺，身依斧扆之榮；捧日周旋，晉接冕旒之貴。叔孫制禮，體統正而朝廷尊；公西立朝，應對諧而賓客悦。無何崇祀議興，龐言訟聚。公乃橘性不化，茶苦遂罷。賈誼少年自速長沙之謫，子牟忠悃常勤魏闕之懷。方内咎以圖新，忽外尤而作戻，紛馳錦貝，組織無端，載錮圜狴，控白何所。公且究心義畫，訟言臣罪當誅，絕念鄒書。仰恃皇明有赫，既而大地生春，恩深玉律，覆盆回照，德沛金鷄，沐雨露之鴻私，放山林而獸逸。於是瘁躬畎畝，畢志典墳，三農既隙，頌至仁於擊壤之歌；四部窮探，揖往聖於羹牆之接。謝靈運放情自適，賦登山臨水以徜徉；邵堯夫知命樂天，咏霽月光風而《爾雅》。貧無儋石之蓄，而樂且有餘；富有貫斗之才，而學如不及。雖古人三冬之苦、八斗之雄，方之恐不能前也，故其箸述精研，搜羅極至。秦封孔壁，了無遺文；汲冢湯盤，倏興雅道，謂爲詞林之宗匠，學海之巨儒，蓋無忝焉。而又天畀純孝，性篤友恭，敦彼彝倫，慎兹庸行。執喪則毀瘠越制，侍養則色志無違。昆季念孔懷之休，妻子翕好合之美。生平華胄，不染紈綺之風流；投老窮居，克厲貞松之志操。

　　古云居喪易，習亨困，移人可無其咎矣。公器度深沈，識見警捷，剖紛剚劇，不假盡詞，應變持危，有同素畫，而乃禁不迄用卷以退終。

———

① 此處許宗魯所敍胡侍著述卷數多有誤。

嗚呼傷哉！魯也托契於公，自髫伊始，何天不吊，隕我良朋。感交道之始終，慨斯文之凋喪，爰製韻語，慰公於幽。銘曰：

夭矯之龍，非人所豢。毰毸之鳳，非人所玩。變化風雲，騫騰霄漢。仰之徒殷，即之靡畔。昊天生物，巨細有貫。螻蜓鷦鶴，泛泛何算。龍斯鳳斯，世不常觀。胡然而儀，倏爾而竄。彼懷治者，怛焉累嘆。靈斯彰彰，孰曰漫漶。麗象三辰，垂光有爛。人只弗洵，請質斯讚。

賜同進士出身嘉議大夫都察院右副都御史奉敕巡撫遼東兼贊理軍務年生許宗魯撰篆。

墅談序

　　子長謂學者考信於六藝,以余所見,小說、雜記之類,顧安可盡廢也。夫自書契以來,天運世道,人事物理,其變化莫可究極矣,此豈六藝所能窮、恒理所可俟者哉。故閱覽之士,各以所聞見著書,咸可施於後世也。[1]顧近時所傳諸小說,率多虛恢失實,世遂以六藝之外,或可罷棄弗觀也。斯與孔氏博文之旨何也?[2]

　　余覽蒙溪胡子近著《墅談》一書,[3]其體雖不異於小說,乃其事則當實可據,足以證往籍、備時事、稽政體、研物理,固六藝之緒學,而博物之洪資也,斯不可以經世傳遠者邪。維時撫臺獅山柯公命守西安朱君刻之以傳,於是朱君以付余,郡守周君而以序屬余。余以蒙溪子窮經修辭三十餘年,詩文若干卷,已盛傳於世。是編雖其緒餘,而達識精詣若此,子產、萇弘不必論,近世張華、陸機之徒不多讓也。余竊懼夫世之弗察者,猥以是書爲稗官、齊諧者類也,故略著其指意云。

　　嘉靖丙午夏六月七日耀州喬世寧景叔氏敍。①[4]

【校勘記】

[1] 可:原書漫漶不清,據上海圖書館藏清抄本(以下簡稱"清抄本")改。
[2] 旨:清抄本作"音"。
[3] 蒙:原作"濛",胡侍號"蒙谿(溪)",據改。以下徑改,不再出校。
[4] 七:清抄本作"十一"。

---

① 丙午:明嘉靖二十五年(1546)。

墅談卷一

天門開

齊文宣帝、宋王文正公旦、四川制置劉雄飛皆曾見天門開，說者以爲貴徵。余意天門果開，見者應衆，不應獨爲一人之徵。若止一人獨見，恐難取信。

讖緯書

讖緯書《易》有《稽覽圖》《坤靈圖》《乾鑿度》《坤鑿度》《通卦驗》《是類謀》《辨終備》《運期讖》《乾元序制記》，《書》有《璇璣鈐》《考靈曜》《帝命驗》《運期授》《帝驗期》《中候》《洛罪級》，《詩》有《推度災》《紀歷樞》[1]《含神霧》[2]，《禮》有《含文嘉》《稽命徵》《斗威儀》《稽命昭》，《樂》有《動聲儀》《稽耀嘉》《叶圖徵》[3]，《春秋》有《孔演圖》《元命苞》[4]《文耀鈎》《運斗樞》《感精符》《合誠圖》《考異郵》《保乾圖》《漢含孳》《佐助期》《握誠圖》《潛潭巴》《說題辭》《命曆序》《演義圖》[5]《玉版讖》[6]，《河圖》有《會昌符》《括地象》《稽曜鈎》《握拒起》《帝通紀》[7]《叶光篇》《著命篇》《揆命篇》，《洛書》有《甄曜度》《寶號命》《錄運期》[8]，《孝經》有《中黃讖》《援神契》《鈎命決》《左方契》[9]《威嬉拒》，《論語》有《摘輔象》《撰考讖》《素王受命讖》《比考讖》。

祖母綠

祖母綠即元人所謂"助木剌"也，[10]出回回地面。其色深綠，其價極貴,而大者尤罕得。聞成化間,官裏以銀數千兩買得重四五兩者一塊,以爲希世之寶。近籍閹奴錢寧私藏,乃有祖母綠佛一座,重至數斤,蓋內帑所無。

錢寧廖鵬

嘉靖初,籍得閹奴錢寧胡椒三千五十石,又籍得廖鵬貂鼠皮褌六十腰。然則所謂胡椒八百斛、領軍輜一屋者,不足多也。

不耐煩

《賓退錄》云:"不耐煩,《宋書》庾登之弟仲文傳有此語。"① 《南村輟耕錄》亦以爲然,② 殊不知嵇叔夜《絕交書》已有此三字。③

九言詩

李西涯《麓堂詩話》云:國初,人有作九言詩曰"昨夜西風擺落千林梢,渡頭小舟卷入寒塘坳",以爲可備一體。④ 殊不知九言詩起於高貴鄉公,沈休文亦有此體。杜詩句中亦間有之,如"大庇天下寒士俱歡顏""何時眼前突兀見此屋,吾廬獨破受凍死亦足"是也。

召　客

蘇子由言:"每見州府召客,觀其品別人類,已足觀政。"⑤ 今有不分親疏好惡,混爲一筵者,可謂不才。主人此論先得我心之同然。

度人經語

《度人經》云:"擲火萬里,流鈴八衝。"杜牧之詩"擲火萬里精神

---

① 參見《賓退錄》卷七。
② 參見《南村輟耕錄》卷八《不耐煩》。
③ 參見《嵇中散集》卷二《與山巨源絕交書》。
④ 參見《懷麓堂詩話校釋》。
⑤ 參見《説郛》卷四三下。

高",蓋用其語。蘇東坡《芙蓉城》詩:"仙風鏘然韻流鈴。"①唐薛用弱《集異記》載《蒼龍溪新宫銘》有"妙樂競奏,[11]流鈴間發"之句。② 宋洪邁《廣州三清殿碑銘》亦云:"鈞籟虚徐,流鈴禄續。"③[12] 皆用《度人》語也。

放麑事

陳子昂詩:"樂羊爲魏將,食子殉軍功。骨肉且相薄,他人安得忠。吾聞中山相,乃屬放麑翁。孤獸猶不忍,況以奉君終。"④黄魯直詩:"啜羹不如放麑,樂羊終愧巴西。"⑤皆用《説苑》事。⑥ 而黄則全述陳意,陳以孟孫子傳爲中山相,既誤於前,黄以"秦西巴"爲"巴西",又誤於後。

望江南

《望江南》,隋煬帝已作此曲,凡八首,詞調甚新麗。唐以來,屬南吕宫,今入大石調。一名《夢江南》,一名《憶江南》,一名《江南好》,一名《歸塞北》,一名《謝秋娘》。《樂府雜録》以爲李衛公爲亡妓謝秋娘始撰,⑦非也。又陶隱居亦有《望江南》,恐是僞作。

---

① 參見《芥隱筆記》。
② 參見《集異記》。
③ 參見《容齋隨筆》卷一三《東坡羅浮詩》。
④ 參見《陳拾遺集》卷一。
⑤ 參見《山谷集》卷一二。
⑥ 參見《説苑》卷五。原文:"樂羊爲魏將以攻中山。其子在中山,中山懸其子示樂羊,樂羊不爲衰志,攻之愈急。中山因烹其子而遺之,樂羊食之盡一杯。中山見其誠也,不忍與其戰。果下之,遂爲魏文侯開地。文侯賞其功而疑其心。孟孫獵得麑,使秦西巴持歸,其母隨而鳴,西巴不忍,縱而與之。孟孫怒而逐秦西巴。居一年,召以爲太子傅。左右曰:'夫秦西巴有罪於君,今以爲太子傅,何也?'孟孫曰:'夫以一麑而不忍,又將能忍吾子乎?'故曰:'巧詐不如拙誠。'樂羊以有功而見疑,秦西巴以有罪而益信。由仁與不仁也。"
⑦ 即唐段安節《樂府雜録》。參見《説郛》卷一〇〇,原文:"始自朱崖李太尉鎮浙日爲亡妓謝秋娘所撰。本名《謝秋娘》,后改此名。亦名《夢江南》。"

紅牙拍板

黄魯直《醉落魄》詞云："紅牙板歇,韶聲斷,六么初徹。"①《吹劍續錄》云："柳郎中詞,只好十七八女兒,[13]執紅牙拍板,唱'楊柳外,曉風殘月'。"②世多不曉紅牙之説。

按《嶺表錄異》記云:潮、循州多野象,牙小而紅,最堪爲笏。③ 當是用此爲拍板爾。宋朝又有"紅象牙管"。

天子之馬

杜詩"天子之馬走千里",④蓋用《穆天子傳》全句。⑤ 曾季貍乃云:當作天馬之子。⑥ 不讀萬卷書,讀不得杜詩,誠然。

杜詩釋義

杜詩注者紛出,率多假托謬妄,令人厭觀。近有釋義,尤爲鄙陋。如"小徑陞堂舊不斜,五株桃樹亦從遮",義極淺明,何須注腳。而乃釋云:"小徑陞堂,舊本不斜。五株桃樹,亦從而遮焉。"全抄正文外,祇添"本""而""焉"三虛字,便爲釋義,足資笑柄。其釋"七月六日苦炎熱"云:"七當作六,謂關中北方,秋無熱理。"不知關中最熱,雖至仲秋,蘊隆不減。況此句下明有秋後之語,其爲七月本無可疑,渠未著眼,妄生辨説耳。

---

① 參見《草堂詩餘》卷一。按:宋何士信《草堂詩餘》卷一收黄庭堅《醉落魄·咏茶》一詞:"紅牙板歇。韶聲斷、六么初徹。小槽酒滴真珠竭。紫玉甌圓,淺浪泛春雪。香芽嫩蕊清心骨。醉中襟量與天闊。夜闌似覺歸仙闕。走馬章臺,踏碎滿街月。"明陳耀文《花草稡編》卷六亦收此詞,題同《草堂詩餘》。清沈辰垣《御選歷代詩餘》卷三四收此詞,題作《一斛珠·前調》。
② 參見宋俞文豹撰、張宗祥輯錄《吹劍錄全編·吹劍續錄》。
③ 參見《説郛》卷六七。
④ 即唐杜甫《天育驃圖》。參見《杜詩詳注》卷四。
⑤ 即晉郭璞注《穆天子傳》。
⑥ 宋曾季貍撰《艇齋詩話》,參見《説郛》卷八一。

墓 志

王儉謂:"墓志不出典《禮》,起宋元嘉中顏延之爲王球作墓志。"①[14]

余按《西京雜記》,杜子夏臨終作文曰:"魏郡杜鄴,立志忠款,犬勳未振,[15]奄先草露。骨肉歸於后土,魂氣無所不之。[16]何必故丘,然後即化。封於長安北郭,此焉晏息。"[17]及死,命刊石,埋於墓側。②

《博物志》:"漢西都時,南宮寢殿内有醇儒王史威長死,葬銘曰:'明明哲士,知存知亡。崇隴原野,[18]非寧非康。不封不樹,作靈垂光。[19]厥銘何依,王史威長。'"③

又孔子之喪,公西赤爲識焉;子張之喪,公明儀爲識焉。説者謂:"識,志也。"又闔閭墓中石銘云:"吳王之夜室也。嗚呼!吾君王棄吾之邦,遷於重岡,維岡之陽,吾王之邦。"衛靈公沙丘石槨銘云:"不憑其子,靈公奪而里。"比干墓銘云:"右林左泉,後岡前道。萬世之寧,兹焉是寶。"《文心雕龍》云:"飛廉有石棺之錫。"④非起於顏延之也。

孫思邈語

"膽欲大而心欲小,智欲圓而行欲方"。《小學》引之,以爲孫思邈語。然此語已見《文子》,又見《淮南子》。《文子》以爲老子之言。

死訴

《會稽志》:漢馬臻爲會稽守,立鑑湖,淹浸冢宅,有千餘人詣闕訴,臻坐棄市。順帝遣使覆按,并不見人,檢會名籍,皆是死者,乃廟

---

① 參見《封氏聞見記》卷六、《事物紀原》卷九。
② 參見《西京雜記》卷三《生作葬文》。
③ 參見《博物志》卷七。
④ 參見《文心雕龍·銘箴第十一》。

而祀之。① 頃，北虜內侵，邊將欲揜喪衄之罪，乃盡斮新葬者之元，或掩殺途旅及虜中逃回生口，以充虜級。又苛酷之吏，殺人以梃與政，動逾千百，然皆擁節横金，居然無恙。豈昔之鬼靈於今，抑今之鬼怯於昔邪？

凶　宅

余往居京師安福巷，鄰有庶吉士，妻甚妒，撻其妾死。已而夜夜爲厲，排闔門户，揮擊磚瓦。家人宵行，或致敗面，遂移而之他。繼寓是者，輒不寧居而去。最後有白監生者，買居之。數日，以苦告余。余謂當是冤氣遏鬱所致，教以遍徹屋壁，發洩畜滯者。久之，宅遂不凶。余因記。李畋《該聞録》"昌西橋宅有妖"，②[20]亦用此法而息。

彈棋局

秦府有方石，淺緑色，大逾二尺，中高四下，滑膩如玉，云得諸古墓中，不識何用。

余按：唐人有《彈棋譜》謂其局方二尺，中心高如覆盂，四角微隆起。③ 此石形狀，正與譜説同，當爲彈棋局無疑。蔡邕《彈棋賦》云："豐腹斂邊，中隱四起。"④[21]曹丕云："局則荆山妙璞，發藻揚輝。[22]豐腹高隱，庫根四頽。[23]平如砥礪，滑若柔荑。"⑤丁廙云："文石爲局，金碧齊精。隆中夷外，緻理肌平。"⑥李商隱詩："玉作彈棋局，中心最不

---

① 此見載於《説郛》卷二七上。
② 參見《説郛》卷三九《該聞録》。
③ 參見《詩話總龜》卷二八。
④ 參見《蔡中郎集》卷四《彈棋賦》。
⑤ 參見《藝文類聚》卷七四。
⑥ 同上。

平。"①[24]皆如譜説。彈棋之戲,《世説新語》謂"始自魏宮",②非是。《西京雜記》云,成帝好蹴鞠,群臣言事爲勞體,非至尊所宜。帝曰:"朕好之,可擇似而不勞者奏之。"家君作彈棋以貢。③亦非是。《述異記》云:馬澤中有漢武彈棋方石,上有勒銘。④然則此戲已見於漢武時矣。

藥俗名

《本草》:莎草根,俗名香附子。假蘇,俗名荆芥。訶黎勒,俗名訶子。棠毬子,俗名山查。惡實,俗名鼠黏子。茺蔚子,俗名益母草。[25]鱧腸,俗名旱蓮。射干,俗名扁畜。紫葳,俗名凌霄花。

世習俗稱,不復知有本名矣。又芎藭,川産者良,故俗但稱川芎。出陝西者爲杜芎,出撫州者爲撫芎。

關中螃蟹

沈存中謂"關中無螃蟹",至云"鬼亦不識",⑤今猶傳以爲笑。然終南山下,谿澗中實多此物。土人率鹽漬之,[26]以爲按酒具。雖不若東南肥美,要不可謂無也。余筆之,爲關中雪謗。

麻搗

"趙韓王治第,麻搗錢一千二百餘貫,其他可知"。⑥塗壁以麻搗土,當時遂謂"塗壁麻"爲"麻搗"。今京師圬壁,亦以麻細剉,和石灰泥中,號曰"麻刀"。"刀","搗"之訛也。然權戚所費,過趙韓王者多矣。

---

① 參見《李義山詩集》卷下《柳枝五首》。
② 參見《世説新語·巧藝第二十一》。
③ 參見《西京雜記》卷二。
④ 參見《述異記》卷下。
⑤ 參見《夢溪筆談》卷二五《關中無螃蟹》。
⑥ 參見《夢溪筆談》卷二四《趙普治第》。

關中物産

關中物産之美者，若高橋之綾稜秔，涇陽之黃甘桃，邠州之御黃李，涇州之蒸黃黍，延安之巴旦杏，寧夏之鹽秔、瓜梨、林檎、萵苣、胡麻、茄蓮、鮎魚、黃羊，鰲厔之鯉，咸陽之鯽，御宿川之柿，固原、同州之羔，潼關、階文之石榴，慶陽之蕎麥，涼州之白麥，汧陽之胡桃，甘州之甜瓜、滴煎、果丹、氂牛、枸杞、鎖鎖、葡萄，可以甲天下。

餅

水淪而食者，皆爲"湯餅"。今蝴蝶麵、水滑麵、托掌麵、切麵、挂麵、餺飥、餛飩、合絡、撥魚、冷淘、溫淘、禿禿、麻失之類是也。水滑麵、切麵、挂麵，亦名"索餅"。

籠蒸而食者，皆爲"籠餅"，亦曰"炊餅"。今畢羅蒸餅、蒸卷、饅頭、包子、兜子之類是也。

爐熟而食者，皆爲"胡餅"。今燒餅、麻餅、薄脆、酥餅、髓餅、火燒之類是也。

權諱

國朝寧獻王名權，章奏文移，諱作"拳"字，亦有作"藋"字者。按《韻書》，藋，胡官切，絕與"權"音不同。書者但略其偏傍以爲諱耳。嘉靖之元，余掌刑部奏牘，偶及此字，乃得旨令毋諱。蓋以宸濠之逆，除其屬籍故也。近日，猶有不知而爲之諱者。

四水潛夫

《武林舊事》但云"四水潛夫輯"，不著名氏。余考《齊東野語》乃知即周密也。密之先歷城人，宋南渡，徙吳興，居弁山之陽，號弁陽翁。宋亡，乃著《武林舊事》，以寓黍離之意，故不敢著其名氏，而易其號曰"四水潛夫"。吳興有霅溪，蓋合四水而爲一云。

江爲詩

唐江爲詩云:"竹影横斜水清淺,桂香浮動月黄昏。"林君復《咏梅》,僅易二字而得名,世人不知先有江也。

天花板

屋上覆橑,古曰綺井,《魏都賦》"綺井列疏以懸帶"是也。① 亦曰藻井,《西都賦》"帶倒茄於藻井"是也。② 亦曰方井,《魯靈光殿賦》"圓折方井,反植荷蕖"是也。③ 亦曰鬭八,《錢氏私志》"畫堂上有鬭八藻井,[27]五色彩畫"是也。④ 亦曰覆海,亦曰罳頂,見沈氏《筆談》。金元以來謂之天花板。元裕之妹爲女冠,文而豔。張平章當揆,欲娶之,使人囑裕之。辭以可否在妹,妹以爲可則可。張喜,自往訪,覘其所向,至則方自手補天花板,輟而迎之。張詢近日所作,應聲答曰:"補天手段暫施張,不許纖塵落畫堂。寄語新來雙燕子,移巢别處覓雕梁。"張悚然而出。

剽竊

《文心雕龍》云:"製同他文,理宜刪革。若排人美詞,[28]以爲己力,寶玉大弓,終非其有。全寫則揭篋,傍采則探囊,然世遠者太輕,時同者爲尤。"⑤《北史》:北齊魏收每陋邢邵文,邵云:"江南任昉文體本疏,魏收非直模擬,亦太偷竊。"[29]收聞曰:"伊嘗於沈約集中作賊,何意道我偷任?"⑥《朝野僉載》云:唐張狗兒愛偷人文章,才士製述,

---

① 參見《六臣注文選》卷六《魏都賦》。
② 參見《唐文粹》卷四〇。
③ 參見《六臣注文選》卷一一《魯靈光殿賦魏都賦》。
④ 參見《錢氏私志》。
⑤ 參見《文心雕龍·指瑕第四十一》。
⑥ 參見《北史》卷五六《魏收傳》。

多翻用之。時爲之語曰："活剥張昌齡，生吞郭正一。"①近日，李獻吉、何仲默、孫太初、薛君采被人活剥生吞死矣。發丘摸金者，今猶不休，不但揭篋、探囊而已。

禁刑日

月一日、八日、十四日、十五日、十八日、二十三日、二十四日、二十八日、二十九日、三十日，釋氏謂之十齋日。

唐武德二年詔：自今以後，每年正月、五月、九月及每月十齋日，并不得行刑，永爲常式。《大明律》云："若立春以後、秋分以前決死刑者，杖八十。其犯十惡之罪應死，及強盜者，雖決不待時，若於禁刑日而決者，笞四十。"②禁刑日即前十齋日也。

漁鼓

道士唱道情曲，用漁鼓簡板，元以前謂之"筒鼓息竹"。靖康初，民間以竹徑二寸，長五尺許，冒皮於首，鼓成節奏，取其聲似，名曰"通同詐"，又謂製作之法曰"漫上不漫下"。蓋漁鼓之始也。

柰屬

林檎、頻婆、秋子，皆柰屬。林檎，即今所謂花紅。

巴旦杏

杏仁皆味苦，有一種甘者謂之"巴旦杏"。《一統志》：出西域哈烈國。[30]今鄜延關輔多有之。

偏桃

《酉陽雜俎》云："偏桃，出波斯國，波斯國呼爲婆淡。[31]樹長五六

---

① 參見《朝野僉載·補輯》。
② 參見《明會典》卷一四二。

丈,圍四五尺,葉似桃而闊大。三月開花,白色。花落結實,狀如桃子而形偏,故謂之偏桃。其肉苦澀,不可噉。核中仁甘甜,西域諸國並珍之。"①今關中有一種桃,正如《雜俎》所說,俗謂之"巴旦桃"。其仁極甘美,遠勝巴旦杏仁,恐即偏桃也。

紫　薇

紫薇,關中人家多植之。花紫色,四月開,九月方歇,俗謂之"半年紅"。少爪其膚,即枝葉搖顫不已,因又名怕癢樹,亦曰不耐癢樹。《酉陽雜俎》云:"紫薇,北人呼爲猴郎達樹,謂其無皮,猴不能捷也。[32]北地其樹絕大,有環數夫臂者。"②唐鄭谷詩:"大樹大皮纏,小樹小皮裹。庭前紫薇樹,無皮也得過。"劉禹錫詩:"紫茸垂紫綬,[33]金縷攢鋒穎。露溽暗香傳,[34]風輕徐就影。……不學夭桃姿,浮榮在俄頃。"③[35]白樂天詩:"一叢暗淡將何比,淺碧籠裙襯紫巾。"④宋梅都官詩:"薄膚癢不勝輕爪。"又云:"薄薄嫩膚搔鳥爪。"⑤歷觀數說,紫薇之情狀得矣。

對　讖

先公爲户部郎中時,友人馬令聰出對云:"周制,上士倍中士。"先公屬云:"孟子後喪逾前喪。"先公出云:"孝哉閔子騫。"馬云:"死矣盆成括。"時值會飲,座客咸歡賞,以爲皆的對。不一月,馬卒於三河官舍。先公丁外艱歸,乃知前對各自爲讖也。先公九歲時,先大父槐堂先生出對云:"鶯梭燕剪織成金谷錦千機。"先公屬云:"鯉尺魚刀裁出吳江羅萬里。"又守大同時,堂上春帖云:"得牧與芻心則喜,不耕而食我何功。"

---

① 參見《酉陽雜俎・前集》卷一八。
② 參見《酉陽雜俎・續集》卷九。
③ 參見《文苑英華》卷三二一《奉和侍郎二丈瓿郡齋紫薇花十四韻》。
④ 參見《白氏長慶集》卷一六《見紫薇花憶微之》。
⑤ 參見《歷代詩話》卷五〇。

積　書

　　近代士大夫積書之富，莫過於尤延之。嗜書之篤，亦莫過於尤延之。嘗謂：「饑，讀之以當肉；寒，讀之以當裘；孤寂而讀之，以當友朋；幽憂而讀之，以當金石琴瑟。」①余博雅雖遠不及延之，而亦頗有嗜書之癖。三世之積，書亦不少。辛未之夏，②不戒於火，皆爲煨燼。迄今勤搜遍括，尚未半於舊藏。關中非無積書之家，往往束置庋閣以飽蠹魚，既不觸目，又不假人。至有畀之竈下，以代薪蒸者，余每自恨不及蠹魚也。

【校勘記】

［1］紀：《古微書》作"汜"。

［2］霧：此字原漫漶不清，據清抄本補。

［3］圖徵：此二字原漫漶不清，據清抄本補。

［4］苞：《古微書》作"包"。

［5］羲：《古微書》作"孔"。

［6］玉：此字原漫漶不清，據清抄本補。

［7］紀：此字原漫漶不清，據清抄本補。

［8］運期：此二字原漫漶不清，據清抄本補。

［9］方：《古微書》作"右"。

［10］刺：此字原漫漶不清，清抄本、《百陵學山》本作"刺"，據補。

［11］奏：《集異記·蔡少霞》作"臻"。《太平廣記》卷五五《蔡少霞》作"奏"。

［12］銘：《容齋隨筆》卷一三《東坡羅浮詩》"碑"下無"銘"字。

［13］女兒：據《吹劍續錄》改作"女孩兒"。

［14］墓：《封氏聞見記》卷六《石志》及《事物紀原》卷九《墓志》皆作"石"。典禮：《封氏聞見記》卷六《石志》及《事物紀原》卷九《墓志》皆作"禮經"。宋、作：《封氏聞見記》卷六《石志》無此二字。王球：《封氏聞見記》卷六作"王琳"。

［15］勳、振：《西京雜記》卷三分別作"馬""陳"。

---

① 參見《説郛》卷一〇下。

② 辛未：明正德六年（1511）。

[16] 魂氣：《西京雜記》卷三此二字互乙。
[17] 晏：《西京雜記》卷三作"宴"。
[18] 野：《博物志》卷七作"壇"。
[19] 垂：《博物志》卷七作"乘"。
[20] 該：一作"駭"。
[21] 起：《蔡中郎集》卷四《彈棋賦》作"企"。
[22] 輝：《藝文類聚》卷七四作"暉"。
[23] 庫：《藝文類聚》卷七四作"隆"。
[24] 最：《李義山集》卷下《柳枝五首》作"亦"。
[25] 草：《神農本草經》無此字。茺蔚子爲益母草的果實，即益母。
[26] 漬：此字原漫漶不清，據文意補。蟹略》卷三《蟹蝑》引《本草圖經》曰："蟹蝑味鹹，性寒，有毒。食療之蟹，以鹽淹之。"淹與漬均有浸没之意。而根據原書此字所可辨認之處，可見其右下部分爲"貝"，故推斷此字當爲"漬"。
[27] 鬭：《錢氏私志》作"開"。
[28] 排：《文心雕龍・指瑕第四十一》作"掠"。
[29] 太：《北史》卷五六《魏收傳》作"大"。
[30] 哈烈：《明一統志》作"哈里"。
[31] 國：此字原脱，據《酉陽雜俎》卷一八《廣動植之三》補。
[32] 猴：《酉陽雜俎・續集》卷九作"猿"。
[33] 紫綬：《文苑英華》卷三二一作"組纓"。
[34] 香傳：《文苑英華》卷三二一作"傳香"。
[35] 榮：《文苑英華》卷三二一作"勞"。

墅談卷二

行帖

宋制，大理法官皆親節案，不得使吏人。中書檢正官不置吏人，每房給楷書一人録淨而已。[1]蓋欲士人躬親職事，革吏奸，[2]歷試人才也。① 今内閣制敕房及誥敕房皆士人，書辦不用吏人。刑部罪囚招詞，皆問官親筆創草，付歷事舉人、監生謄出，謂之行帖。吏人全不干與，并其遺法也。

芸香

魚豢《典略》云："芸香辟紙魚蠹，故藏書臺稱芸臺。"②《爾雅翼》云：仲冬之月，芸始生，香草也，謂之芸蒿。《倉頡解詁》曰："芸蒿似邪蒿，可食。"③《説文》云："似目宿。"沈氏《筆談》云：葉類豌豆，作小叢生，其葉極芳香，秋後葉間微白如粉，南人采實席下，能去蚤虱。④《壽親養老新書》云："一名七里香。"⑤今關中有一種香苜蓿，當是此物。俗以若松脂、乳香者爲芸香，非也。

太乙山

《陝西通志》以五臺山在太乙谷口西，遂指爲太乙山。[3]

---

① 參見《夢溪筆談》卷二。
② 參見《説郛》卷九八《香譜》。
③ 參見《藝文類聚》卷八一。
④ 參見《夢溪筆談》卷三。
⑤ 參見《壽親養老新書》卷三。

余按《五經要義》云：終南一名太乙。《關中記》云："終南，南山之總名。太乙，[4]南山之別號。"①然則秦隴商洛之山，既通稱爲終南，亦宜通稱爲太乙，非五臺一山可得擅是名也。又《三秦記》曰："太一在驪山西，去長安二百里，一名地肺。"②今五臺不與驪山相近，其去長安僅六十里，即使太乙別是一山，亦知決非五臺無疑。又王維《終南》詩云："太乙近天都，連山到海隅。分野中峰辨，陰晴衆壑殊。"③五臺一山延袤不及十里，豈足當此？

五臺本名五福山，載在舊志。太乙谷，自以中有太乙峰、太乙湫而得名，固不可傍指五福，強冒茲名。余嘗親遊谷中，非臆説也。

曹娥碑

會稽曹娥碑，蔡邕題其後曰："黄絹幼婦，外孫齏臼。"《世説新語》謂楊修解爲"絶妙好辭"。④《異苑》謂解者爲禰衡。然修、衡并未到會稽，總是虛説耳。

張良四皓書

《殷芸小説》載張良、四皓書，⑤詞氣華靡，秦漢間無此語態，假作無疑。

對偶之文

宋人以對偶之文爲不古，然六經中未嘗無儷語。伏羲畫卦，便有奇偶。若果值雙，焉得不對？但令詞旨雅馴，氣勢穩順，或單或兩，一任自然，固不可拘以儷語爲工。如沈約"浮聲切響"之説，亦不宜專以散文爲古，如宋人矇瞽之論也。

---

① 參見《雍録》卷五。
② 同上。
③ 參見《王右丞集箋注》卷七《終南山》。
④ 參見《世説新語·捷悟第十一》。
⑤ 參見《殷芸小説》卷二《周六國前漢人》。

金谷酒數

李白《春日燕桃花園序》云:"如詩不成,罰依金谷酒數。"①[5]金谷酒數,人鮮知之。

按石崇《金谷序》云:"遂各賦詩以敍中懷,或不能者,罰酒三斗。"②三斗,其數也。又《世説新語》:桓公三月三日會,作詩,不能者罰酒三斗。[6]郝隆初以不能受罰。③ 然則罰必三斗,固晉人之流例也。

茜席

宋武帝張妃房,有三齊茜席。或不識"茜"字,以謂字書所無。余考《玉篇》草部,有此字,"音仙",注云:"草名,似莞。"④

芧栗

芧栗即橡實,形如栗,一曰橡栗。《爾雅》所謂"櫟其實梂",《唐風》所謂"苞栩",《秦風》所謂"苞櫟",《本草》所謂"杼斗",⑤《古今注》所謂"杼實",⑥邢昺所謂"皂斗"。狙公之賦,杜甫之拾,錦里先生之收,皆是物也。按韻書:芧,羊諸切;櫟,狼狄切。由栩而杼,由杼而芧,由櫟而栗,字變而聲不變也。沈存中云,即江南之茅栗,以爲文之誤。⑦

余按茅栗自是一物,非芧栗也。今有直以爲蹲鴟之竽者,誠文之誤也。芧,羊茹切,字與聲皆變,足知其非矣。

---

① 參見《李太白文集》卷二六。
② 參見《西晉文紀》卷五《金谷詩序》。
③ 參見《世説新語・排調第二十五》。
④ 參見《玉篇》卷一三。
⑤ 參見《爾雅注疏》卷九。
⑥ 參見《古今注》卷下。
⑦ 參見《夢溪筆談》卷三。

蟹　事

　　《汲冢周書》云："海陽巨蟹，其殼專車。"①《山海經》云：姑射國。大蟹在海中。郭璞注："蓋千里之蟹也。"②又云："女丑有大蟹。"郭璞注："廣千里也。"③《周禮》：庖人共祭祀之好羞。鄭康成注："好羞謂四時膳食，若荊州之鱃魚，揚州之蟹胥。"陸德明《音釋》云：蟹，酱也。④《淮南子》云："漆見蟹而不乾。"⑤《玄中記》云："天下之大物，有北海蟹焉。舉一螯加於山，身故在水中。"又云："山精如人，一足，長三四尺，食山蟹。"⑥《洞冥記》云："善苑國嘗貢一蟹，長九尺，有百足四螯，因名'百足蟹'。煮其殼，謂之螯膠，勝於鳳喙之膠。"⑦《酉陽雜俎》云："平原郡貢糖蟹，采於河間界。每年生貢，斲冰火照，懸老犬肉，蟹覺老犬肉即浮，因取之。一枚直百金。以氈密束於驛馬，馳至京。"⑧又云："蝤蛑大者長尺餘，兩螯至強，八月能與虎鬥，虎不如。隨大潮退殼，一退一長。"⑨又云："蟹腹下有毛，殺人。"⑩又引《伊尹書》有蟹蚳。《晉書》云："太康四年，會稽彭蜞及蟹皆化鼠，甚衆，復大食稻爲災。"⑪《廣雅》云："蟹雄曰'蜋蟷'，雌曰'博帶'。"⑫《北户錄》云："儋州出紅蟹，大小殼上多作十二點深燕脂色。[7]其殼與虎蟹堪作疊子。"⑬《廣志》云："鋪，音脯。小蟹，大如貨錢。又蟹奴，如榆莢在其腹中，生

---

① 參見《丹鉛餘録》卷九。
② 參見《山海經》卷一二。
③ 參見《山海經》卷一四。
④ 參見《周禮注疏》卷四。
⑤ 參見《淮南子》卷一六。
⑥ 參見《説郛》卷六〇上《玄中記》。
⑦ 參見《洞冥記》卷三。
⑧ 參見《酉陽雜俎》卷一七。
⑨ 同上。
⑩ 參見《酉陽雜俎》卷一一。
⑪ 參見《晉書》卷二九《五行》。
⑫ 參見《蟹略》卷一。
⑬ 參見《北户録》卷一。

死不相離。"①《遼志》云:"渤海螃蟹,紅色,大如椀,螯巨而厚,其跪如中國蟹螯。"②[8]《清異錄》云:"煬帝幸江都,吳中貢糟蟹、糖蟹。每進御,則旋潔拭殼面,以縷金龍鳳花貼上。"③又《姑蘇志》云:"出大湖,[9]大而色黄,殼軟,曰湖蟹。冬月益肥美矣,謂之十月雄。出吳江汾湖者,曰紫鬚蟹。出崑山蔚洲者,曰蔚遲蟹。又有江蟹、黄蟹,又稻秋蟹,食既足,腹芒朝江爲樂蟹。"④又吕亢守台州,命工作《蟹圖》凡十二種:一曰蝤蛑,二曰撥棹,三曰擁劍,四曰彭蝪,五曰竭朴,六曰沙狗,七曰望潮,八曰倚望,九曰石蜠,十曰蚯江,十一曰蘆虎,十二曰彭蜞。右皆怪山《蟹譜》所遺。

唐太宗秋日詩

唐太宗《秋日詩集》云:"日岫高低影,雲空點綴陰。"⑤《唐詩品彙》以"岫"爲"吐",以"空"爲"垂",不若《集》語佳。

蜀馬

唐京師街衢乘大馬者,行路之人皆識其名位,乃給事丞郎大卿監以上。否則貴臣及方鎮子弟郎官皆乘蜀馬,遺補或騎驢。又張元一《嘲武懿宗》云:"長弓度短箭,蜀馬臨堦騙。"⑥蜀馬人多不知。按《資暇錄》云:"成都府出小駟,以其便於難路,號爲蜀馬。"⑦蓋果下馬之類也。

急須僕僧

《忘懷錄・遊山具》中有急須子者,暖酒器也。以其應急而用,故

---

① 參見《説郛》卷六三上。
② 參見《欽定重訂契丹國志》卷二七。
③ 參見《清異錄》卷下。
④ 參見《姑蘇志》卷一四。
⑤ 參見《文苑英華》卷一五八《秋日二首》。
⑥ 參見《紺珠集》卷三。
⑦ 參見《資暇集》卷中。

名。即今之酒素子，須訛爲素耳。又有暖飲食具，謂之僕憎，雜投食物於一小釜中，爐而烹之，亦名邊爐，亦名暖鍋。團坐共食，不復別置几案，甚便於冬日小集，而甚不便於僕者之竊食，宜僕者之憎之也，故名。

夜半鐘

唐張繼《楓橋夜泊》詩："月落烏啼霜滿天，江楓漁火對愁眠。姑蘇城外寒山寺，夜半鐘聲到客船。"《六一詩語》謂："句則佳矣，奈半夜非鳴鐘時。"①《石林詩話》云："公未嘗至吳中，今吳中山寺，實以夜半打鐘。"②《續墨客揮犀》云："至姑蘇，[10]宿一院，夜半偶聞鐘聲，因問寺僧，皆曰：'固有分夜鐘，何足怪乎！'尋問他寺，皆然。[11]始知半夜鐘惟姑蘇有之，詩人信不謬也。"③

《庚溪詩話》云："余昔官姑蘇，每三鼓盡四鼓初，即諸寺鐘皆鳴，想自唐時已然也。後觀于鵠詩云：'定知別後家中伴，遥聽緱山半夜鐘。'[12]白樂天云：'新秋松影下，半夜鐘聲後。'溫庭筠云：'悠然旅榜頻回首，無復松窗半夜鐘。'則前人言之，不獨張繼也。又皇甫冉《秋夜宿嚴維宅》云：'昔聞玄度宅，[13]門向會稽峰。君住東湖下，清風繼舊蹤。秋深臨水月，夜半隔山鐘。世故多離別，良宵詎可逢。'陳羽《梓州與溫商夜別》亦曰：'隔水悠揚午夜鐘。'[14]然則豈詩人承襲用此語邪？抑他處亦如姑蘇半夜鳴鐘邪？"

《詩眼》云：《南史》載齊武帝景陽樓有三更、五更鐘。丘仲孚讀書，以中宵鐘爲限。阮景仲爲吳興守，禁半夜鐘。今佛宫言一夜鳴鈴，俗謂之定夜鐘。

右諸説，皆足爲張繼解嘲。

余因又考《唐六典》：太史門有典鐘二百八十人，[15]掌擊漏鐘。④

---

① 參見《庚溪詩話》卷上。
② 參見《説郛》卷八三下《石林詩話》。
③ 參見《續墨客揮犀》卷一。
④ 參見《唐六典》卷一〇。

然則三更固當亦有擊漏鐘也。又唐李益《登天壇夜見海日》詩云：仙人攜我牽玉英，壇上夜半東方明，仙鐘撞撞迎海日，海中離離三山出。① 陳圖南《答宋太祖》詩："昨夜三更夢裏驚，一聲鐘響萬人行。"國初臨川朱彥昌《匡山》詩："不知煙雨樓臺寺，幾處鐘聲夜半撞。"又今京師鐘樓，每夜三更必鳴鐘，亦謂之"定夜鐘"。

一日與客言及夜半鐘事，客曰："人死而鳴鐘，謂之'無常鐘'。"昔劉元城貶梅州時，轉運判官死，夜半忽聞鐘動，是也。張繼所聞，或時值人死，鳴無常鐘，亦不可知。余曰："《湘山野錄》云：金輪寺僧講，夜半詠中秋月，得'清光何處無'之句，喜極撞鐘。②《江湖紀聞》云：新淦曾嘉林監司湖南，在茶陵交印。寓某寺，夜半聞鐘聲，僧云：'半年鐘自鳴，莫曉其故。'曾語帶行道士李子常曰：'若能法，請禁之。'子常杖劍伏於樓隅，見寺中白犬登樓，人立，以前足擊鐘。明日語僧，用白犬、白雞、白羊以祭帥，其怪遂絕。"然則張繼所聞，或詩僧得意，或白犬作妖，皆不可知也。客大笑而出。

善　走

弘治間，安肅有小范兒者，日能走三百里。先公有詩咏之云："小范兒，騏駿骨，脛細毛長無厚肉。日行三百到京師，明日還期下安肅。州縣公文不留滯，傭錢日受供家計。年年兩足忘倦疲，天生而人亦何異。聞道胡塵吹塞邊，安得團操四五千。橫行沙漠如雷電，免教芻豆頹民肩。"

余按《山海經》：丁靈國人，[16]馬蹄善走。自鞭其蹄，日三百里。③《抱朴子》：杜子微服天門冬八十年，[17]日行三百里。趙佗子服桂二

---

① 參見《文苑英華》卷一五一。
② 《湘山野錄》並未找到此文。《天中記》卷四三載此出自《江南野錄》。《山堂肆考》載此出自《王直方詩話》。
③ 參見《山海經》卷一八。

十一年，毛生，日行五百里。① 又三國時，虞翻能步行，日三百里。孫策躍馬，翻能隨之。後魏楊大眼驍捷，跳走如飛。以長繩三丈許，擊髻而走，繩直如矢，馬馳不及，即用爲軍主。隋麥鐵杖日行五百里，走及奔馬。初在陳，爲執御繖，夜至南徐劫盜，旦還執繖。五代王進走及奔馬，周太祖時至彰德節度，徒以疾足善走而秉旄節。又有唐彬走及奔鹿。又陳州有一婦人，爲賊帥，號白頸鴉，日可行二百里。今以函夏之廣，浩穰之衆，博募之下，寧鮮斯人。

百歲以上壽

閻公甫云："往爲浙江憲副時，縉雲有訟田者，引二老人爲證，一年百三十歲，一年百十五歲，皆視聽精明，步履强健，且善飯，但首赤無髮耳。"聞者頗不甚信。

余按：漢張蒼年百餘，曹魏鉅鹿張臶百五歲。并州刺史畢軌送漢故度遼將軍范明鮮卑奴，年二百五十歲。元魏羅結百二十歲。梁鍾離人顧思遠一百十二歲。穰城有人一百四十歲。荆州人張元始一百十六歲。隋大業元年，雁門人房回安母年百歲，額上生角，長二寸。唐孫思邈年百餘。洛中遺老李元爽一百三十六歲。五代王仁裕家遠祖母二百餘歲。宋瓊州楊遐舉父叔連年百二十二，祖宋卿年百九十五，其九代祖不語不食，不知其年。此皆紀載分明，諒不虛誕。

又正德間，陝西省城猪市彭家一婦人，百四歲。城北轆轤井楊家婦人王氏，百十五歲。今嘉靖二十二年，長安郭渡村一段姓男子，百一歲。咸寧鳴犢鎮人晚香祖母，百十六歲。鄠縣詹官人寨故軍張傑妻王氏，百十三歲，並見在。此皆耳目所逮，的匪妄言。然則縉雲二老，不足異矣。春秋以前及釋道書所稱，不暇論也。

---

① 參見《抱朴子内篇》卷一一《僊藥》。

娼 盜

律云："凡盜賊曾經刺字者，俱發原籍，將充警迹。"①警迹者，令其人戴狗皮帽，每月朔望赴所司查點，仍夜夜地方火夫，遂更詰察在否。其門立小綽楔，高三尺許，署曰"竊盜之家"，令出入匍匐於中。凡遇儒學行鄉飲酒禮時，令其長跪堦下。宴畢，方放回。別慝之典，可謂嚴矣。

又國初之制，伶人常戴綠頭巾，腰繫紅答膊，足穿帶毛猪皮靴，不容街中走，止於道傍左右行樂。婦帶皂冠，不許金銀首飾，身穿皂背子，不許錦繡衣服，亦所以抑淫賤也。

今不知此制已久，善惡良賤，混然無別矣。奸盜何由得息？風俗何由得正？

長 鬚

鬚以長為美，王褒云"離離若綠坡之竹，鬱鬱若春田之苗"是也。②然史籍稱載，不多其人。惟庖義則鬚垂委地，長莫加焉。後世惟文中子垂至腰，元完者都長過腹。唐紀處訥、宋姚平仲，皆長數尺，然不的著尺數。至王育、劉淵，皆云三尺。唐高宗時，倭國使者鬚長四尺。獨劉曜鬚髯百餘根，長五尺，可謂極美矣。又許惇鬚垂至帶，省中號長髯公。齊文宣因酒，截其半，號齊髯公。崔琰鬚長四尺，曹操敬憚，後罰為徒隸，使人視之，謂其虬鬚直視，若有所曉，逼令自殺。謝靈運鬚美，余嘗見其畫像，長至過膝。臨刑，施為南海祇洹寺維摩詰鬚。唐安樂公主五日鬭百草，欲廣其物色，令馳驛取之，又恐為他人所得，因剪棄其餘，遂絕。斯并鬚之厄哉！

---

① 參見《明會典》卷一三〇《起除刺字》。
② 參見《野客叢書》卷九《髯奴事》。

玄 鶴

崔豹《古今注》云："鶴千歲則變蒼。"又：二千歲變黑，謂之玄鶴。① 今平涼崆峒山有皂鶴洞，洞中有七玄鶴。相傳每見，必主兵革。年來北虜頻動，遊人往往見之。

全真肉身

《一統志》謂：廣西全州湘山報恩光孝寺，有唐至德間禪師全真坐脫肉身尚在。② 余意至德到今已八百歲，倘非金石，焉能不朽，以為烏有之說。一日馬平戴比部欽云："曾親睹禪師肉身，支體柔軟，膚革充盈，趺坐儼如，目光有爛。寺僧時為盥浴，且與更衣，靈響赫然，人不敢慢，稱曰'無量壽佛'。"因訪之全州人陳客部偁、蔣方伯彬，所說與戴皆不殊，始知非妄。又聞韶州曹溪六祖、杭州紫陽庵下野鶴，亦并當時肉身，未知信否。

胡子崖聖泉

《四川志》云：酉陽宣撫司北一百里，[18] 有胡子崖。下為孔道，行者過此而渴，四顧無水，土人高聲呼云"婆婆賚水來"，[19] 初呼一聲，崖上水滴一點。再呼滴數點，至呼三五聲，其水如壺中傾下，注於崖下石盤中，量定幾人，足用即止。至今如常。宋王鞏《聞見近錄》云：[20] 夔峽將及灩澦堆峽，[21] 左岩上有題"聖泉"二字。泉上有大石，謂之洞石。而初無泉也，至者擊石大呼，[22] 則水自石下出。予嘗往焚香，俾舟人擊而呼之曰："山神土地，人渴矣。"久之不報。一卒無室家，復大呼曰："龍王龍王，萬姓渴矣。"隨聲水大注。時正月雪寒，其水如湯，或曰夏則如冰。凡呼者，必以"萬歲"、必以"龍王"而呼之，則水於是

---

① 參見《古今注》卷中《鳥獸第四》。
② 《明一統志》未見此載。

出矣。①

右二事正同，又皆在蜀地。

水　君

《松漠記聞》云：戊午夏，熙州野外濼水見金龍以爪托一嬰兒。兒雖爲龍所戲，略無懼色。三日，金龍如故。見一帝者，乘白馬，紅衫玉帶，如少年中官狀。馬前有六蟾蜍，凡三時方没。②

余按崔豹《古今注》云：水君狀如人，乘馬，衆魚皆導從之。一名魚伯，大水乃有之。漢末，有人於河際見之。人馬有鱗甲，如大鯉魚，但手足、耳目、口鼻與人不異爾，[23]良久乃入水中。③然則熙州所見，或者其水君乎。

枳　椇

枳椇，一名枸，一名木蜜，一名樹蜜，一名木餳，一名白石，一名白實，一名木實。《詩》："南山有枸。"《義疏》云："樹高大似白楊，在山中。有子著枝端，大如指，長數寸。噉之，甘美如飴。八、九月熟。"④崔豹《古今注》云："實形拳曲，核在實外，味甘美，如餳蜜。"⑤[24]《廣志》云："葉似蒲柳，子似珊瑚，其味如蜜，十月熟。"⑥今關中有之，謂之拐棗。《禮》：婦人之贄，有所謂"榚"者，即是物也。

【校勘記】

［1］淨：《夢溪筆談》卷二作"事"。

---

① 參見《聞見近録》。
② 參見《松漠紀聞》卷二。
③ 參見《古今注》卷中《鳥獸第四》。
④ 參見《毛詩正義》卷一七《南有嘉魚》。
⑤ 參見《古今注》卷下《草木第六》。
⑥ 參見《廣博物志》卷四三《草木下》。

[2]革：《夢溪筆談》卷二作"格"。
[3]太乙：當爲"太一"。《陝西通志》卷八《太白山》："今考太乙谷西名五臺山者，即太一山也。"
[4]乙：《雍録》卷五作"一"。
[5]《春日燕桃花園序》：應爲李白《春夜宴從弟桃花園序》，又名《春夜宴諸子從弟桃花園序》。
[6]斗：《世説新語・排調・郝隆作蠻語》作"升"。
[7]脂：《北山録》作"支"。
[8]跪：《欽定重訂契丹國志》卷二七作"脆"。
[9]大：《姑蘇志》作"太"。
[10]續：此字原脱，此文載於《續墨客揮犀》卷一《分夜鐘》，據此補。至：《續墨客揮犀》作"余後過"。
[11]問：《續墨客揮犀》作"聞"。
[12]緂：于鵠《送宫人入道歸山》及《庚溪詩話》作"維"。
[13]玄度宅：《庚溪詩話》卷七作"開元寺"，《全唐詩》卷二四九作"玄度宅"。
[14]悠揚：《續墨客揮犀》作"悠悠"。
[15]門：《唐六典》作"局"。
[16]丁：《山海經》作"釘"。
[17]八十年：《抱朴子・内篇》作"御八十妾"。
[18]一：《百陵學山》本無此字。
[19]賫：《百陵學山》本均作"齎"。
[20]近：原作"雜"，據《聞見近録》改。
[21]及：《聞見近録》作"至"。
[22]呼：《聞見近録》作"叫"。
[23]口：《古今注》無此字。
[24]甘：《古今注》作"甜"。

墅談卷三

忘勢

唐太宗初嗣位，與魏鄭公語，恆自名。宋真宗宴樞密陳堯叟等於便殿，御坐於席東，堯叟等坐席西，如常人賓生之禮。神宗中秋命小殿對設二位，宣王岐公就坐。公奏："故事，無君臣對坐之禮。"乞正其席。上云："天下無事，月色清美，與其醉聲色，何如與學士論文。若要正席，則外廷賜宴，正欲略去苛禮，放懷飲酒。"公固請不從，再拜就坐。

右三君可謂忘勢。謙光之主，何損其尊。我太祖為吳王時，與誠意伯書署御名。即位後，賜宋學士文綺白繒，亦命懿文太子署名緘封。今宗將軍中尉，其秩等於品官，而與人書刺，間有不肯署名者，亦有置客於側席者，宜搢紳之人，罕與交接也。

刺李西涯詩

正德初，有無名子以詩揭於李西涯少師之門云："高名直與斗山齊，伴食中書日已西。回首湖南春草綠，鷓鴣啼罷子規啼。"語意皆佳。

鷝

鷝，一名吐綬，一名功曹，一名錦囊，一名避株，一名真珠雞，一名綬鳥。即今關中所謂朝雞者也。

鵕鸃

鵕鸃，即錦鷄，一名山鷄。漢初以爲侍中之冠，今制以爲文官二品服色。

穆遊擊鬚

大同遊擊將軍穆榮鬚甚多，長二尺餘，髮則甚寡且短。先公云："此名倒提頭。蓋即于少保謙望刀眼、王都憲文瀝血頭之類，不令終之相也。"未幾而虜臺之役，一軍盡没，穆自刎死。又云："鬚甚長者，多不令終。"歷考古昔，十驗六七。

田州城

寧夏北百里有田州城，城已頹圮，中多枯骼，或立或卧，位置儼如。意者當時董工之人，殘忍不道，如叱干阿利之徒，殺役夫而築於中耳。且其地臨極邊，虜所出入，風沙黯慘，鬼火縱橫，過者靡不毛戴。先大父槐堂先生有詩云："漠漠寒沙雨挹平，青山淡淡野雲輕。孤城盡日鳴笳鼓，流水長年起稻秔。春暖灤風消凍路，夜深燐火照荒營。題詩欲吊英雄骨，把筆無言恨轉生。"①

席萁草

席萁草，一作息鷄草，高四五尺，叢生沙中，既任作繩，又堪秣馬。靈夏之野，此物最多。《述異記》云："席萁，一名塞蘆，[1]生北胡地。[2]古詩云：'千里席萁草。'"②又唐張籍《送李騎曹靈州歸覲》詩云："席萁侵路暗。"又王建《席萁簾》詩云："單于不向南牧馬，席萁遍滿天山下。"又《五代史》云：契丹裹潭有息鷄草，尤美。而本大，馬食不過十

---

① 此爲胡侍祖父胡璉詩《過田州城》，參見《〔弘治〕寧夏新志》卷八。
② 參見《述異記》卷下。

本而飽。① "息雞"與"席萁",稱謂不異,但書字不同耳。今土人訛云席季,又訛云集季,又謬書作蓆苦字。韻書無"苦",杜撰之文也。

水　異

句容縣半湯湖,其水同一壑,而半冷半熱,[3]熱可瀹雞。皆有魚,魚交入輒死。石陽縣有井,水半青半黄,[4]黄者如灰汁,[5]取作粥飲,悉作金色,氣甚芬馥。崇寧一大井,以片石開二竅,羃其上,[6]一竅汲以造餳,一竅汲以爲染。若易竅汲之,皆不能成其用。恒山有雙龍泉,相去僅丈許,而一甚甘,[7]一甚苦。

已上足見造化萬殊之妙。

二月賣新絲

聶夷中《傷田家》詩"二月賣新絲",②意以田家貧極,不能待至蠶月。豫指新絲,賤價懸賣,以救眼前之急。諺云"寅年吃了卯年粮",正此義也。史繩祖《學齋佔畢》謂:二月蠶尚未生,安得有新絲?當是"四"字傳寫之訛。③ 殊未達作者之旨。若然,則五月亦無新穀,"五"字亦當改作"七"字邪?

表忠觀碑

蘇東坡《表忠觀碑》先列奏狀以爲序,至制曰可,而繫之以銘。王安石以爲似太史公年表。史繩祖以爲倣柳柳州《壽州安豐縣孝門銘》之體。

余按:漢《魯相置孔子廟卒史碑》及《魯相晨孔子廟碑》,皆是此體。又魏野王令司馬孚修沁口碑,只錄奏狀,絕無銘辭。再不見用其體者。

---

① 參見《五代史》卷七三《四夷附錄第二》。
② 參見《全唐詩》卷六三六。
③ 參見《學齋佔畢》卷二《二月無絲》。

碑

宋孫何作碑解，以爲碑非文章之名，蓋後人假以載其銘耳，不當以繞紼麗牲之具而名其文。其辨甚悉，余以碑名之稱其來甚遠，豈皆不曉斯義，謬襲其名。按《文心雕龍》云："碑實銘器，銘實碑文。因器立名，事光於誄。"①[8] 觀此，則碑之名義，坦然可知。碑解之作，其亦贅矣。

長城之始

世謂秦始皇初築長城，非也。秦昭襄王滅義渠，始於隴西北地上郡築長城以拒胡。趙武靈王破林胡樓煩，築長城，自代並陰山下，至高闕爲塞。燕昭王破東胡，郤地千里，亦築長城，自造陽至襄平。皆在始皇前。[9]

鳥鼠同穴

《禹貢》："鳥鼠同穴。"《孔傳》云："鳥鼠共爲雌雄，同穴而處。"② 蔡仲默以爲怪誕不經，不足信，而謂同穴自爲山名，鳥鼠爲同穴之枝山。③ 按《爾雅》："鳥鼠同穴，其鳥爲鵌，其鼠爲鼵。"郭璞注："鼵如人家鼠而短尾，鵌似鵽而小，黃黑色。穴入地三四尺，[10] 鼠在內，鳥在外，在隴西首陽縣鳥鼠同穴山中。"④ 今鳥鼠同穴山在渭源縣西二十里，俗呼爲青雀山，實有鳥與鼠同處於穴。又甘肅永昌衛山中，亦有此異。鳥則灰白色，夷名本周兒；鼠則如郭璞所云，夷名苦朮兀兒，不獨渭源爲然。蔡氏南人，又值南渡後，鳥鼠隔在北朝，宜其不信。然《爾雅》所載，豈得未聞。今潯州有糖牛，與蛇同穴，嗜鹽，裹鹽入穴取

---

① 參見《文心雕龍·誄碑第十二》。
② 參見《尚書正義》卷六《禹貢》。
③ 參見《書經》卷二《禹貢》。
④ 參見《爾雅注疏》卷一〇《釋鳥》第一七。

之，其角如玉，可以爲器。使語北人，亦當不信也。

上聲濁音

　　韻家謂：上聲字全濁音者，讀如去聲，謂之重道。如動、重、奉、是、市、士、兕、俟、被、姒、秜、距、巳、怙、扈、鄠、序、緒、輔、父、杜、亥、逮、怠、倍、在、罪、忿、牝、近、賢、愼、辨、善、鄯、單、肇、兆、紹、道、抱、昊、鎬、皓、造、惰、禍、象、杖、蚌、靜、阜、受、後、咎、險、範、犯、禪等字，皆是也。謂之如者，特仿佛似之而已。今直呼作去聲，過矣。

木在奎

　　宋太宗即位後，朱邸牽攏僕馭者，皆位至節帥。時浦城知縣李元侃以爲太宗即位，木在奎，居兗州地分。奎爲天奴僕宮，故當時執馭者皆驟居富貴。正德間，閹奴如錢安、錢寧、魏英、張富、張容、谷大寬、谷大亮、皮德、廖鵬，皆位都督及伯爵。至於横金拖紫、濫職錦衣者，無慮千數，豈其時亦値木在奎邪？

楹

　　楹，柱也。今人作文，謂屋三間爲三楹，五間爲五楹，誤也。三間當云四楹，五間當云六楹，謂四柱、六柱也。假如一間，當云兩楹，謂兩楹之間也。故曰間，蓋兩柱對立，始能成屋。若止一柱，梁棟安施？故字書解楹爲盈盈然對立之狀。又《儀禮·士婚禮》云："授於楹間南面。"①《禮記·檀弓》云："坐奠於兩楹之間。"②其義可見。

經書闕誤

　　朱晦菴《大學章句》補《致知格物》之傳，蔡九峰《尚書集傳》考定《武成》之篇，晦菴又著《儀禮經傳》，雜引《大戴禮》、《春秋内外傳》、

---

① 參見《儀禮注疏》卷二《士昏禮第二》。
② 參見《禮記正義》卷十《檀弓上》。

《新序》、《列女傳》、賈誼《新書》、《孔叢子》之類以成書。又吳草廬爲《逸經》八篇，取《小戴》《大戴》鄭注雜合成之。近日又有《大學定本》，移"物有本末"一節，繼以"知止能得"，又繼以"聽訟吾猶人"一節，而結之曰"此謂知本，此謂知之至也"，以爲即《格物致知》之傳。

《周禮·司空篇》亡，漢儒乃以《考工記》補之。宋俞庭椿、王次點以爲未嘗亡，欲於五官之中，凡掌邦居民之事，分屬之司空，則五官各得其分，而《冬官》亦完，且合三百六十之數。已上固皆各自有見，余以爲恐非闕疑闕殆及史闕文之義。

按：宋雍熙初，日本僧奝然云其國中有五經書。又歐陽修《日本刀》詩有云："徐生行時書未焚，[11] 逸書百篇今尚存。令嚴不許傳中國，舉世無人識古文。先王大典藏夷貊，蒼波浩蕩無通津。"① 今日本固常通貢中朝，倘得遣使一求，以訂經典脫誤，實斯文莫大之幸也，豈不愈於求宛馬、取佛經者哉！

放白龜

《續搜神記》：豫州刺史毛寶戍邾城，有一軍人於武昌市買得一白龜，長五寸，置瓮中養之。漸大，放江中。後邾城遭石氏，敗，赴江者莫不沉溺。所養龜人，披甲投水中，覺如墮一石上。須臾視之，乃是先放白龜。既約岸，迴顧而去。②

由是觀之，放白龜者，毛寶部下之軍人也。世直以爲毛寶，誤矣。

異　酒

《山海經》：櫧汁甘爲酒。《齊民要術》《沈約集》《皮日休集》皆有"櫧酒"。烏丸有東牆酒；交州有椰子酒；大宛有蒲萄酒；[12] 南蠻有檳榔酒；真蠟有朋芽四酒；[13] 辰溪有鈞藤酒；赤土國有甘蔗酒；韃靼有馬湩酒；[14] 烏孫國有青田核；頓遜國有酒樹，又有安石榴酒；波斯國有三

---

① 參見《宋本歐陽文忠公集》卷五四。
② 參見《搜神後記》卷一〇。

勒漿酒；訶陵國以柳花、椰子爲酒；扶南有椰漿，又有蔗及土瓜根酒，皆不假麴米而成。

弟事兄禮

楊椿及弟津並登台鼎，而津嘗旦暮參問，椿不命坐，津不敢坐。崔孝暐奉兄孝芬盡恭順之禮，坐食進退，孝芬不命，則不敢也。司馬溫公於兄伯康，奉之如嚴父。竇儀尚書每對賓客，即其弟二侍郎、三起居、四參政、五補闕，皆侍立焉。

今世弟之於兄，多不肯下，並坐並行，恬不爲異。此倫殆於廢矣，可勝歎哉！

喻墨莊謔詩

駱武庫用卿，本餘姚人，以寧夏戎籍，登正德戊辰進士，人目之爲駱繩頭，以蠻頭從絲故也。老而無子，寧夏喻墨莊先生賢爲謔詩寄之云："憑君寄語駱繩頭，一別繩頭又幾秋。不識繩頭從別後，[15]可曾結下小繩頭。"

落　霞

王勃《滕王閣序》："落霞與孤鶩齊飛，秋水共長天一色。"俞成《螢雪叢説》解"落霞"爲"飛蛾"，謂野鴨飛逐蛾蟲而欲食之，所以齊飛。若霞，則不能飛。①

余按：王儉《褚淵碑》："風儀與秋月齊明，音徽與春雲等潤。"②庾信《馬射賦》："落花與芝蓋齊飛，楊柳共春旗一色。"③隋《長壽寺舍利碑》："浮雲共嶺松張蓋，明月與巖桂分叢。"[16]王語雖依仿前作，而奇俊過之。若俞所云，則風儀亦不能明，芝蓋亦不能飛，又不知當以何

---

① 參見《螢雪叢説》卷下《辯滕王閣序落霞之説》。
② 參見《文選》卷五八。
③ 參見《庾子山集》卷一。

物爲解。且拘陋穿鑿,大累奇俊之氣。

郢樹煙

　　柳子厚《別弟宗一》詩云:[17]"零落殘魂倍黯然,雙垂別淚越江邊。一身去國六千里,萬死投荒十二年。桂嶺瘴來雲似墨,洞庭春盡水如天。欲知此後相思夢,長在荆門郢樹煙。"①無一字不佳。周少隱《竹坡詩話》乃謂:夢中焉能見郢樹煙,欲易"煙"以"邊",又以犯前"江邊"而改云"欲知此後相思處,望斷荆門郢樹煙"。② 子厚不幸,遭此窾論。

嘲詩

　　孟浩然《春曉》詩云:"春眠不覺曉,處處聞啼鳥。夜來風雨聲,花落知多少。"嘲者以爲盲子詩。賈島《哭僧》詩云:"寫留行道影,焚却坐禪身。"③以爲燒殺活和尚。有《贈漁父》者云:"眼前不見市朝事,耳畔惟聞風水聲。"④以爲患肝腎風。貫休云:"盡日覓不得,有時還自來。"⑤[18]本謂詩之好句難得爾。嘲者云:"是人家失却猫兒詩。"僧處默《錢塘白塔院詩》云:"到江吴地盡,隔岸越山多。"陳后山以爲分界堠子。"每日更忙猶一到,[19]夜深常是點燈來",本程師孟咏洪州府中靜室者,李元規以爲登溷之詩。張祜《柘枝》詩云:"鴛鴦鈿帶抛何處,孔雀羅衫付阿誰。"⑥白樂天呼爲問頭詩。祜曰:"公之《長恨歌》云:'上窮碧落下黄泉,兩處茫茫皆不見。'此非目連訪母邪!"羅隱《題牡丹》云:"若教解語應傾國,任是無情也動人。"曹唐曰:"此乃咏女子障耳。"隱曰:"猶勝足下作鬼詩。"乃誦唐《漢武燕西王母》詩:"樹底有天

———————
① 參見《柳河東集》卷四二。
② 參見周紫芝《竹坡詩話》。
③ 此詩應爲賈島的《哭柏巖禪師》:"苔覆石牀新,師曾占幾春。寫留行道影,焚却坐禪身。塔院關松雪,經房鎖隙塵。自嫌雙淚下,不是解空人。"此處名爲《哭僧》當是從歐陽修《六一詩話》之説,原文爲:如賈島《哭僧》云"寫留行道影,焚却坐禪身",時謂燒殺活和尚,此尤可笑也。
④ 參見《六一詩話》。
⑤ 參見《全唐詩》卷八三三。
⑥ 此詩當爲張祜的《感王將軍柘枝》。

春寂寂,人間無路月茫茫。"[20]豈非鬼詩？高英秀譏李山甫《覽漢史》"王莽弄來曾半破,[21]曹公將去便平沉"是破船詩,李群玉《咏鷓鴣》"方穿詰曲崎嶇路,[22]又聽鈎輈格磔聲"是梵語詩,羅隱曰"雲中雞犬劉安過,月裏笙歌煬帝歸"是見鬼詩,杜荀鶴"今日偶題題似著,不知題後更誰題"乃衛子詩,不然安有四蹄？王荆公宅乃謝安所居,地有謝公墩,公賦詩曰："我名公字偶相同,我屋公墩在眼中。公去我來墩屬我,不應墩姓尚隨公。"人謂與死人爭地界,皆可笑也。又僧懷濬詩云："家在閩山西復西,其中歲歲有鶯啼。如今不在鶯啼處,鶯在舊時啼處啼。"余亦以爲衛子詩也。

唐明皇幸驪山

杜牧《華清宮》詩："長安回望繡成堆,山頂千門次第開。一騎紅塵妃子笑,無人知是荔支來。"[23]《遁齋閑覽》云："據《唐紀》,明皇以十月幸驪山,至春即還宮,是未嘗六月在驪山也。然荔支盛暑方熟,詞意雖美而失事實。"①

余按：《雍録》云："觀風殿有複道,可以潛通大明,則微行間出,亦不必正在十月。"②此猶意度之説,及觀陳鴻《東城老父傳》云：玄宗元會與清明節,率皆在驪山。每至,是日萬樂具舉,六宮畢從。③ 是其出幸驪山,果不必於十月,爲有據矣。又陳鴻《長恨傳》云：天寶十年,避暑驪山宮。④[24]《愛日齋叢抄》云：天寶十四年六月一日,貴妃生日,[25]幸華清宮,於長生殿奏新曲。會南海進荔支,因名《荔支香》。⑤《唐書·禮樂志》《碧鷄漫志》《楊妃外傳》所載,皆與《愛日齋》之説略同,則明皇果嘗於荔支熟時幸驪山,又爲有據矣。杜牧又有《華清宮

---

① 參見《遁齋閑覽·詩談牧之詩》。
② 參見《雍録》卷四《溫泉説》。
③ 參見《説郛》卷一一四《東城老父傳》。
④ 參見《太平廣記》卷四八六。
⑤ 參見《愛日齋叢抄》卷五。

長篇》云:"塵埃羯鼓索,[26] 片段荔支香。"[27] 倘非事實,豈容再言? 歐陽永叔詞亦云:"一從魂散馬嵬間,只有紅塵無驛使,滿眼驪山。"永叔,修唐史者,咏唐事當不誤也。

二漆水

富平縣石川河,則《禹貢》"又東過漆、沮"之漆水也,入渭,在涇水東。武功縣武水則綿自土漆、沮之漆水也,入渭,在灃水西,二漆東西相去蓋數百里。《雍録·圖説》分析頗明。今《武功志》乃以武水爲《禹貢》之漆,辯説甚力,《陝西通志》亦因其謬。然《禹貢》之漆,分明序在灃、涇之東,而以灃西之漆當之,不考之過也。

夔

后夔典樂,而後之言《樂》者,有杜夔,有曹紹夔,有蘇夔,有姜夔,有劉夔。

司馬公題字

太乙谷中石壁上,有司馬溫公題字云:"登山有道,徐行則不困;措足於實地,則不危。"又於嵩山峻極中院法堂後簷壁間,亦題云然。當有深意,不特爲登山發也。

泣筍事

杜工部《送王判官扶侍還黔中》詩云"青青竹筍迎船出",① 蓋用孟宗事。然孟宗泣筍在母卒後,似不宜用。贊寧《筍譜》稱泣筍者,又有劉殷、丁固、程崇雅。余考《劉殷傳》,其所泣者堇,② 非筍也。

---

① 《送王判官扶侍還黔中》:即《送王十五判官扶侍還黔中》。
② 《晉書·劉殷傳》載:劉殷字長盛,新興人也。高祖陵,漢光禄大夫。殷七歲喪父,哀毀過禮,喪服三年,未曾見齒。曾祖母王氏盛冬思堇而不言,食不飽者一旬矣。殷怪而問之,王言其故。殷時年九歲,乃於澤中慟哭曰:"殷罪釁深重,幼丁艱罰,王母在堂,無旬月之養。殷爲人子,而所思無獲,皇天后土,願垂哀愍。"聲不絶者半日。於是忽若有人云:"止,止聲。"殷收淚視地,便有堇生焉。

【校勘記】

[1] 蘆:《述異記》作"路"。
[2]《述異記》"北"後有"方"字。
[3] 而:《百陵學山》本無此字。
[4] 青:《百陵學山》本作"清"。
[5] 者:《百陵學山》本無此字。
[6] 冪:《百陵學山》本作"幕"。
[7] 而:《百陵學山》本無此字。
[8] 光:《文心雕龍·誄碑第十二》作"先"。
[9] 在:《百陵學山》本無此字。
[10] 穴:《爾雅注》作"突"。
[11] 徐生:《歐陽文忠公集》作"徐福"。
[12] 蒲:《百陵學山》本作"葡"。
[13] 真:《天中記》作"貢"。
[14] 潼:《百陵學山》本作"潭"。
[15] 別:此字原漫漶不清,上句"一別繩頭又幾秋",可見"繩頭"二字在"別"字之後。同時,此詩意爲詢問駱用卿在別離之後是否有後之意。據改。
[16] 隋《長壽寺舍利碑》:當作"唐《德州長壽寺舍利碑》"。
[17]《柳河東集》卷四二"別"字後有"舍"字。
[18] 盡日:《全唐詩》卷八三三作"幾處"。此處作"盡日"當是從歐陽修《六一詩話》之説。
[19] 猶:程師孟原詩《句》作"須"。
[20] 原詩題作《漢武帝於宮中宴西王母》。
[21] 覽:《全唐詩》卷六四三作"讀"。
[22] 原詩題作《山行聞鷓鴣》。
[23] 支:應作"枝"。此文章中"荔支"均應爲"荔枝"。
[24]《長恨傳》"十年"下有"侍輦"二字。
[25]《愛日齋叢抄》"貴妃"下有"楊氏"二字。
[26]《華清宮長篇》:即《華清宮三十韻》。
[27] 香:原詩作"筐"。

墅談卷四

籬根

唐盧綸《晚到鰲屋耆老家》詩云："亂藤穿井口，流水到籬根。"①鄭谷《自遣》云："窺硯晚鶯臨硯樹，迸階春筍隔籬根。"②于鵠《南谿書齋》云："草生垂井口，花落擁籬根。"③宋梅堯臣《贈鄰居》云："壁隙透燈光，籬根分井口。"④譚知柔《雪後》云："晚醉扶筇過竹村，數家殘雪擁籬根。"⑤賀方回《定林寺》云："破冰泉脉漱籬根，壞衲遙疑挂樹猿。"⑥[1]有笑"籬根"無出處者，因枚舉此。

座主門生禮

福建建寧府學教授黃先生伯川，字德洪，餘姚人。成化丙午爲先公鄉闈考試官，後先公爲户侍，黄猶淹在學職。一日來訪，先公延之堂奥，具冠裳，行四拜禮，黄但南面爲四長揖而已。以一郡文學而受卿佐之拜，當時兩高之。今雖會試座主，門生之禮，亦不能若是矣。

荔支

《廣志》云：荔支樹高五六丈，似桂樹，[2]緑葉蓬蓬，冬夏榮茂。[3]

---

① 參見《全唐詩》卷二八〇。
② 參見《全唐詩》卷六七六。
③ 參見《全唐詩》卷三一〇。
④ 參見《苕溪漁隱叢話前集》卷三一。
⑤ 參見《古今事文類聚·前集》卷四。
⑥ 參見《慶湖遺老詩集》卷九。

青華朱實,大如鷄子。[4]核黃黑,似熟蓮子。肉白如肪,[5]甘而多汁,似安石榴,有酸甜者。[6]至日將中,[7]翕然俱赤,則可食也。一樹下子百斛。① 王逸《荔支賦》云:"修幹紛錯,綠葉臻臻。灼灼若朝霞之映日,離離若繁星之著天。皮似丹罽,膚若明璫,潤侔和璧,奇喻五黃。仰嘆麗表,俯嘗嘉味,口含甘液,心受芳氣。"② 白居易《荔支圖序》云:"樹形團團如帷蓋,葉如冬青華如橘。春榮,[8]實如丹。夏熟,朵如蒲萄,核如枇杷,殼如紅繒,膜如紫綃,瓤肉潔白如冰雪,[9]漿液甘酸如醴酪。"③大略如彼,其實過之。張九齡《荔支賦》云:"膚玉英而含津,色江萍以吐日。朱苞剖,明璫出,未玉齒而殆銷,雖瓊漿而可軼。彼衆味而有五,此甘滋之不一。若乃華軒洞開,嘉賓四會,時當燠煜,客或煩憒,而斯果在焉,莫不心侈而體泰。信琱盤之仙液,實玳筵之綺繢。有終食而累百,愈益氣而理內。"④蔡君謨《荔支譜》云:"興化軍荔支,大重陳紫。其樹晚熟,其實廣上而圓下,大可徑寸有五分。香氣清遠,色澤鮮紫。殼薄而平,瓤厚而瑩。膜如桃花紅,核如丁香母。剥之凝如水精,食之消如絳雪,其味之至,不可得而狀也。"⑤

　　歷觀前說,則荔支之珍美從可知矣。然惟產於閩廣及蜀,而中州無之。至漢高帝時,南粵王尉佗始以龍眼樹獻。龍眼,即今之荔支也。[10]漢武帝破南越,建扶荔宫。扶荔者,以荔支得名。自交趾移植百株於庭,無一生者。連年移植不息,後數歲,偶一株稍茂,然終無華實,帝亦珍惜之。一旦忽萎死,守吏坐誅死者數十,遂不復茂,其實則歲貢焉。郵傳疲斃於道,極爲生民之患。[11]司馬相如賦《上林》云:"遝沓荔支。"⑥[12]正述當時所見。蔡君謨以爲夸言無有,蓋不考也。但云遝沓,乃繁夥之稱,此則詞人過實之言耳。[13]乃後東漢時,南海獻龍

---

① 參見《廣博物志》卷四三《草木下》。
② 參見《古今圖書集成・博物彙編・草木典》卷二五七。
③ 同上。
④ 同上。
⑤ 參見《百川學海・癸集》。
⑥ 參見《文選》卷八。

眼荔支，十里一置，五里一候，奔騰阻險，死者繼路。臨武長唐羌上書陳狀，和帝始詔太官省之。唐天寶中，楊妃嗜荔支，歲命涪州驛致。七日七夜至京，[14]人馬多斃於路，百姓苦之，然皆漢武帝始之也。[15]白居易云："荔支離本枝一日而色變，二日而香變，三日而味變，四五日外，色香味盡去。"①涪去長安不大遠，然猶七日七夜方至，計其色香味已盡去。至若交趾、南海，遠三四倍，倘非旬月，難達東京。腐爛之餘，將焉用之？今閩廣修貢，及貿諸四方者，皆紅鹽蜜煎。白曬者，雖遠不逮初摘之珍美，然猶中食，勝於腐爛之餘多矣。[16]《負暄雜錄》云："宣和殿前有荔支四株，結實甚夥，不知何以能爾也。"《杜陽編》云："羅浮先生《軒轅集》：上因語京師無豆蔻花及荔支，俄頃，二花皆連枝葉，凡數百，鮮明芳潔如新折。"②[17]此則仙術幻伎，不可以常度測也。當漢武、楊妃必欲食生荔支時，倘得羅浮先生一來，豈不頓紓置候奔馳之苦？

鹽米苗鹽户口鹽

吳徐知誥用歙人汪台符之策，括定田賦，每正苗一斛，別輸三斗，官授鹽一斤，謂之"鹽米"。南唐李先生亦用此法，而授民之鹽增至二斤。沿至宋時，增至二斗五升，謂之"苗鹽"，皆所以優民也。渡江以後，官不授鹽，而民户於正苗外，別納鹽米如故。是以洪內翰、魏敷文、羅鶴林、馬碧梧，皆惻然興嘆。我朝舊制，民户見丁，納鈔支鹽。大口十五歲以上，月支鹽一斤，納鈔一貫；小口十歲以上，月支鹽半斤，納鈔五百文，謂之"户口食鹽"，優民之意，不殊往昔。數十年來，官鹽無升合及民，而有司白取鈔銀，急於正稅，優民之典，反以厲民。官既不與鹽，又私鹽之禁至爲嚴密，是民終無食鹽之期矣。奈何奈何！

---

① 參見《古今圖書集成·博物彙編·草木典》卷二五七。
② 參見《杜陽雜編》卷下。

干寶

晉干寶之姓,在寒字韻,即比干、段干之干,望出滎陽潁川。宋有干犨,蓋其先也。書者誤增趯於下,遂讀作虞字韻,淳于、鮮于之于。今《晉書》干寶,書"干"作"于"。《文選·晉武革命論》云"于令升",諸書引《搜神記》則云"于寶",《周禮注》亦云"于寶"。字畫之差,相承已久,張淏所以嘆其無辨也。楊誠齋在館中與同舍談及"于寶",一吏進曰:"乃干寶,非于也。"問:"何以知之?"吏取韻書以呈,"干"字下注云:"晉有干寶。"誠齋大喜曰:"汝乃吾一字之師。"今世士夫讀作于寶者尚多有之,獨不愧於斯吏乎。干寶所著,又有《干子》十卷。

忍辱

張耳、陳餘,魏之名士。秦聞此兩人名,購求張耳千金,陳餘五百金,二人變名姓之陳,為里監門。里吏嘗笞餘,餘欲起,耳躡之,使受笞吏去。耳引餘之桑下,數之曰:"始吾與公言何如?今見小辱而欲死一吏乎?"

淮陰步騭避亂江東,與廣陵衛旌俱以種瓜自給。會稽焦征羌,郡之豪族,人客放縱。騭與旌求食其地,懼為所侵,乃共修刺,奉瓜以獻征羌。征羌方在內臥,駐之移時,旌欲委去,騭止之曰:"本所以來,畏其強也。而今舍去,欲以為高,只結怨耳。"良久,征羌開廡見之,身隱几坐帳中,設席致地,坐騭、旌於廡外。旌愈恥之,騭辭色自若。征羌作食,身享大案,殽膳重沓。以小盤飯與騭、旌,惟菜茹而已。旌不能食,騭極飯致飽,乃辭出。旌怒騭曰:"何能忍此?"騭曰:"吾等貧賤,是以生人以貧賤遇之,固其宜也,當何所恥?"

張耳、步騭之見,與俛出胯下者正同。雖其高識雅量,迥異淺夫,然而揆量事情,元非得已。乃若子房於圯上之老,絕無利害相臨,而屈辱再三,隱忍不校,是則難能也已。

食澡豆

鼇屋趙生狎遊娼家，不識澡豆，娼詒之以爲補藥，遂命鹽湯服之，聞者莫不捧腹。

余按：晉王敦初尚武陽公主如廁還，婢擎金澡盤盛水，琉璃盌盛澡豆，因倒著水中而飲之，謂是乾飲，群婢莫不掩口而笑。又唐江東陸暢初娶董溪女，每旦，婢進澡豆，暢輒沃水服之。或曰："君爲貴門女婿，幾多樂事。"暢曰："貴門苦禮法，俾子食辣麪，殆不可過。"又宋瑞州楊某醫道盛行，招者相繼。郡守得危疾，夜急招之，楊適醉歸，不能升車，裹藥授介。且起盥面，不見澡豆，而所裹藥在焉，方知其誤，而郡守謝禮至矣。蓋郡守得卒風證，澡豆中有皂角去風也。然則食澡豆者，亦自累有故事，趙生不足異也。澡豆，今謂之"肥皂"，出德州者佳。

鉼隱

申徒有涯放曠雲泉，常攜一鉼，時躍身入鉼中，時號"鉼隱"。冷謙，字啓敬，武陵人，國初爲協律郎。有友人貧不能自存，求濟於謙。謙曰："吾指汝一所，往焉，慎勿多取過分。"乃於壁間畫一門，一鶴守之。令其人敲門，門忽或自開，入其室，金玉爛然盈目，恣取以出，而不覺遺其引。他日內庫失金，守藏吏以聞。按引上姓名，命執其人訊之，詞及謙，因並逮謙。謙將至城門，謂逮者曰："吾死矣，安得少水以救吾渴。"守者以鉼汲水與之，謙且飲，且以足插入鉼中，其身漸隱。守者驚曰："汝無，然吾輩皆坐汝死矣。"謙曰："無害汝，但以鉼至御前。"至御前，上問之，輒於鉼中響應。上曰："汝出見朕，朕不殺汝。"謙對："臣有罪不敢出。"上怒，擊其鉼碎之，片片皆應，終不知所在。余謂申徒有涯，壺公、費長房之流也；冷啓敬，左慈、羅公遠之流也。

郡縣同名

今天下府以太平名者二：南直隸、廣西。州以通名者二：順天府、揚州府。以趙名者二：真定府、大理府。縣以太平名者三：寧國府、平陽府、臺州府。以定遠名者三：鳳陽府、重慶府、楚雄府。以永寧名者三：隆慶州、河南府、吉安府。以新城名者四：保定府、濟南府、杭州府、建昌府。其他二名相同者，不可枚舉。只以陝西一省而言，徽州、寧州、蘭州、咸寧、山陽、華亭、安化、石泉之名，皆與他處相犯。至於安定，不但瓊州有此縣名，而本省鞏昌、延安兩府亦並有之。稱謂相及，殊不簡便。

梁王詩

元梁王自建康之京都，途中作詩，有云："兩三點露滴如雨，六七個星猶在天。"①[18]當時以爲新奇，然唐盧延遜已云："兩三條電欲爲雨，七八個星猶在天。"②

雪 詞

宋文及翁作百字令咏雪云：[19]"沒巴沒鼻，霎時間做出漫天漫地。不問高低並上下，[20]平白都教一例。鼓弄滕六，[21]招邀巽二，只恁施威勢。[22]識他不破，至今道是祥瑞。[23]最是鵝鴨池邊，三更半夜，誤了吳元濟。東郭先生都不管，挨上門兒穩睡。[24]一夜東風，三竿紅日，[25]萬事隨流水。東皇笑道，山河元是我底。"③蓋譏賈似道之打量也。《錢唐遺事》以爲陳藏一作，詞名《念奴嬌》。宣德間凝真子有《天淨紗》云："無端巽二聲喧，堪嗟滕六奪權。青帝在東郊駐輦，道從他施展，終須還我春暄。"成化間王舜耕有《落梅風》云："紛紛下，穰穰飛，白占了許多田地。凍餓殺普天下黎民都是你，怎做得國家祥瑞。"二詞語意，皆踵文及翁，并有所刺，深得比興之體。

---

① 參見《元詩選·初集》卷首。
② 參見《全唐詩》卷七一五。
③ 參見《錢塘遺事》卷四《雪詞》。

李白與杜甫詩

《洪駒父詩話》云："子美集中，贈太白詩最多。而李集初無一篇與杜者。"①《捫虱新話》云："杜詩語及太白處，[26]無慮十數篇；而太白未嘗有與杜子美詩，只有《飯顆》一篇，意頗輕甚。"《藝苑雌黃》謂：《酉陽雜俎》云："李集有《堯祠贈杜補闕》者，[27]即老杜也。"又豈"獨飯顆山頭"之句哉。余觀李集，又有《沙丘城下寄杜甫》云："我來竟何事，高臥沙丘城。城邊有古樹，日夕連秋聲。魯酒不可醉，齊歌空復情。[28]思君若汶水，浩蕩寄南征。"[29]又有《魯郡東石門送杜二甫》云："醉別復幾日，登臨遍池臺。何時石門路，[30]重有金尊開。秋波落泗水，海色明徂徠。飛蓬各自遠，且盡手中杯。"是又不止堯祠之贈而已也。

咏妓行第詞

宋人有咏《妓行七》詞云："元是竹林舊伴侶。去人日，偶相遇。笑盧仝，狂怪嘗茶，問子建，詩成幾步。　憶去年，乞巧同歡，把琴絃，細細說與。傷你愛攬四勾三，[31]生下五男二女。"【小石調】《遍地花》也。

又有《河傳・咏妓行四者》云：雙花對植，似黃封和了，龍香難敵。四和香。悶抱琵琶，試把么絃輕輾。箏行家，總認得。四行家。朱窩戲捻骰兒擲。朱窩：四隻骰子，賭名。惟有燒盆貢采偏難覓。四隻《滿江紅》，名燒盆貢采。常把那目字橫書，[32]謝三娘，全不識。俗云：謝三娘不識"四"字。"罪"字頭。②

又有《咏妓崔念四》（《踏青遊》）云："識個人人，恰止二年歡會。似賭賽、六隻渾四。向巫山、重重去，如魚水，兩情美。同倚畫樓十二，倚了又還重倚。　兩日不來，時時在人心裏。擬問卜、常占歸計。捱三八清齋，望永同鴛被。驀然被人驚覺，夢也有頭無尾。"

---

① 參見《藝苑雌黃》卷一五。
② 《花草粹編》卷五《河傳・妓行四者》全文引此詞及胡侍注，却未標明出處。

避寇南山

《賈氏談錄》云：[33]"僖昭之世，[34]長安士族多避寇南山中。雖荐經離亂，而兵難不及。故衣冠子孫居鄠杜間，[35]室廬相比。"①今北虜憑凌，時及內境，無力豫營田宅於南山中，奈何？

劈正斧

《南村輟耕錄》云：劈正斧，以蒼水玉碾造，高二尺有奇，廣半之，遍地文藻粲然。天子登極、正旦、天壽節、御大明殿會朝時，則一人執之，立於陛下酒海之前，蓋所以正人不正之意。②近閱周密《志雅堂雜抄》，乃知此物蓋殷玉鉞，宋宣和殿所藏。後歸金，金入於元。

白翎雀

元教坊大曲有《白翎雀》，乃世祖命伶人碩德閭所製。始甚雍容和緩，終則急躁繁促，殊無有餘不盡之意。會稽張憲作歌以咏之曰："真人一統開正朔，馬上鞴鞍手親作。教坊國手碩德閭，傳得開基太平樂。檀槽舒呀鳳凰齣，[36]十四銀鐶挂冰索。摩訶不作兜勒聲，聽奏筵前白翎雀。霜曨曨，風殼殼，白草黃雲日色薄。玲瓏碎玉九天來，亂撒冰花灑氈幕。玉翎琤琤起盤礴，[37]左旋右折入寥廓。崒崔孤高繞羊角，啾喁百鳥紛參錯。須臾力倦忽下躍，萬點寒星墜叢薄。砉然一聲震龍撥，一十四絃暗一抹。[38]駕鵝飛起暮雲平，鷲鳥東來海天闊。黃羊之尾文豹胎，玉液淋漓萬壽杯。九龍殿高紫帳暖，踏歌聲裏歡如雷。白翎雀，樂極哀。節婦死，忠臣摧。八十一年生草萊，鼎湖龍去何時回。"③瓊臺丘學士濬與公卿會飲，坐中搦箏作此曲。因口占一詩，結句云："不堪亡國音猶在，促數繁弦叫白翎。"

---

① 參見《賈氏譚錄》。
② 參見《輟耕錄》卷五《劈正斧》。
③ 參見《玉笥集》卷三《白翎雀》。

按《白翎雀》,即今筝中所彈《海青拿天鵝》者是也。近日又有被之琵琶、胡琴者矣。

厠上作文讀書

左思作《三都賦》,搆思十稔,門庭藩溷,皆著紙筆,遇得一句,即疏之。錢若水坐則讀經史,卧讀小說,上廁讀小詞。宋京走廁必挾書,遠近聞其諷誦。歐陽修云:"思索文字多在三上,謂馬上、枕上、廁上。"

四公固皆勤學,但溷廁褻穢,暫輟可也。

陸玩鄭綮

陸玩拜司空曰:"以我爲三公,天下無人矣。"①鄭綮拜相曰:"歇後鄭五爲宰相,天下事可知矣。"②世有庸才據顯位而揚揚自居,恬不色愧,遂謂天下真皆莫己若者,則又二子之罪人也。

白髮詩

杜牧之詩云:"公道世間惟白髮,貴人頭上不曾饒。"王威寧越翻其意云:"近來白髮無公道,偏向愁人項上生。"亦佳。

耳字事

《管子》:"桓公北伐孤竹,至卑耳之谿。"③梁簡文《船神記》云:"船神名馮耳。"《朝野僉載》云:周永昌中,涪州多虎暴。有一獸似虎而絶大,逐一虎噬殺之。録奏檢《瑞圖》,乃酋耳也。不食生物,有虎暴則殺之。④又虎名李耳,四耳字事,《韻府群玉》耳字下皆不載,知其他遺脱多矣。

---

① 參見《晋書·陸玩傳》。
② 參見《舊唐書·鄭綮傳》。
③ 參見《管子》卷一六《小問第五十一》。
④ 《朝野僉載》原文與此文大意相同,却有差別。此文爲張鷟《耳目記》原文,參見《說郛》卷三二上《耳目記》。

文　正

謚之美者，極於文正。宋朝得此謚者，惟司馬溫公、王沂公、范希文而已。若李昉、王旦，皆謚文貞，後以犯諱，遂呼文正，其實非本謚也。如張文節、夏文莊，始皆欲以文正易名，而朝論迄不可，足見宋議猶公。我朝先烈不愧兹號者，豈無其人？顧李少師東陽獨得此謚，遂與司馬、王、范若是其班，公議若兹，何以厲世？

纛

東漢蔣潛嘗至不其縣，路次林中露一屍，已自臭爛，鳥來食之。輒見一小兒，長三尺，驅鳥，鳥即起，如此非一。潛異之，看見屍頭上著通天犀纛，潛乃拔取。既去，衆見鳥集，無復驅者。潛後以此纛上晉武陵王晞，晞薨，以襯衆僧。王武剛以九萬買之，後落褚太宰處，復以餉齊故丞相豫章王。王薨後，内江夫遂斷以爲釵。每夜，輒見一兒繞床啼叫云："何爲見屠割，天當相報。"江夫惡之，月餘乃亡。梁周捨謂沙門法雲曰："孔子不飲盜泉之水，法師何以捉鍮石香爐？"答曰："檀越既能戴纛，貧道何爲不執鍮？"段公路云："通天犀堪爲釵纛。"世不知纛是何物。

按《南史》：齊高帝見主衣中有玉介導，謂長奢侈之源，命打破之。又褚澄介幘王導。《隋·禮儀志》云：簪，導者。簪所以建髮於冠，導所以擽髮入巾幘之裏。劉孟熙云："導即摘髮之掃。"愚意導當是掠髮之筐，今所謂刷子者也。纛、導音同，定是一物。

【校勘記】

[1] 遥：一作"猶"。
[2] 似：《廣博物志》引《廣志》，作"如"。
[3] 榮：《廣博物志》引《廣志》，作"鬱"。
[4] 《廣博物志》引《廣志》"大"字上有"實"字。
[5] 肉：《廣博物志》引《廣志》，作"實"。

［6］酸甜：《廣博物志》引《廣志》，作"酢"。
［7］至日將中：《廣博物志》引《廣志》，作"夏至日將已時"。
［8］榮：《説略》作"華"。
［9］肉：《説略》作"内"。
［10］《説略》無"歷觀前説"至"荔支也"五十一字。
［11］《説略》"歲貢焉"下無"郵傳疲斃於道極爲生民之患"十二字。
［12］荔：《説略》作"離"。
［13］《説略》"不考也"下無"但云沓荅乃繁夥之稱此則詞人過實之言耳"十八字。
［14］《説略》"京"下有"師"字。
［15］《説略》"武"下無"帝"字。
［16］《説略》無"涪去長安……餘多矣"一百八十五個字。
［17］《説略》無"折"字。參見《説略》卷二七。
［18］此説疑出自明葉子奇《草木子》卷四《談藪篇》，原文所載"梁王"詩完整，疑胡侍只摘録其中一句。案：詩句出自元文宗孛兒只斤・圖帖睦爾《自集慶路入正大統途中偶吟》（參見清顧嗣立《元文選》卷首），而非元梁王，且"兩"文宗原詩作"二"。
［19］宋文及翁：《錢塘遺事》卷四《雪詞》作"陳藏一"。
［20］問：《錢塘遺事》作"論"。
［21］弄、六：《錢塘遺事》分別作"動"、"神"。
［22］只恁施：《錢塘遺事》作"一任張"。
［23］至：《錢塘遺事》作"只"。
［24］挨：《錢塘遺事》作"關"。
［25］紅：《錢塘遺事》作"暖"。
［26］處：《捫虱新話》無此字。
［27］祠：《藝苑雌黄》作"詞"。
［28］復：《藝苑雌黄》作"傷"。
［29］寄：《藝苑雌黄》作"向"。
［30］時：《藝苑雌黄》作"言"。
［31］攬：《花草稡編》卷六《妓行七・小石調》無此字。
［32］目：原作"月"，據《花草稡編》卷五改。
［33］談：據《賈氏譚録》當作"譚"。
［34］世：《賈氏譚録》作"時"。
［35］《賈氏譚録》"故"下有"今"字。
［36］舒呀：《玉笥集》卷三《白翎雀》作"谽呀"。
［37］玎玎：《玉笥集》卷三作"玎珰"。
［38］暗：《玉笥集》卷三作"音"。

墅談卷五

天 鷄

《爾雅》:"螒,天鷄。"郭璞注云:"小蟲,黑身赤頭,一名莎鷄。"①《詩·豳風》"六月莎鷄振羽"是也。② 又曰"樗鷄"。又"鶾,天鷄",郭璞注云:"鶾鷄,赤羽。"③《逸周書》曰:"文鶾若彩鷄。"④成王時,蜀人獻之。《玄中記》:"東南有桃都山,山上有大樹,名曰'桃都枝',相去三千里。上有天鷄,日初出照此木,天鷄即鳴,天下鷄皆隨之。"⑤

右三者非一物,而同名"天鷄"。

鬼假人

《風俗通》云:"張漢直到南陽,從京兆尹延叔堅讀《左氏傳》。行後數月,鬼物持其女弟,言:'我痛死,[1]喪在陌上,常苦飢寒。操一量不借,[2]挂柴後。昔上傅子方送我五百錢,[3]在北墉中,皆忘取之。[4]又李幼一頭牛,本券在書篋中。'[5]往求索之,悉如其言。婦尚不知有此,女新從聟家來,非其所受人哀傷,益以爲審。父母諸弟衰絰到來迎喪,去精舍數里,遇漢直與諸生十餘人相追。漢直顧見其家,怪其如此。家見漢直,謂其鬼也。惝惘良久,漢直乃前爲父拜,説其本末,

---

① 參見《爾雅注疏》卷九《釋蟲第十五》。
② 參見《毛詩正義》卷八《豳風·七月》。
③ 參見《爾雅注疏》卷一〇《釋鳥第十七》。
④ 參見《逸周書》卷七《王會解》。
⑤ 參見《説郛》卷六〇上《玄中記》。

且悲且喜。"①《仇池筆記》云,昔人有遠行者,取金釵藏壁中,忘以語其妻。既行而病且死,而告其僕,已而不死。其妻在家,聞空中聲,真其夫也。曰:吾已死,若不信,金釵在某所。妻果取得之,遂發喪。其後夫歸,反以爲鬼。②

右二事甚相類,然不知何物怪鬼,假托如此,足發一笑。《風俗通》敍事纏綿樸茂,亦自可喜。

江黃人魚

《洽聞記》云:"隆安中,丹徒民陳理於江邊作魚簹。潮出,簹中得一女,長六尺,有容色,無衣裳,水去不動,卧沙中。夜夢云:'我江黃也。昨失路落君簹,潮來今當去。'"③《狙異志》云,待制查道奉使高麗,晚泊一山而止。望見沙中有一婦人,紅裳雙袒,髻鬟亂,肘微有紅鬣。查命水工以篙擔水中,勿令傷。婦人得水,偃仰復身,望查拜手,感舞而没。水工曰:"某在海上,未省此何物。"查曰:"此人魚也。能與人奸處,水族人性。"④

封肉芝

江鄰幾《嘉祐雜志》云:徐縝廷評監廬州稅,河次得一小兒手,無血,懼埋之。案:《白澤圖》所謂"封",食之多力。《神仙感遇記》云:蕭静之掘得一物,類人手,肥潤,烹食之,逾月齒髮再生。一道士云:"肉芝也。"

右二物形狀既同,不知何以別其爲"封"與"肉芝"也。

抹胸裹肚

《建炎以來朝野雜記》云,《乾道邸報》臨安府浙漕司所進成恭后

---

① 參見《風俗通義》卷九"世間多有亡人魄持其家語聲氣所説良是"。
② 參見《仇池筆記》卷上"附語"。按:此載今多見於《東坡志林》卷二"辨附語"。
③ 參見《説郛》卷三二下《洽聞記》。
④ 參見《類説》卷二四《狙異志》。

御衣之目,有粉紅紗抹胸、真紅羅裹肚。① 乃知抹胸、裹肚之製,其來不近。

狐妖

陳後主時,有狐入床下,捕之不見,已而陳亡。宋徽宗政和壬寅,有狐登崇政殿御座,已而北狩。元順帝至正戊申九月,有二狐自端明殿上出,已而元亡。

千字文

劉賓客謂《千字文》乃梁武帝於大王書中揭一千字不重者,每字一片紙,雜碎無序,召周興嗣編次而成。然既云"女慕貞潔",又云"紈扇圓潔",有二"潔"字,焉得不重?

五代史

楊用修云:"歐陽氏《五代史》譽之太過,[6]至云勝於《史記》,此宋人自尊其本朝人物之言,要其實,未也。《史記》自《左氏》而下,未有其比。其所爲獨冠諸史,非特太史公父子筆力,亦由其書會稡《左氏》《國語》《戰國策》《世本》及漢代司馬相如、[7]東方朔輩諸名人文章,以爲楨幹也。《五代史》所載,有是文章乎? 況其筆力亦萎靡不振,不足爲司馬遷家奴。而云'勝之',非欺天罔人而何?"②

余按:陳無己云:"《五代史·周家人傳》:柴后,邢州龍岡人。《世宗紀》:爲堯山人。拓跋思恭、思敬,兄弟也,而誤作一人。"③章如愚曰,《五代史》紀、傳所載,時有不同。梁之殺崔嗣子於京師也,《紀》以爲遣朱友謙,而《傳》以爲遣朱友諒。楊涉之相梁,三仕三已,而歲月所具,紀載實異。至其末年之爲相,但書其罷,而了不知其所入之

---

① 參見《建炎以來朝野雜記》附錄一《建炎以來朝野雜記拾遺》。
② 參見《丹鉛餘錄》卷二五《瑣語類》。
③ 參見《後山集》卷一九《談叢》。

歲月。唐明宗在位七年餘耳，而論贊乃以爲十年。又不爲韓通立傳，劉敉爲第二等文字。① 然則《五代史》在宋人已有譏誚之者矣。

元　史

《元史》最鄙冗不足觀。《列傳》第十八卷有完者都，第二十卷又有完者拔都，名既祇多一字，履歷復不大殊，惟敍述之辭少有詳略耳，當是一人誤而爲二也。前代史書，未有疏謬若此者。

金　史

宋、遼、金三史，金特精錬有法，宋、遼遠不及。

槧

槧，三音，千廉切、七豔切、在敢切。《説文》云："牘樸也。从木，斬聲。"謂始削麤樸也。《論衡》云："斷木爲槧。"《釋名》：漸也。槧版長三尺，言漸漸然長也。《西京雜記》云楊子雲常懷鉛提槧，② 謂以鉛刻於槧，槧以木爲之，可修削，故稱"簡版"爲"槧削"。今人不復用此，然爲烏絲闌者，以鉛刀並界尺畫之，則謂界尺爲槧，或亦可也。

虎　子

《周禮》：玉府掌王之褻器。注謂："清器，虎子之屬。"③《漢書·萬石君傳》注：椷，虎子也。④《西京雜記》云："漢朝以玉爲虎子，以爲便器，使侍中抱之以從。"[8] 又云：李廣鑄銅象虎形，爲溲器，示厭辱之也。⑤ 世謂溺器爲虎子，當自李廣始。

---

① 參見《群書考索》卷一五《正史門·五代史類》。
② 參見《西京雜記》卷三。
③ 參見《周禮注疏》卷六。
④ 《晉書·萬石君傳》注中并未見此文。
⑤ 參見《西京雜記》卷五《金石感偏》。

李文達

楊文貞公士奇於攻己者，目爲輕薄生事，必欲黜之，禁錮終身。李文達公賢譏之，以爲有愧於文潞公之於唐介。及其處羅狀元倫，則與文貞不殊。成化中，大學士某卒，有以詩吊之曰："聞道先生已蓋棺，薤歌聲裏萬人歡。填門客散名猶在，負郭田多死亦安。鹽井已非當日利，冰山無復昔時寒。九原若遇南陽李，爲道羅倫已復官。"嗚呼！李文達豈料後人復以其譏楊文貞者，而反譏之哉。

盜跖篇

《盜跖》篇謂：孔子與柳下季爲友，不聽其言，往説盜跖。盜跖數之，有教子路萢之語。① 按柳下季在魯文公時，齒已不少。子路死於哀公十六年，去文公之卒又百有三十年，計柳下季不在人間久矣，孔子焉得與之爲友？以是益知盜跖之説，蓋《莊子》寓言，若其語之醇疵，不足辨也。

書八行

漢馬融《與竇伯向書》曰：[9]孟陵奴來賜書，見手迹，歡喜何量，次於面也。書雖兩紙，紙八行七字，七八五十六字，百一十二言耳。孟浩然詩云："却喜家書寄八行。"正用其説。今人但謂八句詩，非也。

鼮鼠鼨鼠

竇攸治《爾雅》，舉孝廉，爲郎。世祖與百寮大會靈臺，得鼠，身如豹文。世祖異之，問群臣莫知，惟攸對曰："名鼮鼠。"詔問何以知之，攸曰："見《爾雅》。"詔按視書，如攸言。郭璞以爲終軍，誤。唐盧藏用弟若虛，多才博學，隴西辛怡諫爲職方。有獲異鼠者，豹首虎臆，大如

---

① 參見《莊子·盜跖》。

拳。怡諫以爲貙鼠而賦之,若虛曰:"非也,此《説文》所謂䶅鼠。"《洪武正韻》以爲韋若虛,誤。正統末,姑蘇劉欽謨官虞衡,四川貢諸獸皮,皮中有石虎者,似猫而小,似鼠而大,形全類虎,其色黄而斑黑,正類豹文,劉以爲疑即䶅鼠。

余按:《爾雅》:"䶅鼠。""豹文鼮鼠。"郭璞於"䶅鼠"注云:"未詳。"於"豹文鼮鼠"注云:"鼠文彩如豹者。"而許氏《説文》"䶅"注乃云:"豹文鼠也。"蓋許氏讀《爾雅》,誤以"豹文"屬上句耳,當以竇攸、郭璞爲正。

韋州倉

倉,鼠之家也。獨韋州倉自來無鼠,莫測其故。

獄 鼠

刑部十二獄,鼠多且大,大如猫,白日群走,全不畏人。重囚關三木,卧籠桎中,不能轉側,横遭咀嚼,有致死者。正德十三年,余役提牢,乃獄畜二猫,鼠始不爲害。

按 酒

今呼下酒具爲添換,鄉村人則呼爲按酒,城中人每非笑之。然按酒之名,其來實遠。陸機《草木疏》云:番接余,白莖,以煮酒浸之,[10]脆美可按酒。梅宛陵詩亦多用按酒字。今賜宴有按酒,又有軟按酒。

佛 汗

嘉靖五年五月十九日,豐水東普賢寺,石佛及石羅漢遍體流水。人以爲佛汗,余意當是將雨之徵,即礎潤之義也。

按:魏孝昌三年,洛陽平等寺外,金像遍體皆濕,時號佛汗。永安二年,此像復汗。晉元康三年,殿前六鍾皆出涕,五刻止。周武帝克晉州,齊有石像,汗流濕地。唐乾元二年,渾天儀有液如汗下流。

至德二年,昭陵石馬汗出。余謂並是雨徵,蓋金與石類,皆水之母,是以將雨而其徵先見。

哑麻酒

秦蜀之人醞酒於缶,飲以筒,名哑麻酒,亦曰瑣里麻。

按《石林燕語》云:隴右夷人造啥酒,以荻管吸於瓶中。① 老杜《送從弟亞赴河西判官》詩云"蘆酒還多醉",[11]蓋謂此也。② 以是知哑麻酒其來甚久,秦蜀去西夷爲近,故其法盛傳。

三　絃

人言三絃始自永樂間,內府傳出。按《教坊記》云:人女以容色選入內者,教習琵琶、三絃、箜篌、箏等者,謂之搊彈家。然則三絃之名,唐已有之矣。

未下鹽豉

《世説新語》陸機云:"有千里蓴羹,但未下鹽豉耳。"③觀"但""耳"二字,語意自明。曾三異乃謂"末"字誤書爲"未",而以"末下"爲地名,欲與"千里"對言,是未嘗閲《世説新語》也。蘇東坡詩云:"每憐蓴菜下鹽豉。"又云:"未肯將鹽下蓴菜。"觀此,愈見三異之謬。

躥柳

北方五月五日馳馬射柳,謂之乍柳。不知其始,亦不曉其義。

余按,程氏《演繁露》云:壬辰二月三日,④[12]在金陵預閲李顯忠司馬,最後插柳,[13]環押毬場,軍士馳馬射之。其矢鏃闊於常鏃略可

---

① 此文并不見載於《石林燕語》。此文載於《雞肋編》,原文:"又夷人造啥酒,以荻管吸於瓶中。"
② 參見《雞肋編》卷中。
③ 參見《世説新語·言語第二》。
④ 壬辰:宋孝宗乾道八年(1172)。

寸餘,中輒斷之,[14]名曰䠠柳,其呼䠠若乍聲。① 今呼聲如故,而不知有䠠字。然考韻書,䠠,在亦切,不作乍音。又按《漢書·匈奴傳》:"秋馬肥,大會蹛林。"服虔曰:"蹛,音帶。匈奴秋社,八月中會祭處也。"師古曰:"蹛者,繞林木而祭也,鮮卑之俗,自古相傳。秋天之祭,無林木者,尚豎柳枝,衆騎馳繞,三週乃止。"又《大金國志》云:"重午則射柳祭天。"又《虜廷事實》云:虜人每遇端午、中元、重九三節,擇寬敞之地,多設酒醴、牢饌、餅餌、果實祭於其所,名曰拜天。祭罷,則無貴賤、老幼,能騎射者咸得射柳,中者則金帛賞之,不中者則襛衣以辱之。射柳既罷,則張宴飲,以爲極樂。然則䠠柳之事,遠有所自,其義亦可考矣。

無字碑

唐乾陵西南有大碑,高三十餘尺,螭首龜趺巋然,表裏無一字,莫知所謂。余意當是先立此碑,以難於爲文而止。土突承璀欲立石紀功德,李絳上言請罷之,帝悟,命百牛倒石。此則先立未刻之事也。余嘗至富平金甕山,見唐順宗豐陵前亦有無字碑。土人云:"碑非無字,蓋韜在石中。"此說似亦有理。

肥 遺

《山海經》:太華之山有蛇焉,名曰肥遺,六足四翼,見則天下大旱。郭璞注:"湯時,此蛇見於陽山。"② 今大華西北峰上,有肥遺穴云。《山海經》又謂:渾夕之山有蛇,一首兩身,名曰肥遺,見則其國大旱。③ 又:彭毗之山,肥水出焉,[15]而南流注於牀水,其中多肥遺之蛇。④ 然則此物不獨太華之山有之。又:英山有鳥,其狀如鶉,黃身

---

① 參見《演繁露》卷一三《䠠柳》。
② 參見《山海經》卷二《西山經》。
③ 參見《山海經》卷三《北山經》。
④ 同上。

而赤喙，其名曰肥遺，食之已癘，可以殺蟲。① 此則別是一物，但同名耳。《蜀檮杌》：乾德四年五月，不雨。至九月，林木皆枯，赤地千里，肥遺見紅樓。② 遺亦作蠦。

復姓表啓

唐鄭準爲荆南節度使，成汭從事。汭本姓郭，代爲作《乞歸姓表》云："名非伯越，浮舟難效於陶朱；志在投秦，出境遂稱於張禄。"其後，范文正公以隨母，冒姓朱，名朱説。既登第後，乞還姓表，遂全用之，云："志在投秦，入境遂稱於張禄；名非伯越，乘舟偶效於陶朱。"王銍謂文正雖襲用古人全語，然本實范氏當家故事，非攘切也。③

余按：《蜀檮杌》：翰林學士范禹偁，少隨母改適張氏，因冒姓張。天成中登第，始復姓，上郡守啓亦曰："昔年上第誤標張禄之名，今日故園復作范雎之裔。"④比之文正，尤覺簡切。

織 絲

今所謂注絲當作織絲。

按《禮記·玉藻》云："士不衣織。"注："織，染絲織之。"⑤《周禮·玉府》："文織。"注："畫及繡錦。"⑥《詩》："織文鳥章。"注："紋織。"⑦《書》："厥篚織文。"注："織而有文，錦綺之屬也。"⑧《集韻》或作䋛。《釋文》："織，音志。"織訛爲注，聲之近也。或又作紵絲。紵，丈吕切，屬上聲，去織音爲遠，當又是注之訛耳。按《説文》：紵，榮屬。《詩》：

---

① 參見《山海經》卷二《西山經》。
② 參見《蜀檮杌》卷上。
③ 參見《四六話》卷上。
④ 參見《蜀檮杌》卷下。
⑤ 參見《禮記正義》卷二九《玉藻第十三》。
⑥ 參見《周禮注疏》卷六《玉府》。
⑦ 參見《毛詩正義》卷一〇《小雅·六月》。
⑧ 參見《尚書正義》卷六《禹貢》。

"可以漚紵,"注疏:"紵亦麻。"①《周禮·典枲》:"纑紵。"注:"白而細。"疏曰"紵",②於義了無所取。

毲 子

西域毛布俗謂之毲子。毲,音模,韻書所無,蓋俗字也,當是毛音之訛。按《高齋漫錄》云:京師俗語,謂毛爲模。③ 今關西人猶然。

渾不似

渾不似制如琵琶,直頸無品,有小槽,圓腹如半瓶,槾以皮爲面,四絃皮絣,同一孤柱。相傳謂王昭君琵琶壞,使胡人重造,造而其形小,昭君嘆曰"渾不似",遂以名。《元史》以爲"火不思",今人以爲"胡撥四",皆相傳之訛。

太 歲

《廣異記》云:"晁良正性剛,不怖鬼,每年常掘太歲。地掘後,忽見一肉物,[16]良正打之三日,送於河,其夜使人視之。三更後,車馬甚衆,來至肉所,[17]問:'太歲何故受此屈辱,不讎報之。'太歲曰:'彼正榮盛,無奈之何。'暨明,失所在。"④《傳載》云:"董表儀家在河沙塘東,[18]嘗欲撤屋掘土,陰陽人云:'太歲居此方,不可興工。'既而掘深三尺許,得肉塊,漫漫然。董惡之,投諸河,訖亦無禍。"[19]

右二説不知信否,然太歲不能禍人,而反自掇其禍,是可笑也。

埋懷村

馬燧討李懷光,自太原引兵,至寶鼎下營,問其地名,曰"埋懷

---

① 參見《毛詩正義》卷七《東門之池》。
② 參見《周禮述疏》卷八《典枲》。
③ 此文并不見載於《高齋漫錄》。
④ 參見《説郛》卷一一八上《廣異記·太歲地》。

村"。燧甚喜,果敗懷光。此與彭亡、邢公阤、殺金平、殺胡林事皆相類,殆不偶然。

九龍廟

《嬾真子録》云:"同州澄城縣有九龍廟,然只一妃,[20]土人謂馮瀛王之女也。[21]夏縣司馬才仲戲題詩曰:'身既事十主,女亦妃九龍。'過客讀之,無不一笑。"①今澄城無此廟,而同州東南十餘里有九龍廟,在九龍泉北,謂澄城者恐誤。然《州志》云:"元達魯花赤亞哥以大旱禱於廟,云:'若得甘雨,某有女,願給使役。'語畢,甘雨大降,卒有人報云:'女得暴病死矣。'乃於廟後作一室而貌其像焉。"又按《師友談記》云:"郭子儀鎮河中日,河甚爲患。子儀禱河伯曰:'水患止,當以女奉妻。'已而河復故道,其女一日無疾而卒,子儀以其骨塑之於廟。"②

余按,河中去同州亦甚近,當是一事,而誤其地與人耳。

護領

護領,蓋著領以承汗者,古謂之領巾。宋明節劉后遺祝,在領巾上蠅頭細字,是也。以爲唐製,或然。唐詩有云:"白布長衫紫領巾。"③又云:"火鼠重燒布,冰蠶獨繭絲。直須天下手,裁作領巾披。"④[22]

【校勘記】

[1]痛:《風俗通義》卷九作"病"。
[2]操一量:《風俗通義》卷九作"有一兩"。
[3]上:《風俗通義》卷九作"友"。
[4]望:《風俗通義》卷九作"亡"。

---

① 參見《嬾真子録校釋》卷一。
② 參見《師友談記》。
③ 參見《全唐詩》卷三四三韓愈《遊城南十六首·賽神》。
④ 參見《全唐詩》卷七〇一王貞白《寄鄭谷》。

[5]本:《風俗通義》卷九作"文"。
[6]《丹鉛餘錄》卷一二"太過"下有"其實"二字。
[7]粹:《丹鉛餘錄》卷一二作"輯"。
[8]抱:《西京雜記》卷四《玉虎子》作"執"。"之"下有"行幸"二字。
[9]向:原作"尚",竇章:字伯向,"尚"字誤,據《藝文類聚》卷三一《與竇伯向書》改。
[10]薋:《毛詩草木鳥獸魚蟲疏》作"苦"。
[11]還多:《雞肋編》此二字互乙。
[12]二:《演繁露》卷一三作"三"。
[13]插:《演繁露》卷一三作"折"。
[14]中輒斷之:《演繁露》卷一三作"中之輒斷"。
[15]肥:此字原漫漶不清,據《山海經》卷三補。
[16]肉:《說郛》卷一一八上《廣異記·太歲地》作"白"。
[17]肉:《說郛》卷一一八上《廣異記·太歲地》作"河"。
[18]河沙:《說郛》卷三二《傳載略》作"江河"。
[19]訖:《說郛》卷三二《傳載略》作"後"。
[20]《嬾真子錄校釋》"妃"下有"耳"字。
[21]謂:《嬾真子錄校釋》卷一作"云"。
[22]燒、獨、下:《全唐詩》卷七〇一分別作"收""乍""上"。

墅談卷六

乾龍

潞州清源王府,有乾龍,長尺許,鱗鬣儼然。按《春渚紀聞》云,蕭江從狄殿前破蠻洞得一龍,[1]長尺餘,云是鹽龍,蠻人所豢也。藉以銀盤,中置玉盂,以玉筯摭海鹽飲之。每鱗中出鹽則收取,用酒送一錢匕,專主興陽。後因蔡元度就其體舐鹽而龍死,其家以鹽封其遺體,三數日用,亦大有力。後此龍歸蔡元長家。① 余意清源府所有或是鹽龍,否則蜥蜴守宮之類耳。

殺惡僕

張乖崖布衣日,客長安於邸,聞鄰家聚哭甚悲,訊之其家,無他故。乖崖詣其主人,力叩之,主人遂以實告曰:"某在官,失不自慎,嘗私用官錢,爲家僕所持,欲娶長女,拒之則畏禍,從之則女子失身。約在朝夕,所以舉家悲泣也。"乖崖明日至門首,候其僕出,即曰:"我白汝主人,假汝至一親家。"僕遲遲,強之而去。出城,使導前,至崖間,即疏其罪。僕倉皇間,以刃揮崖中,歸告其鄰曰:"盛僕已不復來矣,速歸汝鄉,後當謹於事也。"

柳仲塗赴舉時,宿驛中,夜聞婦人私哭,其聲婉而哀。曉起詢之,乃同驛臨淮令之女。令在任,恣貪墨,委一僕主獻納及代還,爲僕所持,逼其女爲室,令度勢難拒,因許之,女故哭。柳素負義,往見令,詰

---

① 參見《春渚紀聞》卷四《雜記·鹽龍》。

其實,令不能諱,悉告柳。柳忿怒曰:"願假此僕一日,爲子除害。"僕至柳室,即令往市酒果鹽梅等物。俟夜闌,呼僕入,叱問曰:"脅主人女爲婦,是汝邪?"即奮匕首殺而烹之。翌日召令及同舍飲云:"共食衛肉。"飲散亟行。令往追謝,問僕安在?柳曰:"適間共食者,乃其肉也。"

右二事絶相類,可置諸豪俠傳中。而柳爲尤烈,且足爲貪吏戒。

寒 具

寒具之名,其來甚遠。《周禮・籩人》:"朝事之籩。"注云:"清朝未食,先進寒具口實之籩。"① 桓玄嘗以書畫聚人觀之,有食寒具者,不濯手,執書畫污之,自是不設寒具。《齊民要術》云:寒具,一名環餅。② 《酉陽雜俎》:"伊尹干湯"之言有寒具。[2] 劉禹錫《嘉話》有寒具。③ 詩云:纖手搓來玉數尋,碧油煎出嫩黃深。夜來春睡無輕重,壓褊佳人纏臂金。④ 宋材洪謂:寒具,即《楚辭》之粔籹。吴坰《五總志》謂是今之饊子。[3]

行 馬

行馬,一名拒馬。《三國志》:魏文帝拜楊彪光禄大夫,令門施行馬。注云:魏晉之制,三公及位從公,門施行馬。陳後主時,蕭摩訶以功授侍中,詔摩訶開閣,門施行馬。唐李商隱詩云:"郎君官貴施行馬。"⑤ 鮑防詩云:"柴門豈斷施行馬。"⑥ 宋程大昌云:行馬者,一木橫中,兩木互穿,以成四角,施之於門,以爲禁約,《周禮》謂之梐枑,今官

---

① 參見《周禮注疏》卷五《天官冢宰下》。
② 參見《齊民要術》卷九《餅法第八十二》。
③ 參見《劉賓客嘉話錄・寒具》。
④ 參見《全宋詩》卷八三二蘇軾《戲詠饊子贈鄰嫗》。
⑤ 參見《全唐詩》卷五四一李商隱《九日》。
⑥ 參見《全唐詩》卷四八七鮑防(一作鮑溶)《送薛補闕入朝》。

府前义子也。① 余按：今制，不論崇卑，衙門前皆施之，呼爲鹿角义子，"义"讀作"乍"音。

鄭恒墓志

近内黄野中掘得鄭恒墓志，乃給事郎秦貫撰。其敍恒妻，則博陵崔氏，世遂以崔爲鶯鶯。

余按：《會真記》：雖謂鶯鶯委身於人，而不著名氏。鄭恒之名，特始見於《西廂傳奇》，蓋烏有之辭也。世以墓志之名偶與烏有之辭合，而鄭恒之配又偶與鶯鶯之氏同，遂以墓志之崔爲鶯鶯，誤也。況《會真記》止云"崔氏孀婦，將歸長安"，不言博陵，又無緣葬在内黄。且墓志之崔，以大中九年正月十七日病終，享年七十有六。遡其生，當在德宗建中元年庚申。若鶯鶯之生，《會真記》以爲甲子歲，乃興元元年，少庚申四歲。墓志屬纊之期，蓋得於鄭氏家狀。《會真記》設悦之歲，蓋得於鶯母自言，并不應少誤。鄭恒之配，殆別一崔氏也。

原州鎮戎

平涼府鎮原縣，在後魏及隋唐皆爲原州，在宋爲鎮戎軍，在金爲鎮戎州。今以固原州爲古原州鎮戎千户所，爲古鎮戎軍者，謬也。

按固原州舊無建置，乃開城縣北境地。開城縣，古所謂朝那、平高、開遠、開成，皆其處也。成化三年，縣爲虜破，乃北徙四十里，城今城。成化五年，設固原衛於中。弘治十五年，始陞縣爲固原州，鎮戎千户所則成化初年創置。或以爲葫蘆河州者，亦非。

宣奏

《老學菴筆記》云：蘇子容詩"起草才多封卷速，把麻人衆引聲長"，蘇子由詩"明日白麻傳好語，曼聲微繞殿中央"，蓋昔時宣制，皆

---

① 參見《演繁露》卷一《行馬》。

曼延其聲，如歌咏之狀。①[4]今鴻臚通政宣奏，尚皆引聲曼延，實故事也。

梵　宇

唐會昌中，毀招提蘭若四萬餘區。宋嘉祐中，天下三萬九千寺。今天下梵宇，吾不知其數，即京師一處，已不下三千。杜牧之所謂"南朝四百八十寺"者，②未足多也。且皆結構連雲，窮極華煥。遊手無良之輩，其麗不億，錦衣玉食於中，依倚城社，窟盜穿淫，靡敢究詰。慶壽、海印、隆福、報國、功德、香山、平坡、碧雲、迎恩、圓弘等，則其尤也。近聞慶壽、海印、功德、圓弘皆已拆廢，又令天下拆毀寺院，蓋超卓之舉也。而有司怵於禍福，樂於因循，不肯奉行。安得狄懷英、韓退之者，盡火其廬，人其人，以蘇民窮，以恩淫盜。

李太白

李太白賦《清平調》，明皇三命白官，因高力士指摘飛燕之事，以激怒貴妃，卒爲所捍而止。

余意太白疏狂，乘酣飛筆，未必有意。高力士萋菲之言，不足深信，及詳其詞，則所謂雲雨巫山，實含深諷。而飛燕之事，又嘗於宮中行樂詞一再及之。太真爲唐禍水，正與飛燕同，而明皇不悟。二詞皆承詔之作，故皆寓意茲事。且復丁寧言之，冀其吟咏之餘，惕然警省，則國風諷諫之道也。顧以拳拳忠愛之念，翻爲小人讒譖之資，非獨太白之不幸也。世徒稱杜子美一飯不忘君，而知太白者鮮，余因及此。

宣　勸

蘇東坡《和王晉卿館伴高麗》詩云："宣勸不辭金盌側。"又《和蔣

---

① 參見《老學菴筆記》卷一〇。
② 參見《全唐詩》卷五二二杜牧《江南春》。

穎叔端門觀燈》詩云："十分宣勸恐難勝。"又《次王仲至喜雪御筵韻》云："宣勸不多心自醉。"①宣勸，蓋御筵賜酒之名。今御筵賜酒，則有旨再三云："官人每飲酒。"又云："官人每酒滿著。"鴻臚官承旨，傳而宣之，乃知其制相沿已久。

攢盒

郊壇遣內臣以攢盒分賜近臣，惟閣老及鴻臚寺、錦衣衛堂官有之。盒中雜貯各色甜食珍果，所識者有糖霜、牛皮糖，他多不能名狀，云出自內庖。余曾兩拜茲賜，每賜則盒二枚。

賜筵食品

賜筵食品，有寶粧茶食、矞糖纏椀、大銀錠、小銀錠、大饅頭、小饅頭、肉湯、粉湯、像生小花、果子、油酥、花頭鴛鴦飯、馬牛猪羊肉飯、棒子骨、羊背皮黑白餅、甘露餅、大油餅、小點心、鳳鷄、鳳鴨、燒煠、按酒、果菜魚鮓、煠魚、雲子麻葉、笑靨米糕、軟按酒等。

聖節則有壽麪，立春則有春餅，元宵則有圓子，四月八則有不落莢、涼糕，端午則有糕粽子，重陽則有菊糕，臘八則有臘麪。僧人則用素。

肚裏淚下

俗云肚裏淚下，亦有所自。宋高宗欲立德妃吳氏為后，以太后遠在沙漠，不敢舉行。嘗語吳曰："極知汝相同勞苦，反與後進者齒，朕甚有愧。俟姐姐歸爾，其選正。"吳再拜，對曰："大姐姐遠處北方，臣妾缺於定省，每遇天日清美，侍上宴集，才一思之，肚裏淚下，臣妾誠夢不到此。"②

① 以上三詩參見《蘇軾詩集》卷三六。
② 參見《四朝聞見錄》卷二乙集《憲聖不妒忌之行》。

蝭蝦蟇

蝭與蝦蟇不同。《本草》：蝦蟇有毒。① 陶隱居云：腹大，皮上多痱磊，[5]其皮汁甚有毒，犬銜之，[6]口皆腫。[7]蝭無毒。《圖經》曰："似蝦蟇，背青綠色，俗謂之青蛙。亦有背作黃文者，謂之金綫蝭。"② 陶隱居云：大腹而脊青者，俗名土鴨，其鳴甚壯，即《爾雅》所謂在水曰黽者是也。又一種黑色者，南人名爲蛤子，食至美，即所謂水雞是也。閩、蜀、浙東人以爲珍饌。《漢書》：武帝欲除上林苑，東方朔諫曰："土宜薑芋，水多蝭魚，貧者得以人給家足，無饑寒之憂。"③ 顏師古注云："蝭，即蛙，似蝦蟇而小，長腳。蓋人亦取食之。"霍山曰："丞相擅減宗廟羔、菟、蝭。"師古曰："羔、菟、蝭，所以供祭也。"蓋古時祭宗廟、給食貨皆用蝭矣。

韓退之乃有《答柳柳州食蝦蟇》詩云：余初不下喉，近亦能稍稍。嘗懼染蠻夷，平生性不樂。④ 當是誤以蝭爲蝦蟇耳。蝦蟇，即今所謂賴黑麻，豈可下喉哉。若夫蝭，則關中人固嘗食之，不獨蠻夷爲然，韓公偶未之考也。

墓祭

《周禮》有冢人之官，凡祭於墓爲屍。孰謂古不墓祭？子路去魯，謂顏淵曰："何以贈我？"曰："吾聞之也，去國則哭於墓而後行，反其國不哭，展墓而入。"夫墓也者，親之體魄藏焉，故宜致其重也。祭之，非過也。

男生子

正德末，蘇州男子孔方孕而生子。邸報四傳，靡不駭笑，蘇人至

---

① 參見《證類本草》卷二二。
② 同上。
③ 參見《漢書》卷六五《東方朔傳》。
④ 參見《全唐詩》卷三四一。

今每羞言之。是知宋宣和間都城賣青果男子誕子之事，的不虛矣。

酒　泉

《禮運》："地出醴泉。"注："王者政平，醴泉湧出。"①《十洲記》：瀛洲有玉膏山，出泉如酒味，名爲玉酒。飲數升輒醉，令人長生。② 應劭《漢官儀》曰："酒泉城下有金泉，泉味如酒，故曰酒泉。"③《述異記》：海上十洲，一曰瀛洲，上有青丘翠水，地生玉酒，飲之長生。④《白孔六帖》：南昌國有酒山，山有泉，其味如酒，飲之甚美，醉則經月不醒。⑤《方輿記》曰：漢宣帝聞谷口縣泉味如酒，故以醴泉名縣。《醴泉縣志》：泉在縣東南三十里，周圍數十步，深不可測。《圖經》曰：醴泉在扶風鄉。唐貞觀中復湧出，其味如醴，飲之可以愈疾。又漢光武中元元年、明帝永平十一年、隋文帝開皇二年、唐天寶三年、宋大中祥符元年、熙寧元年、政和五年並有醴泉出。

松化石

河南新安縣西缺門山王喬澗有二枯松，欹倒洞上，以手捫之，則皆石也。其一復產枝葉，碑言昔神仙大丹成，土木皆化爲石。余始不信，後閱《白孔六帖》及《大明一統志》，乃知此不足怪。《帖》云：回紇有川，曰康干河，斷松投之，三年輒化爲石，色蒼緻然，節理猶在，世謂"康干石"。⑥《志》云：金華府永康縣延真觀前，唐建中間，道士馬自然指庭松曰："此松已三千年，當化爲石。"至夕大風雨，其松果化。近觀山中松，往往皆爲石。刺史楊發舁兩石入郡齋，又以其二置龍興

---

① 參見《禮記正義》卷三一《禮運》。
② 參見《海內十洲記》。
③ 參見《藝文類聚》卷九《水部下·泉》。
④ 《述異記》并不見相關記載。
⑤ 參見《白孔六帖》卷一五。
⑥ 參見《白孔六帖》卷一〇〇。

寺，石鱗皺宛然，蒼皮黛色云。①

石　魚

《酉陽雜俎》云："湘鄉縣有石魚山，石色黑，[8]理若生雌黄。開發一重，輒有魚形，鱗鬐首尾有若畫，長數寸，燒之作魚腥。"②今汧陽縣西四十里魚隴有石，析之，中亦作鰍鯽形，鱗鬣宛然如畫，可辟衣蠹。余累親見。

泉　異

壽川有咄泉，人至其傍，大叫則大湧，小叫則小湧，咄之則湧彌甚。茅山有喜客泉，客至則湧出。又有撫掌泉，聞擊掌之聲則湧沸。無爲州有笑泉湧出石底，人有笑聲，泉益滾沸。西寧衞有泉，聞人足音即沸。

蝨處褌中

阮籍《大人先生傳》云：君子之處域内，何異夫蝨之處褌中乎！

余按，王充《論衡》云：人在天地之間，如蚤蝨在衣裳之内。然則阮語非杜撰也。

麻　胡

《遁齋閑覽》云：今人呼麻胡以怖小兒，其説有二。一謂石虎，以麻秋爲帥。秋，胡人，暴戾好殺，國人畏之。有兒啼，母輒恐之曰："麻胡來。"啼聲即止。二謂煬帝將幸江都，令麻胡濬河，虐用其民。每以木鵝爲試，鵝流不迅，謂濬河不忠，皆抵死。百姓惴慄，常呼其名以恐小兒。小兒夜啼不止，呼麻胡來，應時止。

余按：《楊文公談苑》云："馮暉爲靈武節度使，有威名，羌戎畏

---

① 參見《明一統志》卷四二《金華府》。
② 參見《酉陽雜俎》卷一〇。

服，[9]號‘麻胡’，以其面有黶文也。"①是有三麻胡矣。

障泥乾

障泥乾亦曰障泥，馬韉也，韉俗作鞊。晉王濟乘馬不肯渡水，曰："必是惜障泥乾。"令解去之，乃渡。《酉陽雜俎》云："貞元中，有一將軍家出飯食，每說物無不堪吃，惟在火候，善均五味。嘗取敗障泥、胡録修理食之，[10]其味極佳。"②李太白詩"臨流不肯渡，似惜錦障泥"，③正用王濟事。

石中像

少林寺石壁中，有天生達摩像如畫。說者謂達摩面壁九年，精專之極，故神能貫堅如此。然《夷堅續志》云：永州蘇山多石人，取以水淋之，鋸破，其像有觀音、彌勒、寒山、拾得。④又《太平寰宇記》云："分水縣覺道山上，昔有二人入山得道，不知所終。石壁留二人影，如道士狀，晴日視之宛然。"又《宋學士文集》云：洪武元年九月朔，吳興林靜因厰地獲石，類鳧卵，圓且煦。滌而視之，玄武神，黃帕首，按劍坐雲中，龜蛇在下，衣袂翩翩，如淡金色。背文外爲墨緣，其內正白。別有墨龜昂首行，蛇絡之。天曆中，有官於麗水者曰："韓氏亦獲玄石，石文有梓潼神，戴席帽，乘白騾，揚鞭而行，一蒼頭後從。"⑤即茲數者，足見造化生物不測之妙，難以常見度。

塔　影

寧夏承天寺塔甚偉麗。有僧房在塔之南廊，而北壁上有小塔影，宛然倒垂。近年乃又移在東廊，殊不可測。

---

① 參見《說郛》卷一六下《楊文公談苑·麻胡》。
② 參見《酉陽雜俎》卷七。
③ 參見《全唐詩》卷一六五李白《紫騮馬》。
④ 參見《湖海新聞夷堅續志》補遺《物異門·蘇山石像》。
⑤ 參見《文憲集》卷四《記·玄武石記》。

余按：《桯史》云：泗州僧伽塔院有塔影，一日見於城中民家，泗固無塔，而影儼然在地。① 《南村輟耕錄》云：松江城中有四塔，夏監運家乃在四塔之東，而小室內時有塔影，長五寸許，倒懸西壁上。② 《夷堅續志》云：南雄延祥寺有三塔影，其影不以陰晴現於壁間，一影倒懸，二影向上。如科舉之年現廳堂，主登科，若現於房室側屋則凶。③

右並奇異，而松江者與寧夏頗類。

天魔舞

元朝宴樂之舞有説法隊，凡十餘隊。其次七隊，樂工十六人，冠五福冠，服錦繡衣，龍笛六，觱栗六，杖鼓四，與前一隊大樂，合奏《金字西番經》之曲。次八隊，婦女二十人，冠珠子菩薩冠，服銷金黃衣，纓絡佩綬，執金浮屠，曰傘蓋，舞唱前曲，與樂聲相和。次九隊，婦女二十人，冠金翠菩薩冠，服銷金紅衣，執寶蓋舞唱，與前隊相和。後順帝以宮女三聖奴、妙樂奴、文殊奴等一十六人按舞，名爲十六天魔，首戴象牙佛冠，身被纓絡大紅銷金裙、金雜襖、雲肩合袖天衣，綬帶鞋韈，各執加巴剌般之器。今俗所謂觀音舞蓋其遺法，一二人亦可爲之。其曲則《金字經》，後繼以十六天魔，中有哈哈吽唵嘛吽等語，想亦當時遺音也。

緯蕭

陸龜蒙《蟹志》云：漁者緯蕭承其流而障之，名曰蟹斷。④[11] 陶九成《南村輟耕錄》以爲"緯蕭"二字尤奇。⑤

余按，《莊子》已云：河上翁家貧，緯蕭而食。⑥ 《蟹志》不足奇也。

---

① 參見《桯史》卷一四《泗州塔院》。
② 參見《輟耕錄》卷一五《塔影入屋》。
③ 參見《湖海新聞夷堅續志》前集卷一《符讖門·塔現三影》。
④ 參見《蟹略》卷四《蟹志》。
⑤ 參見《輟耕錄》卷八《蟹斷》。
⑥ 參見《莊子·列御寇》。

久 任

　　漢之守令多久任，至長子孫，或十餘年，或二十餘年。我朝永樂、宣德、正統間，法令近古，其最久者，若陝西鳳翔知府扈遲至三十年，寧州知州劉綱至三十二年，然後去。故是時官無苟且之政，民鮮送故迎新之費，吏絕因緣盜匿之奸，上安下恬，太平之極。扈，真定元氏人；劉，河南鈞州人。廉平之政，人到於今稱之。

【校勘記】

［1］江：《春渚紀聞》卷四作"注"。
［2］此處當爲胡侍誤引，《酉陽雜俎·前集》卷七"伊尹干湯"條無"寒具"之載。原文爲："伊尹干湯，言天子可具三群之蟲，謂水居者腥，肉攫者臊，草食者羶也。"
［3］坰：原作"綱"，據《四庫全書》本《五總志》改。
［4］之：《老學菴筆記》卷一〇作"人"。
［5］磊：《證類本草》卷二二作"藏"。
［6］銜：《證類本草》卷二二作"齒"。
［7］皆：《證類本草》卷二二作"背"。
［8］《酉陽雜俎》"石"上有"山"字。
［9］戎：《說郛》卷一六下《楊文公談苑》作"人"。
［10］錄：《酉陽雜俎》卷七作"盎"，一曰鹿。
［11］蟹：《蟹略》卷四無此字。

真珠船序

　　王徽之有云："觀書每得一義，如得一真珠船。"余每開卷有得，及他值異聞，輒喜而筆之。日摰月擷，間參獨照，時序忽忽，爰就茲編，遂總謚曰"真珠船"。雖非探之龍頷，頗均剖之蚌腹，概於博弈良已勤矣。顧井見不廣，疵類實繁，魚目混陳，貽笑蜑子，采而擇之，尚仰賴於朱仲云爾。

　　嘉靖戊申八月之望，關西蒙谿山人胡侍自序。

真珠船卷一

説築傅巖

《説命》曰："説築傅巖之野。"孔氏傳云：傅氏之巖，有澗水壞道，常使胥靡刑人築護此道，説賢而隱，代胥靡築之，以供食。① 至蔡氏不從其説，乃云："築，居也。今言所居猶謂之卜築。"②

余按：孔子語子路云："傅説負壤土，釋板築，[1]而立佐天子。"③《孟子》云："傅説舉於板築之間。"[2]《莊子》云：傅説胥靡。④《墨子》云：傅説被褐帶索，庸築傅巖。屈原《離騷》云："説操築於傅巖。"⑤賈誼《鵩賦》云："傅説胥靡兮，乃相武丁。"⑥班固《公孫弘贊》云："版築飯牛之朋。"⑦崔駰《達旨》云："役夫發夢於王公。"⑧張衡《應問》云："委市築而據文軒。"[3]夏侯湛《抵疑》云："傅説操築以痊主。"⑨羊祜《讓開府表》云："有遺德於版築之下。"⑩郭璞《三蒼解詁》云："板，牆上下板。築，杵頭鐵沓也。"王子年《拾遺》云：傅説賃爲赭衣，舂於深岩以自給。⑪

---

① 參見《尚書正義》卷九《商書·説命上》。
② 參見《書經集傳》卷三。
③ 參見《孔子集語》卷下。
④ 參見《莊子·大宗師》。原文："傅説得之，以相武丁。"
⑤ 參見《楚辭·離騷》。
⑥ 參見《六臣注文選》卷一三《鵩鳥賦》。
⑦ 參見《漢書》卷五八《公孫弘》。
⑧ 參見《文選補遺》卷二五《達旨》。
⑨ 參見《晉書》卷五五《夏侯湛》。
⑩ 參見《六臣注文選》卷三七《讓開府表》。
⑪ 參見《拾遺記》卷二《殷湯》。

蕭綺《序録》云："傅説去其舂築，釋彼傭賃，應翹旌而來相。"①沈約《恩倖傳論》云：板築賤役也，傅説去爲殷相。②

右諸説皆遠出蔡氏前，並同《孔傳》，且孔、孟、莊、墨去殷皆未大遠，言必有據，不知蔡氏何所見而不之從也。

涇屬渭汭

《禹貢》："涇屬渭汭。"③《蔡傳》謂：涇、渭、汭三者，皆水名。而汭入於涇。④鄒季友《尚書音釋》云：涇水先會汭水，後入渭水。則經當言涇屬汭渭，不當先渭而後汭，況下文即有渭、汭字，不可異釋，當從《孔傳》"水北曰汭"。⑤黃東發《日抄》云：古注謂水内爲汭，"若如古說涇入於渭水之内，而'漆、沮既從，灃水攸同'，皆主渭言之，文意俱協。若以汭爲一水而入涇，則涇屬渭、汭者，是涇既入渭，汭又入涇。下文'漆、沮之從，灃水之同'，孰從孰同？《邪兼經》云：[4]'涇屬於渭。'而乃云：'汭入於涇。'文恐相反。又下文'會於渭汭'，若二水則不以會言矣，恐渭、汭合依古説。⑥[5]《職方氏》'其川涇汭'，易氏解云：'汭非《禹貢》之汭，《禹貢》言汭皆水内。此川名。'"

余按：蔡氏解《堯典》"嬀汭"云："《爾雅》曰：水北曰汭。亦小水入大水之名，蓋兩水合流之内也，故從水從内。"⑦又解"東過洛汭"云："洛水交流之内。"⑧今却自背其説，當爲《職方氏》所誤，而未睹易氏之解耳。況導渭之下，止言"灃、涇、漆、沮"，絶不及汭，足見蔡氏之失。

---

① 參見《拾遺記》卷二《殷湯》。
② 參見《稗編》卷九三《宋恩倖傳論》。
③ 參見《尚書正義》卷六《禹貢》。
④ 參見《書經集傳》卷二。
⑤ 參見《尚書正義》卷六《禹貢》。
⑥ 參見《黃氏日抄》卷五《讀尚書》。
⑦ 參見《書經集傳》卷一。
⑧ 參見《書經集傳》卷二。

四 岳

《堯典》:"咨！四岳。"《蔡傳》云:四岳,官名,一人而總四方諸侯之事。《舜典》:"乃日覲四岳。"《蔡傳》云:"四岳,四方之諸侯。"① 二解不同,未詳孰是。

余意謂四方諸侯者爲得,蓋言日覲,則既非專指一人。而俾乂洪水及巽位,又皆極大事,亦不應獨咨一人而決,況言下即有"僉曰"。師錫之對,獨咨一人,而眾人同辭越對,恐無是理。

牛 蠶

牛、蠶並有大功於人,而皆不免於鼎鑊。余聞錫蘭國不食牛肉,止食其乳,牛死即埋之。私宰者罪死,或輸金如牛首以贖罪。又于闐國不殺蠶蛾,飛盡,乃得治繭。彼其牛、蠶,顧獨何幸也。

年號犯古

宋太祖將改元,諭宰相曰:"年號須擇前代所未有者。"乃建號"乾德"。既而聞竇儀之言,始知蜀主王衍嘗有此號,遂發"宰相須用讀書人"之嘆。然國朝"永樂"之號,實有犯於張遇賢及方臘;而"天順"則楊安兒及阿速吉八亦並稱之;"正德"之名,又與雲南段思廉及夏主乾順所建者適同。或者其以僭偽之稱,不足算乎？抑偶未之考也。

奉承御史

弘治甲子,② 山東鄉舉,某御史監試,偶閱一卷,顧左右曰:"此卷雖佳,但文體頗古,恐不利會試耳。"某布政侍坐,輒起拱手曰:"實是忒古。"御史訝曰:"公初未嘗閱此卷,何以知其古？"布政惶

---

① 參見《書經集傳》卷一。
② 甲子:明弘治十九年(1504)。

恐，對曰："大人説他古，必定是忒古了。"御史爲之啓齒，左右無不匿笑。

陰譴

臨潼殷富之弟貴，素不弟。嘉靖初，死三日復生，氣息猶惙惙，輒匍匐向富叩頭曰："弟自今再不敢慢兄矣。"富訝問故，貴曰，始貴病革，被二卒絏之，赴城隍廟。及門，見東街某秀才，枷項立門側，執簿唱名以進群罪人。及貴，乃訝曰："汝亦至此邪？"咨嗟頓足。久之，頤貴入，已而陞陞。卒捽貴令跪，貴不敢仰視。俄聞殿上厲聲曰："汝何得慢汝兄？罪合杖百。"當有數獰鬼捽貴下陛，蓋將杖之墀中，貴不勝惶懼，挨首向殿上大呼曰："貴愚蒙不知禮法，請自今改過，再不敢慢兄。"即聞殿上召貴還曰："汝果能改，姑免汝杖。"遂縱貴令歸。及墀中，則見北街鄭優一家，皆遭拷掠，備極慘毒。又以鐵鈎鈎其家長脊筋，挂樹枝上，痛楚之聲，所不忍聞。趨至門，則某秀才迎貴喜曰："汝有何功德，乃得復歸，幸甚幸甚。吾有小事浼汝，吾生時曾以白金三兩，著不借中，埋寢榻下，汝可召吾子令發取，少濟貧乏。吾以盜食丁祭肉，被枷，已將三年，不久限滿，幸無他大過，當轉生，令吾子及妻，勿憂念也。"言訖，啜泣，殷勤揖貴，令亟返。貴方趨走迷途，一跌而寤，不意復得見兄。因召秀才子語之故，果如言得白金。亡何，鄭優闔門皆疫死，而其家長獨以背疽云。

殷富及邑人賀郡丞説。

掘塹

隋文帝開皇間，突厥啓民，歸男女萬餘。長孫晟奏請徙五原，以河爲固，於夏勝之間，東西至河，南北四百里，掘爲橫塹，令處其內，使得畜牧。王司馬瓊謂古亦掘塹，見於此。

余按：塹亦作壍，亦作漸。《秦紀》：始皇通自九原至雲陽，因邊山險，壍谿谷。又壍山堙谷，千八百里。又壍河旁。《漢高紀》："深壍而守。"①[6]《晁錯傳》:"高城深塹。"②《相如傳》:"隤牆填壍。"③《陳湯傳》:"穿壍。"④《趙充國傳》:"壍壘木樵。"⑤潘岳《馬汧督誄》:"剗以長壍。"[7]劉良注:"剗,掘也。"⑥《梁書·韋叡傳》:"夜掘長塹。"⑦掘塹之事,不始見於隋也。

隴上異獸

唐長慶二年五月,有自吐蕃至者,稱隴上自去歲以來,出異獸如猴,而腰尾皆長,色青,迅猛。見蕃人即捕而食之,遇漢人則否。方今閫外乏材,安得此獸數千,分布九邊,以禦獯鬻。

有 又

有、又二字,古通用。故《詛楚文》云:"又秦嗣王。"⑧而字書解:"有,亦曰又也。"《禹貢》云:"作十有三載乃同。"⑨謂十載而又三載也。《泰誓》:"惟十有三年。"《洪範》:"惟十有三祀。"⑩《無逸》:"享國七十有五年。"⑪義並同。

《洛誥》云:"在十有二月。"⑫謂十月而又二月也。《伊訓》:"十有二月。"⑬《春秋》:"十有一月。"⑭義並同。

《曹娥碑》云:"旬有七日。"謂旬日而又七日也。《後漢鴻臚陳君

---

① 參見《史記》卷八《高祖本紀》。
② 參見《漢書》卷四九《晁錯傳》。
③ 參見《漢書》卷五七《司馬相如傳》。
④ 參見《漢書》卷七〇。
⑤ 參見《漢書》卷六九《趙充國傳》。
⑥ 參見《六臣注文選》卷五七《馬汧督誄傳》。
⑦ 參見《梁書》卷一二《列傳第六》。
⑧ 參見《古文苑》卷一。
⑨ 參見《尚書正義》卷六《禹貢》。
⑩ 參見《尚書正義》卷一一《洪範》。
⑪ 參見《尚書正義》卷一五《無逸》。
⑫ 參見《尚書正義》卷一四《洛誥》。
⑬ 參見《春秋左傳正義》卷三。
⑭ 參見《春秋左傳正義》卷四。

碑》及《魏大饗碑》："旬有八日。"韓愈《復上宰相書》：[8]"十有九日。"義並同。惟初旬之日，不可復用"有"字。如曆中初七日、初八日，謂初旬之七日、八日也。既謂之初，何又之有？猶"二年"不可曰"有二年"，"秋七月"不可曰"秋有七月"也。故漢《衛尉衡方碑》止云"二月五日"，魏繁欽《與文帝牋》止云"正月八日"，韓愈《上張僕射書》止云"九月一日"，①此類不能枚舉。近有撰金石文，而云初有五日、初有七日者，義殊不通。

葵

葵之種類不一。

有丘葵。《廣雅》曰："蘬，丘葵也。"[9]

有胡葵。《廣志》曰："其花紫赤。"

有冬葵。陶隱居曰："以秋種葵，覆養經冬，至春作子，謂之冬葵。"②《本草圖經》云："苗、葉作菜茹，更甘美。"③《管子》曰：桓公北伐山戎，得冬葵，布之天下是也。④

有蜀葵。《爾雅》所謂"菺，戎葵"者也。郭璞云：如木槿華，戎蜀蓋其所自，因以名之。⑤ 花有五色。有紅者，又號"一丈紅"。又有黃蜀葵，與蜀葵頗相似，葉尖狹，多刻缺，夏末開花，淺黃色，蕊心下作紫檀色。《本草衍義》云："與蜀葵別種。"⑥非爲蜀葵中黃者也。

有錦葵，花小葉圓。

有終葵，一名落葵，一名天葵，一名繁露，一名承露，一名藤葵。《爾雅》所謂"蔠葵，蘩露"是也。郭璞云：大莖小葉，紫黃色。⑦[10] 陶隱

---

① 參見《韓昌黎集》卷一七。
② 參見《六家詩名物疏》卷三〇。
③ 參見《本草圖經》卷一七《冬葵子》。
④ 參見《管子》卷一〇《戒第二十六》。
⑤ 參見《爾雅注疏》卷八《釋草第十三》。
⑥ 參見《本草衍義》卷一九。
⑦ 參見《爾雅注疏》卷八《釋草第十三》。

居云：人家多種之，葉惟可餂鮓。子紫色，女人以漬粉傅面爲假色，俗呼爲胡燕脂。蜀本《圖經》云："蔓生，葉圓厚如杏葉，子如五味子，生青熟黑，所在有之。"①《食療》云："其子令人面鮮華可愛，取蒸，烈日中曝乾，捼去皮，[11]取仁細研，和白蜜傅之，甚驗。"《博物志》云：人食落葵，[12]爲狗所齧，作瘡則不瘥。[13]

有龍葵。《本草》唐本注云：即關河間謂之苦菜者，葉圓花白，子若牛李子，生青熟黑，但堪煮食，不任生噉。孟詵云：其味苦，捼去汁食之。②[14]《食醫心鏡》云：龍葵作羹粥，食之。並得《圖經》云：惟北方有之，北人謂之苦葵，葉圓似排風而無毛。③

有菟葵。《爾雅》曰："莃，菟葵。"郭璞注云：頗似葵而小葉，狀如藜，有毛汋，啖之滑。④《廣志》云："兔葵，瀹之可食。"《本草》唐本注云：苗如龍芮，[15]葉光澤，花白似梅，莖紫色，煮汁極滑，堪食。⑤劉禹錫所謂"動搖春風"者也。

有荊葵，一名芘芣。《爾雅》曰"荍蚍衃"是也。郭璞注云："似葵紫色。"陸璣云："似蕪菁，華紫綠色，可食，微苦。"⑥

有錢葵，叢低，又一種千葉可愛。

有鳧葵。《馬融傳》曰：桂荏鳧葵。⑦葉圓似蓴，生水中，一名水葵。

有蒲葵，可食。葉似葵而大中作扇，謝安取蒲葵扇中者，捉之是也。[16]

有露葵。《顏氏家訓》云：蔡朗父諱純，[17]遂呼蓴菜爲露葵。[18]王

---

① 參見《證類本草》卷二九。
② 參見《證類本草》卷二七。
③ 同上。
④ 參見《爾雅注疏》卷八《釋草第十三》。
⑤ 參見《證類本草》卷九。
⑥ 參見《爾雅注疏》卷八《釋草第十三》。
⑦ 參見《後漢書》卷六〇上《馬融》。

維詩云"松下清齋折露葵",①意謂帶露之葵,不指蓴菜,蓋蓴菜非輞川所有。宋玉《諷賦》云:"烹露葵之羹。"②曹植《七啓》云:"霜蓄露葵。"③語并在蔡朗前,亦不指蓴菜。

有楚葵,即水中芹菜。

有澤葵,即莓苔。鮑照《蕪城賦》"澤葵依井"是也。④

《齊民要術》又有鴨脚葵、[19]紫莖葵、[20]白莖葵、[21]春葵、秋葵。

余按:葵類雖多,鮮不堪茹,古人重之,故《豳風》"七月烹葵"。⑤《周禮》:醢人饋食之豆,其實葵菹。《儀禮》:贊者一人,執葵菹以授主婦。公儀休食葵而美;魯監門女嬰,謂馬佚食園葵,歲利亡半;魯漆室女謂馬佚踐園葵,使終歲不厭葵味。崔實云:"六月六日可種葵,中伏後可種冬葵,九月作葵菹乾葵。"⑥潘岳《閑居賦》,菜則"綠葵含露"。齊周顒《答王儉》云:"綠葵紫蓼。"⑦《荊楚歲時記》云:仲冬菜經霜,蕪菁葵等雜菜乾之,並爲鹹菹。《齊民要術》有種葵法甚詳。又謂:"種葵三十畝,勝作十頃穀。"又《爾雅翼》云:"葵爲百菜之王,味尤甘滑。"今人絕不食此,是以亦鮮種之,不知何故。余也葵藿之姿,意將訪諸老圃,廣藝兹品,以當粱肉。

告 訐

訐以爲直,孔子所惡。《漢書・刑法志》云:孝文懲惡亡秦之政,論議務在寬厚,恥言人之過失。化行天下,告訐之俗易。吏安其官,民樂其業。⑧宋敕:諸不干己,輒告論者,杖一百。其所告事不得受

---

① 參見《全唐詩》卷一二八《積雨輞川莊作》。
② 參見《古文苑》卷二。
③ 參見《六臣注文選》卷三四《七啓》。
④ 參見《六臣注文選》卷一一《蕪城賦》。
⑤ 參見《毛詩正義》卷八《豳風・七月》。
⑥ 參見《齊民要術》卷三《種葵第十七》。
⑦ 參見《通志》卷一三八《周顒・答王儉》。
⑧ 參見《漢書》卷二三《刑法》。

理。真西山帥長沙，咨目云："告訐乃敗俗亂化之原，有犯者，自當痛治，何可勾引？今官司有受人實封狀，與出榜召人告首，陰私罪犯，皆係非法，不可爲也。"又諭俗榜云："事不干己，輒行告訐，裝撰詞説，夾帶虛實，如此之類，皆是無理。"黄東發引放訴訟榜云："不干己事，不受。"胡太初《晝簾緒論》云："告訐者，未問虛實，先坐不應爲罪。若狀詞本訴之外，因而告首其家隱微者，亦勿聽理，並先坐罪。"①兹皆得孔子遺意。

吴張俶以多所譖白，[22] 爲孫皓寵任，乃表置彈射二十人，[23] 專糾司不法，於是吏民各以愛憎，互相告訐，獄犴盈溢。後俶奸利事發，皓車裂之。北齊盧裴伺察官人罪失，動即奏聞，朝士莫不重迹屏氣，後杖死獄中。唐來俊臣以上變見用，聚結不逞，誣搆良善，至誣狄仁傑以謀反，後伏誅，仇家争噉其肉。敬羽爲御史，暴忍，斥道州刺史，詔殺之。臨死，袖中出牒數番，乃吏相皆訐，咤曰："不及推死矣。"宋曹州人趙諫，嘗爲小官，以罪廢，唯以録人陰事，控制閭里，人畏之，甚於寇盜。官司亦爲其羈縶，俯仰取容而已。兵部員外郎謝濤知曹州，具前後巨蠹狀奏列章下御史披治，奸贓狼藉，遂論棄市，曹人皆相賀。因此有告不干己事，法著於敕律。右五人皆以嗜告訐誅死，足見天刑不爽。

今《問刑條例》云：軍民人等，干己詞訟，不行親賫奏訴者，立案不行，仍提本身問罪。可見不干己事，雖親賫亦所不准。又云："軍民詞訟，除叛逆機密重事，許赴京奏告。其有親鄰全家被人殘害，及無主人命、官吏侵盜、係官錢糧，并一應干己事情，俱要自下而上陳告。若有驀越奏告者，俱問罪，遞回所司聽理。若將不干己事，混同開款奏告者，法司參詳，止將干己事件開款施行。"[24] 其不干己者，明白開款，立案不行。"可見不係叛逆机密，及人命有主，若侵盜錢粮、不係在官者，并他不干己事，皆所不准。又云："在外刁徒，身背黄袱，頭插黄

---

① 參見《晝簾緒論·聽訟篇第六》。

旗，口稱奏訴，直入衙門，挾制官吏者，所在官司，就拿送問。若係干己事情，及有冤枉者，照常發落。不係干己事，別無冤枉，并追究主使之人，一體問罪。屬軍衛者，俱發邊衛充軍。屬有司者，俱發口外爲民。"可見訐告不干己之罪，視干己爲重。觀於三例，則訐告之禁，亦鄭重矣。近者傾險小人，專伺察人陰私，姜菲其辭。訐諸當路，以逞憤嚇財，或緣睚眦之怨，泛引滔天之釁。而憯酷之吏，不識大體，不畏天刑，不考故典，不遵明禁，不惟不之懲沮，顧獎與奸刁，資爲囊橐。略其干己之故，翻窮蔓及之詞，至或延嶬廉直不阿之善人，株連良家閨閣之淑媛，追發遠年有主之枯骼，淫刑之下，何所不承萬分有一幸而得直，則獲辱已莫浣，爲費已不貲矣。虐政一彰，刁吠九起；訟牒猥積，獄繫滋繁。冤號之聲，徹於昊蒼；鬱抑之氣，塞於里巷。茲淳風所以不復，災沴所以不弭也。[25]噫！

覆水不收

《光武本紀》云"反水不收"。《何進傳》《慕容超傳》並云"覆水不收"。李白詩"水覆難再收"，又"覆水再收豈滿杯"。劉禹錫詩"金盆已覆難收水"。皆用太公語。太公初娶馬氏，讀書不事產，馬求去。太公封齊，馬求再合。太公取水一盆傾於地，令婦收水，惟得其泥。太公曰："若能離更合，覆水定可收。"[26]

蔡邕有後

《漢書》謂：蔡邕女蔡琰，沒胡中。曹操素與邕善，痛其無嗣，乃遣使者以金璧贖之，而重嫁於董祀。①

余按：《晉書·后妃傳》：景獻羊皇后父衜，上黨太守，母陳留蔡氏，漢左中郎將邕之女也。② 又《羊祜傳》：祜，蔡邕外孫，景獻皇后同

---

① 參見《後漢書》卷八四。
② 參見《晉書》卷三一《后妃》。

産弟。祐討吳有功,將進爵土,乞以賜舅子蔡襲,詔封襲關內侯。① 是邕未嘗無嗣,其女亦不止董祀妻。

公主翁主

《春秋公羊傳》:"天子嫁女於諸侯,必使諸侯同姓者主之。"② 故謂之公主。《漢書·百官表》:諸王女曰翁主。顏師古曰:"天子不得親主婚,故謂之公主。諸王即自主婚,故其女曰翁主。翁父也,言父主其婚。亦曰王主,言王自主其婚。"《王吉傳》:"漢家列侯尚公主,諸侯則國人承翁主。"晉灼曰:娶天子女曰尚公主,娶諸侯女曰承翁主。尚、承皆卑下之名。③ 今制,親王女曰郡主,郡王女曰縣主。然則國人娶之者,皆宜曰承。或謂之尚,非也。

削城角

俗傳誅不孝於市,則削其城之一角。

按《苻堅傳》:初石虎末,清河崔悦爲新平相,爲郡人所殺。悦子液後仕堅爲尚書郎,自表父讎不同天地,請還冀州。堅愍之,禁錮新平人,缺其城角以恥之。④ 新平即今邠州,其城尚缺西南角,然則俗説亦有由也。寧夏城亦缺東北角,《志》謂"示不滿之意",俟考。

【校勘記】

[1] 板:《孔子集語》卷下作"版"。
[2] 板:《關中叢書》本、《孟子》卷一二皆作"版"。
[3] 問:《文選補遺》卷二五作"閑"。
[4] 邪:《黃氏日抄》卷五《讀尚書》作"耶"。

---

① 參見《晉書》卷三四《羊祜》。
② 參見《春秋公羊傳注疏》卷六《莊公元年春王正月》。
③ 參見《漢書》卷七二《王吉傳》。
④ 參見《晉書》卷一一四《苻堅》。

［5］邪:《黄氏日抄》卷五《讀尚書》"古説"後有"也"字。
［6］湮:《史記》卷八《高祖本紀》作"堙"。
［7］堑:《六臣注文選》卷五七《馬汧督誄傳》。
［8］復上宰相書:《韓昌黎集》卷一六作"後十九日復上書"。
［9］丘:《廣雅》卷一〇《釋草》無此字。
［10］《爾雅注疏》卷八《釋草第十三》"紫"前有"華"字。
［11］捋:《證類本草》卷二九作"挪"。
［12］落:《博物志》作"冬"。
［13］作瘡則不瘥:《博物志》卷四作"瘡不差或致死"。
［14］同［11］。
［15］《證類本草》卷九"龍"前有"石"字。
［16］扇中:《關中叢書》本此二字互乙。
［17］父:《顔氏家訓》無此字。
［18］尊:《顔氏家訓》作"莼"。
［19］不見載於《齊民要術》。
［20］不見載於《齊民要術》,當是誤以"蕨"爲"葵",原文:"初生似蒜,莖紫黑色。二月中,高八九寸。老有葉,瀹爲茹,滑美如葵。"
［21］《齊民要術》卷三《種葵第十七》"莖"後有"秋"字。
［22］譖:清華嘉靖本作"諸",《寶顔堂秘笈》萬曆刊本(以下簡稱"萬曆本")、《寶顔堂秘笈》民國本(以下簡稱"石印本")、《叢書集成初編》本(以下簡稱"初編本")、《關中叢書》本皆作"詣",當爲形近而訛,據《三國志·吳書·孫皓傳》改。
［23］二:萬曆本、石印本、初編本、《關中叢書》本皆作"三"。
［24］得孔子遺意……止將干己事:國圖嘉靖本此一整頁共四百字佚失,據清華嘉靖本補。
［25］羿:萬曆本、石印本、初編本、《關中叢書》本皆作"明"。
［26］可:原作"不",據《關中叢書》本及文意改。

真珠船卷二

鶴尾

朱晦菴《詩傳》謂：鶴，身白，頸、尾黑。① 然尾實不黑，黑者，其兩翼之末耳。

雙頭蓮

雙頭蓮即合歡蓮，一名嘉蓮，一名同心蓮，自是一種，不足爲瑞。

志銘

墓石之文，俗稱前序爲志，而謂後之韻語爲銘。此謬説也。

按《説文》：志，記也。② 銘，亦記也。③ 非有散文、韻語之別也。蓋散文序事，自志銘之前序耳，故古人於志銘題下往往復著"并序"二字，足見後之韻語，方是志銘。韻語雖例稱銘，亦可稱志，是以任彥升於劉夫人，④江文通於孫緬，⑤韓退之於盧渾，⑥并單用韻語，而總稱墓志。梁簡文於何徵君，⑦韓退之於孟貞曜，⑧柳子厚於襄陽趙丞，⑨散

---

① 參見《詩集傳》卷一〇《鶴鳴》。
② 參見《説文解字》卷三《言部》。
③ 參見《説文解字》卷一四《金部》。
④ 參見《六臣注文選》卷五九《劉先生夫人墓志》。
⑤ 參見《江文通集校注》卷一〇《宋故尚書左丞孫緬墓志文》。
⑥ 參見《昌黎文集》卷二五《盧渾墓志銘》。
⑦ 參見《會稽二志點校》卷二〇《何徵君墓志》。
⑧ 參見《昌黎文集》卷二九《貞曜先生墓志銘》。
⑨ 參見《柳河東集》卷一一《故襄陽丞趙君墓志》。

文與韻語并施,而亦直稱墓志。王融於豫章王,①謝朓於海陵王,②沈約於長沙王,③皆無散序,而咸稱志銘。然志銘連稱,語義重複,若謂志之以銘,似亦頗通。又韓退之於張法曹、④李楚金及乳母,⑤皆只用散文,不假韻語,而亦謂之墓銘。蓋後有韻語則散文爲前序,無韻語則散文即志銘。

地　理

吕才《陰陽書》序略曰:《禮》:天子、諸侯、大夫,葬皆有月數,是古人不擇年月也。春秋九月丁巳葬定公,雨,不克葬。戊午日下昃,乃克葬,是不擇日也。鄭葬簡公,司墓之室當路,毁之則日中而窆,子産不毁,是不擇時也。古之葬者,皆於國都之北,兆域有常處,是不擇地也。今葬書以爲子孫富貴、貧賤、壽夭,皆因卜葬所致。夫子文爲令尹而三已,柳下惠爲士師而三黜,計其丘隴,未嘗改移。而野俗無識,妖巫妄言,遂於擗踊之際,擇葬地以希官爵;荼毒之秋,選時日以規財利。傷教敗禮,莫斯爲甚。⑥

司馬君實《葬論》略曰:"將葬太尉公,族人皆曰:'葬者家之大事,奈何不詢陰陽?'吾兄伯康無如之何,召張生,許以錢二萬。張生世爲葬師,爲野人葬,所得不過千錢,聞之大喜。兄曰:'汝能用吾言,吾俾爾葬。不用吾言,將求他師。'張曰:'惟命是聽。'於是兄自認己意,處歲月日時,及壙之淺深廣狹,道路所從出,皆取便於事者,使張生以《葬書》緣飾之,曰大吉,以示族人。族人皆悦,無違異者。今吾兄年七十九,以列卿致仕。吾年六十六,忝備侍從。宗族之從仕者,二十有三人。視他人之謹用《葬書》,未必勝吾家也。前年吾妻死,棺成而

---

① 參見《藝文類聚》卷四五《豫章文獻王墓志銘》。
② 參見《集古録跋尾》卷四《南齊海陵王墓銘》。
③ 參見《藝文類聚》卷四五《長沙宣武王墓志銘》。
④ 參見《昌黎文集》卷二五《唐故河中府法曹張君墓碣銘》。
⑤ 參見《昌黎文集》卷三四《故貝州司法參軍李君墓志銘》、卷三五《乳母墓銘》。
⑥ 參見《文苑英華》卷七四〇《五行禄命葬書論》。

歛，裝辦而行，壙成而葬，未嘗一言詢陰陽家，迄今亦無他故。欲知《葬書》不足信，視吾家。"①

楊廷秀《與李侍講書》略曰：景純《葬書》，東漢以前無有。景純忠義以死，大節固卓然，豈不前知其故，而逆善其先人之窀穸乎！己既無驗，於人何有？②

張敬夫《題贈地理卷後》略曰：吉凶由人，盡信書，不如無書。且以不才之子，不學之儒，有能以地理而取科第者乎？不仁之人，不善之家，有能以地理而保生產者乎？不業之農，不耕之田，有能以地理而成穀實者乎？③

羅大經《風水論》略曰：古人卜其宅兆，乃孝子慈孫，謹重親之遺體，使異日不為城邑道路、溝渠耳。借曰精擇，亦不過欲其山水回合，草木茂盛，使親之遺體得安，豈藉以求子孫富貴乎？郭璞謂："本骸乘氣，遺體受蔭。"此說殊未通。夫銅山西崩，靈鐘東應，木生於山，栗芽於室，此乃活氣相感。今枯骨朽腐，不知痛痒，積日累月，化為朽壤，豈能與生者相感以致禍福？且人之生，貧富貴賤，賢愚壽夭，稟賦已定，謂之天命，不可改也，豈冢中枯骨所能轉移？如璞之說，則上天之命，反制於一抔之土矣。近時京丞相仲遠，豫章人也，崛起寒微，祖父皆火化，無墳墓，每寒食，野祭而已，是豈因風水而貴哉！④

右數說可謂卓識確論，錄之以袪沉惑。

墳碑之制

《唐六典》：五品以上立碑，螭首龜趺，趺上高不過九尺。七品以上立碑，[1]圭首方趺，趺上不過四尺。若隱淪道素，孝義著聞，雖不

---

① 參見《古今事文類聚·前集》卷五八《葬論》。
② 參見《古今事文類聚·前集》卷五八《與李侍講書》。
③ 參見《讀禮通考》卷八三《題贈地理卷後》。
④ 參見《鶴林玉露》丙編卷六《風水》。

仕,亦立碣。①

《金石例》：三品以上神道碑。五品以下不銘碑,謂之墓碣。②

《大明會典》：五品以上許用碑,六品以下許用碣,庶人止用壙志。③ 公侯及一品碑,螭首龜趺;二品碑,蓋用麒麟;三品碑,蓋用天禄辟邪,並龜趺;四品以下,并圓首方趺。高低各有尺寸。④

《白虎通》："天子墳高三仞,樹以松;諸侯半之,樹以柏;大夫八尺,樹以欒;士四尺,樹以槐;庶人無墳,樹以楊柳。"⑤

《大明會典》：官民塋域,廣袤步數有等。⑥ 五品以上有圍牆,六品以下無圍墙。⑦ 親王享堂七間,郡王五間,一品至三品俱三間,非敕修者無享堂。⑧

今人僭逾侈越,無復等別,由學士不講,有司不申明耳。

商賈之服

漢高帝八年令：賈人毋得衣錦繡綺縠。⑨ 苻堅制：金銀錦鏽,工商、皂隸、婦女不得服之,犯者棄市。⑩ 洪武十四年令：農民之家許穿紬紗絹布,商賈之家止穿絹布。如農民家但有一人為商賈,亦不許穿紬紗。⑪ 今農民絺綌不蔽體,而商賈之家往往以錦綺為襦袴矣。

鐘室草

未央殿東北二里許,蓋鐘室故處,有丈餘隙地,草色皆殷赤,傳是

---

① 參見《唐六典》卷四。
② 參見《金石三例》卷一《碑碣制度》。
③ 參見《明會典》卷二〇三。
④ 同上。
⑤ 參見《白虎通義》卷下《崩薨》。
⑥ 參見《明會典》卷二〇三。
⑦ 同上。
⑧ 同上。
⑨ 參見《漢書》卷一下。
⑩ 參見《晉書》卷一一三《苻堅傳》。
⑪ 參見《明會典》卷六一《士庶巾服》。

韓淮陰血漬而然。

按《莊子》：伍員流於江，萇弘死於蜀，藏其血三年而化爲碧。①《台州志》，王貞婦爲元兵所劫，至嵊縣清風嶺，齧指出血，書字山石，投崖死。血漬石間，天且陰，即墳起如始書。《永新志》，譚節婦趙氏被元兵並其子殺之，血漬禮殿間八磚上，宛然一婦人抱嬰兒狀。或磨以沙石，不滅；又煅以火，益顯。至今如初。②

夫義烈之人，賫憤強殁，英氣遏抑，宜其血亦異常，鐘室之草，不足怪也。

側室死節

嘉靖七年，長安人馬憲副應祥卒。側室劉氏，京師人，年才二十餘，縊死棺側。西安有司謂妾無旌表例，遂不上聞。

余按，國初良鄉魏成死，妾周氏守節三十餘年，事聞，旌其門。御史許顒，真定高邑人，病卒，二妾陳氏、牛氏皆經死，旌爲雙節。鹽課副使胡以謙，江西寧州人，永樂初卒，妾金陵周氏負屍歸葬，斷髮育孤，閨門無玷，正統間旌其門。成化間，樂平喬侍郎毅卒，側室高氏縊死柩傍，旌其門曰"貞烈"，有司構祠祀之。城武高位死，妻陳氏、妾王氏并自縊，弘治十一年旌曰"雙烈"。弘治十七年，徐定公永寧卒，側室丁氏縊於公之寢室，旌其門曰"貞烈"。泰安州王詰妾劉氏，正德六年遇賊，投井死，旌其門曰"貞烈"。西安有司不知何以不之援也。宋端平二年，高郵妓毛惜惜死於榮全之難，遂得錫封"英烈夫人"，且賜廟祭。蓋旌獎義烈，以立世教，初不可以貴賤論，而劉氏良家子，顧不得儕於一妓，可勝恨哉。

浮梁二令

洪武中，洛陽房殖知浮梁縣，貪暴萬狀，民不堪命，相率縛赴京

---

① 參見《莊子·外物》。
② 參見《駢志》卷一四。

師,詔戮於市。永樂中,趙城賈宣亦知浮梁,以忿載邑民熊世康於舟,將沉之,世康之弟救免。縛宣,致之臬司,贓貨狼藉。臬司欲擬重典,會赦,止沒其贓,褫職為民,歸鄉暴死。

右二令,罪固不容誅,而浮梁之民輒敢加以束縛,若待盜賊犬豕然,似難以訓。但貪酷之吏,肆其殘噬,固有甚於盜賊犬豕,而又賄結權要,莫之誰何?浮梁之舉,亦足示警。

武職不守喪

武職親死,例不解職守喪。《禮》:"三年之喪,達乎天子。"①武職非身出空桑,奈何獨否?岳武穆當獮狁孔棘,國家倚重,丁母姚憂,乞守終喪,累詔促起,乃勉奉命。已而竟解兵柄,持服終喪。今腹裏武職,任同散僚,既非孔棘之時,了無乞守之請,忘慟所天,領官如故,敗教傷義,關係非輕。桓寬云:"古有大喪者,君三年不呼其門,通其孝道,遂其哀戚之心也。"②僵屍衰絰而從戎事,非所以子百姓順孝心也。今武職身丁鉅喪,從非戎事,而衣錦揚揚,衰絰不用。桓寬見之,更將奚議乎?

苦蕒之異

弘治八年八月三日,[2]湖廣撫臣徐恪奏:長沙地名白鶴樓,民家圃內有苦蕒菜開蓮花,七日方謝。

按:吳歸命侯《天紀》:三年八月,有蕒菜生工人吳平家,高四尺,厚三分,如枇杷形,上圓徑一尺八寸,莖廣五寸,兩邊生葉,綠色。③晉義熙二年九月,營士陳蓋家有苦蕒菜,莖高四尺六寸,廣三尺二寸,厚三寸。④唐景龍二年,鄩縣民王上賓家有苦蕒菜,高三尺餘,上廣尺

---

① 參見《禮記正義》卷六〇《中庸第三十一》。
② 參見《鹽鐵論校注》卷三《未通第十五》。
③ 參見《容齋隨筆・續筆》卷一〇《苦蕒菜》引《天紀》。
④ 參見《晉書》卷二八《五行中・草妖》。

餘,厚二分。①

皆足爲異,然開蓮花者,未之聞。苦蕒,即苦苣。

漕河

成化元年,西安守青神余公子俊,自終南義谷口引潏水一支,由西南入省城,給居民汲飲,俗名漕河。

按:漢元光六年春,穿漕渠通渭。② 唐大曆元年,京兆尹黎幹自南山谷口開漕渠,抵景風延熹門入苑,以運南山薪炭。《十道志》:漕水,即沉水也。③ 是則漕河即古之漕渠、漕水,歲久湮塞,余公不過因其故道而爲之。雖狹不容舠,然猶得蒙故號。

"漕"字有二音,一財勞切,一在到切。財勞切者,衛邑名。《詩》"思須與漕"④"野處漕邑"⑤"土國城漕"是也。⑥ 在到切者,水轉穀也。王隆《小學篇》:"以水通輸曰漕。"⑦《漢書·蕭何傳》"轉漕關中"。⑧《張良傳》"河渭漕輓"是也。⑨ "漕河"之"漕",既以轉輸爲義,則讀以在到切者爲是。今人多不知"漕"有在到之音,遂誤讀"漕運"之"漕"爲財勞切。"漕河"之"漕"雖讀作在到切,而不知即"漕"字,却妄意書作"淖"字。淖在早切,上聲,不音在到切。

外國人進士

本朝文教,覃及海外,是以外國英才學於中國而登進士科者,亦

---

① 參見《容齋隨筆·續筆》卷一〇《苦蕒菜》。
② 參見《漢書》卷六。
③ 此載見於《太平寰宇記》卷二五《雍州》,并不見載於《十道志》,《陝西通志》卷九、《關中勝迹圖志》卷三亦引此文云《太平寰宇記》載。
④ 參見《毛詩正義》卷二《邶風·泉水》。
⑤ 參見《毛詩正義》卷三《鄘風·定之方中》。
⑥ 參見《毛詩正義》卷二《邶風·擊鼓》。
⑦ 參見《漢官六種·漢官解詁》。
⑧ 參見《漢書》卷三九。
⑨ 參見《漢書》卷四〇。

多有之。洪武四年辛亥科金濤,高麓延安縣人。景泰五年甲戌科黎庸,交阯清威縣人;阮勤,交阯多翼縣人。天順四年庚辰科阮文英,交阯慈山縣人;何廣,交阯扶寧縣人。成化五年己丑科王京,交阯□□縣人。阮勤仕侍郎,子孫占籍山西長子縣。

正學祠

陝西會城有正學祠,以祀秦中道學之賢,如張橫渠、呂藍田、蕭維斗等。而程明道以嘗簿於鄠,亦得與。又以周濂溪爲明道師,程伊川爲明道弟,因遂推祀。余謂此祠,既專爲秦人之正學設,則伏羲、黃帝、倉頡、伊尹、文王、周公,尤正學之冠冕。秦祖、穰馹赤、燕伋、石作蜀,並孔門之高弟,反不得俎豆其間,殊爲闕典。若明道自鄠之名宦,濂溪、伊川之祀,更爲無謂,皆宜祧去。

茄蓮

今涼夏有茄蓮,頗似蘆菔,而甘脆過之。《飲膳正要》:"出莙蓬兒。"①注云:是莙蓬根,圖狀絶類茄蓮,想即其物。

二老奇遇

崑山周壽誼,享年百十六歲。高皇嘗召見,賜酒饌殿中,蠲其家丁役。無錫茹文中,居京師之高坡胡同,享年百有十歲,英皇復辟之元,亦召見便殿,予冠服帶履,宴順天府。又命公卿造其居賀之。茹之孫知州鳴玉、長史鳴鳳、按察副使鳴金,皆余執友也。周之後未聞。

性與天道

黃東發於《論語·性與天道》云:"子貢明言不可得而聞,諸儒反謂其得聞而嘆美。豈本朝專言性與天道,故自主其説如此邪!要之

---

① 參見《飲膳正要譯注》卷三。

子貢之言，正今日學者所當退而自省也。"①又於《性相近也》云："子未嘗言性，言性止此一語，何今世學者言性之多也？"②余謂東發之言，尤今日學者所當退而自省也。

警　枕

警枕不始於司馬溫公，吳越王錢鏐有警枕，蔡中郎有警枕銘。《禮記·少儀》："弓茵席枕几穎杖琴瑟戈。"注云："穎，警枕也。"③謂之穎者，穎然警悟也。

趙高之詐

應劭《風俗通義》曰：秦相趙高指鹿爲馬，束蒲爲脯，二世不覺。④故潘岳《西征賦》曰："野蒲變而成脯，苑鹿化以爲馬。"張銑注云："趙高欲爲亂，恐群臣不聽，乃先設驗，以蒲爲脯，以鹿爲馬，獻於二世，群臣言蒲、言鹿者，皆陰誅之。"⑤《禮器》曰："或素或青，夏造殷因。"注云："變白黑言素青者，秦二世時，趙高欲作亂，或以青爲黑，黑爲黃，民言從之。"⑥故崔琦對梁冀曰："將使玄黃改色，馬鹿易形乎？"⑦是趙高之詐，不但《史記》"指鹿爲馬"一事。

五父之衢

五父，魯衢名，猶齊之莊嶽檀衢也。《家語》云：孔子母死，殯於五父之衢。⑧《春秋左傳》云：季武子作三軍，詛諸五父之衢。⑨《韓非

---

① 參見《黃氏日抄》卷二《讀論語·性與天道章》。
② 參見《黃氏日抄》卷二《讀論語·性相近章》。
③ 參見《禮記正義》卷四五《少儀第十七》。
④ 此不見載於《風俗通義》。參見《六臣注文選》卷一〇。
⑤ 參見《六臣注文選》卷一〇《西征賦》。
⑥ 參見《禮記正義》卷三二《禮器第十》。
⑦ 參見《後漢書》卷八一上《文苑列傳·崔琦》。
⑧ 不見載於《孔子家語》。參見《史記》卷四七《孔子世家》。
⑨ 參見《春秋左傳正義》卷三一《襄公十年至十二年》。

子》云：子路要作溝者，於五父之衢而餐之，皆其處也。① 杜預云："五父衢，道名。在魯國東南。"②有概以凡通衢爲五父之衢者，非是。

隸　書

庾肩吾云：隸書，今之正書。③ 張懷瓘云：隸書云者，程邈造字皆真正，亦曰真書。④《王羲之傳》云："尤善隸書。"⑤《項氏家說》：程迥《辨隸書》曰："周興嗣《千文》，杜稿鍾隸。"蕭子雲啓云：論草隸法，逸少不及元常，子敬不及逸少。⑥ 任玠《五體序》云：隸則羲、獻、鍾、庾、歐、虞、顏、柳，八分則酌乎篆、隸之間者也。⑦《書苑》云：蔡文姬言：割程隸字八分，取二分；割李篆字二分，取八分，於是爲八分書。⑧ 以諸家參之，則今日稱隸者，八分書；古之稱隸者，真行書也。唐與國初，并無此誤，自歐陽以來始誤。故少遊遂疑程邈帖，不當爲小楷，疑非秦書，蓋不知先有真書，後有八分書也。《法書要錄》云：丁覘與智永同時，善隸書，世稱丁真永草。⑨《唐六典》：校書郎、正字所掌字體有五：一古文，二大篆，皆不用；三小篆，印璽、旗幡所用；四八分，石經、碑碣所用；五隸書，典籍、表、奏、公私文疏所用。⑩ 郭忠恕云：小篆散而八分生，八分破而隸書出，隸書悖而行書作，行書狂而草書聖。⑪ 趙明誠云：誤以八分爲隸，自歐陽公始。⑫

歷觀前說，則今之真書即是隸書無疑。而學人猶往往承誤，謂八

---

① 參見《韓非子》卷一三。
② 同上。
③ 參見《書品》。
④ 參見《書斷》卷上《隸書》。
⑤ 參見《晉書》卷八〇《王羲之》。
⑥ 參見《法書要錄》卷一《梁蕭子雲啓》。
⑦ 參見《玉海》卷四五《范度五體書序》。
⑧ 參見《玉海》卷四三。
⑨ 參見《法書要錄》卷八。
⑩ 參見《唐六典》卷一〇。
⑪《佩觿》并未見此載。參見《玉海》卷四五《景祐書苑‧書學》。
⑫ 參見《金石錄》卷二一《東魏大覺寺碑陰》。

分爲隸書,聞稱真書爲隸者,翻共訾笑,是以俗有真、草、隸、篆之語。余詳舉之,用示蒙學。

賭博

王叔永《宋朝燕翼詒謀録》云:世惡少無賴賭博,輸錢無以償,則爲穿窬。若黨類頗多,則爲劫盜縱火,行奸殺人。不防其微,必爲大患。淳化二年,詔:相聚蒱博,開櫃房。令開封府嚴戒坊市捕之,犯者定行處斬,引匿不以聞,與同罪。所以塞禍亂之源,驅斯民納之善也。其後刑名寖輕,而法不足懲奸,犯之者衆。苟官視此爲不急之務,知而不問者,十常八九。因訴到官,有不爲受理者,是開盜賊之門也。①

今《問刑條例》:賭博人犯一等、二等者,俱問罪枷號。② 而此輩略不衰止,無亦法不足懲,而又苟官者不肯加之意乎。

秦聲

陳軫對秦王曰:"臣雖棄逐之楚,豈能無秦聲哉。"③藺相如曰:"聞秦王善爲秦聲,請奏缶以相樂。"④李斯上書秦始皇曰:"擊甕扣缶,彈箏搏髀,而歌嗚嗚快耳者,真秦之聲也。"⑤楊惲《報孫會宗書》曰:"家本秦也,能爲秦聲。"⑥嵇康《聲無哀樂論》:"奏秦聲,則嘆羨而慷慨。"⑦石崇思《歸引》:"家素習技,頗有秦趙之聲。"⑧

兩造

《吕刑》:"兩造具備,師聽五辭。"⑨《周禮》以"兩造聽民訟"。[3]今

---

① 參見《燕翼詒謀録》卷二。
② 參見《大明律·問刑條例·刑律九·雜犯·賭博條例》。
③ 參見《史記》卷七〇《張儀列傳第十》。
④ 參見《史記》卷八一《廉頗藺相如列傳第二十一》。
⑤ 參見《史記》卷八七《李斯列傳第二十七》。
⑥ 參見《六臣注文選》卷四一《報孫會宗書》。
⑦ 參見《嵇中散集》卷五《聲無哀樂論》。
⑧ 參見《六臣注文選》卷四五《思歸引序》。
⑨ 參見《尚書正義》卷一九《吕邢》。

有止聽原告之詞，而不受被告之訴者，其亦偏矣。

撲朔

蘇東坡《遊徑山》詩："寒窗暖足來朴握。"[4]注："兔也。"①古樂府《木蘭辭》："雄兔脚撲朔。"②《古文苑》作"朴握"。[5]

關中無舊族

關中代多兵爭，加以饑疫、流亡，故無舊族。

《漢書》：高祖二年，關中大饑，米斛萬錢，人相食。民就食蜀。③漢獻帝興平二年，[6]關中大饑，人相食啖，白骨委積。④又李傕、郭汜相攻，天子東歸，後長安城空四十餘日，强者四散，羸者相食，二三年間，關中無復人迹。⑤

《江表傳》：舊京空虛，數百里中無煙火。孫堅入城，惆悵流涕。⑥

《晉書》：建安初，關中百姓流入荆州者十餘萬家。⑦又永嘉喪亂，雍州以東，人多饑乏，更相鬻賣，奔迸流移，不可勝數。幽、并、司、冀、秦、雍六州大蝗，草木及牛馬毛皆盡。又大疾疫，兼以饑饉，百姓又爲寇賊所殺，流屍滿河，白骨蔽野。⑧又慕容冲僭號，毒暴關中，人皆流散，道路斷絕，千里無煙。⑨又石季龍滅石生，苻洪説季龍"宜徙關中豪傑及羌戎，内實京師"，季龍從之。⑩又桓温趨長安，徙關中三千餘户而歸。⑪又麴特等圍長安，劉曜連戰敗績，乃驅掠士女八萬餘

---

① 參見《東坡詩集注》卷三《遊徑山》。
② 參見《樂府詩集》卷二五《木蘭詩二首》。
③ 參見《漢書》卷一《高帝紀》。
④ 參見《後漢書》卷九《孝獻帝紀》。
⑤ 參見《後漢書》卷七二《董卓列傳》。
⑥ 參見《江表傳》。參見《續後漢書》卷四九《孫堅孫權》。
⑦ 參見《晉書》卷二六《食貨》。
⑧ 同上。
⑨ 參見《晉書》卷一一四《苻堅》。
⑩ 參見《晉書》卷一一二《苻洪》。
⑪ 參見《晉書》卷一一二《苻健》。

口還平陽。① 又永嘉天下崩離，長安城中戶不盈百，墻宇頹毀，蒿棘成林。② 又劉聰使子粲攻陷長安，遺人四千餘家，奔漢中。③ 又光熙元年，鮮卑大掠長安，殺二萬餘人。④

西魏大統二年，關中大飢，人相食，死者十七八。⑤

唐黃巢入長安，捕得官吏，悉斬之。宗室侯王，屠之無類。⑥ 納亡命者，夷其家。⑦ 巢復入，怒民迎王師，殺八萬人，血流於路，可涉，謂之"洗城"。⑧ 又秦宗權所至，屠老孺，焚屋廬，城府窮爲荊棘。自關中薄青、齋，南繚荊、郢，北亘衛、滑，千里無舍煙。⑨

又天復四年，朱全忠自長安遷唐於洛，驅徙士民，毁宮室百司，及民間廬舍，長安自是丘墟。⑩

金紹定三年，窩闊台趨鳳翔行省，平章完顏合達遷京兆人於河南。嗚呼！當時此地之民，可哀也哉！漢光武建始二年，赤眉燒長安宮室，恣殺掠，城中無復人行。

【校勘記】

［１］碑：《唐六典》卷四作"碣"。
［２］八月三日：《端肅奏議》卷六《災異事》作"二月以來"。
［３］聽：《周禮注疏》卷三四《秋官司寇第五》作"禁"。
［４］握：《東坡全集》卷三作"朔"，《東坡詩集注》卷三作"渥"。
［５］朴握：《古文苑》卷九《木蘭詩》作"扑朔"。
［６］二：《後漢書》卷九《孝獻帝紀》作"元"。

---

① 參見《晉書》卷一〇二《劉聰》。
② 參見《晉書》卷五《孝愍帝》。
③ 參見《晉書》卷五《孝懷帝》。
④ 參見《晉書》卷四《惠帝》。
⑤ 參見《北史》卷五《魏本紀》。
⑥ 參見《新唐書》卷二二五《逆臣》。
⑦ 同上。
⑧ 同上。
⑨ 參見《新唐書》卷二二五《逆臣》。
⑩ 參見《容齋隨筆・續筆》卷一〇《賊臣遷都》。

真珠船卷三

斷竹歌

《文心雕龍》云:"黄歌《斷竹》,質之至也。"①又云:"二言肇於黄世,《竹彈》之謠是也。"②

按《吴越春秋》:陳音曰:古者人民樸質,飢食鳥獸,渴飲霧露。死則裹以白茅,投於中野。孝子不忍見父母爲禽獸所食,故作彈以守之,絶鳥獸之害,故歌曰'斷竹續竹,飛土逐害'。於是神農、黄帝弦木爲弧,剡木爲矢。③蓋《斷竹》之歌,即竹彈之謠,神農前已有之,不肇於黄帝之世。

南北音

《周官》:鞮鞻氏掌四夷之樂,與其聲歌。東方曰"韎",南方曰"任",西方曰"株離",[1]北方曰"禁"。④《文心雕龍》云:"塗山歌於候人,始爲南音;有娀謠乎'飛燕',始爲北聲;夏甲嘆於東陽,東音以發;殷整思於西河,[2]西音以興。"⑤是四方皆有音也。

今歌曲但統爲南北二音,如伊州、涼州、甘州、渭州,本是西音,今并以爲北曲。由是觀之,則《擊壤》《康衢》《卿雲》《南風》《白雲》《黄

---

① 參見《文心雕龍·通變第二十九》。
② 參見《文心雕龍·章句第三十四》。
③ 參見《吴越春秋》卷五《勾踐陰謀外傳第九》。
④ 參見《周官新義》卷一〇。
⑤ 參見《文心雕龍·樂府第七》。

澤》之類，《詩》之篇什，漢之樂府，下逮關鄭白馬之撰，雖詞有雅鄭，並北音也。若南音則《孺子》《接輿》《越人》《紫玉》，吳歈楚豔，以及今之戲文皆是。然"三百篇"無南音，《周南》《召南》皆北方也。

北 曲

北曲不但《擊壤》等歌，及"詩三百"爲是。後魏樂府有北歌，隋有《北庭》《伊州》。唐開元中，歌工長孫元忠之祖，嘗授北歌於侯將軍貴昌。至若隋煬帝《望江南》，李太白、温庭筠《菩薩蠻》，蘇子瞻《念奴嬌》《行香子》《南鄉子》，秦少遊《憶王孫》，俞國寶《風入松》，並是北曲，固可按而歌也。世謂始於金之董解元，非是。北曲音調大都舒雅宏壯，真能令人手舞足蹈，一唱三嘆。[3] 若南曲，則悽婉嫵媚，令人不歡，直顧長康所謂"老婢聲"耳。故今奏之朝廷郊廟者，純用北曲，不用南曲。

簫

簫有管簫、筊簫、韶簫、歌簫、雅簫、頌簫、籟簫、短簫、燕樂簫、清樂簫、教坊簫、唱簫、和簫、鼓吹簫、李冲簫、鳳簫、龜兹簫，無底者曰"洞簫"，雖名號至不一，然皆編竹而成。其形參差，以象鳳翼，或十管、十二管、十三管、十六管、十七管、十八管、二十一管、二十二管、二十三管、二十四管。今所謂簫，止一管六孔。馬端臨云：名尺八管，尺八其長數也。一名豎篴，一名簫管。① 《吕才傳》："製尺八凡十二枚。"② 《仙隱傳》：房介然善吹竹笛，名曰尺八。③ 《逸史》：明皇得尺八吹之，即此物也。④ 洪容齋極博洽，乃云尺八"無由曉其形製"。⑤

---

① 參見《文獻通考》卷一三八。
② 參見《新唐書》卷一〇七。
③ 參見《文獻通考》卷一三八《仙隱傳》。
④ 參見《太平廣記》。
⑤ 參見《容齋隨筆·四筆》卷一五《尺八》。

《三十國春秋》：涼州胡安，據盜發張駿墓，得赤玉簫。① 唐咸寧中，張毅冢中得紫玉簫。天寶中，安禄山獻白玉簫管數百，則簫固可編玉爲之。余嘗於曲沃李長史鈞處見玉尺八，温栗精工，奇物也。

磬

磬有玉磬、天球編磬、離磬、磬笙磬、頌磬、歌磬，皆石部樂。梁因方響之製爲銅磬。南齊易更鼓爲鐵磬。則金部亦有磬，今釋氏所擊銅鉢，亦謂之磬，妄名之耳。

琴

大琴曰離，二十絃。次大琴，十五絃。中琴，十絃。頌琴，十三絃，形象箏，移柱應律。擊琴五絃，梁柳惲製以管承絃，又以竹片約而束之，使絃急而聲亮，以筯擊之。兩儀琴二絃，絃各六柱。奚琴亦二絃，出胡中奚部，以竹片軋之。月琴四絃，十三品柱，形圓項長，似琵琶。王子年《拾遺》：師延，商時修三皇五帝之樂，撫一絃琴。② 魏孫登亦彈一絃琴。③ 又有九絃、十二絃、二十七絃，今但知有七絃。

罰飲

罰飲之説，從古有之。《周禮》：“觵其不敬者，觵罰爵也。”④《詩·桑扈》：“兕觵其觩。”注：罰爵也。⑤ 觖然不用。《禮記·檀弓》：杜蕢酌飲，師曠、李調及晉平公投壺，背立逾言，有常爵。有若是者，浮。注：有常爵爲有常例罰爵也。浮，亦罰也，一説謂罰爵之盈滿而浮泛也。《論語》：“下而飲。”《韓詩外傳》：“齊桓公置酒令曰：後者罰飲一經程。”《説苑》：“魏文侯與大夫飲酒，令曰：不釂者，浮以大白。於是

---

① 參見《太平御覽》卷三八五、卷八〇二。
② 參見《拾遺記》卷二《殷湯》。
③ 參見《樂書》卷一四一。
④ 參見《周禮注疏》卷二三《小胥》。
⑤ 參見《毛詩正義》卷一四《小雅·桑扈》。

公乘不仁,舉白浮君。"《漢書·敍傳》:皆引滿舉白。服虔曰:舉滿梧,有餘白瀝者,舉罰之。孟康曰:舉白見驗飲酒盡不。師古曰:"引取滿觴而飲,飲訖,舉觴告白盡不。[4]一說白者,罰爵之名。飲不盡者,以此爵罰之。"徐邈云:"御叔罰於飲酒。"陳後主先令張貴妃等襞采箋,製五言詩,孔範等十客,一時繼和,遲則罰酒。《酉陽雜俎》:"酒至鸚鵡杯,徐君房飲不盡,屬魏肇師。肇師曰:海蠡蜿蜒,尾翅皆張。非獨爲玩好,亦所以爲罰。"

餘不能悉舉,然罰飲之數,多限以三。韓安國作几賦,不成,罰三升。蘭亭之會,王子敬詩不成,飲三觥。《景龍文館記·御詩序》云:"人題四韻後者,罰三杯。"又郝龍不能詩受罰。及金谷酒數,皆是三斗。杜工部詩:"百罰深杯亦不辭。"特極言之耳,非實事也。注謂:"桑乂在江總席上曰:雖深杯百罰,吾亦不辭。"①妄撰之説不足據。

知醫

程子云:"事親者不可不知醫。"②然王勃已云:"人子不可不知醫。"③程子蓋述其説。隋許智藏云:"爲人子者,嘗膳視藥,不知方術,豈謂孝乎?"④其説又在前。

君苗

唐人云:君苗無姓,吕安無字。楊用修謂《文選》注吕安,字仲悌,又應瑒有《與仲弟君苗書》。⑤

按《陸雲集》有《與平原書》云:前登城門,意有懷作《登城賦》,[5]

---

① 此文實爲胡侍對宋代李薦《罰爵典故》録文,僅增添三句評論總結話語。參見《説郛》卷九四下《罰爵典故》。
② 參見《壽親養老新書》卷二。
③ 參見《新唐書》卷二〇一《王勃傳》。
④ 參見《隋書》卷七八《許智藏》。
⑤ 參見《丹鉛餘録》卷一。

極未能成,而崔君苗作之。① 然則君苗不但有應姓一人。

蛙給廩

《水經注》引《晉中州記》：惠帝聞蛙鳴,[6]問之,太子令賈胤對曰：在官爲官蛙,在私爲私蛙。帝曰：若是官蛙,可給廩。② 給廩之語,政極可笑。《晉書》削而不載,殊無意義。汪浮溪詩："人間何事非戲劇,鶴有乘軒蛙給廩。"③

離合體

詩有離合體。孔融《離合郡姓名字詩》：④[7]

　　漁父屈節,水潛匿方。離"魚"字。
　　與旹進止,出行施張。離"日"字,"魚""日"合成"魯"。
　　呂公磯釣,闔口渭傍。離"口"字。
　　九域有聖,無土不王。離"或"字,"口""或"合成"國"。
　　好是正直,女回于匡。離"子"字。
　　海內有截,隼逝鷹揚。當離"乙"字,恐古文與今文不同。合成"孔"。
　　六翮將奮,羽儀未彰。離"鬲"字。[8]
　　蚖龍之蟄,俾也可忘。離"虫"字,合成"融"。
　　玟璇隱曜,美玉韜光。去"玉"成"文",不須合。
　　無名無譽,放言深藏。離"與"字。
　　按轡安行,誰謂路長。離"才"字,合成"舉"。

魏伯陽《參同契序》：

　　委時去害,依托丘山。循遊寥廓,與鬼爲鄰。合"魏"字。
　　化形爲仙,淪寂無聲。百世一下,遨遊人間。合"伯"字。

---

① 參見《陸士龍集》卷八《與兄平原書》。
② 參見《水經注校注》卷一六。
③ 參見《浮溪集》卷三〇《何子應少卿作金華書院要老夫賦詩因成長句一首》。
④ 參見《孔北海集・離合作郡姓名字詩》。

敷陳羽翮，東西南傾。湯遭阨際，水旱隔并。合"陽"字。

《越絕》云：①

以去爲姓，得衣乃成。合"袁"字。

厥名有米，覆之以庚。合"康"字。

又云：

以口爲姓，丞之以天。合"吳"字。

蘇子瞻離合"硯""盖"字云：

研石猶在，峴山已頹。合"硯"字。

姜女既去，孟子不來。合"盖"字。

又潘岳、謝靈運等皆有此體，然不甚佳。

越絕書

《越絕書》十五卷。《崇文總目》云："子貢撰，或曰子胥。"②陳氏《書錄解題》曰："無撰人名氏，相傳以爲子貢者，非也。其書雜記吳越事，下及秦漢，直至建武二十八年，蓋戰國後人所爲，而漢人又附益之耳。"③

余按，《越絕》篇末敍云："記陳厥說，略其有人。以去爲姓，得衣乃成；厥名有米，覆之以庚。禹來東征，死葬其疆。不直自斥，托類自明。寫精露愚，略以事類。俟告後人，文屬辭定。自于邦賢，邦賢以口爲姓，丞之以天，楚相屈原，與之同名。"④是則草創《越絕者》，爲會稽袁康，而潤色之者乃同郡吳平耳。《崇文總目》及《書錄解題》皆失詳考。又《論衡·按書篇》有：會稽吳君高《越紐錄》，意者君高即吳平之字，"越紐"或"越絕"之譌也。

---

① 參見《越絕書校釋》卷一五《敍外傳記》。
② 參見《崇文總目》卷三《雜史類》。
③ 參見《直齋書錄解題》卷五《雜史類》。
④ 參見《越絕書校釋》卷一五《敍外傳記》。

福　堂

余向繫錦衣獄,睹壁上有大書"福堂"字,甚偉。後河南參議鳳翔王君億至,謂是渠舊題。近閱《吳越春秋》大夫文種祝詞有云:"禍爲德根,憂爲福堂。"①因知出處。

漁父瀨女

《吳越春秋》:漁父覆船,自沉江中;擊綿女子,自投瀨水,皆以明不泄也。後來漁父之子,乃援其父之故,説子胥而救鄭;女子之母,亦以其女之故,訪子胥而求償。② 是子是母,不識何緣得知也。

死生冥定

《稽神録》:王師征越,[9]敗於臨安。裨將劉宣傷重,卧死人中。至夜,有官吏數人,持簿遍閲死者。至宣,乃扶起曰:"此漢非是。"引出數十步,置道左。明日賊退,乃歸。③

《茅亭客話》:成都漆匠艾延祚,甲午歲爲賊驅於郡署,令作漆器。五月六日,忽聞鼓鼙聲,及南門火起,乃天兵至。延祚因上樹,匿穠葉間,見天兵往來搜捕殺戮。至夜下樹,卧積屍中。中宵聞傳呼,類將吏,有十數人,而無燭炬,因竊視之,不見其形。但聞按據簿籍,稱點姓名,僵屍聞呼,一一應之,惟不唱延祚而過。僵屍相接,猶檢閲未已。④

《夷堅志》:姑蘇值建炎胡暴,施榮伏叢屍間。至夜,望車馬隔河來,明燭照道,以爲虜也。俄浮水過,審爲鬼神,須臾悉集其所,官人踞床坐,吏從傍持簿指姓名呼,屍輒起應。迨呼盡,獨己不與。官人

---

① 參見《吳越春秋》卷四《勾踐入臣外傳第七》。
② 參見《吳越春秋》卷一《王僚使公子光傳第三》、卷二《闔閭內傳第四》。
③ 參見《稽神録》卷六《劉宣》。
④ 參見《茅亭客話》卷六《艾延祚》。

曰："有婦阿李，係合死之數，何得不見？"吏對曰："他腹中帶一人來，未應同死，姓名乃四字番語，李明日辰時方命盡。"點訖，呵道去。榮冥行小徑，入竹林少憩。逢一婦人，皤其腹，以帕裹首先在焉，蓋已受禍而不死者。天甫明，謂榮曰："我姓李，懷身入月，[10]遭此橫難，今將產矣。"榮乃扶持之。未食頃，生男。婦了無痛惱，抱之滌於河。既畢，登路傍，解裹首帛拭之，指顧之次，爲風所中，暈死。一胡倡乘馬適過前，喜曰："何處得個嬰孩，我未有子，此天賜我也。"顧從騎下馬挾以去。榮望其已遠，始敢出林。①

《水東日記》："統幕潰，[11]一戍卒嘗語其家人曰：'亂殯叢中，吾見一神人，謂曰："爾非此中人，豆腐閘兒人也。"既而得脫還，然莫曉所言何謂。'未幾，虜犯土城，官軍接戰，此卒竟殁於豆腐閘陣中。"②

右四事大略相同，未必盡出虛撰，足見死生冥定，非智力所能移免。

臨刑飲酒

黃巢死時，溥獻其姬妾。僖宗宣問曰："汝曹皆勳貴子女，何爲從賊？"其居首者對曰："狂賊凶逆，國家以百萬之衆，失守宗祧。今陛下以不能拒賊，責一女子，置公卿將帥於何地乎？"上不復問，戮之於市。餘人皆悲怖昏醉，獨不飲不泣，至於就刑，神色肅然。③ 此女子英辨侃侃，視死如歸，以今觀之，尤有生氣，不知當時君臣何所置其愧也。又范曄及其子藹，臨誅，亦並醉。因知今刑部每決重囚，必先酒食之，其來已遠。想其初意，蓋欲罪人昏醉，不大怖耳。今制凶人犯極罪，已招伏奏當，然不即斷決，尤必監候，會審無詞，又俟三覆奏而後始行刑。逮於臨刑，復酒食以醉飽之。及至市曹，又停刑不決，許其家人擊登聞鼓告訴，多有得旨放回者。足見朝廷好生之德，無所不至。而

---

① 參見《夷堅志·補卷》第一〇《王宣宅借兵》。
② 參見《水東日記》卷一六。
③ 參見《容齋隨筆·續筆》卷一二《婦人英烈》。

在外有司，刻礉之吏，不體此意，任情肆虐，於罪不至死之人，每每非法拷訊以斃之，是徒杖之罪反重於死刑。有司殺人，反捷於朝廷矣。

事機難測

洪景盧云：秦始皇并六國，一天下，東遊會稽，度浙江，僩然謂子孫萬世之固，不知項籍已縱觀其傍，劉季起喟然之嘆於咸陽。曹操芟夷群雄，遂定海內，身爲漢相，日夜窺伺龜鼎，不知司馬懿已入幕府。梁武帝殺東昏侯，覆齊祚，而侯景以是年生。唐太宗殺建成、元吉，遂登天位，而武后已生。宣宗之世，無故而復河隴，戎狄既衰，藩鎮順命，而朱温生。①

王應麟云："齊桓公七年始霸，十四年，陳完奔齊，亡齊者已至。漢宣帝甘露三年，匈奴來朝，而王政君已在太子宮。唐太宗以武德丙戌即位，②而武氏已生於前二年。我藝祖受命之二年，女真來貢，而宣和之禍乃作於女真。"③又云："秦昭王五十一年滅周。是歲，漢高祖生。"④

觀二公之説，可見禍福倚伏，事機難測。余謂不寧惟是，楊堅以巧詐篡周，朱温以凶殘滅唐，將謂年邁期頤，業固磐石，[12]夫何福不盈眦，而殺身之賊即其眼中之子。僅一再傳，寶祚傾絶，二公之引，猶爲遠於事情。

子晉劉安

《汲冢周書·太子晉解》云：王子曰："且吾聞汝之人年長短，告吾。"師曠對曰："汝聲清汗，汝色赤白，火色不壽。"王子曰："吾後三年，上賓於帝所，汝慎無言，將及汝。"師曠歸，未及三年，告死者至。⑤

---

① 參見《容齋隨筆》卷一五《世事不可料》。
② 丙戌：唐高祖武德九年（626）。
③ 參見《困學紀聞》卷一。
④ 參見《困學紀聞》卷一一。
⑤ 參見《逸周書》卷九《太子晉解第六十四》。

《列仙傳》謂：子晉乘鶴仙去。① 蓋好奇之人，因上賓之說而附會之耳。子晉死時，年才十七。淮南王安以謀反自殺，載在信史，而《神仙傳》以爲仙去，蓋亦因其好言神仙黃白之事，而妄爲之說。

軒渠

呂東萊有《軒渠錄》，專載可笑事。初不解"軒渠"之義，近閱《後漢書·薊子訓傳》云："兒識父母，軒渠笑悅。"②又《韻會》云："軒渠，笑貌。"③意始犁然。

側厚

今三原市肆賣餅，有曰"側厚"者。

按《東京夢華錄》：胡餅店賣寬焦側厚。④ 乃知其稱有自"寬焦"，即《武林舊事》所謂"寬焦薄脆"者。⑤ 今京師但名"薄脆"。

讀書法

《參同契》云："千周粲彬彬兮，萬遍將可睹。神明或告人兮，心靈忽自悟。"⑥《心印經》云："誦之萬遍，妙理自明。"《魏略·董遇人》：有從學者，不教，云："讀書百遍，其義自見。"蘇東坡《送安惇落第詩》云："故書不厭百回讀，熟讀深思子自知。"⑦朱晦菴云：書貴熟讀，讀多自然曉。⑧《元史》：侯均云："人讀書不至千遍，終於己無益。"⑨古人論讀書之法，不過如此。

---

① 參見《列仙傳》卷上《王子喬》。
② 參見《後漢書》卷一一二下《方術列傳·薊子訓傳》。
③ 參見《古今韻會舉要》卷三。
④ 參見《東京夢華錄》卷四《餅店》。
⑤ 參見《武林舊事》卷六《市食》。
⑥ 參見《周易參同契發揮》卷下。
⑦ 參見《彥周詩話》。
⑧ 參見《朱子語類》卷一〇《讀書法》。
⑨ 參見《元史》卷一八九《儒學》。

唐文粹

唐《張登文集》權文公爲序，其略曰：如《求居》《寄別》《懷人》三賦，與《證相》一篇，意有所激，鏘然玉振，儻有繼昭明之爲者，斯不可遺也。然觀《文粹》，并不遍載，由是知姚有未見者。① 如王勃《滕王閣序》、柳宗元《黃溪》諸記，姚亦豈未之見，而皆不選及。

文 選

《文選》采擇精妙，藝林獨步。而宋人往往繆加抨議，足見不量。蓋漢魏六朝文風最盛，士率能言，其采擇所遺，亦多珠璧。唐宋以來，鮮能企及。唐張燕公奉詔搜括《文選》外文章，別撰一部，爲二十卷。張始興嫌其取舍未允，其事竟寢。元茶陵陳仁子，有《文選補遺》四十卷，恨未之見。近者大庾劉都憲節，搜括史傳及《古文苑》《初學記》《藝文類聚》《文苑英華》《太平御覽》等書所載，集爲《廣文選》八十二卷，可謂甚富，但真贋雜陳，工拙并列，雋永之製，間或棄之。至若《汲冢周書》《左傳》《國語》《鬻》《管》《莊》《列》《亢倉》《淮南》《潛夫》《中論》之屬，蓋皆昭明所謂"以立意爲宗""方之篇翰"而不同者，似并不宜選入。乃者晉江陳侍御蕙，頗爲增損，然亦未爲允當也。

感孕之異

《異域志》謂：南海無男之女，感南風而獲孕。②《搜神記》述零陵太守之女，飲盥水而有娠。③ 觀此，則吞玄鳥之卵以生商，履巨人之迹以誕稷者，未爲虛也。近者隰寧張娟之女，十二歲而得男。長安劉氏之婦，六十二而育女，是胎𧉮之結，亦有不假天癸者。

---

① 參見《文獻通考》卷二四八。
② 參見《異域志》。
③ 參見《搜神記》卷一一。

沈存中論星月

沈存中謂：“五星有循度者，有失度者，有犯經星者，有犯客星者。”① 或以爲客星飛流奔迸，倏忽無常，其犯五星則有矣。五星寧得犯之？余按，《天文書》：周伯、老子、王蓬絮、國皇、溫星，皆客星也。周伯大而色黃，煌煌然。老子明大色白，淳淳然。王蓬絮狀如粉絮，拂拂然。國皇星出而大，其色黃白，望之有芒角。溫星色白而大，狀如風動摇，常出四隅。② 右客星錯出五緯之間，雖曰其見無期，其行無度，而或能留止不移，是以五星得而犯之。若夫飛流奔迸者，乃所謂飛星、流星，非客星也。

存中又謂：月行疾者，其前必有星。③ 余按，《天文書》：月行遇水、火、土、金四星，[13] 向之則速，背之則遲。④ 非謂凡前有星，皆行速也。存中妙達緯象，而偶有此失。又後漢鄭興上疏曰：日月交會，數應在朔，頃年日食多在晦。先時而合，皆月行疾也。日君象，月臣象，君亢急則臣下促迫，故行疾也。⑤

精爲星

《中興天文志》：客星有三：一曰老子，二曰國星，[14] 三曰溫星。老子稱李耳，古之有德行而不仕，老而有壽之人。國星者，國皇也，不知何國人。溫星者，溫其姓，古之有操行而不仕者也。三人者，其精皆爲星，帝命之爲客星。⑥ 余按：嚴子陵亦有操行而不仕者，氣類相感，故有客星犯帝座之應。

---

① 參見《夢溪筆談》卷七《象數一》。
② 參見《隋書》卷二〇《天文中》。
③ 參見《夢溪筆談》卷七《象數一》。
④ 參見《隋書》卷二〇《天文中》。
⑤ 參見《後漢書》卷三六《鄭興傳》。
⑥ 參見《文獻通考》卷二八一《客星》。

又《莊子》云：傅説乘東維，騎箕尾而比於列星。① 是以尾宿之後，有傅説一星。《神仙傳》曰：歲星降爲東方朔，東方生，無歲星。② 諸星中有軒轅、造父、奚仲、王良，亦皆古人之名，是知精之爲星者，不特老子三人。

【校勘記】

［1］株：《周官新義》作"侏"。
［2］整：原作"鼜"，據《文心雕龍·樂府第七》改。殷整：殷代帝王整甲。
［3］唱：原作"倡"，據石印本、初編本、《關中叢書》本改。
［4］白：《説郛》卷九四《罰爵典故》作"曰"。
［5］城：《陸士龍集》作"臺"。
［6］蛙：此文"蛙"字《水經注》均作"蝦蟇"。
［7］《孔北海集》"合"後有"作"字。
［8］鬲：原作"滆"，據石印本、初編本、《關中叢書》改。
［9］王：《稽神錄》作"吴"。
［10］入：石印本、初編本、《關中叢書》本皆作"十"。
［11］《水東日記》"潰"後有"圍"字。
［12］磬：原作"盤"，據初編本、《關中叢書》改。
［13］水：《隋書》卷二〇《天文中》作"木"。
［14］星：《文獻通考》引《中興天文志》作"皇"。

---

① 參見《莊子·大宗師》。
② 參見《博物志》卷九《雜説》引《神仙傳》。

真珠船卷四

合口音

平聲：侵、覃、鹽、咸；上聲：寢、感、琰、豏；去聲：沁、勘、豔、陷；入聲：緝、合、葉、洽，皆合口音。周德清《中原音韻》謂：入聲獨無合口音。① 其論殊偏。[1]

蒸字韻

古韻多相通，如東與冬，江支與微佳，庚與青、真之類是也。獨蒸字不與他韻通，歷考《毛詩》及《文選》可見。吳才老《韻補》謂：蒸與真通。② 余未考。

元曲

元曲，如《中原音韻》《陽春白雪》《太平樂府》《天機餘錦》等集，《范張雞黍》《王粲登樓》《三氣張飛》《趙禮讓肥》《單刀會》《敬德不伏老》《蘇子瞻貶黄州》等傳奇，率音調悠圓，氣魄宏壯。後雖有作，鮮之與京矣。蓋當時臺省元臣、郡邑正官，及雄要之職，盡其國人爲之。中州人每每沉抑下僚，志不獲展，如關漢卿乃太醫院尹，馬致遠江浙行省務官，宫大用釣臺山長，鄭德輝杭州路吏，張小山首領官，其他屈在簿書、老於布素者，尚多有之。於是以其有用之才，而一寓之乎聲

---

① 參見《中原音韻》卷下。
② 參見《韻補》卷二。

歌之末，以紓其怫鬱感慨之懷，蓋所謂"不得其平而鳴焉"者也。

戒石銘

《戒石銘》云："爾俸爾禄，民膏民脂，下民易虐，上天難欺。"[1]乃宋太祖擇孟昶《頒令箴》之語而書之，俾天下郡邑刻石立廳事前，以爲守令警，至今尚然。余郎刑曹時，同僚蜀人張蜀望云："適過牛肉胡同，見張榜申禁屠牛。而鼓刀者，乃居然賣牛肉其下，殊可笑也。"余謂今之守令，《戒石銘》非不在其目前，而貪虐者曾不介念，此輩又奚足怪。胡同，京師小巷之稱。[2]

權臣官銜

唐楊國忠拜相，制前銜云：御史大夫判度支、權知太府卿事、兼蜀郡長史、劍南節度、支度營田等副大使、本道兼山南西道采訪處置使、兩京太府司農、出納監倉祠祭木炭宮市長春九成宮等使、關內道及京畿采訪處置使、拜右相、兼吏部尚書、集賢殿崇文館學士、修國史太清太微宮使。自餘所領，又有管當租庸鑄錢等使。元伯顔官銜云：元德上輔、廣忠宣義、正節振武、佐運功臣、太師開府儀同三司、秦王答剌罕中書、右丞相上柱國、録軍國重事、監修國史、兼徽政院侍正、昭功萬户府都總使、虎符威武阿速衛親軍都指揮使司達魯花赤、忠翊侍衛親軍都指揮使、奎章閣大學士、領學士院、知經筵事、太史院宣政院事、也可千哈必陳千户達魯花赤、宣忠斡羅思扈衛親軍都指揮使司達魯花赤、提調回回漢人、司天監、群牧監、廣惠司、內史府、左都威衛使司事、欽察親軍都指揮使司事、宮相都總官府、領太禧宗禋院、兼都典制神御殿事、中政院事、宣鎮侍衛親軍都指揮使司達魯花赤、提調宗人蒙古、侍衛親軍都指揮使司事、提調哈剌赤也不干察兒、領隆祥使司事。右二奸擅政，前後一律，當時氣勢薰灼，猶可想見，然適足爲

---

① 參見《容齋續筆》卷一《戒石銘》。

無窮唾罵之資耳。

讖緯書名

讖緯書名,余嘗載之《墅談》,①而遺《易》:《元命包》《萌氣樞》;②《書》:《刑德放》;《春秋》:《孔錄法》《少陽篇》;《禮》:《號謚記》;《河圖》:《皇參持》[3]《赤伏符》《合古篇》《提劉子》《錄運法》《閶苞受》《帝覽嬉》《祕徵篇》;《論語》:《摘衰聖》《陰嬉讖》。計尚有之,俟續考也。

齊氣

魏文帝《典論·論文》云:"徐幹時有齊氣。"李善注:言齊俗文體舒緩,而徐幹亦有斯累。③

按《漢書·地理志》:《齊詩》:"子之營兮,遭我乎峱之間兮。"[4] 又曰:"竢我於著乎而。"此亦其舒緩之體。④ 又云:齊至今,其士舒緩闊達而足智。⑤《朱博傳》:博遷瑯琊。齊部舒緩,博奮髯抵几曰:"觀齊兒欲以爲俗邪!"⑥《寰宇記》:萊州人志氣緩慢。⑦ 是則齊俗自來舒緩,故文體亦然。而注《論語》者,獨謂其急功利,急與舒緩正相反。

齊民

《漢書·食貨志》:"齊民",如淳注:齊,等也。無有貴賤,謂之齊民,若今言平民。⑧ 故《莊子·漁父》云:"下以化於齊民。"⑨鍾會《檄蜀

---

① 參見本書《墅談》卷一《讖緯書》。
② 查現通行本《緯書集成》及古之緯書,《易》并無緯書《元命包》,當爲胡侍誤。參見《緯書集成》。
③ 參見《六臣注文選》卷五二《典論論文》。
④ 參見《漢書》卷二八下《地理》。
⑤ 同上。
⑥ 參見《漢書》卷八三《朱博》。
⑦ 參見《太平寰宇記》卷二〇。
⑧ 參見《漢書》卷二四下《食貨志下》。
⑨ 參見《莊子·漁父》。

文》云:"率土齊民,未蒙王化。"①楊雄《羽獵賦序》:"割其三垂,以贍齊民。"②王莽詔:"編户齊民。"司馬相如《難蜀父老》:"割齊民以附夷狄。"③蔡邕《京兆樊惠渠頌》:"編户齊萌。"④《伐鮮卑議》:"以齊民易醜虜。"⑤陸機《辨亡論》:"齊民免干戈之患。"⑥劉琨《勸進表》:"齊人波蕩。"⑦賈思勰《齊民要術》,義并不殊,有以爲齊地之民者,非也。

障　泥

障泥,一名障汗,一名弇汗,一名蔽泥。《鹽鐵論》:今富者,麗有弇汗。⑧《西京雜記》:漢武帝得天馬,常以玫瑰石爲鞍,鏤以金銀鍮石,以緑地五色錦爲蔽泥,後稍有熊羆皮爲之。⑨故李白有"銀鞍白鼻騧,緑地障泥錦"之句。又韓友治王睦病死,以豹皮馬障泥卧上立愈。長孫道生一熊皮障泥數十年。

含銜音義

含,胡男切,在覃字韻。《説文》:"嗛也。"⑩有包容不露之義。《周易》:"含弘光大。""含章可貞。"⑪《左傳》:匿瑕。含垢。⑫漢明德后云:"含飴弄孫。"⑬《朱建傳》:"太后含怒。"⑭《王褒傳》:"羹藜含糗。"⑮

---

① 參見《六臣注文選》卷四四《檄蜀文》。
② 參見《六臣注文選》卷八《羽獵賦》。
③ 參見《六臣注文選》卷四四《難蜀父老》。
④ 參見《蔡中郎集》卷六《京兆樊惠渠頌》。
⑤ 參見《文選補遺》卷一七《諫伐鮮卑議》。
⑥ 參見《六臣注文選》卷五三《辨亡論》。
⑦ 參見《六臣注文選》卷三七《勸進表》。
⑧ 參見《鹽鐵論校注》卷六《散不足第二十九》。
⑨ 參見《西京雜記》卷二《武帝馬飾之盛》。
⑩ 參見《説文解字》卷二《口部》。
⑪ 參見《周易正義》卷一《坤卦》。
⑫ 參見《春秋左傳正義》卷二四《宣公十三年至十八年》。
⑬ 參見《後漢書》卷一〇上《后紀第十上·明德馬皇后》。
⑭ 參見《史記》卷九七《酈生陸賈列傳第三十七》。
⑮ 參見《漢書》卷六四下《王褒》。

漢官儀：含雞舌香奏事。《韓昌黎集》："含英咀華。"①皆是此義。

銜，戶監切，在咸字韻。《説文》："馬勒口中，行馬者也。"②有緘唇切齒不放之義。《周禮·大司馬》："鼓行徒銜枚。"注：枚如箸，銜之，軍法止語也。③《詩》："出則銜恤。"《春秋》："合誠圖，鳳皇銜圖置帝前。"[5]《左傳》："許男面縛銜璧。"韓子：鳥有周周，銜羽而飲。④《淮南子》：雁銜蘆以避矰繳。⑤《漢書·義縱傳》：上怒，銜之。⑥東海王彊上疏曰："銜恨黄泉。"⑦劉伶《酒德頌》："銜杯漱醪。"⑧皆是此義。

二字音義不同如此，世或有不復分別，一概稱用，以銜枚爲含枚，以銜之爲含之者，誤也。

親王公主禮

《大明會典》："凡王於妃父母前行禮，王立於東，西向；妃父母立於西，東向。王行四拜禮，妃父母立受兩拜，答兩拜。其餘親屬見王，行四拜禮，王皆坐受。妃於父母前行四拜禮，父母正面立受。其餘親屬見妃，各序家人禮。"⑨公主下嫁，拜謁祠堂畢，合卺。與駙馬東西相向，拜見舅姑。舅姑坐東，西向；公主立西，東向，行四拜禮，舅姑答兩拜。⑩

馮夷

張衡《思玄賦》："號馮夷俾清津兮，櫂龍舟以濟予。"[6]李善注引

---

① 參見《韓昌黎集》卷一二《進學解》。
② 參見《説文解字》卷一四《金部》。
③ 參見《周禮注疏》卷二九《大司馬》。
④ 參見《喻林》卷七六。
⑤ 參見《六臣注文選》卷一三。
⑥ 參見《漢書》卷九〇《義縱》。
⑦ 參見《後漢書》卷四二《東海恭王彊傳》。
⑧ 參見《藝文類聚》卷七二。
⑨ 參見《明會典》卷四三《禮部二》。
⑩ 參見《明會典》卷七〇《禮部二十八·公主婚禮》。

《清冷傳》曰：[7]河伯，姓馮氏，名夷。浴於河中而溺死，是爲河伯。①《太公金匱》曰："河伯姓馮，名修。"《裴氏新語》："謂爲馮夷。"《莊子》曰："馮夷得之，以遊大川。"②《淮南子》曰："馮夷服夷石而水仙。"《後〔漢〕張衡傳》注引《聖賢冢墓記》曰："馮夷者，弘農華陰潼鄉隄首里人，服八石，得水仙，爲河伯。"③又《龍魚河圖》曰："河伯姓呂，名公子。夫人姓馮，名夷。"唐碑有《河侯新祠頌》，秦宗撰文曰："河伯姓馮名夷，字公子。"數説不同，然則不經之傳也，蓋本於屈原《遠遊篇》，所謂"使湘靈鼓瑟兮，令海若舞馮夷"。前此未有用者。《淮南子·原道訓》又曰："馮夷大丙之御也，乘雲車，入雲蜺。"許叔重云："古之得道能御陰陽者。"此自別一馮夷也。④ 右洪容齋之説，如此考索，可謂極博。

余按，《山海經》云："從極之淵，深三百仞，維冰夷恒都焉。冰夷人面，乘兩龍。"⑤《穆天子傳》云："天子西征，鶩行，至於陽紆之山，河伯無夷之所都居。"⑥右二説，皆出屈原前，蓋冰夷、無夷即馮夷也。《淮南子》又作"馮遲"。又《淮南子》云："馮夷得道以潛大川。"司馬相如《大人賦》云："使靈媧鼓瑟而舞馮夷。"⑦楊雄《太玄賦》："舞馮夷以作樂。"章樵注："馮夷，河伯之字。"[8]張衡《西京賦》："感河馮。"⑧曹植《洛神賦》："馮夷鳴鼓。"《博物志》云："夏桀時，費昌之河上見一日，問於馮夷。"《抱朴子·釋思篇》云："馮夷以八月上庚日渡河，溺死。天帝署爲河伯。"⑨陶弘景《水仙賦》云："琴馮是焉去來。"⑩蓋謂琴高馮

---

① 參見《六臣注文選》卷一五《思玄賦》。
② 參見《莊子·大宗師》。
③ 參見《後漢書》卷五九《張衡列傳第四十九》。
④ 參見《容齋隨筆·四筆》卷五。
⑤ 參見《山海經·海內北經》。
⑥ 參見《穆天子傳》卷一。
⑦ 參見《史記》卷一一七《司馬相如列傳第五十七》。
⑧ 參見《六臣注文選》卷二《西京賦》。
⑨ 《抱朴子》內外篇均不見載。參見《古今事文類聚·前集》卷一七《地理部》。
⑩ 參見《藝文類聚》卷七八。

夷也。郭璞《馮夷贊》云："稟華之精，食惟八石，乘龍隱淪，往來海客，若是水仙，號曰河伯。"①又《江賦》云："冰夷引浪以傲睨。"[9]注："即馮夷。"②馮，音凭。謝惠連《雪賦》云："粲兮若馮夷，剖蚌列明珠。"③《水經注》：《括地圖》曰，馮夷乘雲車。④ 容齋都不引及，何也？

僞　學

《齊東野語》云：有一種淺陋之士，自視無堪進取，輒自附道學之名，褒衣博帶，危坐闊步。或抄節語録以資高談，或閉眉合眼號爲默識。叩擊其所學，則於古今無所聞知；考驗其所行，則於義利無所分別。此聖門之大罪人，吾道之大不幸，而遂使小人得以藉口爲僞學之目，而君子受玉石俱焚之禍。⑤又云：張説爲承旨，朝士多趨之。王質、沈瀛，始俱在學校有聲，既而俱立朝，物譽亦歸之，相與言："吾儕當以詣説爲戒。"衆皆聞其説而壯之。已而質潛往説所，甫入客位，而瀛已先在焉，[10]相視愕然。明日喧傳，清議鄙之，久皆不安而去。⑥右睹二説，乃知此輩昔已有之。

巨　人

陝西會城，正德十三年六月四日初昏時陰黯，忽大明，有巨人長三丈餘，見撫臺東。足長四尺許，衣袂飄搖，鬚髯如叢戟，眉目莫辨。已而大風雨，遂失所在。街人王大貴及候更卒並見。⑦ 王近向余説："尚毛戴。"人猶有不信者。

余按，《春秋》："敗狄于鹹。"⑧《穀梁傳》曰：長狄兄弟三人，一者

---

① 參見《藝文類聚》卷七八。
② 參見《六臣注文選》卷一二《江賦》。
③ 參見《六臣注文選》卷一三《雪賦》。
④ 參見《水經注校注》卷一。
⑤ 參見《齊東野語》卷一一《道學》。
⑥ 參見《齊東野語》卷一一《王沈趨張説》。
⑦ 參見《説郛》卷五。
⑧ 參見《春秋左傳正義》卷一九下《文公十一年至十五年》。

之魯，一者之齊，一者之晉，①皆殺之。身橫九畮，斷其首而載之，眉見於軾。《史記》：秦始皇二十六年，有大人長五丈，足履六尺，皆夷狄服。凡十二人，見於臨洮。②《河圖龍文》曰："大秦國人，長十丈；佻國人，長三丈五尺。"③《晉史》："元帝咸熙二年八月，襄武縣言有大人見，長三丈餘，迹長三尺二寸。"④《述異記》：禹會塗山，防風氏後至，禹誅之。其長三丈，其頭專車。⑤又符健皇始四年，有長人見，身長五丈，語百姓張靖曰："今當太平。"俄而不見。新平令以聞，健以爲妖妄，召靖繫之。會大霖雨，河渭泛溢，蒲津監寇登，於河中流得大屐一隻，長七尺三寸，足迹稱屐，指長尺餘，文深一尺。健嘆曰："覆載之中何所不有，張靖所見定不虛也。"乃赦之。⑥王子年《拾遺》：宛渠之民，其長十丈。⑦《南史》："陳武帝永定三年，有人長三丈，見羅浮山，通身潔白，衣服楚麗。"⑧《隋書》："仁壽四年，有人長數丈，見於應門。其迹長四尺五寸。"⑨《異域志》："長人國人長三四丈，國朝有使往遼陽，舟被風至其國，其人來拿舟，斬其一指，大若人臂。"⑩紀載歷歷，豈必都妄？

又《河圖龍文》云：龍伯國人長三十丈。天之東南西北極，各有銅頭鐵額兵，又有金剛敢死力士。天中太平之都，有都甲食鬼鐵面兵，皆長三千萬丈。⑪《神異經》云："西北海外有人焉，長二千里，兩脚中間相去千里，腹圍一千五百里。"又東南隅上大荒之中，有樸父

---

① 一者之魯一者之齊一者之晉：此爲《春秋公羊傳》之説，非《春秋穀梁傳》之載。胡侍此説當遵陶宗儀《説郛》所載。
② 參見《史記》卷六《秦始皇本紀第六》。
③ 參見《御定淵鑑類函》卷二五六《人部》。
④ 參見《晉書》卷二九《五行》。
⑤ 參見《述異記》卷上。
⑥ 參見《晉書》卷一一二《苻健》。
⑦ 參見《拾遺記》卷四《秦始皇》。
⑧ 此不見載於《南史》，參見《隋書》卷二三《五行》。
⑨ 參見《隋書》卷二三《五行》。
⑩ 參見《異域志》。
⑪ 參見《御定淵鑑類函》卷二五六《河圖龍文》。

焉，夫妻並立，其高千里，腹圍自輔。① 若此諸説，並是誕誣。故孔子曰："長者不過十丈數之極也。"

龍九子

龍生九子不成龍，各有所好。囚牛好音樂，今胡琴頭上所刻是其遺像。睚眥好殺，今刀柄上龍吞口是其遺像。嘲風好險，今殿角走獸是其遺像。蒲牢好鳴，今鐘上獸鈕是其遺像。狻猊好坐，今佛座獅子是其遺像。霸下好負重，今碑座獸是其遺像。狴犴好訟，今獄門上獸吞口是其遺像。屭贔好文，今碑兩傍龍是其遺像。蚩吻好吞，今殿脊獸頭是其遺像。弘治間，泰陵令中官問龍生九子名目於李少師東陽，李不能悉。詢於吏部劉員外績，乃得其説於故册面上所録，然亦不知所從出，因據以復。余憶十一二時，曾見其説於《對類總龜》中，近因歷考傳記，乃知其説爲不經。

睚眥：《戰國策·聶政》曰："賢者，以感忿睚眥之意。"注：睚，舉眼也。眥，目匡也。②《史記·范雎傳》："睚眥之怨必報。"③《漢書·杜欽傳》：睚眥必報。④[14] 張衡《西京賦》："睚眥蠆介。"⑤

蒲牢：班固《東都賦》注：海中有大魚曰鯨，海邊又有獸名蒲牢，素畏鯨。鯨魚擊蒲牢，輒大鳴。凡鐘欲令聲大，故作蒲牢於上，所以撞之者爲鯨魚狀。⑥

狻猊：《穆天子傳》：狻猊日走五百里。⑦《爾雅》："狻麑如虦猫，食虎豹。"郭璞注："即師子也，出西域。漢順帝時，疏勒王來獻犎牛及

---

① 參見《神異經》。
② 參見《戰國策校注》卷八。
③ 參見《史記》卷七九《范雎蔡澤列傳第十九》。
④ 參見《漢書》卷六〇《杜周傳第三十》。
⑤ 參見《六臣注文選》卷二《西京賦》。
⑥ 參見《六臣注文選》卷一《東都賦》。
⑦ 參見《穆天子傳》卷一。

師子。"①《漢書·西域傳》：烏弋國出師子。孟康曰：似虎正黃，有頾耏，尾端毛大如斗。②《續漢書》：條支國出師子。[15]章帝章和元年，安息國遣使獻師子。③《十洲記》：聚窟洲在西海中，北接崑崙，有師子。④《博物志》：魏武經白狼山，逢師子，見一物如狸跳上其頭，師子伏不敢起，遂殺之。⑤《韻會》：犬生二子，曰獅。⑥

狴犴：《字林》云：犴，胡地野狗，似狐黑喙。《周官》：士射犴侯。犴，胡犬，其守在夷，士以能勝四夷之守為善。《詩》："宜犴宜獄。"⑦今文作"岸"。《楊子》："狴犴使人多禮。"⑧《上林賦》："蟃蜒貙犴。"[16]《埤雅》：犴善守。⑨《韻會》：獄曰犴，或作豻犬。⑩ 所以守，故謂獄為犴。

屓贔：屓一作奰，一作贔屭，一作眉。《韻會》：狀大貌。⑪ 又鼇也，一曰雌鼇為贔。《廣韻》：壯士作力貌。《西京賦》："巨靈贔屓。"⑫《吳都賦》："巨鼇贔屓。"⑬

蚩吻：當作鴟尾，言蚩尾蚩吻，並誤。王子年《拾遺》：鯀沈羽淵，化為玄魚，後人修玄魚祠以祀之。嘗見其浮躍出水，⑭長百尺，噴水激浪，必降大雨。漢世越巫，請以鴟魚尾厭火災。今之鴟尾是也。《唐會要》：漢武柏梁殿災，越巫獻術言："海中有魚，名虬，其尾似鴟，激浪則降雨。"遂作其形，置於殿脊，以厭火災。⑮《南史》：蕭摩訶詔其

---

① 參見《爾雅注疏》卷一〇《釋獸》。
② 參見《漢書》卷九六《西域》。
③ 參見《後漢書》卷四《孝和孝殤帝紀第四》。
④ 參見《海內十洲記》。
⑤ 參見《博物志校正》卷三《異獸》。
⑥ 參見《古今韻會舉要》卷二。
⑦ 參見《毛詩正義》卷一二《小雅·小宛》。
⑧ 參見《揚子法言》卷二。
⑨ 參見《埤雅》卷五《釋獸》。
⑩ 參見《古今韻會舉要》卷五、卷二五。
⑪ 參見《古今韻會舉要》卷一七。
⑫ 參見《六臣注文選》卷二《西京賦》。
⑬ 參見《六臣注文選》卷五《吳都賦》。
⑭ 參見《拾遺記》卷二《夏禹》。
⑮ 參見《唐會要》卷四四。

廳事寢堂,並置鴟尾。①

已上都不見有龍子之説,囚牛、嘲風、霸下俟考。

黄　金

黄金,漢時最多,陳平四萬斤間楚。梁孝王死,藏府餘四十餘萬斤。武帝時,衛青比歲擊胡,斬捕首虜之士,受賜二十餘萬斤。漢故事,聘皇后二萬斤。王莽徵杜陵史氏女爲后,聘三萬斤。又莽敗時,省中黄金萬斤者爲一匱,尚有六十匱。黄門、鈎盾、臧府、尚方,處處各有數匱。文帝賜絳侯勃五千金,丞相平、將軍嬰各二千斤,朱虚侯章、襄平侯通、典客揭各千斤;昭帝賜廣陵王二千斤;昌邑王賜侍中君卿千斤;宣帝賜霍光前後七千斤,廣陵王前後五千斤;王莽賜孝單于咸千斤,咸子助五百斤;高帝賜太公家令、叔孫通各五百斤。昭帝賜蔡義,元帝賜孔霸,成帝賜許嘉,皆二百斤;成帝賜王根,哀帝賜王莽,皆五百斤。他賜百斤、數十斤者,不能枚舉。糜竺助先主,至一億斤。自西教盛行,棄之於土木者,既不勝計。而衣物之飾,又日趨於華靡,有金綫、金箔、泥金、銷金、貼金、縷金、間金、餞金、圈金、戧金、解金、剔金、撚金、陷金、明金、楞金、背金、影金、闌金、盤金、織金、蹙金、蒙金、掐金、鍍金、流金、滲金、減金、描金、煮金、灑金、皮金、遍地金,其名號至夥,耗費若斯,焉得如昔之多。

行　藥

鮑照有《行藥至城東橋》詩,劉良注云:"照因疾服藥,行而宣導之,遂至建康城東橋。見遊宦之子,而作是詩。"②故常建有《閒齋卧病行藥至山館稍次湖亭》詩。③ 余亦有詩云:"露徑徐行藥,雲門深采芝。"④

---

① 參見《南史》卷六七。
② 參見《六臣注文選》卷二二。
③ 參見《常建詩》卷一《閒齋卧病行藥至山館稍次湖亭》。
④ 參見本書《胡蒙谿詩集》卷五《五言律詩·豈敢》。

有以藥爲樂者,乃知妄改金根,不獨韓昶可嗤也。唐耿湋詩"流水知行藥",①于良史詩"行藥至西城"。②

博　學

《易》云:"君子多識前言往行。"③《曲禮》云:博聞強識,謂之君子。④《儒行》云:"儒有博學而不窮。"⑤《內則》云:"博學無方。"⑥孔子云:"多識於鳥獸草木之名。"⑦又云:多聞闕疑,多見闕殆。⑧又云:"博學之。"又云:"君子博學於文。"⑨又云:"多聞擇其善者而從之,多見而識之。"⑩《張衡傳》云:仲尼恥一物之不知,學之貴博也尚矣。⑪程明道乃謂謝顯道云:"賢却記許多,可謂玩物喪志。"⑫蓋斯言之玷也。

宋僉事女

江西按察僉事宋儒,寧夏人,女美而文,嫁仁和鄧公輔。合卺之夕,鄧因剔燈微吟云:"油凍知天冷。"蓋挑女之對也,女應聲云:"香消覺夜闌。"後有子矣,而女卒,臨絶,力疾寫詩訣鄧云:"崑山片玉本無瑕,女子生來願有家。誰料中途妾薄命,莫教兒子着蘆花。"鄧成化丁未進士,⑬先公同年。

房庶論樂

宋時蜀人房庶,著書論古樂與今樂不遠,大略云:上古世質,器

---

① 參見《唐詩品彙》卷六五《題贈韋山人》。
② 參見《唐詩品彙》卷六六《閒居寄薛華》。
③ 參見《周易正義》卷三《大畜》。
④ 參見《禮記正義》卷三《曲禮》。
⑤ 參見《禮記正義》卷五九《儒行》。
⑥ 參見《禮記正義》卷二八《內則》。
⑦ 參見《論語注疏》卷一七《陽貨第十七》。
⑧ 參見《論語注疏》卷二《爲政第二》。
⑨ 參見《論語注疏》卷六《雍也第六》。
⑩ 參見《論語注疏》卷七《述而第七》。
⑪ 參見《後漢書》卷五九《張衡傳》。
⑫ 參見《古今事文類聚・別集》卷一《儒學部・學術》。
⑬ 丁未:明成化二十三年(1487)。

與聲朴，後世稍變焉。石，磬也，變爲方響。絲竹，琴簫也，變爲箏笛。土，塤也，變而爲甌。木，柷敔也，貫之爲板。此於世甚便，而不達者，指廟樂鎛鐘、編磬宮軒爲正聲，而概謂夷部、鹵部爲淫聲。古之俎豆，後世易以杯盂；簟席更以榻桉。使聖人復生，不能舍杯盂、榻按而復俎豆、簟席也。八音之器，豈異此哉！孔子曰"鄭聲淫"者，豈以其器不古哉！亦疾其聲之變爾。試使知樂者，由今之器，寄古之聲，去滒灛靡曼，而歸之中和雅正，則感人心，導和氣，不曰治世之音乎！世之所謂雅樂，未必如古，而教坊所奏，豈盡爲淫聲哉！①

余不知樂，然深愛此論。

【校勘記】

[1] 偏：原作"徧"，據石印本、初編本、《關中叢書》本改。
[2] 衚衕京師小巷之稱：石印本、初編本、《關中叢書》本皆無此八字。
[3] 參持：《緯書集成》此二字互乙。
[4] 猛：《漢書》作"巇"。
[5] 皇：石印本、《關中叢書》本皆作"凰"。
[6] 擢：《六臣注文選》作"擢"。
[7] 《六臣注文選》此處作"張衡曰"，而非"李善注曰"，胡侍此説當從洪邁《容齋隨筆》。
[8] 字：原作"子"，據《古文苑》卷四《太玄賦》改。
[9] 引：《江賦》作"倚"。
[10] 馮夷楊雄太玄賦……而瀛已：原書此四百字佚失，據清華嘉靖本補。
[11] 十：《御定淵鑑類函》卷二五六引《河圖龍文》作"一"。
[12] 熙：原作"寧"，據《晉書》卷二九改。
[13] 五：《神異經》作"六"。
[14] 睚眦必報：《漢書》作"報睚眦怨"。參見《漢書》卷六〇《杜周傳第三十》。
[15] 《後漢書》卷八八《西域》作：自皮山西南經烏秅，涉懸度，歷罽賓，六十餘日行至烏弋山離國，地方數千里。時改名排持。復西南馬行百餘日至條支。條支國城在山上，周回四十餘里。臨西海，海水曲環其南及東北，三面路絕，唯西北隅通陸道。土地暑濕，出師子、犀牛、封牛、孔雀、大雀。大雀其卵如甕。
[16] 此句爲《子虛賦》之内容，非《上林賦》。參見《六臣注文選》卷七《子虛賦》。

---

① 參見《宋史》卷一四二《樂志》。

真珠船卷五

戰車戰船

近制帥造戰車戰船，將襲套虜，而吏胥科索，閭里騷然。余以爲地利人事，皆甚不宜，不惟無功，抑恐藉寇兵而齎盜糧也。因閲宋熙河漕臣李復二疏，深有概於余衷，遂備録之，冀悟當事者。

《乞罷造戰車》疏云：奉聖旨，令本司製造戰車三百兩。臣嘗覽載籍，古者師行，固嘗用車，蓋兵不妄動，征戰有禮，不爲詭遇，多在平原易野，[1]故車可以行。今盡在極邊，戎狄乘勢而來，雖鷙鳥飛騫，不如是之迅捷。下寨駐軍，各以保險爲利，其往也，車不及期，居而保險，車不能登。歸則虜多襲逐，爭先奔趨，不暇回顧，車安能收？非若古昔於中國爲用。臣聞此議出於許彦圭，彦圭因姚麟而獻説，朝廷遂然之，不知彦圭劇爲輕妄。唐之房琯嘗用車戰，大敗於陳濤斜，十萬義軍，無有脱者。畿邑平地且如此，況今欲用於峻阪溝谷之間乎？又戰車比常車闊六七寸，運不合轍，牽拽不行。昨來兵夫，典賣衣服，自賃牛具，終日方進五七里，遂致兵夫逃亡，棄車於道，大爲諸路之患。今乞便行罷造，如別路已有造者，乞更不牽拽前來。

《乞罷造船》奏云：邢恕乞打造船五百隻於黄河，順流放下，至會州西小河内藏放。有旨專委臣監督，限一年了當。契勘本路，只有船匠一人，須乞於荆江淮浙和顧。又釘、綫物料，亦非本路所出。觀恕奏請，實是兒戲。且造船五百隻，若目今工料並備，並須數年，自蘭州駕放至會州，約三百里，北岸是敵境，豈可容易？會州之西小河鹹水，其闊不及一丈，深止於一二尺，豈能藏船？黃河過會州，[2]入韋精山，[3]石峽狹窄，自上垂流直下，高數十尺，船豈可過？至西安州之東，大河分爲六七道，水淺灘磧，不勝舟載。一船所載，不過五馬二十人，雖到興州，又何能爲？又不知幾月得至。此聲若出，必爲夏國侮笑。臣未敢便依指揮擘畫，恐虛費錢物，終誤大事。疏既上，徽宗察其言忠，遂罷二役。①

右二疏出《灊水集》，《容齋四筆》亦載之。又今套中深沙大磧，徒步尚艱，車豈易行？黃河兩岸，并是敵境，船豈得過？較諸宋時，十倍不便。

刹

刹，《韻會》以爲佛寺，非也。②王簡棲《頭陀寺碑》："列刹相望。"李周翰注："列刹，佛塔也。"又"崇基表刹"，劉良注："刹，塔也。"③《南史·虞愿傳》："以孝武莊嚴刹七層，帝欲起十層，不可立，分爲兩刹，各五層。"④劉孝儀《平等刹下銘》："惟兹寶塔，妙迹可傳。"又云："豈如神刹，耿介凌煙。"⑤梁簡文帝《答同泰寺立刹啓》："寶塔天飛。"⑥宋之問《登慈恩寺浮圖詩》："鳳刹侵雲半。"⑦歷詳前說，刹爲佛塔無疑。

《說文》又解爲"柱"。《釋氏要覽》："刹，梵云；刹瑟，此云竿，即幡柱也。沙門得法者，便當建幡告四遠。"⑧

董賈

蘇老泉云："董生得聖人之經，其失也流而爲迂；晁錯得聖人之

---

① 胡侍此引文不引自《灊水集》卷一《乞罷造戰車》《乞罷造船》，而引自《容齋隨筆·四筆》卷六《記李履中二事》。
② 參見《古今韻會舉要》卷二七。
③ 參見《六臣注文選》卷五九。
④ 參見《南史》卷七〇《循吏·虞愿》。
⑤ 參見《漢魏六朝百三家集》卷九七《平等刹下銘》。
⑥ 參見《漢魏六朝百三家集》卷八二上《答同泰寺立刹啓》。
⑦ 參見《全唐詩》卷五二《奉和九月九日登慈恩寺浮屠應制》。
⑧ 參見《錦繡萬花谷·前集》卷二九《浮圖名議》。

權,其失也流而爲詐。有二子之才而不流者,其惟賈生乎?"①楊鐵崖云:"賈生《治安策》,有本有末,至切至著,方之後日晁、董諸子,言非事實,迂而少迫,煩而寡要,豈不爲西京策臣之冠乎?"又云:"漢儒首賈生,使生終年如仲舒,純儒不下仲舒也。"

按:劉歆《讓太常博士書》亦云:"在朝之儒,唯賈生而已。"②不言仲舒。

摹姑

小兒無辜疳毒,腦後項邊,有核如彈,按之轉動而不痛,中有蟲如米粉,不速破之,則隨熱氣流散,淫食臟腑,以致肢體作瘡,便利膿血,壯熱羸瘦,頭露骨高,皆因氣血虛憊所致。或因洗兒衣服,露於簷下,爲雌鳥落羽所污,蟲入皮毛,亦致此疾。凡晒衣須火烘之。《聖惠方》:急用竹刀刺破,刮去核中蟲。又小兒手足極細,項小骨高,尻削體瘦,臍突號哭,胸陷或生穀癥,是名丁奚。虛熱往來,頭骨分開,翻食吐蟲,煩渴嘔噦,是爲哺露。二者皆無辜種類,最爲難治。《韻會》云:"摹姑,小兒羸病。"③今云"無辜",聲之訛也。

東蘠

甘涼銀夏之野,沙中生草子,細如罌粟,堪作飯,俗名登粟,一名沙米。按《宋史》:瀚海沙深三尺,不育五穀,沙中生草子,名登相,收之以食。④《遼史》:西夏出登廂。⑤《一統志》:韃靼土産東牆,似蓬草,實如稷子,十月始熟。⑥《子虛賦》:"東蘠雕胡。"注:"東蘠實可食。"⑦《廣

---

① 參見《嘉祐集》卷一一。
② 參見《六臣注文選》卷四三《移書讓太常博士》。
③ 參見《古今韻會舉要》卷三。
④ 參見《宋史》卷四九〇《外國》。
⑤ 參見《遼史》卷一一五《二國外紀》第四五《西夏》。
⑥ 參見《明一統志》卷九〇。
⑦ 參見《六臣注文選》卷七《子虛賦》。

志》:"東墙色青黑,粒如葵子,似蓬草,十一月熟,出幽、涼并烏丸地。"①《魏書》:烏丸地宜東墙。② 余意一物,東蘠訛爲登厢,又訛爲登粟耳。

甜 酒

《齊民要術》云:"勿使米過,過則酒甜。"③白樂天詩云:"户大嫌甜酒。"④蘇東坡詩云:"酸酒如齏湯,甜酒如蜜汁。"⑤《北山酒經》云:"北人不善投甜,所以飲多,令人膈上懊憹。"⑥是酒味忌甜也。然梁元帝云:"銀甌貯山陰甜酒,時復進之。"⑦杜工部詩云:"不放香醪如蜜甜。"⑧口之於味,亦有不同。

盧坦之言

唐盧坦爲河南尉,時杜黄裳爲尹,召坦曰:某家子與惡人遊,破産,合察之。坦曰:"凡居官廉,雖大臣無厚蓄,其能積財者,必剥下以致之。如子孫善守,是天富不道之家,不若恣其不道,以歸於人。"黄裳驚其言。⑨ 余謂多藏者必厚亡。貨悖而入者,亦悖而出。古昔論天道者,已并若此。盧坦之言,雖若矯枉過直,然激發痛快,尤爲警切,貪黷之子,尚諦思之。

夫妻義絶

《筆談》:壽州有人殺妻之父母昆弟數口,州司以不道緣坐其妻

---

① 參見《廣博物志》卷四三。
② 參見《三國志》卷三〇《魏書三十》。
③ 參見《齊民要術》卷七《笨麴餅酒第六十六》。
④ 參見《白香山詩集》卷一九《久不見韓侍郎戲題四韻以寄之》。
⑤ 參見《東坡全集》卷一四《岐亭五首》。
⑥ 參見《北山酒經》卷上。
⑦ 參見《顏氏家訓》卷上《勉學篇第八》。
⑧ 參見《九家集注杜詩》卷二二《絶句漫興》。
⑨ 參見《新唐書》卷一五九。

子,刑曹駁之曰:"毆妻之父母,[4]即是義絕,況其謀殺,不當復坐其妻。"①嘉靖之元,沁州李子千毆殺妻父,成獄而逃。州繫其妻白氏,追索凶身,三年餘矣。及余攝州,乃移文憲司云:"李子千既是亡命,逃竄必遠,就令妻孥盡斃獄中,凶狠之人,亦豈肯顧?況白氏之父,既被李子千毆殺,則白氏即係屍親,讎不共天,伉儷義絕。若復瘐死囹圄,是死者之家,重并罹害。乞將白氏釋放,止責凶身。族人鄰里,多方捕訪,歲月稍稽,或有獲理。"憲司即從余議。

滕茂實

滕茂實墓在雁門關。《宋史》《一統志》並以爲臨安人。②《姑蘇志》以爲吳人。滕拘留雁門時,自分必死,囑友人董詵,以奉使黃幡裹屍而葬,且大書九篆字云"宋使者東陽滕茂實墓"。據其自書,當以東陽爲正。

喬文惠上梁文

喬文惠行簡,嘉熙末拜平章軍國重事,年已八裘,而子孫淪喪,況味極惡,嘗作《上梁文》云:"有園有沼,聊爲卒歲之遊;無子無孫,盡是他人之物。"③聞者憐之。今閹豎之徒,子孫既闕,財産不貲,而猶豪奪巧掊,孳孳靡輟,不知爲誰作牛馬也。

泛濫追呼

真西山《政經》云:"一夫被追,舉室惶擾。有持引之需,有出官之費。貧者不免舉債,甚者至於破家,豈可泛濫追呼?"④胡太初《書簾緒論》云:"凡與一人競訴,詞必牽引其父子、兄弟五七人。甚至無涉之

---

① 參見《夢溪筆談》卷一一《用法之失》。
② 參見《宋史》卷四四九《滕茂實》,《明一統志》卷三八。
③ 參見《齊東野語》卷五《喬文惠晚景》。
④ 參見《政經·泛濫追呼》。

家,偶有宿憾,亦輒指其婦女爲證,意謂未辨是非,且得追呼一擾,費耗其錢物,凌辱其婦女,此風最不可長。今須察其事勢輕重,止將緊要人點追一兩名。若婦女未可遽行追呼。"①

右二書皆當官者所宜熟玩,而兹二説曲盡其事,尤當深省。余謂追呼泛濫,乃貪吏藉手索錢之術。

黍

黍,《説文》:禾屬而黏。以大暑而種,故謂之黍。从禾,雨省聲。②《爾雅翼》:楚人以菰葉包黍炊而食之,謂之角黍。③ 可爲酒,關東人謂之黄米酒,亦謂黍爲黄糯。蓋皆謂黍爲黏也。

余按,《詩緝》云:黍有二種:黏者爲秫,可以釀酒;不黏者黍。今關西總謂之糜子。黏者謂黏糜子,不黏者曰飯糜子,謂只堪作飯也。孔子曰:"黍可以爲酒。"④亦謂秫黍耳。黍有丹黍、白黍、黑黍。黑黍,《詩》所謂"維秬者也"。有秠,《爾雅》注:"所謂黑黍中一稃二米者也。"

稷

徐鉉云:"楚人謂之稷,關中謂之糜,其米爲黄米。"高琇云:"關西謂之糜。"《通志》云:苗穗似蘆,而米可食。⑤ 是皆誤認"黍"爲"稷"也。

按《爾雅》:"粢稷。"刑昺疏:《左傳》云:"粢食不鑿,粢者,稷也。"《曲禮》云:"稷曰明粢是也。"郭云:"今江東人呼粟爲粢。然則粢也,稷也,粟也,正是一物。"而《本草》稷米在下品,别有粟米在中品,又似二物,故先儒甚疑焉。⑥ 余謂稷即粟米,不須疑,《本草》誤也。

---

① 參見《晝簾緒論》。
② 參見《説文解字》卷七《黍部》。
③ 參見《爾雅翼》卷一《釋草·黍》。
④ 同上。
⑤ 參見《通志》卷七五。
⑥ 參見《爾雅注疏》卷八《釋草第十三》。

粱[5]

《爾雅》:"虋,赤苗。"注:"今之赤粱粟。""芑,白苗。"注:"今之白粱粟,皆好穀。"①《詩詁》:"粱似粟而大。"《本草圖經》:粱米有青粱、黄粱、白粱,皆粟類也。青粱,殼穗有毛,粒青,米亦微青,而細於黄、白粱。黄粱,穗大毛長,殼米俱粗於白粱,而收子少,不耐水旱。白粱,穗亦大,毛多而長,殼粗扁長,不似粟圓。諸粱食之,比他穀最益脾胃,性亦相似。粟米比粱,乃細而圓,種類亦多,功用無別。② 粱,今燕代間謂之"粱穀",關西謂之"毛穀",白者曰"芝麻粱",一曰"鶻鴿彈"。

秫

《爾雅》:"衆秫。"注謂:"黏粟也。"《説文》:"秫,稷之黏者也。"③《氾勝之書》:"粱是秫粟。"④《本草圖經》:丹黍米黏者爲秫。北人謂秫爲黄米,亦謂之黄糯,釀酒。⑤《宋書》:"陶淵明爲彭澤令,公田悉令種秫稻,妻子固請種秔,乃使二百五十畝種秫。"⑥觀此,則黍稷稻粱之黏者,皆謂之秫。而《本草》别出"秫米"一條,注謂"似黍而粒小",誤也。

歹 另

歹,俗讀作多改切,如呼惡人則曰歹人,好惡則曰好歹。另,俗讀作力正切,呼别行則曰另行,不同居則曰另居。並誤。按《説文》:歹

---

① 參見《爾雅注疏》卷八《釋草第十三》。
② 參見《本草圖經》卷一八《米部》。
③ 參見《爾雅注疏》卷八《釋草第十三》。
④ 參見《通志》卷七五。
⑤ 參見《本草圖經》卷一八《米部》。
⑥ 參見《宋書》卷九三《列傳第五十三·隱逸》。

作歺,五割切,列骨之殘也。一作歺。① 另作冎,古瓦切,剔人肉置其骨也。一作剮。

己字三音

己,一音茍起切。《説文》:"中宫也。象萬物辟藏詘形也。己承戊,象人腹。"②徐曰:"萬物與陰陽之氣,藏則歸土,屈曲包容,象人腹圜曲也。人腹,中央也。"③《月令》:"其日戊己。"注:戊言茂,己言起。④《增韻》又:"身也。對物而言,曰彼己。"

一音養里切。《韻會》:止也。《廣韻》:此也,又甚也,訖也。《增韻》:又語終辭。⑤

一音象齒切。《説文》:"已也,四月陽氣已出,陰氣已藏,萬物見,成文章,故巳爲蛇形,象形。"《律歷志》:"巳藏於巳。"上音以,下音似。毛氏曰:陽氣生於子,終於巳。巳者,終也,象陽氣既極回復之形,故又爲終。巳字,今俗以有鉤挑者爲終已字,無鉤挑者爲辰巳字,是蓋未知義也。按《史記》:"巳者,陽氣之已盡也。"《博雅》云:"巳,㠯也。"《釋名》:"巳,已也。如出有所爲畢已,復還而入也,是辰巳字,不特書作已,古亦讀如已矣之已也。"⑥

右《韻會》之説如此。今耳學之徒乃猶妄生分別,因詳述以示。

詩人幸不幸

張祐以詩薦於朝,[6]元稹對穆宗曰:"張祐雕蟲小巧,壯夫不爲。若獎激太過,[7]恐變風教。"由是寂寞而歸。⑦薛逢爲尚書郎,出爲巴

---

① 參見《説文解字》卷四《歺部》。
② 參見《説文解字》卷一四《己部》。
③ 參見《説文繫傳》卷二八。
④ 參見《月令解》卷六。
⑤ 參見《古今韻會舉要》卷一一。
⑥ 同上。
⑦ 參見《唐才子傳》卷四。

州刺史，楊收輔政。逢有詩，微辭譏訕，收銜之。復斥蓬、綿二州刺史，收罷，以太常少卿召還，歷給事中。王鐸爲相，逢又以詩訾鐸，鐸怒，遂不見齒。常州張景修爲浮梁令，邑子朱天錫以神童應詔，景修作詩送之，神宗一見，大加稱賞。翌日，以語宰相王禹玉："恨四方有遺才，即令召用。"禹玉言："不欲以一詩召人，恐長浮競，不若俟其秩滿赴部命之。"遂止。令中書藉記姓名，[8]比景修秩滿，神宗已升遐。本朝楊少師士奇在閣日，見一詩頗佳，詢其人，乃蘇州士人陳述，即令有司舉之。初授湖廣按察司照磨，尋陞御史，轉四川左參政。

夫均爲詩人，而有幸、不幸。薛逢掇蜂不悛，自詒辛螫，非不幸也。

廁牏

《漢書·萬石君傳》：取親中裙廁牏澣洒。蘇林云："牏，音投。"晉灼云："今世謂反閉小袖衫爲侯牏。"顔師古云："廁牏者，近身之小衫，若今汗衫也。"蘇音晉說是矣。①

余按，賈逵解《周官》云："牏，行清也。"孟康曰："廁，行清，牏中受糞函者也。"②賈、孟皆在晉前，去班固爲近，說必有受，後世俗諺豈足依憑？當從賈、孟爲是。且詳廁牏字義，知其必不爲衣服類也。

粉羹

今人宴終，必薦粉羹，其來頗遠。陳正敏《遯齋閒覽》云：太祖內宴，先令進粉，故名頭食。後人宴終，方薦此味，蓋失其次耳。③

爐酒

《齊民要術》："作粟米爐酒法，五月、六月、七月中作之倍美，受兩

---

① 參見《漢書》卷四六《萬石衛直周張傳第十六》。
② 同上。
③ 參見《類說》卷四七。

石以下甕,以石子二三升蔽甕底。夜炊粟米飯,即攤之令冷,夜得露氣,雞鳴乃和之。大率米一石,殺麴一斗,春酒糟末一斗,粟米飯五斗,麴殺若多少,計須減飯。和法痛按令相雜,填滿甕爲限,以紙蓋口,磚押上,勿泥之,恐太傷熱。五六日後,以手内甕中,看令無熱氣便熟矣。酒停亦得二十許日,以冷水澆筒飲之,醋出者歇而不美。"①詳其法,即今所謂嗢酒。然今法只用小白麴,或小麥、大麥、糯米,瓶罌中皆得作之,而澆飲以湯,古爲蘆酒,因以蘆筒噏之,故名。今云爐,當是筆誤。醋,公縣切,以孔下酒也。

貔狸

《澠水燕談》:契丹産貔狸,形類大鼠而足短,極肥。其國以爲殊味,穴地取之,以供國王之膳。自公相以下,皆不得嘗。常以羊乳飼之。頃北使攜至京,烹以進御。本朝使其國者,亦得食之。浮休《使遼録》:有令邦者,以其肉一臠置之食鼎,則立糜爛。陸氏《舊聞》:"狀類大鼠,極肥腯,甚畏日,爲隙光所射,輒死。"《墨客揮犀》:刁約使契丹,有"密賜十貔狸"之句。② 沈存中云:"貔狸,形如鼠而大,穴居,食果穀,嗜肉。狄人以爲珍膳,味如肫子而肥。"③《齊東野語》云:數説微有異同,要之即一物,亦竹䶉、貛狸之類,近世乃不聞有此,北客亦多不知。④ 余意即今西北邊所謂塔剌不花者也,一名大黃鼠。《飲膳正要》:塔剌不花,一名土撥鼠。味甘無毒,煮食之,宜人。生山後草澤中,北人掘取以食,雖肥,煮則無油,湯無味。⑤

二王公不私

宋王文正公旦從子睦,屬開貢舉,上書於公,願與秋試。公曰:

---

① 參見《齊民要術》卷七《笨麴餅酒第六十六》。
② 參見《齊東野語》卷一六《北令邦》。
③ 參見《夢溪筆談》卷二五《契丹語入詩》。
④ 參見《齊東野語》卷一六《北令邦》。
⑤ 參見《飲膳正要》卷三。

"吾家世以文進，見汝樹立，喜可知矣。然吾在政府，懼太盛，豈可使汝與寒畯競進也？"國朝王忠肅公翱爲吏部尚書，仲孫疄，已蔭監生，將應秋試，以有司印卷白公。公曰："汝才可登第，吾豈忍蔽之？如誤中選，則妨一寒士，且汝已有階得仕，又何必爾？列卷火之。"

右二公亮直不私，令人欽仰。乃若陶穀在翰林，屬其子鄑於考試官，以合格聞。秦檜柄國，子熺、孫塡於省試、殿試並冠多士，寧不有愧於二公？

王忠肅娶妾事

王忠肅公翱爲都憲時，張夫人密爲娶一妾，逾半年，方從容語公云："有一事，願貸罪過，乃敢言。"公詰其故，始云："我年老，不堪服勞左右，特娶一妾相代，公其姑納之，何如？"公怒云："汝何破我家法？"毅然不容相見，即日具幣兩端、白金二十兩，送之返。後公遷吏部尚書，妾猶在室，云："豈有天官妾而改嫁他人者，即他人，亦豈敢言娶。"公八十四卒，妾衰服往哭。其子竚，遂留養終身。余謂此一事而四美具焉。忠肅公之不惑，張夫人之不妒，妾之貞一，竚之高誼，咸可紀也。妾姓俟。續訪，竚官錦衣千户。有謂公卒年九十二，夫人爲曾氏者，並非公原配宋夫人，繼室以張云。

盛允高謫官

沈周《客座新聞》云：盛杲允高，蘇人，年二十餘，任御史，巡廣東時，王翺鎮兩廣，允高劾其失政，朝廷以大臣，姑容之。後二年，概考在京百官，翺已陞冢宰，以允高爲輕浮，降古田縣典史。允高戲謂人云："此去在杲以爲恕，今去杲一字，尚存史字。"

余因考《進士登科錄》及《名臣錄》《姑蘇志》，則盛杲乃吳江人，景泰辛未進士，授監察御史，清山東馬政，癸酉出按廣東。[①] 是年王公已

---

① 參見《姑蘇志》卷五二《人物十》。

爲冢宰,允高所劾者,則總督兩廣都御史建昌揭稽耳。允高自以言事逆鱗,奉旨左遷,非由王公考黜也。王公一代名臣,又嘗自云:"吏部豈報恩復讎之地?"橫遭誣衊,特爲辨之。

無字碑

唐乾陵、豐陵并有無字碑。余嘗疑其故説,載《墅談》中。《劉賓客嘉話録》云:"東晉謝太傅墓碑,但樹貞石,初無文字,蓋重難製述之意也。"①此説亦通。

西　瓜

西瓜,《爾雅》《本草》《齊民要術》及諸類書,并不載,知昔所無。《草木子》云:"元世祖征西域,中國始有種。"②

余按:五代時胡嶠陷虜,記云:真珠寨東行數十里,入平川,始食西瓜,云契丹破回紇,得此種,以牛糞覆棚而種,大如中國冬瓜,而味甘。③又文文山《西瓜吟》云:"拔出金佩刀,切破蒼玉瓶。[9]千點紅櫻桃,一團黄水晶。"④不始於元世祖。

【校勘記】

［１］易:《濼水集》卷一《乞罷造戰車》及《容齋隨筆‧四筆》卷六《記李履中二事》作"廣"。
［２］會:原作"韋",據《濼水集》卷一《乞罷造戰車》及《容齋隨筆‧四筆》卷六《記李履中二事》改。
［３］韋:原作"會",據《濼水集》卷一《乞罷造戰車》及《容齋隨筆‧四筆》卷六《記李履中二事》改。
［４］毆:原作"歐",據石印本、初編本、《關中叢書》改。此文"毆"字均同此。

---

① 《四庫全書》本《劉賓客嘉話録》并無此説。胡侍此説當引《説郛》卷三六《劉賓客嘉話録》。
② 參見《草木子》卷四。
③ 參見《五代史》卷七三《四夷附録》。
④ 參見《文山集》卷二〇《西瓜吟》。

[5]粱:原書中"粱""梁"混用,據文意,全部改爲"粱"。
[6]祐:原作"祜",據石印本、《關中叢書》本改。此文"祐"字均同此。
[7]太:原作"大",據石印本、初編本、《關中叢書》本改。
[8]藉:石印本、初編本、《關中叢書》本皆作"籍"。
[9]切:《文山集》卷二〇作"斫"。

真珠船卷六

梁顥

《遁齋閒覽》："梁灝，八十二歲。雍熙二年狀元及第，其謝啟云：'白首窮經，少伏生之八歲；青雲得路，多太公之二年。'"①《容齋四筆》云：以《國史》考之，梁公雍熙二年廷試甲科，景德元年，以翰林學士知開封，暴卒，年四十二。②

余按：《宋史》"灝"作"顥"，卒年九十二，非四十二；泝其登第時，乃七十三，非八十二；其子固，大中祥符元年亦擢甲第，年才二十二。③《朝野雜記》謂："顥登第，年二十三。"④蓋誤以固爲顥云。

欒巴

《後漢書》：欒巴，順帝世以宦者給事掖廷，補黃門令。後陽氣通暢，白上乞退，擢郎中，仕至議郎，謫永昌太守。子賀，官至雲中太守。⑤夫以已腐之人，而有再蘖之理，且能子焉，此輩豈宜縱之閨閣中哉！

吏道臚仕

國朝由吏道躋臚仕者，若靖安況鍾，蘇州知府；南昌熊尚初，泉州

---

① 參見《記纂淵海》卷七一《人事部·壽考·遁齋閒覽》。
② 參見《容齋隨筆·四筆》卷一四《梁狀元八十二歲》。
③ 參見《宋史》卷二九六《梁顥傳》。
④ 參見《弇州四部稿》卷一六五。
⑤ 參見《後漢書》卷五八《欒巴》。

知府；高安賈信，廉州知府；吳縣平思忠，陝西參政；江西楊時習，交阯按察使；肅寧劉敏，刑部侍郎；江陰劉本道，户部侍郎；鳳陽單安仁、清苑李友直，并工部尚書；德慶李質，刑部尚書；吳縣滕德懋、江陰徐晞，並兵部尚書；南昌萬祺，工部尚書。太子少保，刀筆之流，孰謂無人。

殷浩語

余鬌年，見巧對有云："與我周旋寧作我，爲郎憔瘦却羞郎。"下句知爲元微之《會真記》中語，上句不知所出。近閲《晉書》，乃知爲殷浩語，桓溫問浩："君何如我？"浩曰："我與我周旋久，寧作我也。"① 今《晉書》以"與我"作"與君"語，義并通。

謝小娥

牛僧孺《幽怪録》載尼妙寂事云：尼姓葉，父昇，夫任華，皆遇盗死，李公佐爲解夢中隱語，乃得復其讎，謂嘗覽公佐所作傳，録而纂之。② 余近獲睹公佐所作傳，事則不殊，而姓名乃爲謝小娥，不作葉妙寂。夫爲段居貞，亦非任華。③《唐書·列女傳》亦同公佐，④ 然則思黯誤也。

空　桑

《吕氏春秋》：有侁氏女子采桑，得嬰兒於空桑中，獻之。其君令烰人養之，察其所以然。曰："其母居伊水之上，孕，夢有神告之曰：'臼出水而東走，毋顧。'明日，視臼出水，告其鄰，東走十里而顧，其邑盡爲水，身因化爲空桑，故命之曰伊尹。"⑤ 余謂邑人既盡没於巨浸，尹母又已化爲枯株，采桑之女偶得遺嬰於無人之境，乃其曩故，誰復得

---

① 參見《晉書》卷七七《殷浩》。
② 參見《玄怪録》卷二《尼妙寂》。
③ 參見《説郛》卷一一二上《謝小娥傳》。
④ 參見《新唐書》卷二〇五《烈女》。
⑤ 參見《吕氏春秋》卷一四《本味》。

而傳之？怪誕非道，所宜刊削。至懸千金，人不能增損一字。高誘謂"憚相國之勢而然"是也。又《春秋孔演圖》：孔子母徵在，遊大冢之陂，睡夢黑帝，使請與己交，語曰："女乳必於空桑之中。"覺則若感，生丘於空桑中。① 誣聖之言，尤不足信。

幼慧

唐世幼慧者最多。權德輿四歲能賦詩。蕭穎士四歲能屬文，七歲誦數經，十歲以文章知名。令狐楚五歲能詞章。杜甫七歲屬辭。李百藥、徐彥伯、張九齡、裴敬彝，皆七歲能文。李賀七歲，作《高軒過》。韋溫七歲，日誦數千言，十一舉兩經及第。孔穎達八歲，記誦日千餘言，闇記《三禮》義宗。劉晏八歲，獻《東封書》，拜祕書省正字。王勃九歲作《漢書指瑕》，十三作《滕王閣序》。張童子九歲明二經，與韓愈同舉禮部，拜衛兵曹。李泌九歲賦方圓動靜。李白十歲觀百家，十三能文史。郗士美十二通"五經"，《史記》《漢書》皆能成誦。柳公權十二工詞賦。元稹十五擢明經。常敬忠十五七，過誦萬言。如意中七歲，《女子賦》《別兄詩》。今之豚犬，但解覓梨栗耳，述之以勉兒輩。

酒禁

《酒誥》云："文王誥教小子、有正、有事無彝酒。越庶國飲惟祀，德將無醉。"②又云："厥或告曰群飲，[1]汝勿佚。盡執拘以歸於周，予其殺。"③《周官》：萍氏掌幾酒、謹酒。④ 故漢興有酒禁。三人以上，無故群飲，罰金四兩，不但恐糜米穀，且備酒禍也。後世因爲榷酤之法，官務之課，雖事不盡善，而古意略存。今千乘之國，以及十室之邑，無

---

① 參見《古微書》卷八。
② 參見《尚書正義》卷一三《周書・酒誥》。
③ 同上。
④ 參見《周禮注疏》卷三六《秋官・萍氏》。

處不有酒肆,米穀耗貴,淫鬪繁興,皆職於是。倘能酌量往制,嚴立禁條,不患穀價不平,訟詞不簡也。

卧視書

精力漸衰,危坐閱書久即爲勞,常置書枕側,卧閱終日,非當食及應接人事,不爲起。按《晉書・王湛傳》:兄子濟見床頭《周易》,問:"叔父何用此?"湛曰:"體中不佳時,脫復看爾。"①唐皇甫湜《韓昌黎墓志》:"平居雖寢食,未嘗去書,息以爲枕,餐以飴口。"②宋蔡確詩:"紙屏石枕竹方床,手倦拋書午夢長。"③《容齋四筆》:稚子樏嗜讀書,雖就寢,猶置一編枕畔。④乃知古人亦有然者。《三國志》:曹操作欹案,卧視書。曹智人想便甚,但欹案之制不傳。沈括《忘懷錄》有:欹床,云如今倚床,但兩向施檔齊高,令曲尺上平。若臂倚左檔,則右檔可几;臂倚右檔,則左檔可几;臂左右互倚,令人不倦。仍可左右蟠足,或枕檔角欹眠,無不便適。其度座方二尺,足高一尺八寸,檔高一尺五寸,木製藤綳,或竹爲之。又云:尺寸隨人所便增損。⑤

余意欹案之制,或當不大殊。漢李尤有《讀書枕銘》,唐楊炯有《卧讀書架賦》。

精 舍

《事物紀原》:漢明帝於東都城外立精舍,處攝摩騰竺法蘭。⑥按《西域志》,摩訶賴國阿耨達山王舍城,在山東南角。竹園精舍,在城西。⑦ 是精舍不始於東都也。漢包咸、董春、劉淑、檀敷、李充,皆立精

---

① 參見《晉書》卷七五《王湛》。
② 參見《皇甫持正集》卷六《韓文公墓志銘》。
③ 參見《兩宋名賢小集》卷一八〇《玩鷗檻詩稿》。
④ 參見《容齋隨筆・容齋四筆序》。
⑤ 參見《夢溪忘懷錄》。
⑥ 參見《事物紀原》卷七。
⑦ 參見《藝文類聚》卷七六《內典上》。

舍講授。曹操欲於譙東立精舍讀書。《文選》有謝靈運《石壁精舍還湖中》詩,李善注:"精舍,今讀書齋是也。"①故朱晦菴有武夷精舍、滄州精舍、寒泉精舍,葉少蘊有石林精舍,真德秀有西山精舍。又《吳·江表傳》:道士于吉立精舍讀道書。然則所謂精舍,非釋氏之廬得以專稱也。精舍亦作精廬,《後漢·姜肱傳》:盜詣精廬,求見徵君。②《儒林傳論》:"精廬暫建,贏糧動有千百。"注:"精廬,講讀之舍。"③《東觀漢記》:王阜年十一,欲出精廬。④ 任彦昇《求立太宰碑表》:精廬妄啓。⑤《南史》:沈道虔時,復還石山精廬。⑥

破頭話

余仲父襄陵君之孫叔元,乃從弟佑之子。其前身,實終南豐德寺僧淨敖也。敖戒行甚高,復能詩,故余大父槐堂侍郎以來,世與交好。敖每謂仲父及余言,淨敖受君家供養三世,行當托生君家,以酬厚遇。正德甲戌四月十九日甲夜,仲父假寐,夢敖突入佑室,輒變爲虎躍而出。驚寤起,呼余及佑,方述夢次。俄報叔元生,時漏下二鼓。久之,忽聞叩門聲,訊之,乃敖徒德中來訃,云:"師作。"入城主黃氏,二鼓坐脱矣。時敖年已八十三,仲父因命叔元小字爲和尚。叔元登嘉靖乙未進士,⑦歲餘遘病京邸,從弟爲裹巾幘,叔元覽鏡顧視,自謂曰:"汝本一僧,易形爲儒,今乃着巾若道士,本來面目,固若是邪!"語畢而逝,時年才二十有三。余聞冥化渺微,忌人語洩,自述前生事,謂之説破頭話,犯者必死。叔元既顯字和尚,又恒自述本僧,語洩太甚,遂以夭死。

---

① 參見《六臣注文選》卷二二《石壁精舍還湖中》。
② 參見《後漢書》卷五三。
③ 參見《後漢書》卷七九。
④ 參見《東觀漢記校注》卷一三《王阜》。
⑤ 參見《六臣注文選》卷三八《爲范始興作求立太宰碑表》。
⑥ 參見《南史》卷七十五《列傳第六十五·隱逸上》。
⑦ 乙未:明嘉靖十四年(1522)。

按《幽怪錄》：党氏女語人云："兒前身茗客王蘭也。"納幣方畢，而女乃失。①《樗齋隨筆錄》：②元泗州塔寺住持某，齋戒嚴潔，時人以老佛稱之。一日，呼侍者，求血臟湯，侍者曰："老佛平日齋戒，今日何得有此想？"老佛怒，拂衣去，徑造陳平章家曰："某特來求血臟湯吃也。"平章詰之如前，老佛怒曰："原來你也是不了事漢。"平章不得已與食之。至晚歸寺，別衆唱偈曰："撞開平屋三層土，踏破長淮一片冰。"遂化去。茶毗之日，昇龕至淮河岸，時冰久合，舉火之際，大響一聲，冰忽自開，果如偈語。是夕平章見老佛至家，俄報後堂生子，即雲嶠，後仕爲餘姚同知。重九日，同張伯雨賦詩，伯雨有"百年身付黃花酒，萬壑松如赤脚冰"之句。又有和者云："方外弟兄存晚節，人間富貴若春冰。"至嶠則猶以"長淮一片冰"言之，不數日卒。

斯并說破頭話所致。然天竺牧童，能咏三生之句。晉時鮑靚，不忘墮井之身。王十朋自言是嚴闍黎。今盛尚書端明，自知爲養馬卒，皆說破頭話，而皆無恙也。

太子廟

陝西會城糖房街有太子廟，所祀乃唐張巡，廟碑謂唐嘗贈巡爲通真三太子。考之《唐書》及他傳記，咸無其說，且人臣未聞以太子爲贈者。本傳：巡開元末擢進士，繇太子通事舍人出爲清河令。③ 意者俗因銜中太子字，遂訛有兹稱。

翰林知縣

大學士吳郡王公鏊《震澤長語》云：宋時兩制，皆文學名天下者始應其選。雖一甲三人，亦出知外任，然後召試，欲其知民事也。其

---

① 參見《玄怪錄》卷二《党氏女》。
② 按：《千頃堂書目》載"安塞宣靖王秩炅《滄洲漁隱錄》六卷，又《樗齋隨筆》二十卷"。"漁"當爲"愚"字誤。安塞宣靖王朱秩炅爲慶靖王朱㰘之後，其作《滄洲愚隱錄》《樗齋隨筆錄》今不見傳。
③ 參見《新唐書》卷一九二《忠義中·張巡》。

餘應試，率皆一時赫然有名中外，所謂制科是也。故文學之士，不至遺棄。又通知民間利病，以其曾試於外也。國家翰林侍從亦兩制之類，率用高科，其餘則用庶吉士。一甲三人，終不外任。庶吉士者，本欲使之種學績文，以為異日公卿之儲。士既與此選，自可坐致清要，不復苦心於學，又不通知民事，天下以文學名者，不復得預，遺才頗多，故不若制科之為得也。制科行，人人自奮於學，以求知於上，不待督責矣。

慈溪張鈇《郊外農談》云：新進士不宜即除知縣，知縣之職較之知府，尤為親民。得人，則上人雖有苛政，而民不受其虐；不得人，則上人雖有仁政，而民不蒙其惠。故宋時進士，除縣主簿，使其視令之政而習之，其後為令無難矣。士未第時，惟以舉業為事，其所講習，不過作時文耳。一旦舉進士，吏部以其例當外補，遂除知縣，是吏部不以知縣為重也。其人不知知縣為重，一舉進士，輒望京除，及選知縣則忿懣怨尤，自非識達守定，寧無償事？夫以少不經事之人，而猝然臨縣，簿書山委，庶事川至，能不為豪胥猾吏所賣者蓋鮮。間有一二聰明才辨者，只知胥吏之宜遠，而專於自用，上不遵法制，下不體民情，肆意妄行，事多乖繆。上人以其進士，每優容之，不知其為民患不淺也。及歷任既久，[2]事體稍熟，吏部聞其能，遷擢臺部，而又以新進士來。嗚呼！百里民命所繫，乃以試人之賢否？民欲不病，何可得哉！

右二說，深中時弊，特詳錄之。

大臣處林下

朱彧《可談》："富鄭公致政歸西都，常着布直裰，跨驢出郊。逢水南巡檢，蓋中官也，威儀呵引甚盛。前卒呵騎者下，公舉鞭促驢。卒聲愈厲，又唱言不肯下驢。請官位，公舉鞭稱名曰'弼'。卒不曉所謂，白其將曰：'前有一人騎驢衝節，請官位不得，口稱弼弼。'將方悟曰：'乃相公也。'下馬執銳，伏謁道左，其候贊曰：'水南巡檢唱啎。'公舉鞭去。"①《高齋謾錄》:"王和父守金陵,王荆公退居半山,每出跨驢,從二村僕。一日入城,忽遇和父之出,公亟入編户家避之。"②

右二公皆位極人臣,其處林下乃如此,是可敬而仰也。

稱閹人字

安南不滅,議者歸咎王荆公進郭逵而退李憲。荆公笑曰:"使逵無功,勝憲有功。使宦者得志,吾屬異日受禍矣。"他日,有朝士在中書稱李憲字,荆公厲聲叱之曰:"是何人?"即出爲監當。③ 今有稱閹人别號者,荆公聞之,不知當何如也。

腋 氣

洪芻《香譜》:"金磾香。"④《洞冥記》:"金日磾入侍,欲衣服香潔,變胡虜之氣,自合此香。"⑤由是言之,今謂腋氣爲狐臭,"狐"當作"胡"。故《千金方》論云:"有天生胡臭,有爲人所染臭者。"⑥《吕氏春秋》:昔有人身大臭,妻妾親戚,無能與居,此人自居於海畔,有人悦其臭,晝夜隨之。⑦ 曹子建《與楊德祖書》"海畔有逐臭之夫"正援此,⑧有謂臭爲鮑魚者,非是。《教坊記》:"范漢女大娘子,亦是竿木家。開元二十一年,出内,有姿媚,而微愠羝。"愠羝,腋氣也。⑨

奇效良方治腋氣:用熱蒸餅一枚,擘作兩片,糝蜜陀僧細末一錢許,急挾在腋下,略睡少時,候冷棄之,如一腋只用一半。葉元方平生苦此疾,[3]來紹興,偶得此方,用一次,遂絶根。余録之以傳,願天下

---

① 參見《説郛》卷三五下《可談》。
② 參見《高齋漫録》。
③ 參見《孫公談圃》卷下。
④ 參見《香譜》卷上《香之品》。
⑤ 參見《説郛》卷九八。
⑥ 參見《備急千金要方》卷七四。
⑦ 參見《吕氏春秋》卷一四《遇合》。
⑧ 參見《曹子建集》卷九《與楊德祖書》。
⑨ 參見《教坊記》。

人絕此病根。

黃州傳奇

元費唐臣有《蘇子瞻貶黃州傳奇》。先友謝憲使朝宣,正德初以御史陞浙之憲副。始上任,開宴,優人以前傳奇呈。未幾,謝入覲,以遺徹宴蔬,謫黃州判。

薦福牛頭

《墨客揮犀》云:"有客打碑來薦福。"①薦福寺在饒州東薦福山上。杜子美詩:"滾滾上牛頭。"②[4]牛頭寺在潼川西南牛頭山上。有以爲長安城南薦福牛頭者,非也。

竹實竹䶄

嘉靖丁未、③戊申,④商洛、漢沔大饑,竹遍生實,又多竹䶄,饑民甚賴之。天地之大德,有如此者。

古木不宜伐

《魏書》:曹操使工蘇越,徙美梨,掘之根傷,盡出血,越白狀,操躬自視而惡之,還遂寢疾,卒。⑤《交州記》:"合浦東百里,有一杉樹,漢時遣人伐樹,役夫多死。"⑥《夷堅志》:[5]鄱陽松子源,程氏家山有大樟木一株,傳二三十世,高侵雲霄。慶元元年,族長知萬與衆議,以與薦福寺,使自伐之。監寺僧紹禧往蒞其事,仆之,悉芟枝幹,獨留木身。時農人種稻在田,乃擊鼓喚集,挽拽未十步,木展轉,東西五人遭

---

① 參見《續墨客揮犀》卷四《韓范二公客》。
② 參見《全唐詩》卷二二七杜甫《上牛頭寺》。
③ 嘉靖丁未:嘉靖二十六年(1547)。
④ 戊申:嘉靖二十七年(1548)。
⑤ 參見《三國志·魏書·武帝紀第一》。
⑥ 參見《交州記》及《丹鉛總錄》卷四《花木類》。

壓，[6]知萬姪亦死。其傷股敗面者，又十餘輩。① 終南山俗所謂景陽川，中多古木，樵采罕至。嘉靖戊申，西安韓生深率衆伐之，將以爲利也。已又入山督役，忽暴病，亟馳返，未出子午谷而死。韓富而不吝，人咸惜之。蓋古木中往往有神怪，能殺人，故孔子云："木石之怪夔罔兩。"不宜輕伐也。

女化男

嘉靖戊申七月，邸報云："大同右衛參將馬繼宗家，舍人禄之女，年十七，將嫁，化爲男子。"

余按：魏襄王十三年，魏有女子化爲丈夫。漢末，閩中徐登本女子，化爲丈夫。《括異志》：廣州蕭某女大娘子；晉元康中，安豐女子周世寧；寧康初，江陵女唐氏；劉聰時，内史女人；唐光啓二年春，鄜縣女子；宋乾道三年四月，永州支氏女；慶元三年，袁州黃念四女，並化爲男。《座客新聞》：成化間，金齒有人無子，止一女，以酒肆爲業。一日，有道人來乞食，其女聽道人啖足而去，不責其直。明日，又來如此。及二旬，女敬禮不衰，問其姓，但云"我家止兩口"。臨去，謝女曰："蒙施多矣，恥無爲報，有藥一丸，奉謝小娘子。待嫁日，臨行，以藥噙口中，至夫家嚥下。我珍重，以此相報，幸勿忽。"女信而藏之。及嫁，如其言。就寢，夫狎之，則已化爲男子。夫家訟謂女家見誑，官追問，女備言其故，人始異之，知兩口之言爲吕仙也，父母遂得有嗣。又《蜀王本紀》："武都丈夫化爲女子，蜀王納以爲妃。"漢建安七年，越巂男子劉曜時、武功男子蘇撫、陝男子伍長平，並化爲女子。獨漢哀帝建平中，豫章有男子化爲女子，嫁爲人婦，生一子，其事尤異。

領　巾

劉績謂："領巾爲唐製。"

---

① 參見《夷堅志》丙卷七《程氏樟木》。

按《北史》：隋文帝將廢太子勇，乃語群臣云："前簿王世積得婦女領巾，狀似稍幡，當時遍示百官，欲以爲戒。今我兒乃自爲之，領巾爲稍幡，此是服妖。"[7]然則領巾之製遠矣。

統萬城

統萬城，《陝西志》謂在河套，《寧夏志》同其説，謂在哈剌元速之南，即華言"黑水"，有廢城曰忻都者，其處也。

余按：《晉・載記》雖有"營統萬於黑水南"之説，而當時秘書監胡義周作頌有云："背名山而面洪流，左河津而右重塞。"據其説，則當在寧夏境。若云河套，則背及左右皆據黄河，不合頌語。寧夏城北百里，今有廢城曰田州，[8]亦名定遠鎮，墻中多枯骼。《墅談》嘗疑其爲叱干阿利之徒所築，由頌觀之，或即統萬城也。

懷遠鎮

《寧夏志》："隋柳彧爲治書御史，坐罪，除名，徙配朔方懷遠鎮。"

余按《地理志》："夏州，後周改懷遠郡。隋開皇三年，郡廢，隸靈州，爲懷遠縣。"無鎮之名。《柳彧傳》云："配戍懷遠鎮。"無"朔方"二字。又云："行達高陽，有詔詔還。至晉陽，遇漢王諒作亂，囚之。"①《煬帝紀》：帝頓懷遠鎮，受高麗降。② 高麗遠在遼海東，寧夏在極西幾萬里，豈是受高麗降處？然則所謂懷遠鎮，當在今遼東。

《唐書・地理志》：安東上都護府懷遠軍是也。③ 高陽即今保定府之高陽縣，晉陽即今山西之太原府，或由長安戍遼東，故得達高陽。其還也，亦得至晉陽。若云戍寧夏，則與高陽、晉陽風馬牛不相及矣。即使真爲朔方之懷遠，然或中道詔還，未嘗抵配所，亦不當列爲寧夏

---

① 參見《隋書》卷七二《柳彧》。
② 參見《隋書》卷四《煬帝》。
③ 參見《新唐書》卷三九《地理》。

人也。《寧夏志》,先公所修,爲當道者所竄改,且經兵火,板散失,又累爲後人增損,故訛誤頗多。

【校勘記】

[1] 告:《尚書正義》卷一三《周書·酒誥》作"誥"。
[2] 及:石印本、初編本、《關中叢書》本皆作"又"。
[3] 疾:石印本、初編本、《關中叢書》本皆作"病"。
[4] 滾滾:《全唐詩》卷二二七作"袞袞"。
[5] 志:原作"支",據石印本、初編本、《關中叢書》本改。
[6] 遭:原作"曹",據石印本、初編本、《關中叢書》本改。
[7] 妖:原作"袄",據《北史》卷七一《隋宗室諸王》、石印本、初編本、《關中叢書》本"妖"。
[8] 城:石印本、初編本、《關中叢書》本皆作"州"。

真珠船卷七

裝潢

《嬾真子録》云：唐秘書省，裝潢匠六人。①[1] 恐是今之表背匠，謂之潢。其義未詳。

余按《釋名》："潢，染紙也。"《齊民要術》染潢法云：潢紙滅白便是，不宜大深，深則年久色闇。注謂：浸蘖汁爲之。② 蓋以辟蠹也。《廣韻》：潢，乎壙切，染書也。③

臨摹硬黃響搨

宋張世南《游宦記聞》云："臨，謂置紙在傍，觀其大小、濃淡、形勢而學之，若臨深之臨。[2] 摹，謂以薄紙覆上，隨其曲折婉轉用筆曰摹。硬黃，謂置紙熱熨斗上，以黃蠟塗勻，儼如魷角，毫釐必見。響搨，謂以紙覆其上，就明窗牖間，映光摹之。"④

水晶鹽

李白詩："客到但知留一醉，盤中只有水晶鹽。"⑤

按：梁天監中，天竺王屈多遣長史竺羅獻方物云：其國有恒水，

---

① 參見《嬾真子録校釋》卷一。
② 參見《齊民要術》卷三。
③ 參見《廣韻》卷四。
④ 參見《游宦紀聞》卷五。
⑤ 參見《李太白文集》卷二二《題東谿公幽居》。

其水甘美,下有真鹽,色正白,如水精。①《金樓子》云：胡中有鹽,瑩如水晶,[3]謂之玉華鹽。②《酉陽雜俎》云："白鹽崖有鹽如水精,名爲君王鹽。"③段公路《北户錄》云：鹽有如水精狀者。④《一統志》：撒馬兒罕土產水晶鹽,⑤堅明如水晶,琢爲盤,以水濕之,可和肉食。⑥ 然則只以此味按酒,[4]亦自不儉。

堯舜禹湯非諡

《諡法》：翼善傳聖曰堯。又,善行德義曰堯,仁聖盛明曰舜,受禪成功曰禹。又,淵源流通曰禹,雲行雨施曰湯。又,除虐去殘曰湯。⑦

余謂諡始於周,古所無之,兹蓋出於好事者附會追撰之耳。《尚書》馬注、蔡傳皆直以堯、舜爲名。顔師古謂："禹、湯皆字。"其説並是。按《虞書》,帝曰格汝舜,帝曰俞咨禹。⑧ 若謂之諡,豈得生而稱之。

馬踐楊妃

《唐書》謂楊貴妃縊死馬嵬路祠下,以紫褥瘞道側。《太真外傳》謂：貴妃縊馬嵬佛堂前梨樹下,裹紫褥,瘞西郭外一里許道北坎下。⑨ 而《元人傳奇》及俗間流言,不知何以有馬踐楊妃之説。近閲宋人李恭《賦楊妃菊》詩云"命委嵬坡萬馬泥",乃知其説亦有自。

顧姑

《蒙韃備錄》："凡諸酋之妻,則有顧姑冠,用鐵絲結成,如竹夫人,

---

① 參見《文獻通考》卷三三八《四裔考十五》。
② 參見《金樓子》《緯略》。
③ 參見《酉陽雜俎》。
④ 參見《北户錄》卷二《紅鹽》。
⑤ 一作"賽瑪爾堪"。
⑥ 參見《明一統志》卷八九《外夷·賽瑪爾堪》。
⑦ 參見《諡法》卷一。
⑧ 參見《尚書正義》卷二《虞書》。
⑨ 參見《楊太真外傳》卷下。

長三尺許,用紅青錦繡或珠玉飾之。"①《草木子》:元朝后妃及大臣之正室,皆帶姑姑。高圓二尺許,用紅色羅,蓋唐金步搖冠遺制。②《南村輟耕錄》:翰林學士承旨阿目茹八剌,帶罟罟娘子十五人。聶碧窗《胡婦》詩云:"雙柳垂鬢別樣梳,醉來馬上倩人扶。江南有眼何曾見,爭卷珠簾看固姑。"[5]顧姑、姑姑、罟罟、固姑實一物,夷禁之音,無正字也。

日月蝕

《南齊志》:"漢尚書令黃香曰:'日蝕皆從西,月蝕皆從東。無上下中央者。'"③

黃金臺

《道山清話》云:予問秦少遊:"李白'燕昭延郭隗,遂築黃金臺'之詩,史但言築宫而師事,不聞黃金臺之名,太白不知何據?"少遊曰:"《上谷圖經》言:昭王築臺,置千金於其上,遂因以爲名。閱之信然。"④

余按:孔融《論盛孝章書》已云"昭王築臺,以尊郭隗",⑤少遊未之考也。又《晉書》云:段匹磾討石勒,進屯故安縣故燕太子丹金臺。⑥然則金臺之事,不獨昭王而已。

古人名字人少知者

古人名字,人少知者。伯夷姓墨,名允,字公信。叔齊姓墨,名智,字公達。介子推姓王,名光。楚狂接輿,姓陸,名通。范蠡字少伯。鬼谷子姓王,名詡。東園公姓圉,名秉,字宣明。綺里先生字季

---

① 參見《蒙韃備錄·婦女》。
② 參見《草木子》卷三。
③ 參見《南齊書》卷一二《天文上》、卷二二。
④ 參見《道山清話》。
⑤ 參見《六臣注文選》卷四一《論盛孝章書》。
⑥ 參見《晉書》卷六二《劉琨》。

夏。黃公姓崔,名廣,字少通。角里先生,姓周,名術,字元道。莊周字子休,荆軻字次非,曹參字伯敬,公孫弘字次卿,楊王孫名貴,魏徵字玄成,柳公權字誠懸,宋齊丘字超回,佛印名謝端卿。

陶淵明用古詩

《捫虱新語》云:"陶淵明'犬吠深巷中,雞鳴桑樹顛',當與《豳風·七月》相表裏。"按樂府古詞已云:"雞鳴高樹顛,狗吠深宮中。"①又陸士衡詩:"虎嘯深谷底,雞鳴高樹顛。"②[6]

婦人行狀

《吹劍續錄》云:"古今志婦人者,止曰碑,曰志,未嘗稱行狀。近有鄉人志其母曰行狀,不知何據?"③

余按:《江文通集》有《建平王太妃周氏行狀》。④[7]

氈根

《南楚新聞》:薛昭緯經巢賊亂,流離絶粮,遇舊識銀工,延昭緯,飲食甚豐,以詩謝之曰:"一楪氈根數十皴,盤中猶更有紅鱗。早知文字多辛苦,悔不當初學冶銀。"⑤《仇池筆記》:王中令令蜀寺僧賦《蒸豚》,立成云:"觜長毛短淺含臕,久向山中食藥苗。蒸處已將蕉葉裹,熟時兼用杏漿澆。紅鮮雅稱金盤飣,軟熟真堪玉筯挑。若把氈根來比并,氈根自合吃藤條。"⑥氈根謂羊也。

雞鳴度關

《博物志》:燕太子丹質於秦,遁到關,關門不開,丹爲雞鳴,於是

---

① 參見《文選補遺》卷三四《雞鳴》。
② 參見《六臣注文選》卷二六《赴洛道中作二首》。
③ 參見《吹劍録外集》。
④ 參見《江文通集》卷三《行狀》。
⑤ 參見《海録碎事》卷一四《百工醫技部》。
⑥ 參見《仇池筆記》卷下《蒸豚詩》。

衆雞悉鳴，遂歸。① 今人但知孟嘗君事。

不死酒藥

《湘川記》："岳陽酒香山上有美酒數斗，飲者不死。漢武帝遣欒巴求，得之，未進御，東方朔竊飲焉。帝怒，欲誅之。朔曰：酒苟有驗，殺臣，臣亦不死；臣死，酒亦不驗。遂得免。"②《博物志》所載略同。

余按，《戰國策》：有獻不死之藥於荆王，謁者操以入，中射之士問曰："可食乎？"曰："可。"因奪而食之。王怒，使人殺中射之士。中射之士使人説王曰："臣問謁者，謁者曰可食，臣故食之。是臣無罪，罪在謁者。且客獻不死之藥，臣食之而王殺臣，是死藥也。"王乃不殺。③

右二事，何其甚相似也。

韓蘄王夫人

《鶴林玉露》："韓蘄王夫人，京口倡也，[8]嘗五更入府伺候賀朔。忽於廟柱下見一虎蹲卧，鼻息齁齁然，驚駭亟走出，不敢言。已而人至者衆，復往視之，乃一卒也。因蹴之起，問其姓名，爲韓世忠。心異之，密告其母，謂此卒定非凡人，乃邀至其家，具酒食，卜夜盡歡，深相結納，資以金帛，約爲夫婦。蘄王後立殊功，爲中興名將，遂封兩國夫人。蘄王嘗邀兀朮於黃天蕩，幾成擒矣，一夕鑿河遁去，夫人奏疏言：'世忠失機縱敵，乞加罪責。'舉朝爲之動色。"④

按《宋史》：夫人梁氏，韓世忠與兀朮戰，將十合，夫人親執桴鼓，金兵終不得渡。盡歸所掠假道，不聽，一夕兀朮潛遁。⑤

---

① 參見《博物志》卷八。
② 參見《駢志》卷六。
③ 參見《戰國策》卷一七。
④ 參見《鶴林玉露》卷二。
⑤ 參見《宋史》卷三六四《韓世忠》。

荒 鷄

《晉書》：祖逖與劉琨俱爲司州主簿，共被同寢。中夜聞荒鷄鳴，蹴琨覺曰："此非惡聲也。"因起舞曰："若四海鼎沸，豪傑並起，吾與足下當相避於中原。"①史臣曰："祖逖聞鷄暗舞，思中原之燎火，幸天步之多艱，原其素懷，抑爲貪亂者矣。"②《元史》：史天倪，金大安末，舉進士不第，乃嘆曰："大丈夫立身，獨以文乎哉！使吾遇荒鷄夜鳴，擁百萬之衆，功名可唾手取也。"③《草木子》："南陽府廉訪僉事保保巡按至彼，忽初更聞鷄啼，曰：'此荒鷄也。不久，此地當爲丘墟，天下其將亂乎。'遂棄官而隱。後南陽果陷。蓋初更啼，即爲荒鷄。"④

余謂凡鷄夜鳴不時，皆謂之荒。祖逖之聞，在於中夜，不特初更，乃有兹稱。有問荒鷄之說，及起舞之義者，因述此。

夜 短

《唐書》：北狄骨利幹部所居之北渡海，晝長夜短。日入烹羊胛，才熟，東方已明，蓋近日出沒之所。⑤ 按《元史·土土哈傳》：欽察國去中國三萬餘里，夏夜極短，日暫沒即出。⑥ 是又幾於不夜矣。

日南斗北

《爾雅》："岠齊州以南，戴日爲丹穴，北戴斗極爲空桐。"⑦按《晉書》：九真太守灌邃討林邑，時五月，立表，日在表北，影在表南九寸

---

① 參見《晉書》卷六二《祖逖》。
② 同上。
③ 參見《元史》卷一四七《史天倪》。
④ 參見《草木子》卷三。
⑤ 參見《新唐書》卷二一七。
⑥ 參見《元史》卷一二八《土土哈》。
⑦ 參見《爾雅注疏》卷七《釋地》。

一分。① 又訶陵國，夏至立八尺表，景在表南二尺四寸。②《宋書》：元嘉中，使使往交州測景，夏至出表南三寸三分。③[9] 又南征林邑，五月立表望之，日在表北，交州影在表南三寸。④ 此其地並在日之南，不但戴日而已，其俗皆開北户以向日，故《爾雅》有北户之言。漢代置日南之郡。《北征錄》：四月二十八日，至長清塞，夜漏初下，上立帳殿前，指北斗曰："至此，則南望北斗矣。"⑤ 此其地乃在斗之北，不但戴斗而已。

天地之中

《吕氏春秋》：白民之南，建木之下，日中無影，蓋天地之中也。⑥《周禮·大司徒》：以土圭之法，正日景以求地中。鄭司農注：夏至立八尺之表，其景適與土圭等，謂之地中。今潁川陽城爲然。⑦《一統志》：測景臺：在登封縣東南古陽城縣内，周公定此地爲中土，立土圭測日，以驗四時。⑧《周髀》："成周土中，夏至景一尺六寸，冬至一丈三尺五寸。"⑨宋《地理志》："洛邑爲天地之中。"⑩《汝南志》：天中山在府城北三里，高尺餘，上土下石，以其在天地之中，故名。宋劉敞詩："形勢雖小當天心。"⑪司馬君實《日景圖》曰："日行黄道，每歲有差，地中當隨而轉移。故周在洛邑，漢在潁川陽城，唐在汴州浚儀。"⑫歷觀前説，則天地之中，亦難底定。

---

① 《晉書》不見載。參見《通典》卷一八八《邊防四》。
② 參見《新唐書》卷二二二下。
③ 參見《隋書》卷一九《天文上》，不見載於《宋書》。
④ 參見《舊唐書》卷三五《天文》。
⑤ 參見《北征錄》卷一九。
⑥ 參見《吕氏春秋》卷一三《有始覽第一·有始》。
⑦ 參見《周禮注疏》卷一〇《大司徒》。
⑧ 參見《明一統志》卷二九。
⑨ 參見《尚書精義》卷一。
⑩ 參見《宋史》卷八五《地理》。
⑪ 參見《公是集》卷一七《天中山》。
⑫ 參見《困學紀聞》卷四。

天禄辟邪

《大明會典》：三品碑，蓋用天禄辟邪。① 人多不知爲何物。天禄，一作天鹿，一作天廳。《考工記·鳧氏》："鐘縣謂之旋。"注：今時旋有蹲熊、盤龍、辟邪。② 疏：漢法鐘旋之上，以銅篆作蹲熊及盤龍、辟邪。辟邪，亦獸名，古法亦當然也。③《瑞應圖》："天廳者，純靈之獸。五色光耀洞明，王者道備則至。"④《漢靈帝紀》：鑄黃鐘四、天禄、蝦蟆。注：天禄，獸也。今南陽縣有《宗資碑》，旁有兩石獸，鐫其膊，一曰"天禄"，一曰"辟邪"。漢有天禄閣，亦因獸立名。⑤《西域傳》："烏弋有桃拔。"注："桃拔，一名符拔，似鹿，長尾。一角者，或爲天鹿；兩角者，或爲辟邪。"⑥《章帝紀》：月氏國獻扶拔。注："似麟，無角。"⑦《和帝紀》："安息獻扶拔。"⑧古樂府《董逃行》："麟辟邪。"《海內十洲記》：聚窟洲有辟邪、天禄。⑨《杜陽雜編》：唐肅宗賜李輔國玉辟邪二，各長一尺五寸。⑩

崆峒

崆峒本作空同，一作空桐。《爾雅》："北戴斗極爲空桐。"⑪《莊子》：黃帝聞廣成子在於空同之上，故往見之。⑫《史記》：黃帝西至於

---

① 參見《明會典》卷一六二。
② 參見《考工記解》卷上。
③ 參見《玉海》卷一九〇。
④ 此亦見載於《宋書》卷二九。
⑤ 參見《後漢書》卷八《靈帝紀第八》。
⑥ 參見《漢書》卷九六《西域》。
⑦ 參見《後漢書》卷三《章帝紀第三》。
⑧ 參見《後漢書》卷四《和殤帝紀第四》。
⑨ 參見《海內十洲記》。
⑩ 參見《杜陽雜編》卷上。
⑪ 參見《爾雅注疏》卷七《釋地》。
⑫ 參見《莊子·在宥》。

空桐。①《括地志》：山在肅州福禄縣東南六十里。②《雍録》：在原州平高縣，即笄頭山。③ 酈道元云："大隴山異名。"④《一統志》：崆峒山在汝州東南五十里。⑤ 相傳崆峒有三：一在安定；一在臨洮，莊周述黄帝問道崆峒，遂遊襄城，登具茨，皆與此山接壤。

余按：莊子遊襄城，登具茨，自訪大隗事，與問道崆峒無涉。又鞏昌府西和縣、順天府薊州、江西贛州府、四川銅梁縣、龍州宣撫司，并有崆峒山。廣東陽春縣亦有崆峒巖。鴻荒之迹，不可究詰也。

皋比

《樂記》："倒載干戈，包之以虎皮……名曰建櫜。"字或建皋。《左傳》：莊公十年，公子偃自雩門蒙皋比而先犯。注："皋比，虎皮。"⑥《宋名臣言行録》：張横渠先生在京，座虎皮説《易》。二程至，先生撤去虎皮。⑦ 朱晦翁贊之曰："勇撤皋比，一變至道。"⑧比，頻脂切。

白水

《爾雅》："河出崑崙虚，色白。"⑨《河圖》："崐山出五色流水，其白水入中國，名爲河。故晉文公投璧於河曰：'有如白水。'"⑩

閔子騫贊

周濂溪云：賢希聖，聖希天。⑪ 夏侯湛贊閔子騫云："聖既擬天，

---

① 參見《史記》卷一《黃帝》。
② 參見《通鑑地理通釋》卷五。
③ 參見《雍録》卷六《崆峒山》。
④ 參見《水經注校注》卷二。
⑤ 參見《明一統志》卷六九。
⑥ 參見《春秋左傳正義》卷七《桓公七年至十八年》。
⑦ 參見《宋名臣言行録・外集》卷四。
⑧ 同上。
⑨ 參見《爾雅注疏》卷七《釋水》。
⑩ 參見《困學紀聞》卷六《家訓》。
⑪ 參見《周元公集》卷一。

賢亦希聖。"①遠在濂溪前。

秦皇隋煬武后

秦始皇、隋煬帝、武則天，皆無道之極，後世羞稱焉。然皇帝之號、井田之廢、郡縣之設、長城之築，皆創於始皇。淮汴之漕、進士之科，皆創於煬帝。武舉之置、殿試之舉，皆創於則天。後世不能廢也。

左　袒

胡寅《讀史管見》曰："太尉左袒之令。非也，有如軍士不應，或皆右袒，或參半焉，則如之何？故程子謂是時直當驅之以義而已，不當問其從不從也。況將之於軍，如臂之於指，其爲劉氏與不爲劉氏，非惟不當問，亦不必問也。"王應麟《困學紀聞》曰：《儀禮·鄉射》疏云："凡事無問吉凶，皆袒左；是以士喪禮及大射，皆袒左；唯有受刑，袒右。故《覲禮》乃云：'右肉袒。'注云：'刑宜施於右是也。'以此考之，周勃誅呂氏之計已定，爲呂氏者有刑，故以右袒令之。"②軍中於是左袒而爲劉氏。效義者有賞，背義者有刑，太尉之令嚴矣，非以覘人心之從違也。

余按，《漢書·陳勝傳》：陳勝起兵，徒屬皆袒右。③稱"大楚受刑"之說，恐未通也。

張浚傳

《齊東野語》載《澗上閑談》云："《張魏公列傳》所書嘉禾刺客，乃是附會雜史張元遣刺韓忠獻事。又載遣蠟書疑酈瓊之語，亦是《潘遠紀聞》岳武穆秦州判卒事。至云符離軍潰，公方鼻息如雷，此是心學。

---

① 參見《藝文類聚》卷二〇《人部四》。
② 參見《困學紀聞》卷一二。
③ 參見《漢書》卷三一《陳勝項籍列傳第一》。

雖亦取《萊公紀事》中意,然方當大軍悉潰,亦安在其爲心學哉。"①《困學紀聞》云:"朱文公爲《張忠獻行狀》,其後語門人云:'向只憑欽夫寫來事實。'後看《光堯實錄》,其中多有不相應處。"②由是觀之,史傳豈可盡信哉!

漢書疏略

《史記·留侯世家》:四人各言名姓,曰東園公、甪里先生、綺里季、夏黃公。③《漢書·張良傳》則不著其名。荀悅《漢紀》:帝問汲黯曰:"吾欲興政治,法堯舜,何如?"④《漢書·汲黯傳》但曰"吾欲"云云,⑤而略其辭。趙后之立,王仁有諫疏,《漢紀》具載,而班氏不之錄。[10]

上元張燈

《藝文類聚》及《太平御覽》皆云:"《史記·樂書》:漢家祀太乙,[11]以昏時祠到明。今人正月望日,夜遊觀燈,是其遺事。"⑥《容齋三筆》謂:《史記》無此文。⑦

余按《史記·樂書》云:"漢家常以正月上辛,祠太乙甘泉,[12]以昏時夜祠,到明而終。"⑧容齋未之考也。《韻府群玉》及《異物彙苑》《翰墨全書》並云:《西京雜記》:漢時元夕,然九華燈於南山之上,照見百里。余閱《西京雜記》,不見其文。

蟬不翼鳴

蟬以翼鳴,不啻若自其口出;龍因角聽,爲其不足於耳與。世以

---

① 參見《齊東野語》卷二《符離之師》。
② 參見《困學紀聞》卷一四。
③ 參見《史記》卷五五《留侯世家》。
④ 參見《前漢紀》卷一〇。
⑤ 參見《漢書》卷五〇《汲黯》。
⑥ 參見《太平御覽》卷三〇、《藝文類聚》卷四。
⑦ 參見《容齋隨筆·三筆》卷一《上元張燈》。
⑧ 參見《史記》卷二四《樂書》。

爲巧對。

按《考工記》："以旁鳴者,以翼鳴者。"鄭玄注："旁鳴蜩蟬屬,翼鳴蟋蟀屬。"①許氏《說文》：蟬,以旁鳴者。蠮螉,以翼鳴者。余睹蟬兩脅下有孔,實能振迅作聲,謂以翼鳴,非也。

雙

黃華老人詩："招客先開四十雙。"②人多不知其義。按：元李京《雲南志略》云："諸夷多水田,謂五畝爲一雙。"

雍　門

《戰國策》：孫子謂田忌曰："使輕車銳騎衝雍門。"注："雍,去聲,齊西門。"③《桓譚新論》："雍門周鼓琴,孟嘗君欷歔而就之。"《博物志》：韓娥東之齊,過雍門,鬻歌假食而去,餘響繞梁,三日不絕。④故雍門人至今善歌。《長安志》：長安故城,西面三門,北曰雍門。是雍門有秦、齊之別,又爲人姓。今有秦人,自稱其籍曰雍門,且讀雍字爲平聲,非也。

天府陸海

《淮南子注》："神農明堂曰天府,謂可以建都之地也。"⑤《戰國策》：蘇秦説燕文侯曰：燕地方千里,帶甲數十萬,南有碣石、雁門之饒,北有棗栗之利,[13]此所謂天府也。⑥《三國志》諸葛亮云：蜀沃野千里,天府之土。⑦《南陽志》：鄧州舟車輳泊,地稱陸海。然則稱天

---

① 參見《考工記解》卷下。
② 參見《輟耕錄》卷二九《稱地爲雙》。
③ 參見《戰國策》卷八。
④ 參見《博物志》卷八。
⑤ 此説當是從《升菴集》卷七二。
⑥ 參見《戰國策》卷二九。
⑦ 參見《蜀志》卷五《諸葛亮》。

府陸海者，不獨關中也。

倉　頡

　　《春秋元命包·禪通紀》云：倉帝史皇氏，名頡，姓侯岡。龍顏侈哆，四目靈光，實有睿德。生而能書，及受《河圖》緑字，於是窮天地之變，仰觀奎星圓曲之勢，俯察龜文鳥羽，山川掌指，而創文字。天爲雨粟，鬼爲夜哭，龍乃潛藏。治百有一十載，都於陽武，終葬衙之利鄉亭。①《河圖·玉版》云：倉頡爲帝，南巡狩，登陽虛之山，臨於玄扈洛汭之水，靈龜負書，丹甲青文以授之。② 索靖《草書狀》曰："聖皇御世，隨時之宜。倉頡既生，[14]書契是爲。"③是皆謂倉頡爲帝也。

　　《帝王世紀》云：黃帝史官倉頡，取象鳥迹，始作文字。④ 又黃帝四史：沮誦、倉頡、隸首、孔甲。⑤《吕氏春秋》：二十官，史皇作圖。⑥《説文》："黃帝之史倉頡，見鳥獸啼吭之迹，初造書契。"⑦《通志》略：黃帝命倉頡爲史官制文字。⑧ 是皆謂倉頡爲史官也。

　　《述異記》：倉頡墓在北海，俗呼爲藏書臺。有碑文，周時莫識，遂藏之書府。至秦時，李斯識八字，云"上天作命，皇辟迭王"。至漢叔孫通識十二字。⑨《一統志》：倉頡墓在陝西白水縣。⑩ 又大名府南樂縣、河南祥符縣、山東壽光縣，並有倉頡墓。白水即古之衙，壽光即北海地，然未詳孰是也。

────────

① 未見《春秋元命包》原書。此文參見《路史》卷六《前紀六·禪通紀·史皇氏》。
② 參見《古微書》卷三四《河圖·玉板》。
③ 參見《西晉文紀》卷二〇。
④ 參見《太平御覽》卷二三五《帝王世紀》："黃帝使蒼頡取象鳥迹，始作文字之篆。史官之作，蓋自此始。記其言行，册而藏之。"
⑤ 參見《小學紺珠》卷五。
⑥ 參見《吕氏春秋》卷一七《審分覽第五·勿躬》。
⑦ 參見《説文解字》卷一五上。
⑧ 參見《通志》卷一三《皇紀第一》。
⑨ 參見《述異記》卷上。
⑩ 參見《明一統志》卷二六。

【校勘記】

［1］六：《嬾真子録校釋》卷一作"十"，經據原文測算，當以"十"是。
［2］深：《游宦紀聞》卷五作"淵"。
［3］水晶：《金樓子》作"冰"，《緯略》作"水晶"。
［4］味：石印本、《關中叢書》本皆作"鹽"。
［5］固姑：一作"鷗鶘"。此引文當引自《輟耕録》。
［6］顛：《六臣注文選》卷二六《赴洛道中作二首》作"巓"。
［7］太：原作"大"，據《江文通集》卷三《行狀・建平王太妃周氏行狀》改。
［8］倡：《關中叢書》本、《鶴林玉露》作"娼"。
［9］"三分"之"三"：《隋書》卷一九《天文上》作"二"。
［10］班：原作"斑"，據石印本、初編本、《關中叢書》本改。
［11］乙：《史記》《藝文類聚》均作"一"。
［12］乙：《史記》卷二四《樂書》作"一"。
［13］栗：原作"粟"，據石印本、《關中叢書》本、《戰國策》改。
［14］生：原作"王"，據《晉書》改。按：《晉書》《通志》《册府元龜》《西晉文紀》等書均收或引此文，均作"倉頡既生"，無"倉頡既王"之説，此處當爲胡侍誤引，或爲附會己説，妄改原文。

真珠船卷八

居庸關

　　楊中丞《紫荊考》意思深長，討論詳覈，內云："關之要害者，曰紫荊、居庸、倒馬。就而論之，惟紫荊爲尤重。蓋居庸巖險易守，倒馬去京稍遠，紫荊則夷於居庸，近於倒馬。考之，往古攻取燕京，及我朝北虜犯順，多由紫荊。"又云："古今攻燕京者，二出居庸，三出紫荊。所謂二出居庸者，一則同光三年四月，阿保幾出居庸，圍幽州。六月北歸，留曷魯等守之。八月，唐遣李嗣源救幽州，曷魯等遁走。一則宣和四年，金兵至居庸關，厓石自崩，戍卒多壓死，遼兵不戰而潰。金兵度關而南，阿骨打至燕京，自南門入，蕭德妃自古北口趨天德，遂以曷魯遁走，爲不能損燕。戍卒壓死，爲天實亡遼，非關之罪。"又謂："景泰元年，於司馬經略諸關置兵應援，以紫荊爲上，白羊次之，倒馬又次之，居庸卒不遣一人往守。乃以爲當一意紫荊，而居庸之守可略。"余謂阿骨打之入居庸，誠由天幸。至若曷魯遁走，自以阿骨打北歸，李嗣源救至而然，非居庸之不能入也。

　　按《元史》：金人恃居庸之塞，冶鐵錮關門，布鐵蒺藜百餘里，守以精銳。太祖進師，距關百里不能前。召扎八兒問計，對曰："從此而北黑樹林中有間道，騎行可一人。臣向嘗過之，若勒兵銜枚以出，終夕可至。"太祖乃令扎八兒輕騎前導。日暮入谷，黎明，諸軍已在平地，疾趨南口，金鼓之聲若自天下，金人猶睡，未知也。比驚起，已莫能支吾，鋒鏑所及，流血被野。關既破，中都大震。金人遂遷汴。① 又梁王王禪等兵破居庸關,至紅橋,與燕帖木兒相持累日。又字羅帖木兒令禿堅帖木兒舉兵向關,入居庸關。知院也速詹事不蘭奚迎戰,不利。皇太子率侍衛兵出古北口,東走興松。已而太子還宫,命擴廓帖木兒調兵分道以討,進逼大同。字羅復率兵大舉向關,前鋒入居庸關,太子親禦於清河,軍潰馳還,出順承門,奔冀寧。

由是觀之,則出居庸以攻燕者,又有四,不但前二者而已。且以金人防禦,如彼其嚴,尚不能守,況今居庸又爲京師後門,視紫荆尤切近,豈可徒恃其險,而不更遣一人往守?又遼德妃、元太子,一遇急難,便趨古北。余意此既可由以出,彼豈不能由之以入,然則古北之守,亦不宜略。

胡　顔

曹子建《上責躬詩表》:"忍垢苟全,則犯詩人胡顏之譏。"②李善注:"即胡不遄死之義。"《尚書傳》:"胡,何也。"《毛詩》曰:"何顏而不速死也。"③《殷仲文表》:"臣亦胡顏之厚。"④《北史》論茂正表"動不由仁,胡顏之甚"。⑤ 杜工部詩"胡顏入筐筥"。⑥ 黄滔《景陽井賦》:"誠乖馭朽,攀素綆以胡顏。"⑦

七言詩始

王子年《拾遺》:軒轅時,寧封遊沙海,七言頌云:"青蕖的皪千載舒,百齡暫死餌飛魚。"少昊母皇娥倚瑟而清歌曰:"天清地曠浩茫茫,萬象回薄化無方。洽天蕩蕩望滄滄,乘桴輕漾著日傍。當期何所至

---

① 參見《元史》卷一二〇《察罕列傳》。
② 參見《曹子建集》卷八《上責躬詩表》。
③ 參見《困學紀聞》卷三。
④ 參見《六臣注文選》卷三八《解尚書表》。
⑤ 參見《北史》卷二九《茂正表》。
⑥ 參見《杜詩詳注》卷一五《種萵苣》。
⑦ 參見《黄御史集》卷八。

窮桑，心知和樂悦未央。"白帝子答歌曰："四維八埏眇難極，驅光逐影窮水域。璇宫夜静當軒織，桐峰文梓千尋直。伐梓作器成琴瑟，清歌流暢樂難極，滄湄海浦來棲息。"①

《吴越春秋》：樂師扈子爲楚作《窮劫》之曲曰："王邪王邪何乖烈，不顧宗廟聽讒孽。任用無忌多所殺，誅夷白氏族幾滅。二子東奔適吴越，吴王哀痛助忉怛。垂涕舉兵將西伐，伍胥白喜孫武决。三戰破郢王奔發，留兵縱騎虜荆闕。楚荆骸骨遭發掘，鞭辱腐屍恥難雪。幾危宗廟社稷滅，嚴王何罪國幾絶。卿士悽愴民惻愾，吴軍雖去怖不歇。願王更隱撫忠節，勿謂讒口能謗褻。"②越采葛婦作《苦》之詩曰："葛不連蔓棻台台，我君心苦命更之。嘗膽不苦甘如飴，令我采葛以作絲。飢不遑食四體疲，[1]女工織兮不敢遲。弱於羅兮輕霏霏，號絺素兮將獻之。越王悦兮忘罪除，吴王歡兮飛尺書。增封益地賜羽奇，机杖茵褥諸侯儀。群臣拜舞天顔舒，我王何憂能不移。"③勾踐攻秦還，軍人作《河梁》之詩曰："渡河梁兮渡河梁，舉兵所伐攻秦王。孟冬十月多雪霜，隆寒道路誠難當。陣兵未濟秦師降，諸侯怖懼皆恐惶。聲傳海内威遠邦，稱霸穆桓齊楚莊。天下安寧壽考長，悲去歸兮河無梁。"④

《孔叢子》：夫子歌曰：大道隱矣禮爲基，賢人竄兮將待時，天下如一將何之。⑤

《續博物志》："孔子臨狄水而歌曰：'狄水衍兮風揚波，船楫顛倒更相加。'"⑥

《琴操》：卞和獻玉，退，怨之，歌曰："悠悠沂水經荆山，精氣鬱洽谷岩岩。[2]中有神寶灼明明，穴山采玉難爲功。於何獻之楚先王，遇

---

① 參見《拾遺記》卷一。
② 參見《吴越春秋》卷二《闔閭内傳第四》。
③ 參見《吴越春秋》卷五《勾踐歸國外傳第八》。
④ 參見《吴越春秋》卷六《勾踐伐吴外傳第十》。
⑤ 參見《孔叢子》卷上《記問第五》。
⑥ 參見《續博物志》卷八。

王暗昧信讒言。斷絕兩足離余身，俛仰嗟歎心摧傷。紫之亂朱粉墨同，空山歔欷涕龍鍾。天鑒孔明竟以彰，沂水滂沛流於汶。進寶得刖足離分，斷者不續豈不怨。"①

《太元真經》：茅君謠曰："神仙得者茅初成，駕龍上升入太清。時下玄洲戲赤城，繼世而往我壽盈，帝若舉之臘嘉平。"②

《史記》：項羽《垓下歌》曰："力拔山兮氣蓋世，時不利兮騅不逝。騅不逝兮可奈何，虞兮虞兮奈若何？"③

據諸詩，知七言成篇，不昉於柏梁。

龍涎

"龍涎所出，及形狀臭味"。《負暄雜録》、《葉廷珪香譜》、曹昭《格古論》、《異域志》、《居家必用》、《瀛涯勝覽》皆載其説，然並不若張世南《游宦記聞》爲詳，因備録如下。

諸香中龍涎最貴，廣州市直，每兩不下百千，次等亦五六十千，係蕃中禁榷之物，出大食國。近海傍常有雲氣罩山間，即知有龍睡其下。或半載，或二三載，土人更相守，視俟雲散，則知龍已去，往觀必得龍涎，或五七兩，或十餘兩，視所守人多寡均給之，或不平，更相讎殺。或云龍多蟠於洋中大石，臥而吐涎，魚聚而嚼之，土人見，則没而取焉。又一説，大洋海中有渦旋處，龍在下，湧出其涎，爲太陽所爍則成片，爲風漂至岸，人則取之納官。予嘗叩泉廣合香人云："龍涎入香，能收歛腦麝氣，雖經數十年，香味仍在。"《嶺外雜記》所載，龍涎出大食，西海多龍，枕石一睡，涎沫浮水，積而能堅。鮫人采之，以爲至寶。新者色白，稍久則紫，甚久則黑。又一説云："白者如百藥，煎而膩理；黑者亞之，如五靈脂而光澤。其氣近於臊，似浮石而輕，或云異香，或云氣腥，能發衆香氣，皆非也。於香本無損益，但能聚煙耳。和

---

① 參見《藝文類聚》卷八三。
② 參見《太平御覽》卷五七二。
③ 參見《史記》卷七《項羽本紀第七》。

香而用真龍涎焚之，則翠煙浮空，結而不散。坐客可用一剪，以分煙縷，所以然者，蜃氣樓臺之餘烈也。"又一説云：龍出没於海上，吐出涎沫有三品，一曰泛水，二曰滲沙，三曰魚食。泛水輕浮水面，善水者伺龍出，隨而取之。滲沙，乃被波浪飄泊洲嶼，凝積多年，風雨浸淫，氣盡滲於沙土中。魚食乃因龍吐涎，魚競食之，復作糞，散於沙磧，其氣腥穢。惟泛水香可入香用，餘二者不堪。①

又《大明會典》：古里國及蘇門答剌國，永樂中，皆貢龍涎。②

烏鵲填河

《淮南子》有烏鵲填河成橋渡織女之説，故庾肩吾《七夕詩》云："倩語雕陵鵲，填河未可飛。"③宋之問云："烏鵲橋邊一雁飛。"④王建云："龍駕車轅鵲填石。"⑤李商隱云："星橋横道鵲飛回。"⑥晏叔原云："鵲慵烏慢得橋遲。"⑦張文潛云："靈官召集役靈鵲，横渡天河雲作橋。"⑧《爾雅翼》云：涉秋七日，烏鵲首無故皆髡，相傳以爲是日，河鼓與織女會於漢東，役烏鵲爲梁以渡，故毛皆脱去。⑨今七月七日，絕不見烏鵲。翼日驗之，鮮不髡者。羅願謂，秋乃鳥獸毛毧之時。又《山海經》："群鳥有解羽之所。"⑩然必於一日，理所不能推也。

禁苑魚獸食

南城金魚，日食蒸餅白麵二十斤。御馬監山猴十隻，日食白米一

---

① 參見《游宦紀聞》卷七。
② 參見《明會典》卷九八《禮部五十七·朝貢三》。
③ 參見《藝文類聚》卷四《七夕詩》。
④ 參見《文苑英華》卷三三一《明河篇》。
⑤ 參見《古今事文類聚·前集》卷一〇《七夕曲》。
⑥ 同上。
⑦ 同上。
⑧ 同上。
⑨ 參見《爾雅翼》卷一三《釋鳥》。
⑩ 同上。

斗、紅棗二斤八兩。獅子房獅子二號，日食活羊一隻半、白糖四兩、羊乳二瓶、醋二瓶、花椒一兩三錢。[3]犀牛一隻，日食白米一升、豬肉二斤、鷄一隻、紅棗二斤。豹日食羊肉二斤。虎日食羊一腔。崔光禄傑說正德中若此。

寡敵衆

韓世忠以八千餘人，破兀朮兵十萬。岳飛五百騎，破兀朮五十萬。虞允文軍一萬八千，敗金亮四十萬。韋永壽二百騎，敗金將小韓將軍五千於大人洲。其最奇者，楊再興戰鄢城，單騎入金軍，擒兀朮不獲，手殺數百人而還。兀朮並力復來，頓兵十二萬於臨潁，再興以二百騎，遇小商橋，驟與戰，殺二千餘人，及萬户撒八孛堇千户百人。夫宋之南渡，兵至不競，而能以寡敵衆若此。今邊兵乃十不當虜一，何也？

首虜

衛青七出擊匈奴，斬捕首虜五萬餘級。霍去病五出擊匈奴，斬捕首虜十一萬九千六百餘級。李靖襲突厥頡利，斬萬餘級，俘男女十萬。蘇定方征賀魯，斬首數萬級。薛仁貴擊突厥，斬首萬級，獲生口三萬。段熲與羌虜凡百八十戰，斬三萬八千六百餘級。今邊將獲首虜才數十百級，輒動色誇張，以徼崇爵，深可愧也。

西翰林

刑曹多文士，故稱西翰林，前輩不暇論。正德間，若亳州薛蕙君采、儀真蔣山卿子雲、馬平戴欽時亮、關西劉儲秀士奇、張治道時濟、王謳舜夫、崑山周鳳鳴于岐、開化方豪思道、都下蕭海于委、無錫顧可適與行、綿州高第公次、會稽沈弘道伯充、鄞縣葉應驄肅卿、莆田王鳳靈應時，并文藻瑰奇，蜚華藝苑，濟濟多賢，尚難悉舉。余時聯鑣接武，咸獲交承。離析忽三十年，喪亡略盡，言念疇昔，不勝鄰笛之悲。

二烈婦詩

《溧水志》：花山節婦者，遊山鄉人，姓名不傳。至元丙子，爲大兵虜至崇賢鄉碑亭橋，齧指血，題詩橋柱上云："君王有難妾當災，棄子離夫被虜來。遥望花山何處是，存亡兩地亦哀哉。"遂投水死。①《南村輟耕錄》：至元丙子，伯顏偏師狗台，臨海民婦王氏被掠，至嵊上清風嶺，齧指血，寫詩於崖上曰："君王無道妾當災，棄女抛男逐馬來。夫面不知何日見，此身料得幾時回。兩行清淚偷頻滴，一片愁眉鎖未開。回首故鄉看漸遠，存亡兩字實哀哉。"寫畢，即投崖下以死。②

右二烈婦之死，其年同，其詩又略同，但其地不同耳，疑只一事，而傳者之異也。

折 像

余讀《折像傳》，而重有感於今之守錢虜也。傳曰：折像字伯式，廣漢雒人也。其父國，爲鬱林太守，有貨財二億，家僮八百人。國卒，像感多藏厚亡之義，乃散金帛資産，周施親疏。或諫像曰："君三男二女，孫息盈前，當增益産業，何爲坐自單竭乎？"[4]像曰："昔鬭子文有言：'我乃逃禍，非避富也。'吾門户殖財日久，盈滿之咎，道家所忌。今世將衰，子又不才，不仁而富，謂之不幸。牆隙而高，其崩必疾也。"自知亡日，召賓客九族飲食辭訣，忽然而終，時年八十四，家無餘資，諸子衰劣如其言云。③

五曲江

枚乘《七發》："觀濤乎廣陵之曲江。"④今陝西會城東南有曲江，乃

---

① 參見《至大金陵新志》卷一四。
② 參見《輟耕錄》卷三《貞烈》。
③ 參見《後漢書》卷八二上《方術列傳第七十二上》。
④ 參見《六臣注文選》卷三四《七發》。

司馬相如賦所謂"臨曲江之隑州"者也。① 廣東韶州府城北亦有曲江，因以名縣。唐張九齡爲縣人，故稱"曲江公"。又江西豐城縣東北十里、雲南臨安府東北九十里，亦並有曲江。

曹狀元

曹狀元名鼐，真定寧晉縣人。初中鄉試，歷代州訓導、江西泰和典史。宣德七年，督工匠至京，復中鄉試。明年中會試、廷試，遂魁天下。官至吏部左郎，兼學士。正統己巳，沒於土木之難。

致仕半禄

洪武中，臨邑高復以吉安同知致仕，遂寧齊仕坤以新河知縣致仕，皆賜半禄，贍之終身。此亦獎廉勵恬之要術也。

蒼雅

李斯作《蒼頡篇》，其後有張揖《埤蒼》、樊恭《廣蒼》。周公作《爾雅》，其後有孔鮒《小爾雅》、張揖《廣雅》、陸佃《埤雅》、羅願《爾雅翼》。李斯《蒼頡篇》及楊雄《訓纂篇》、賈魴《滂喜篇》，謂之"三蒼"。

蒲輪

《史記》：秦始皇至泰山下，諸儒或議曰："古者封禪爲蒲車，惡傷山之土石草木。"②《漢書·武帝紀》：遣使者安車蒲輪，徵魯申公。注：用蒲裹車輪，取其安也。③《枚乘傳》：武帝以安車蒲輪徵乘。④《明帝紀》詔曰："安車頓輪，供綏執授。"注："以蒲裹輪。"⑤《徐穉傳》：

---

① 參見《文選補遺》卷三一《哀二世賦》。
② 參見《史記》卷二八《封禪書第六》。
③ 參見《漢書》卷六《武帝紀》。
④ 參見《漢書》卷五一《賈鄒枚路傳第二十一》。
⑤ 參見《後漢書》卷二《明帝紀》。

"欲蒲輪聘稺。"①《楊厚傳》贊:"仲威術深,蒲輪屢尋。"②《唐書》:玄宗在東宫,表以蒲車召王友貞,[5]不至。③ 王起《蒲輪賦》:丘園共貢,巖穴皆虚。載脂載牽,既攻既堅。經營草澤,轣轆雲煙。織而爲席,臧孫不仁。緝以成宫,令尹非禮。旁搜叢桂,遠掇幽蘭。④

奇器不傳

宋張思訓,斟酌張衡、梁令瓚渾儀之制,爲樓閣三層,高丈餘,中有輪軸關柱,激水以輪,以木偶人爲七真神,左撼鈴,右扣鐘,中擊鼓,以定刻數。每一晝夜,周而復始。又作十二神,各直一時。至其時,即自執辰牌循環而出。至冬水凝,則以水銀代之。⑤

元順帝自制宫漏,高六七尺,廣半之,造木爲匱,藏壺其中,運水上下。匱上設三聖殿,匱腰立玉女,捧時刻籌,時至,輒浮水而上。左右二金甲神,一縣鐘,一縣鉦,夜則神人自能按更而擊,無分毫差。鳴鐘鉦時,獅鳳在側者皆自翔舞。匱之東西有日月宫,飛仙六人立宫前,遇子午時,自能耦進,度仙橋,達三聖殿,復退立如前。⑥

魏明帝時,有上百戲者,能設而不能動,帝以問馬鈞:"可動否?"對曰:"可動。"帝曰:"其巧可益否?"曰:"可益。"受詔作之,以大木雕構,構使其形若輪,平地施之,潛以水發焉,設爲女樂舞象。至令木人擊鼓吹簫,作山嶽,使木人跳丸擲劍,緣繩倒立,出入自在。百官行署,舂磨鬭鷄,變巧百端。⑦

元興隆笙,制以楠木,形如夾屏,上鋭而面平,縷金,雕鏤枇杷、寶相、孔雀、竹木、雲氣,兩旁側立花板,居背三之一。中爲虚櫃,如笙之

---

① 參見《後漢書》卷五三《周黄徐姜申屠列傳第四十三》。
② 參見《後漢書》卷三〇《郎顗傳》。
③ 參見《新唐書》卷一九六《隱逸》。
④ 參見《蒲輪賦》。
⑤ 參見《新儀象法要》卷上。
⑥ 參見《元史》卷四三。
⑦ 參見《通志》卷一八二《藝術傳第二》。

匏。上竪紫竹管九十，管端實以木蓮苞。櫃外出小橛十五，上竪小管，管端實以銅杏葉。下有座，獅象繞之，座上櫃前立花板一，雕鏤如背，板間出一皮風口，[6]用則設朱漆小架子於座前，擊風囊於風口，囊面如琵琶，朱漆雜花，有柄，一人按小管，一人鼓風囊，則簧自隨調而鳴。中統間，回回國所進。以竹爲簧，有聲而無律。玉宸樂院判官鄭秀乃考音律，分定清濁，增改如今制。其在殿上者，盾頭兩旁立刻木孔雀二，飾以眞孔雀羽，中設機。每奏，工三人，一人鼓風囊，一人按律，一人運動其機，則孔雀飛舞應節。①

漢張衡造候風地動儀，以精銅鑄成，圓徑八尺，合蓋隆起，形似酒樽，飾以篆文、山龜鳥獸之形。中有都柱，傍行八道，施關發機。外有八龍，首銜銅丸，下有蟾蜍，張口承之。其牙機巧制，皆隱在樽中，覆蓋周密無際。如有地動，樽振則龍發機吐丸，而蟾蜍銜之。振聲激揚，伺者因此覺之。雖一龍發機而七首不動，尋其方面，乃知震之所在。驗之以事，合契若神。嘗一龍發機而地不覺動，京師學者咸怪其無證。後數日驛至，果地震隴西，於是咸服其妙。②

又《玄女記》：里鼓車、黃帝指南車，及周公欹器，其法並已絶，而馬鈞、祖沖之、燕肅之徒，能追修之。諸葛孔明木牛流馬，祖沖之亦造一器，不因風水，施機自運，不勞人力。

已上皆極奇之器，而今皆不傳。

泰　卦

有病者，其子命卜人占之，得泰卦，以爲吉。余私謂卜人云："天在地下，恐無生理。"已而病者死。近閲《北史》云，有人父爲刺史，得書云疾。是人詣趙輔和館，別托相知者筮。遇泰，筮者云："此卦甚吉。"是人出後，輔和謂筮者云："泰，乾下坤上，則父入土矣，豈得言

---

①　參見《元史》卷七一《宴樂之器》。
②　參見《後漢書》卷五九《張衡列傳第四十九》。

吉。"果凶問至。① 乃知古人已先有此論，然乾爲父，趙説比余爲精，顧余説亦不幸而偶中也。

許賽

《晉書》：庾亮病大困，戴洋曰："昔蘇峻時，公於白石祠中祈福，許賽其牛，至今未解，故爲此鬼所考。"亮曰："有之，君是神人也。"②因知今人許賽羊猪於神祠者，其來久矣。

京官騎驢

兵部尚書綿州金公獻民云："成化末，爲御史時，常騎驢朝參，同列多有然者。"《草木子》：李公紀，字仲修，洪武間以薦爲應天府治中，作詩云："五品京官亦美哉，腰間銀帶象牙牌。有時街上騎驢過，人道遊春去不回。"③乃今迥不然矣。

【校勘記】

［1］飢不遑食四體疲：國圖嘉靖本、清華嘉靖本皆無此七字，據石印本、初編本、《關中叢書》本補。按：《四庫全書》本《吳越春秋》亦無此七字，校曰：《文選注》有此七字，當爲《吳越春秋》脱。

［2］洽：一作"浹"。

［3］一兩三錢：石印本、《關中叢書》本作"二兩二錢"，初編本作"一兩二錢"。

［4］單：《後漢書》卷八二上作"殫"。

［5］貞：原作"正"，據《新唐書》卷一九六《隱逸》改。

［6］一：《元史》作"二"。

① 參見《北史》卷八九。
② 參見《晉書》卷九五《戴洋》。
③ 參見《草木子》卷四。

附錄：胡侍相關文獻資料

弇州四部稿·讀胡侍鴻臚詩有感因遺其從子邑博叔才①

十年但耳胡鴻臚，鴻臚之墓三草枯。世人自失鳳凰羽，此日滿把驪龍珠。雖於風雅未縣合，往往時材骨格殊。辭官著書欲何作，書成不換囊青蚨。牀頭一綈酒家共，甀中半菽時有無。齊名關西者誰子，肯放白雪驕巴歈。中丞冠峨鐵獬豸，遼陽馬被貂襜褕。胡家豈無雙玉樹，或摧秋霰今窮途。嗚呼！胡生慎莫學汝伯，汝伯文章老成癖。不見山雞敢鳳鳴，且向人間鬭毛色。封侯拜相在一言，枉殺書生萬言策。

詞林人物考·胡承之②

胡侍，字承之。陝西咸寧人。關中人多古學，而侍詩文簡潔精慤，自成家束，頗效《左傳》、六朝之體。中書舍人張才爲序曰："蒙谿先生弱冠舉進士，與信陽何中舍、譙郡薛考功齊名。以鴻臚卿亞諫議，免歸。著有詩文板行，屬余爲序。夫自六義輟講而詩教寖衰，五傳異觀而文體漸裂。師工失其真授，學士惑於定往，而今昔殆不相及矣。務艱者，氣鬱而不信；樂易者，神渙而弗耀；侈博者，意纍而靡潔；執簡者，情涸而罔悉。随下曲就代，豈無人總？究詣極殊，未多覯也。若乃榘度遵循於逸軌，意旨經理於淵宗，辭采延攬於名彥，音節酌擬於元聲，而斯集者，可謂得之矣。""學不泥往，力振古風。文不附時，盡削凡品。孤轅與楚漢同驅，奇標共陳韓并峙。冠冕藝囿，衣被詞人，卓哉一代之言

---

① （明）王世貞：《弇州四部稿》卷一八，《景印文淵閣四庫全書》第1279冊，臺灣商務印書館1986年版，第229頁。

② （明）王兆雲：《詞林人物考》卷六《胡承之》，《續修四庫全書》，上海古籍出版社1995年版。

也。彼近世思不通圓而極貌摹倣，識未周洽而委心剽奪，支戾弗經，踳駁可厭，篇帙雖富，豈可以稱哉？"

國朝獻徵録・鴻臚寺右少卿胡公侍墓志銘①

公姓胡氏，諱侍，字承之，別號蒙谿，應天府溧陽縣人也。國初諱士真者，明醫術，坐累謫戍陝寧夏衛，歷四世皆爲寧夏人。司馬公卒，賜葬陝西咸寧縣韋曲，得守冢墓，遂爲韋曲里人。公少治書，爲縣學生。正德癸酉舉鄉試，②丁丑舉進士，③戊寅授刑部雲南司主事，④辛巳晉廣東司員外郎，⑤壬午晉鴻臚寺右少卿。⑥ 甲申謫補山西潞州同知，⑦乙酉下詔獄。⑧ 事白，奪秩編民。戊戌，⑨詔復其官。癸丑十二月四日，⑩考終於家，距生弘治壬子十一月六日，⑪得年六十有二。明年甲寅十一月四日祔葬司馬公墓次。⑫ 所著有《蒙谿集》三卷、《續集》一卷、《墅談》二卷、《真珠船》二卷、《清涼經》一卷，傳之於世。右狀所載如此云。

維公靈炳肇生，粹敏風賦，垂髫穎慧，族稱豹變之資。弱冠敷揚鄉舉，鳳輝之覽，逮過庭之服習，遂遊泮以翱翔。胸羅星斗之文，落筆而煙雲滿紙；腹蘊經史之奧，縱談而古今懸河。首薦鄉書，省推籲儁，繼登廷對朝，慶得賢仕。始白雲箸火雷之剛決，明垂黑索並日月之靈融。式慰勤而折獄以情，體欽恤而求生於殺。淮南密網解三面，而仁活千人；定國高門敕五刑，而慶延百世。陟卿禮寺，佐肅朝章，寅恭贊導乎百司，軌度儀刑乎四裔。瞻天咫尺，身依斧扆之榮；

---

① （明）焦竑：《國朝獻徵録》卷七六《鴻臚寺右少卿胡公侍墓志銘》，《續修四庫全書》。
② 癸酉：明正德八年(1513)。
③ 丁丑：明正德十二年(1517)。
④ 戊寅：明正德十三年(1518)。
⑤ 辛巳：明正德十六年(1521)。
⑥ 壬午：明嘉靖元年(1522)。
⑦ 甲申：明嘉靖三年(1524)。
⑧ 乙酉：明嘉靖四年(1525)。
⑨ 戊戌：明嘉靖十七年(1538)。
⑩ 癸丑：明嘉靖三十二年(1553)。
⑪ 壬子：明弘治五年(1492)。
⑫ 甲寅：明嘉靖三十三年(1554)。

捧日周旋，晉接冕旒之貴。叔孫制禮，體統正而朝廷尊；公西立朝，應對諧而賓客悅。無何崇祀議興，龐言訟聚。公乃橘性不化，荼苦遂罹。賈誼少年，自速長沙之責；子牟忠悃，常勤魏闕之懷。方内咎以圖新，忽外尤而作戾，紛馳錦貝，組織無端，載銅圜狴，控白何所。公且究心義畫，訟言臣罪當誅，絕念鄒書。仰恃皇明有赫，既而大地生春，恩深玉律，覆盆回照，德沛金雞，沐雨露之鴻私，放山林而獸逸。於是瘁躬畎畝，畢志典墳。三農既隙，頌至仁於擊壤之歌；四部窮探，揖往聖於羹牆之接。謝靈運放情自適，賦登山臨水以徜徉；邵堯夫知命樂天，咏月霽風光而《爾雅》。貧無儋石之蓄而樂且有餘，富有貫斗之才而學如不及。雖古人三冬之苦、八斗之雄，方之恐不能前也。故其箸述精研，搜羅極至。秦封孔壁，了無遺文；汲冢湯盤，倏興雅道。謂爲詞林之宗匠，學海之巨儒，蓋無忝焉。而又天畀純孝，性篤友恭，敦彼彝倫，慎兹庸行。執喪則毁瘠越制，侍養則色志無違。昆季念孔懷之休，妻子翕好合之美。生平華胄，不染紈綺之風流；投老窮居，克厲貞松之志操。

古云居養易，習亨困，移人可無其咎矣。公器度深沈，識見警捷，剖紛剚劇，不假盡詞，應變持危，有同素畫，而乃禁不迄用卷以退終。嗚呼傷哉！魯也托契於公，自髫伊始，何天不弔，隕我良朋。感交道之始終，慨斯文之凋喪，爰製韻語，慰公於幽。

列朝詩集小傳·胡判官侍^①

侍，字承之，咸寧人，正德丁丑進士，②授刑部主事，歷鴻臚少卿。嘉靖初，追尊獻帝，議者力辯兩考之非。承之上言："祖訓：兄終弟及，蓋嚴嫡庶，防覬覦爾。魯嬰齊不受命歸父，漢病已不受命昭帝，何以受命爲哉？唐睿宗不當兄中宗，宋太宗不當兄藝祖，以其爲君也。不當稱兄，則不當稱伯，明矣。"上怒其狂率，出爲潞州判官。乙酉下詔獄，③除名爲民。戊戌，④有詔追復。承之初以不附濮議謫官，厥後下獄，不知所坐。許伯誠志其墓，駢語填塞，無所考焉。

---

① （清）錢謙益：《列朝詩集小傳》丙集《胡判官侍》，上海古籍出版社 1983 年版，第 365 頁。
② 丁丑：明正德十二年(1517)。
③ 乙酉：明嘉靖四年(1525)。
④ 戊戌：明嘉靖十七年(1538)。

明史列傳·胡侍[①]

侍,寧夏人。舉進士,歷官鴻臚少卿。張璁、桂萼既擢學士,侍劾二人越禮背經。因據所奏,反覆論辨,凡千餘言。帝怒,命逮治。言官論救,謫潞州同知。瀋府宗室勳、洼以事憾之,奏侍試諸生題譏刺,且謗大禮,逮至京訊,斥爲民。

静志居詩話·胡侍[②]

胡侍,字承之,咸寧人。正德丁丑進士,除刑部主事,進員外,陞鴻臚寺少卿。坐議大禮,謫潞州同知,尋下詔獄,論爲民,尋命復職。有《濛谿集》。

承之詩原北地,而五言頗近信陽。弇州稱之云"雖於風雅未懸合,往往時材骨骼殊",亦不失實。《送劉德徵守夔府》云:"國有鹽叢古,城開白帝雄。龍蛇夏禹廟,雲雨楚王宫。羽檄通南徼,樓船進北風。還令蜀父老,喜得漢文翁。"[③]

明詩綜·胡侍[④]

侍,字承之,咸寧人。正德丁丑進士,除刑部主事,進員外,陞鴻臚寺少卿。坐議大禮,謫潞州同知,尋下詔獄,論爲民。尋命復職。有《濛谿集》。王元美云:"胡承之如病措大習白獪公術,操舞如度,擊刺未堪。"《詩話》:"承之詩原北地,而五言頗近信陽。弇州稱之云'雖於風雅未縣合,往往時材骨骼殊',亦不失實。"

---

① (清)徐乾學:《明史列傳》,(臺北)學生書局1985年版。
② (清)朱彝尊:《静志居詩話》卷一〇《胡侍》,人民文學出版社1990年版,第290頁。按:原文標點有誤,已改正。
③ 參見本書《胡蒙谿詩集》卷四《五言律詩》。
④ (清)朱彝尊:《明詩綜》卷四一《胡侍》,《景印文淵閣四庫全書》。

陝西通志·胡侍①

侍，字承之，咸寧人。正德丁丑進士，②歷官鴻臚少卿。時追尊獻帝，議者力辯兩考之非，侍上言："祖訓兄終弟及，蓋嚴嫡庶，防覬覦爾。魯嬰齊不受命歸父，漢病已不受命昭帝，何以受命爲哉？唐睿宗不當兄中宗，宋太宗不當兄藝祖，以其爲君也。不當稱兄，則不當稱伯明矣。"上怒，出爲潞州判官。

明史·胡侍③

胡侍，寧夏人。舉進士，歷官鴻臚少卿。張璁、桂萼既擢學士，侍劾二人越禮背經。因據所奏，反覆論辯，凡千餘言。帝怒，命逮治。言官論救，謫潞州同知。瀋府宗室勳注以事憾之，奏侍試諸生題譏刺，且謗大禮，逮至京，訊斥爲民。

山西通志·胡侍④

胡侍，寧夏人。舉進士，歷官鴻臚少卿。張璁、桂萼擢學士，侍劾二人越禮背經。反覆辨論千餘言，命逮治。言官論救，謫潞州同知。剛介不阿，持大體，抗言時中，瀋府宗室勳注以事憾之，奏侍試諸生題譏刺，且謗大禮，逮至京，訊斥爲民，卒。

欽定大清一統志·胡侍⑤

寧夏人。嘉靖初，由進士歷官鴻臚少卿。張璁、桂萼既擢學士，侍劾二人越禮背經。因據所奏，反覆辨論，凡千餘言。帝怒，命逮治。以言官論救，謫潞州同知。瀋府宗室勳注以事憾侍，奏侍怨望，謗訕大禮，斥爲民。

---

① （清）沈青崖：《陝西通志》卷六〇《人物六》，《景印文淵閣四庫全書》。
② 丁丑：明正德十二年(1517)。
③ 《明史》卷一九一《薛蕙傳》，中華書局1974年版，第5077頁。
④ （清）儲大文：《山西通志》卷九一《名宦九》，《景印文淵閣四庫全書》。
⑤ （清）和珅：《欽定大清一統志》卷二〇四《寧夏府》，《景印文淵閣四庫全書》。

參考文獻

一、胡侍著述

《胡蒙谿詩集》：（明）胡侍撰，首都圖書館藏明代嘉靖二十五年（1546）刻本，北京大學圖書館藏明代嘉靖二十五年（1546）刻本

《胡蒙谿文集》：（明）胡侍撰，首都圖書館藏明代嘉靖二十五年（1546）刻本，中科院國家科學圖書館藏明代嘉靖二十五年（1546）刻本

《胡蒙谿續集》：（明）胡侍撰，首都圖書館藏明代嘉靖刻本，中科院國家科學圖書館藏明代嘉靖刻本

《墅談》：（明）胡侍撰，中國國家圖書館藏明代嘉靖二十五年（1546）刻本；《百陵學山》本，上海商務印書館1938年版；《叢書集成初編》影印《百陵學山》本，上海商務印書館1937年版；上海圖書館藏清抄本

《真珠船》：（明）胡侍撰，國家圖書館藏明代嘉靖二十七年（1548）刻本；清華大學圖書館藏明代嘉靖二十七年（1548）刻本；北京大學圖書館藏明代嘉靖二十七年（1548）刻本；上海圖書館藏明代嘉靖二十七年（1548）刻本；《寶顏堂秘笈》明萬曆刊本；《叢書集成初編》排印《寶顏堂秘笈》本，上海商務印書館1937年版；《關中叢書》本，（西安）陝西通志館1934年版

二、經部

《孟子》：（戰國）孟軻撰，方勇譯注，中華書局2010年版

《呂氏春秋》：（秦）呂不韋撰，（漢）高誘注，（清）畢沅校，上海古籍出版社2014年版

《周易正義》：（魏）王弼注，（晉）韓康伯注，（唐）孔穎達等正義，上海古籍

出版社1990年版

《尚書正義》：（漢）孔安國傳，（唐）孔穎達正義，黃懷信整理，上海古籍出版社2007年版

《毛詩正義》：（漢）毛亨傳，（漢）鄭玄箋，（唐）孔穎達等正義，上海古籍出版社1990年版

《周禮注疏》：（漢）鄭玄注，（唐）賈公彥疏，上海古籍出版社1990年版

《儀禮注疏》：（漢）鄭玄注，（唐）賈公彥疏，上海古籍出版社1990年版

《禮記正義》：（漢）鄭玄注，（唐）孔穎達正義，呂友仁整理，上海古籍出版社2008年版

《春秋左傳正義》：（周）左丘明傳，（晉）杜預注，（唐）孔穎達疏，上海古籍出版社1990年版

《春秋公羊傳注疏》：（漢）公羊壽傳，（漢）何休解詁，（唐）徐彥疏，上海古籍出版社1990年版

《說文解字》：（漢）許慎撰，（宋）徐鉉校定，中華書局2013年版

《論語注疏》：（魏）何晏等注，（宋）邢昺疏，上海古籍出版社1990年版

《爾雅注疏》：（晉）郭璞注，（宋）邢昺疏，上海古籍出版社1990年版

《爾雅》：（晉）郭璞注，浙江古籍出版社2011年版

《大廣益會玉篇》：（南朝梁）顧野王撰，中華書局1987年版

《經典釋文》：（唐）陸德明撰，上海古籍出版社2013年版

《說文繫傳》：（南唐）徐鍇撰，《景印文淵閣四庫全書》，臺灣商務印書館1986年版

《廣韻》：（宋）陳彭年等編修，《景印文淵閣四庫全書》，臺灣商務印書館1986年版

《佩觿》：（宋）郭忠恕撰，《景印文淵閣四庫全書》，臺灣商務印書館1986年版

《周官新義》：（宋）王安石撰，楊小召校點，四川大學出版社2016年版

《埤雅》：（宋）陸佃撰，王敏紅點校，浙江大學出版社2008年版

《韻補》：（宋）吳棫撰，《景印文淵閣四庫全書》，臺灣商務印書館1986年版

《詩集傳》：（宋）朱熹注，趙長徵點校，中華書局2011年版

《四書章句集注》：（宋）朱熹撰，中華書局2011年版

《朱子語類》：（宋）朱熹撰，黎靖德編，中華書局 1986 年版

《書經集傳》：（宋）蔡沈注，上海古籍出版社 1987 年版

《月令解》：（宋）張虙撰，《景印文淵閣四庫全書》，臺灣商務印書館 1986 年版

《爾雅翼》：（宋）羅願撰，石雲孫點校，黃山書社 2013 年版

《尚書精義》：（宋）黃倫撰，《景印文淵閣四庫全書》，臺灣商務印書館 1986 年版

《孔子集語》：（宋）薛據輯，山東友誼書社出版 1989 年版

《樂書》：（宋）陳暘撰，《景印文淵閣四庫全書》，臺灣商務印書館 1986 年版

《小學紺珠》：（宋）王應麟編，《叢書集成初編》據《津逮秘書》本排印，中華書局 1987 年版

《周易參同契發揮》：（宋）俞琰撰，《景印文淵閣四庫全書》，臺灣商務印書館 1986 年版

《古今韻會舉要》：（元）黃公紹原編，熊忠舉要，寧忌浮整理，中華書局 2000 年版

《中原音韻校本》：（元）周德清撰，張玉來、耿軍點校，中華書局 2013 年版

《古微書》：（明）孫瑴編，山東友誼書社出版 1990 年版

《字詁》：（明）黃生撰，《景印文淵閣四庫全書》，臺灣商務印書館 1986 年版

《六家詩名物疏》：（明）馮復京撰，《景印文淵閣四庫全書》，臺灣商務印書館 1986 年版

《讀禮通考》：（清）徐乾學撰，《景印文淵閣四庫全書》本，臺灣商務印書館 1986 年版

《緯書集成》：［日］安居香山、中村璋八輯，上海古籍出版社 1994 年版

三、史部

《史記》：（漢）司馬遷撰，中華書局 1959 年版

《漢書》：（漢）班固撰，中華書局 1962 年版

《後漢書》：（南朝宋）范曄撰，（唐）李賢注，中華書局 1965 年版

《三國志》：（晉）陳壽撰，（南朝宋）裴松之注，陳乃乾校點，中華書局 1959 年版

《晉書》：（唐）房玄齡等撰，中華書局 1974 年版

《宋書》：（南朝梁）沈約撰，中華書局 1974 年版

《南齊書》：（南朝梁）蕭子顯撰，中華書局 1972 年版

《梁書》：（唐）姚思廉撰，中華書局 1973 年版

《隋書》：（唐）魏徵等撰，中華書局 1973 年版

《南史》：（唐）李延壽撰，中華書局 1975 年版

《北史》：（唐）李延壽撰，中華書局 1974 年版

《舊唐書》：（後晉）劉昫等撰，中華書局 1975 年版

《新唐書》：（宋）歐陽修、宋祁撰，中華書局 1975 年版

《新五代史》：（宋）歐陽修撰，中華書局 1974 年版

《宋史》：（元）脫脫等撰，中華書局 1977 年版

《遼史》：（元）脫脫等撰，中華書局 1974 年版

《元史》：（明）宋濂等撰，中華書局 1976 年版

《越絕書校釋》：（漢）袁康撰，李步嘉校釋，中華書局 2018 年版

《鹽鐵論》：（漢）桓寬撰，陳桐生譯注，中華書局 2015 年版

《東觀漢記校注》：（漢）劉珍撰，吳樹平注，中華書局 2016 年版

《前漢紀》：（漢）荀悅撰，吉林出版集團 2005 年版

《吳越春秋譯注》：（漢）趙曄撰，張覺注，上海三聯書店 2014 年版

《水經注校證》：（北魏）酈道元著，陳橋驛校證，中華書局 2007 年版

《江表傳》：（晉）虞溥撰，《景印文淵閣四庫全書》，臺灣商務印書館 1986 年版

《逸周書》：（晉）孔晁注，《景印文淵閣四庫全書》，臺灣商務印書館 1986 年版

《嶺表錄異》：（唐）劉恂撰，魯迅校勘，廣東人民出版社 1983 年版

《北戶錄》：（唐）段公路撰，《叢書集成初編》據十萬卷樓叢書本排印，中華書局 1985 年版

《唐六典》：（唐）李林甫等撰，陳仲夫校，中華書局2014年版

《太平寰宇記》：（宋）樂史撰，王文楚等校，中華書局2007年版

《唐會要》：（宋）王溥撰，中華書局2017年版

《崇文總目》：（宋）王堯臣等撰，文淵閣《四庫全書》本，臺灣商務印書館1986年版

《集古錄跋尾》：（宋）歐陽修撰，鄧寶劍、王怡琳注，人民美術出版社2010年版

《謚法》：（宋）蘇洵撰，《景印文淵閣四庫全書》，臺灣商務印書館1986年版

《長安志》：（宋）宋敏求撰，《景印文淵閣四庫全書》，臺灣商務印書館1986年版

《金石録》：（宋）趙明誠撰，齊魯書社2009年版

《通志》：（宋）鄭樵撰，中華書局1987年版

《路史》：（宋）羅泌撰，北京圖書館出版2003年版

《會稽二志點校》：（宋）施宿等撰，李能成點校，安徽文藝出版社2012年版

《直齋書録解題》：（宋）陳振孫撰，上海古籍出版社1987年版

《通鑑地理通釋》：（宋）王應麟撰，廣文書局1972年版

《宋名臣言行録》：（宋）朱熹編，梅原鬱編識，（日本）筑摩書房2015年版

《建炎以來朝野雜記》：（宋）李心傳撰，徐規點校，中華書局2000年版

《畫簾緒論》：（宋）胡太初撰，內蒙古人民出版社2000年版

《文獻通考》：（宋）馬端臨撰，中華書局2006年版

《欽定重訂契丹國志》：（宋）葉隆禮撰，《景印文淵閣四庫全書》，臺灣商務印書館1986年版

《蒙韃備録》：（宋）孟珙撰，中華書局1985年版

《續後漢書》：（元）郝經撰，商務印書館1958年版

《唐才子傳》：（元）辛文房撰，遼寧教育出版社1998年版

《異域志》：（元）周致中撰，陸峻嶺校注，中華書局1981年版

《至大金陵新志》：（元）張鉉撰，《景印文淵閣四庫全書》，臺灣商務印書館1986年版

《錢塘遺事》：（元）劉一清撰，上海古籍出版社1985年版

《草木子(外三種)》：（明）葉子奇等撰，吳東昆等校點，上海古籍出版社2012年版

《大明一統志》：（明）李賢等撰，三秦出版社1990年版

《(弘治)寧夏新志》：胡玉冰、曹陽校注，中國社會科學出版社2015年版

《(嘉靖)寧夏新志》：邵敏校注，中國社會科學出版社2015年版

《端肅奏議》：（明）馬文升撰，《景印文淵閣四庫全書》，臺灣商務印書館1986年版

《北征錄》：（明）金幼孜撰，金鏜明萬曆四十六年(1618)刻本，中國國家圖書館藏

《明會典》：（明）申時行等撰，中華書局1989年版

《姑蘇志》：（明）王鏊撰，臺灣學生書局1965年版

《晁氏寶文堂書目徐氏紅雨樓書目》：（明）晁瑮、徐燉撰，古典文學出版社1957年版

《大明律問刑條例》：懷效鋒點校，法律出版社1999年版

《皇明詞林人物考》：（明）王兆雲，明萬曆刻本

《明史》：（清）張廷玉等撰，中华书局1974年版

《列朝詩集小傳》：（清）錢謙益撰，上海古籍出版社1983年版

《漢官六種》：（清）孫星衍等輯，周天游點校，中華書局1990年版

《四庫全書總目》：（清）永瑢等撰，中華書局1965年版

《金石三例》：（清）盧見曾編，淮建利點校，中州古籍出版社2015年版

《鄭堂讀書記》：（清）周中孚撰，北京圖書館出版社2007年版

《〔乾隆〕陝西通志》：（清）查郎阿、劉於義等纂，《景印文淵閣四庫全書》，臺灣商務印書館1986年版

《千頃堂書目》：（清）黃虞稷撰，瞿鳳起、潘景鄭整理，上海古籍出版社2001年版

四、子部

《山海經》：方韜譯注，中華書局2011年版

《伊尹書》：（商）伊摯撰，馬國翰輯佚，《玉涵山房輯佚書》本，上海古籍出版社 1990 年版

《墨子》：（戰國）墨翟撰，方勇譯注，中華書局 2011 年版

《莊子》：（戰國）莊周撰，方勇譯注，中華書局 2010 年版

《韓非子》：（戰國）韓非子撰，高華平、王齊洲、張三夕譯注，中華書局 2010 年版

《孔叢子》：（漢）孔鮒撰，周海生、王鈞林譯注，中華書局 2009 年版

《淮南子》：（漢）劉安撰，陳廣忠譯注，中華書局 2012 年版

《海內十洲記》：（漢）東方朔撰，王根林校點，上海古籍出版社 2012 年版

《說苑》：（漢）劉向撰，黃山書社 1993 年版

《揚子法言》：（漢）楊雄撰，臺灣華正書局 1974 年版

《鹽鐵論校注》：（漢）桓寬撰，王利器校注，中華書局 1992 年版

《西京雜記》：（漢）劉歆撰，王根林點校，上海古籍出版社 2012 年版

《白虎通義》：（漢）班固撰，上海古籍出版社 1992 年版

《洞冥記》：（漢）郭憲撰，仙谷子注，中州古籍出版社 1994 年版

《風俗通義校注》：（漢）應劭撰，王利器校注，中華書局 2010 年版

《博物志》：（晉）張華撰，王根林等點校，上海古籍出版社 2012 年版

《博物志校正》：（晉）張華撰，范寧校正，中華書局 1980 年版

《廣志》：（晉）郭義恭撰，《說郛》本，中國書店 1986 年版

《玄中記》：（晉）郭璞撰，《說郛》本，中國書店 1986 年版

《穆天子傳》：（晉）郭璞注，王根林點校，上海古籍出版社 2012 年版

《抱朴子內篇》：（晉）葛洪撰，張松輝譯注，中華書局 2011 年版

《古今注》：（晉）崔豹撰，《叢書集成初編》據顧氏文房本排印，中華書局 1985 年版

《拾遺記》：（晉）王嘉撰，王根林等點校，上海古籍出版社 2012 年版

《搜神記》：（晉）干寶撰，王根林等點校，上海古籍出版社 2012 年版

《搜神後記》：（晉）陶潛撰，汪紹楹校注，中華書局 1981 年版

《世說新語》：（南朝宋）劉義慶撰，中華書局 2007 年版

《異苑》：（南朝宋）劉敬叔撰，上海古籍出版社 2012 年版

《述異記》：（南朝梁）任昉撰，吉林出版集團 2005 年版

《文心雕龍》：（南朝梁）劉勰撰，中華書局 2012 年版

《殷芸小記》：（南朝梁）殷芸編纂，周楞伽輯注，上海古籍出版社 1984 年版

《書品》：（南朝梁）庾肩吾撰，《寶顏堂秘笈》本，文明書局 1922 年版

《荊楚歲時記》：（南朝梁）宗懍撰，（隋）杜公瞻注，姜彥稚輯校，中華書局 2018 年版

《顏氏家訓》：（南朝梁）顏之推撰，檀作文校注，中華書局 2011 年版

《齊民要術今釋》：（北魏）賈思勰著，石聲漢校釋，中華書局 2009 年版

《備急千金要方》：（唐）孫思邈撰，（宋）林億等校正，中醫古籍出版社 1999 年版

《藝文類聚》：（唐）歐陽詢著，汪紹楹注解，上海古籍出版社 1998 年版

《管子》：（唐）房玄齡注，（明）劉績補注，刘曉艺校點，上海古籍出版社 2015 年版

《朝野僉載》：（唐）張鷟撰，趙守儼點校，中華書局 1979 年版

《教坊記》：（唐）崔令欽撰，上海古籍出版社 2012 年版

《書斷》：（唐）張懷瓘撰，浙江人民美術出版社 2012 年版

《封氏聞見記》：（唐）封演撰，張耕注評，學苑出版社 2001 年版

《集異記》：（唐）薛用弱撰，中華書局 1980 年版

《白孔六帖》：（唐）白居易撰、（宋）孔傳續撰，《景印文淵閣四庫全書》，臺灣商務印書館 1986 年版

《玄怪錄》：（唐）牛僧孺撰，上海古籍出版社 2012 年版

《樂府雜錄》：（唐）段安節撰，中華書局 2012 年版

《劉賓客嘉話錄》：（唐）韋絢撰，陶敏、陶紅雨校注，中華書局 2019 年版

《酉陽雜俎》：（唐）段成式等撰，曹中孚等校點，上海古籍出版社 2012 年版

《資暇錄》：（唐）李匡義撰，《說郛》本，中國書店 1986 年版

《法書要錄》：（唐）張彥遠撰，浙江人民美術出版社 2012 年版

《杜陽雜編》：（唐）蘇鶚撰，《景印文淵閣四庫全書》，臺灣商務印書館 1986 年版

《賈氏譚錄》：（宋）張洎撰，孔一、王根林點校，上海古籍出版社 2012 年版

《稽神錄》：（宋）徐鉉撰，中華書局 1996 年版

《文苑英華》：（宋）李昉等纂，中華書局 1966 年版

《太平御覽》：（宋）李昉等纂，中華書局 1985 年版

《太平廣記》：（宋）李昉、徐鉉等纂，中華書局 2013 年版

《册府元龜》：（宋）王欽若等纂，中華書局 2003 年版

《清異錄》：（宋）陶穀撰，孔一校點，上海古籍出版社 2012 年版

《續博物志》：（宋）李石撰，李之亮點校，巴蜀書社 1991 年版

《墨客揮犀　續墨客揮犀》：（宋）彭□輯撰，孔凡禮點校，中華書局 2002 年版

《茅亭客話》：（宋）黃休復撰，尚成、李夢生校點，上海古籍出版社 2012 年版

《本草圖經》：（宋）蘇頌撰，尚志鈞輯校，安徽科學技術出版社 1994 年版

《新儀象法要》：（宋）蘇頌撰，上海古籍出版社 2007 年版

《蜀檮杌》：（宋）張唐英撰，臺灣商務印書館 1979 年版

《夢溪筆談》：（宋）沈括撰，上海古籍出版社 2015 年版

《仇池筆記》：（宋）蘇軾撰，上海書店 1990 年版

《聞見近錄》：（宋）王鞏撰，北京圖書出版社 2004 年版

《蟹譜》：（宋）傅肱撰，《景印文淵閣四庫全書》，臺灣商務印書館 1986 年版

《師友談記》：（宋）李廌撰，中華書局 2002 年版

《春渚紀聞》：（宋）何薳撰，中華書局 1983 年版

《壽親養老新書》：（宋）陳直撰，（元）鄒鉉續修，中華書局 2013 年版

《雞肋編》：（宋）莊綽撰，中華書局 1983 年版

《事物紀原》：（宋）高承撰，（明）李果訂，金圓、許沛藻點校，中華書局 1989 年版

《證類本草》：（宋）唐慎微撰，華夏出版社 1993 年版

《紺珠集》：（宋）朱勝非撰，《景印文淵閣四庫全書》，臺灣商務印書館 1986 年版

《孫公談圃》：（宋）劉延世撰，《景印文淵閣四庫全書》，臺灣商務印書館 1986 年版

《松漠紀聞》：（宋）洪皓撰，中華書局1985年版

《道山清話》：（宋）王暐撰，《叢書集成初編》本據百川學海本排印，中華書局2011年版

《香譜》：（宋）洪芻撰，浙江人民美術出版社2016年版

《容齋隨筆》：（宋）洪邁撰，上海古籍出版社1998年版

《容齋續筆》：（宋）洪邁撰，國家圖書館出版社2003年版

《夷堅志》：（宋）洪邁撰，中華書局1981年版

《雍錄》：（宋）程大昌撰，中華書局2002年版

《演繁露》：（宋）程大昌撰，《叢書集成初編》，中華書局1991年版

《老學菴筆記》：（宋）陸游撰，三秦出版社2003年版

《五總志》：（宋）吳坰撰，《景印文淵閣四庫全書》，臺灣商務印書館1986年版

《蟹略》：（宋）高似孫撰，《景印文淵閣四庫全書》，臺灣商務印書館1986年版

《四六話》：（宋）王銍撰，《景印文淵閣四庫全書》，臺灣商務印書館1986年版

《高齋漫錄》：（宋）曾慥撰，《景印文淵閣四庫全書》，臺灣商務印書館1986年版

《類說》：（宋）曾慥編，《景印文淵閣四庫全書》，臺灣商務印書館1986年版

《錢氏私志》：（宋）錢愐撰，《景印文淵閣四庫全書》，臺灣商務印書館1986年版

《嬾真子錄校釋》：（宋）馬永卿撰，崔文印校釋，中華書局2017年版

《東京夢華錄》：（宋）孟元老撰，中國畫報出版社2016年版

《芥隱筆記》：（宋）龔頤正撰，《景印文淵閣四庫全書》，臺灣商務印書館1986年版

《海錄碎事》：（宋）葉庭珪撰，上海辭書出版社1989年版

《螢雪叢說》：（宋）俞成撰，大象出版社2015年版

《野客叢書》：（宋）王楙撰，中華書局2007年版

《賓退錄》：（宋）趙與時撰，上海古籍出版社2012年版

《桯史》：（宋）岳珂撰，上海古籍出版社 2012 年版

《四朝聞見錄》：（宋）葉紹翁撰，中華書局 1989 年版

《考工記解》：（宋）林希逸撰，《景印文淵閣四庫全書》，臺灣商務印書館 1986 年版

《群書考索》：（宋）章如愚撰，書目文獻出版社 1992 年版

《鶴林玉露》：（宋）羅大經撰，中華書局 1983 年版

《記纂淵海》：（宋）潘自牧撰，中華書局 1988 年版

《黃氏日抄》：（宋）黃震撰，《景印文淵閣四庫全書》，臺灣商務印書館 1986 年版

《玉海》：（宋）王應麟撰，廣陵書社 2016 年版

《困學紀聞》：（宋）王應麟撰，上海古籍出版社 2015 年版

《游宦紀聞》：（宋）張世南撰，《叢書集成初編》據"裨海"及"知不足齋叢書"排印本，商務印書館 1936 年版

《武林舊事》：（宋）周密撰，浙江人民出版社 1984 年版

《愛日齋叢抄》：（宋）葉寘撰，中華書局 2010 年版

《齊東野語》：（宋）周密撰，上海古籍出版社 2012 年版

《古今事文類聚》：（宋）祝穆撰，上海古籍出版社 1992 年版

《吹劍錄外集》：（宋）俞文豹撰，中華書局 1991 年版

《吹劍續錄·吹劍錄全編》：（宋）俞文豹撰，張宗祥輯錄，古典文學出版社 1958 年版

《學齋占畢》：（宋）史繩祖撰，上海古籍出版社 1992 年版

《燕翼詒謀錄》：（宋）王栐撰，中華書局 1981 年版

《北山酒經》：（宋）朱肱撰，上海書店出版社 2016 年版

《百川學海》：（宋）左圭輯，中國書店 1991 年版

《錢塘遺事》：（元）劉一清撰，上海古籍出版社 1985 年版

《異域志》：（元）周致中撰，陸峻嶺校注，中華書局 1981 年版

《輟耕錄》：（元）陶宗儀撰，中華書局 1959 年版

《說郛》：（元）陶宗儀撰，《景印文淵閣四庫全書》，臺灣商務印書館 1986 年版

《水東日記》：（明）葉盛撰，中華書局 1980 年版

《丹鉛餘錄》：（明）楊慎撰，上海古籍出版社 1992 年版

《飲膳正要譯注》：（元）忽思慧著，張秉倫、方曉陽譯注，上海古籍出版社 2017 年版

《稗編》：（明）唐順之撰，《景印文淵閣四庫全書》，臺灣商務印書館 1986 年版

《天中記》：（明）陳耀文撰，廣陵書社 2007 年版

《喻林》：（明）徐元太撰，上海辭書出版社 1991 年版

《駢志》：（明）陳禹謨撰，《景印文淵閣四庫全書》，臺灣商務印書館 1986 年版

《說略》：（明）顧起元撰，《景印文淵閣四庫全書》，臺灣商務印書館 1986 年版

《廣博物志》：（明）董斯張撰，江蘇廣陵古籍刻印社 1990 年版

《神農本草經》：（清）顧觀光輯，楊鵬舉校注，學苑出版社 2007 年版

《湖海新聞夷堅續志》：金心點校，中華書局 1986 年版

五、集部

《楚辭》：林家驪譯注，中華書局 2010 年版

《蔡中郎集》：（漢）蔡邕撰，商務印書館 1924 年版

《孔北海集》：（漢）孔融撰，《景印文淵閣四庫全書》，臺灣商務印書館 1986 年版

《曹子建集》：（魏）曹植撰，鳳凰出版社 2014 年版

《嵇中散集》：（魏）嵇康撰，中州古籍出版社 1997 年版

《陸士龍集》：（晉）陸雲撰，《景印文淵閣四庫全書》，臺灣商務印書館 1986 年版

《江文通集校注》：（南朝梁）江淹撰，丁福林校注，上海古籍出版社 2017 年版

《六臣注文選》：（南朝梁）蕭統編，（唐）李善等注，中華書局 2012 年版

《陳拾遺集》：（唐）陳子昂撰，上海古籍出版社 1992 年版

《李太白文集》：（唐）李白撰，上海古籍出版社 2013 年版

《王右丞集箋注》：（唐）王維撰，（清）趙殿成箋注，上海古籍出版社 2007 年版

《常建詩》：（唐）常建撰，《景印文淵閣四庫全書》，臺灣商務印書館 1986 年版

《韓昌黎集》：（唐）韓愈撰，商務印書館 1964 年版

《白氏長慶集》：（唐）白居易撰，上海古籍出版社 1994 年版

《白香山詩集》：（唐）白居易撰，（清）汪立名編，世界書局 2006 年版

《皇甫持正集》：（唐）皇甫湜撰，上海古籍出版社 1993 年版

《李義山詩集》：（唐）李商隱撰，廣陵書社 2011 年版

《黃御史集》：（唐）黃滔撰，《景印文淵閣四庫全書》，臺灣商務印書館 1986 年版

《唐文粹》：（宋）姚鉉編，上海古籍出版社 1994 年版

《楊太真外傳》：（宋）樂史撰，中華書局 1991 年版

《宋本歐陽文忠公集》：（宋）歐陽修撰，國家圖書館出版社 2019 年版

《六一詩話》：（宋）歐陽修撰，人民文學出版社 1962 年版

《周元公集》：（宋）周惇頤撰，《景印文淵閣四庫全書》，臺灣商務印書館 1986 年版

《公是集》：（宋）劉敞撰，北京大學出版社 2014 年版

《嘉祐集》：（宋）蘇洵撰，北京圖書館出版 2004 年版

《東坡全集》：（宋）蘇軾撰，吉林出版集團 2005 年版

《東坡詩集注》：（宋）蘇軾著，（宋）王十朋注，商務印書館 2013 年版

《樂府詩集》：（宋）郭茂倩撰，上海古籍出版社 1998 年版

《山谷集》：（宋）黃庭堅撰，吉林出版集團 2005 年版

《後山集》：（宋）陳師道撰，吉林出版集團 2005 年版

《石林詩話校注》：（宋）葉夢得撰，逯銘昕校注，人民文學出版社 2012 年版

《藝苑雌黃》：（宋）嚴有翼撰，《景印文淵閣四庫全書》，臺灣商務印書館 1986 年版

《竹坡詩話》：（宋）周紫芝撰，《叢書集成初編》據百川學海本影印，商務印書館 1936 年版

《浮溪集》：（宋）汪藻撰，《叢書集成初編》據聚珍版叢書排印，商務印書館1935年版

《潏水集》：（宋）李復撰，《景印文淵閣四庫全書》，臺灣商務印書館1986年版

《彥周詩話》：（宋）許顗撰，《叢書集成初編》據百川學海本排印，商務印書館1939年版

《九家集注杜詩》：（宋）郭知達編，《景印文淵閣四庫全書》，臺灣商務印書館1986年版

《庚溪詩話》：（宋）陳巖肖撰，《景印文淵閣四庫全書》，臺灣商務印書館1986年版

《潛溪詩眼》：（宋）范溫撰，宋詩話輯佚，燕京學社排印本1937年版

《草堂詩餘》：（宋）何士信撰，《景印文淵閣四庫全書》，臺灣商務印書館1986年版

《古文苑》：（宋）章樵注，《景印文淵閣四庫全書》，臺灣商務印書館1986年版

《詩話總龜》：（宋）阮閱撰，人民文學出版社1987年版

《兩宋名賢小集》：（宋）陳思編，（元）陳世隆補，全國图书館文獻缩微复制中心2010年版

《文山集》：（宋）文天祥撰，《景印文淵閣四庫全書》，臺灣商務印書館1986年版

《文選補遺》：（元）陳仁子輯，上海古籍出版社1993年版

《金石例》：（元）潘昂霄撰，《景印文淵閣四庫全書》，臺灣商務印書館1986年版

《玉笥集》：（元）張憲撰，施賢明點校，北京師範大學出版社2016年版

《唐詩品彙》：（元）高棅撰，中華書局2015年版

《文憲集》：（明）宋濂撰，吉林出版集團2005年版

《懷麓堂詩話校釋》：（明）李東陽撰，李慶立校注，人民文學出版社2009年版

《對山集》：（明）康海撰，明嘉靖二十四年吳孟祺刻本

《涇野先生文集》：（明）呂柟撰，《續修四庫全書》，上海古籍出版社1995

年版

《劉西陂集》：（明）劉儲秀撰，明嘉靖三十年傅鳳翱刻本

《升菴集》：（明）楊慎撰，《景印文淵閣四庫全書》，臺灣商務印書館1986年版

《花草粹編》：（明）陳耀文輯，龍建國、楊有山點校，姚學賢審訂，河北大學出版社2007年版

《弇州四部稿》：（明）王世貞撰，上海古籍出版社1993年版

《西晉文紀》：（明）梅鼎祚編，《景印文淵閣四庫全書》，臺灣商務印書館1986年版

《漢魏六朝百三家集》：（明）張溥編，人民文學出版社1960年版

《明詩綜》：（清）朱彝尊選編，康熙四十四年六峰閣刊本

《元詩選》：（清）顧嗣立編，中華書局1987年版

《歷代詩話》：（清）吳景旭撰，《景印文淵閣四庫全書》，臺灣商務印書館1986年版

《御選歷代詩餘》：（清）沈辰垣撰，吉林出版集團2005年版

《杜詩詳注》：（清）仇兆鰲撰，中華書局1979年版

《全唐詩》：（清）彭定求等編，中華書局1960年版

六、近現代著作[①]

《中國人名大辭典》：臧勵龢等，商務印書館1921年版

《中國善本書提要》：王重民，上海古籍出版社1983年版

《明實錄寧夏資料輯錄》：楊新才、吳忠禮，寧夏人民出版社1988年版

《寧夏歷史人物研究文集》：胡迅雷，寧夏人民出版社1993年版

《全宋詩》：北京大學古文獻研究所，北京大學出版社1993年版

《中國科學院圖書館藏中文古籍善本書目》，科學出版社1994年版

《中國歷代小說序跋集》：丁錫根，人民文學出版社1996年版

《明代小說史》：齊裕焜，浙江古籍出版社1997年版

---

① 以下文獻均按出版、刊發時間先後排列。

《明別集版本志》：崔建英,中華書局 2006 年版
《寧夏明清人士著述研究》：田富軍,上海古籍出版社 2020 年版

七、論文

《明代作家胡侍生平及著述考辨》：張世宏,《文學遺産》2007 年第 3 期
《明代寧夏籍作家胡侍四考》：田富軍,《寧夏社會科學》2014 年第 6 期
《〈濬穀文集〉中所見明代作家的評論資料》：杜志强,《寧夏師範學院學報》2014 年第 4 期